L'attirance
des contraires

ADELE PARKS

Traduit de l'anglais
par Ariane Maksioutine

RETIRÉ DE LA COLLECTION
DE LA
BIBLIOTHÈQUE DE LA VILLE DE MONTRÉAL

Bibliothèque Rosemont

Montréal

City
Roman

À Jimmy

© **City Editions 2014 pour la traduction française**
© Adele Parks, 2013
Publié en Grande-Bretagne par Headline,
sous le titre *The State We're In*

Photo de couverture : © plainpicture/Elektrons 08
ISBN : 978-2-8246-0478-7
Code Hachette : 17 0002 2
Rayon : Roman
Catalogues et manuscrits : www.city-editions.com

Conformément au Code de la Propriété Intellectuelle, il est interdit de reproduire intégralement ou partiellement le présent ouvrage, et ce, par quelque moyen que ce soit, sans l'autorisation préalable de l'éditeur.

Dépôt légal : août 2014
Imprimé en France par France Quercy - Mercuès - N° 41066/

Prologue

— Alors comme ça, vous connaîtriez tout de l'amour ?

— J'en connais un bout, en tout cas.

— Eh bien moi, je n'y connais rien. Extraterrestres, fantômes et idées abstraites du genre… je suis novice en la matière.

Elle rit à ce qu'elle avait pris pour une plaisanterie. Son rire s'envola vers leur passé respectif. C'était un rire sonore, sincère, un rire qui la dépassait. Il remua sur son siège, troublé par ce qu'elle lui faisait ressentir.

— Et pourquoi ne croiriez-vous pas en l'amour ? l'interrogea-t-elle, incapable de masquer son incrédulité.

— Oh, eh bien… comme on dit, l'amour n'est que souffrances, lança-t-il en esquissant une expression de chien battu méticuleusement travaillée – la meilleure arme pour dissimuler le sérieux de ses paroles.

— Mais la haine n'est pas particulièrement attrayante non plus, non ? rétorqua-t-elle. Je n'ai jamais rencontré de cynique heureux… ni d'optimiste malheureux. J'en déduis qu'il vaut mieux être optimiste, non ? CQFD.

Satisfaite de son raisonnement, un sourire rayonnant lui barrait le visage.

Il secoua lentement la tête, déconcerté. Amusé. Intéressé.

1976

1

Eddie

Debout devant la porte de sa maison de Clapham, Eddie inspira profondément, profitant une dernière fois de cette nuit glaciale et espérant se défaire des odeurs de débauche, que Diane avait visiblement décidé de rayer de sa vie. Ses vêtements sentaient la cigarette et son haleine le whisky et la bière ; il lui faudrait prendre une douche pour se débarrasser de ce parfum de femme. Il remarqua alors que leurs voisins retiraient à leur tour les carreaux noirs et blancs victoriens qui décoraient les marches du perron. Eddie les avait enlevés dès qu'ils avaient hérité de la maison. Ils avaient également remplacé la vieille salle de bains par un ensemble vert avocat contemporain et installé le chauffage central, décidés à se débarrasser pour de bon de la corvée de feu de bois. Il s'était senti libéré d'un poids, à cette époque. Adieu les vieilleries ! C'était ça, le progrès : aller de l'avant sans regarder en arrière. Ça n'avait jamais été son genre, de toute manière. Et ça ne le serait jamais.

Diane n'avait pas été emballée par ces rénovations. Elle aimait la maison dans son jus et avait soutenu que cette mode reviendrait ; elle refusait tout simplement d'altérer les souvenirs que sa maison d'enfance recélait.

— Mais lorsqu'on voudra vendre pour acheter plus grand, personne ne s'intéressera à un taudis pareil, avait-il répliqué, agacé qu'elle ne saisisse pas qu'elle était la seule personne au monde à ne pas aimer vivre au vingtième siècle.

Elle s'était alors emportée, comme c'était souvent le cas désormais, surtout après un verre de vin.

— Nous n'avons pas besoin d'acheter plus grand. De toute manière, on ne pourra jamais se le permettre, non ?! avait-elle gémi de cette voix aiguë qui ne l'avait plus quittée depuis quelques années maintenant.

Certes, ils avaient du mal à joindre les deux bouts, mais Eddie regrettait que Diane manque à ce point d'ambition. De toute façon, la loi foncière en faisait sa maison, même s'ils l'avaient héritée des parents de sa femme. S'il voulait la vendre, rien ne l'en empêcherait. Ces vieilles portes en bois, ce parquet et ces éviers en pierre le déprimaient. Il avait dit qu'il refuserait de vivre dans un musée. Alors tout était parti.

Eddie soupira. Il devait avouer ne pas avoir fait grand-chose dans la maison, cette année. En vérité, il pouvait y mettre toutes les chaises de plastique orange du monde, le numéro 47 ne serait jamais le foyer qu'il espérait.

Il poussa faiblement la porte et entra à contrecœur, aussitôt assailli par une odeur de lait caillé et de couches sales. Il n'avait qu'une seule envie : prendre ses jambes à son cou.

Diane apparut, l'incarnation du laisser-aller. Des mèches grasses encadraient son visage et elle portait un jean informe et un tee-shirt trempé de sueur.

Cependant, Eddie ne pouvait qu'être admiratif devant sa silhouette qui dissimulait si bien ses deux grossesses. Il en restait bouche bée chaque fois qu'il la regardait.

Même si elle allaitait, elle avait une petite poitrine et ne portait donc pas de soutien-gorge ; ses tétons qui pointaient sous son haut le provoquaient constamment, à l'instar de ses longues jambes et de son joli petit derrière. Eddie ne parvenait pas à comprendre comment elle pouvait autant refuser le progrès quand tout son corps semblait être fait pour cette époque. Dans les années soixante, elle aurait lutté pour qu'on la regarde : les hommes voulaient des formes généreuses auxquelles se retenir. Mais aujourd'hui, son corps svelte en faisait une véritable déesse. Du moins après une bonne douche. Sans un mot, Diane posa le bébé dans les bras d'Eddie. Son script tomba par terre et les pages s'étalèrent tels les pétales d'une rose fanée. Il regretta aussitôt de ne pas les avoir numérotées. Diane esquissa un haussement d'épaules indifférent et disparut dans la cuisine.

Cela faisait longtemps qu'ils ne prenaient plus la peine de communiquer entre eux. Eddie n'avait pas besoin d'entendre Diane lui annoncer qu'elle avait passé une mauvaise journée, que le bébé faisait ses dents et avait été insupportable, ou encore que ses couches avaient été particulièrement remplies. Diane s'était suffisamment plainte de tout cela, avec le bébé, et leur aîné, des années plus tôt : c'était toujours la même histoire. Eddie ne pouvait rien y faire, et Diane était persuadée que cela lui convenait très bien. Eddie lui-même était incapable de savoir si elle avait raison ou tort, aujourd'hui.

Sans réfléchir, il coinça la petite ronchonne sur sa hanche et plaqua le front contre le mur de l'entrée. Il avait les joues rouges ; c'était sûrement le whisky. Il aurait dû se cantonner aux pintes, il n'aurait pas dû se laisser aller à boire de l'alcool fort au déjeuner, mais comment résister ? Cette fille était tellement amusante… Frivole. Facile. Et puis, il savait qu'elle devenait cochonne après quelques verres de whisky. Rien ne valait une après-midi passée au lit, en dehors d'une après-midi *cochonne et adultère* passée au lit. Le papier peint en vinyle était frais sur son front. Il arborait des carrés marron sur un fond légèrement plus clair. Le sol, quant à lui, était en dalles de chêne-liège. C'était Eddie qui avait choisi ces éléments de décoration, mais aujourd'hui, il les regrettait. L'espace d'un instant, il eut l'impression d'être dans un asile de fou, sauf que les murs de sa chambre n'étaient pas rembourrés.

Eddie se força à regarder Zoe. C'était un gros bébé. Les mamies qui s'extasiaient au-dessus de son berceau juraient que c'était un joli bébé, un bébé « comme il faut ». Mais ces femmes avaient été mères durant la guerre et aimaient les gros bébés. Eddie, lui, n'aimait pas particulièrement l'apparence de sa fille. Il aurait préféré qu'elle soit moins… joufflue. Cette enfant semblait étriquée dans ses couches et ses robes, aucun chapeau ne tenait sur sa tête, et enfiler correctement ses collants sur ses cuisses potelées tenait du miracle. Son front se confondait avec son nez et elle n'avait pas de cou. Dean était pareil. Eddie s'était dit qu'il mincirait une fois qu'il tiendrait sur ses jambes, mais ça n'avait pas été le cas. Malgré ses cinq ans, il s'habillait déjà en huit ans. Le bas de ses pantalons était toujours maculé de boue, Diane étant trop paresseuse pour lui faire des ourlets. Paresseuse ou incapable, d'ailleurs.

Enfin, avec un garçon, vous pouviez toujours vous consoler en songeant que vous aviez fait un costaud, peut-être même un futur joueur de rugby. En 1976, la minceur était synonyme de réussite ; le surpoids présageait tout le contraire.

Eddie écrivait pour la BBC. On attendait de lui un certain standard, quant à son apparence. Il côtoyait du beau monde. Il était même persuadé que dans son entourage se cachaient de futures icônes. Il était censé avoir les cheveux mi-longs et de longues pattes sur les joues, porter des pantalons en velours côtelé à taille dangereusement basse et d'horribles pulls à col roulé qui ne laissaient pas voir un centimètre carré de peau. Les gens partaient du principe que les drogues et l'amour libre étaient son lot quotidien, que sa femme était un ancien mannequin qui, aujourd'hui, ne tenait pas sans sa dose de Valium et d'alcool. Les gens pensaient que chacune de ses nuits était une nuit de débauche.

Personne ne viendrait coller des gosses au tableau. Et s'il y en avait, ils devaient être squelettiques et capricieux, comme n'importe quel enfant. Ils devaient porter des costumes amusants à longueur de temps et arborer de longs cheveux blonds rendant leur sexe indéfinissable, comme les petits Scandinaves ou les petits Américains. Dean, lui, faisait davantage penser à Billy Bunter[1]. Eddie mettait la faute sur les tonnes de riz au lait, de glaces et de pancakes dont Diane le gavait. Et il savait pourquoi elle agissait ainsi : les enfants ne pleuraient pas la bouche pleine. Feignasse.

Sa mère l'avait pourtant prévenu que Diane ne remplirait pas son rôle d'épouse. Qu'elle ne savait pas cuisiner, coudre ou encore prendre soin de la maison. Il avait conscience de tout

---

1. Personnage de fiction rondouillard.

cela, et c'était justement ce qui lui avait plu. Il pensait qu'elle était comme lui. Téméraire et cynique. Égoïste. Que des traits de caractère qui l'avaient attiré. Aujourd'hui, il n'en voyait que les mauvais côtés.

Eddie suivit sa femme dans la cuisine. Il se laissa aller un bref instant à espérer qu'elle avait préparé quelque chose à manger. C'était évidemment une idée ridicule. Même si elle avait été le genre d'épouse à préparer son repas, il était rentré avec deux heures de retard : son dîner aurait été soit froid, soit carbonisé, de toute façon.

Quoi qu'il en soit, aucune trace de nourriture dans cette pièce froide et humide où planait un mélange d'odeurs d'égouts et de pourriture. L'air vicié et la négligence étaient tout ce que la cuisine avait à offrir sur un plateau.

Diane laissait constamment la radio allumée en fond sonore. Elle baissa le volume afin de ne pas gêner le bébé – c'est en tout cas ce qu'Eddie supposait –, mais cela ne fit que l'irriter davantage. Comment pouvait-il apprécier la musique ou écouter les informations si elle baissait autant le son ? Il coupa la radio d'un geste agacé, le silence brutal interrompu seulement par le robinet d'eau chaude qui gouttait. Cela faisait quelque temps maintenant qu'il devait le faire réparer, mais il doutait fortement que ça arriverait un jour.

Eddie ne parvenait pas à comprendre que la cuisine puisse être dans un tel état malgré le peu d'activité qui y régnait. Le lino collait sous les pieds – il avait l'impression de patauger dans une mer de Patafix, chacun de ses pas se faisant accompagner d'un bruit spongieux. La table ronde en plastique était recouverte de vaisselle sale et de pots de toutes sortes, restes du petit-déjeuner, du déjeuner et du goûter des enfants. Son œil critique remarqua aussitôt la plaquette de beurre ouverte en train de rancir. Il y avait des bocaux de pâtes de fruits, une bouteille de lait qui avait tourné, une autre de ketchup maculée de taches et des assiettes pleines de graisse suggérant que le dîner de Dean avait consisté en des œufs au plat. Ils seraient de nouveau visités par les souris si elle ne faisait pas plus attention. Ils prenaient rarement le repas en famille. Eddie se fichait bien qu'ils mangent ensemble le dimanche – cette habitude de se rassembler autour d'un rôti et de deux pauvres légumes était trop bourgeoise et désuète à ses yeux –, mais il l'aurait apprécié si de temps à autre, elle avait cuisiné des pâtes ou un curry, la gastronomie étrangère n'ayant rien de bourgeois. Il aurait aimé inviter des amis à dîner. Ils auraient pu utiliser leur service à fondue autour d'un bon verre de vin rouge – ils s'étaient acheté une carafe spéciale lors de leur lune de miel hispanique. Où donc était-elle passée, d'ailleurs ? Comment cela se faisait-il que la moindre de leurs casseroles était sortie mais que la carafe était aux abonnés absents ? Diane avait-elle volontairement éliminé tout souvenir de leur lune de miel ? Elle ne remontait qu'à six ans, et pourtant, il avait le sentiment que cela faisait une éternité.

Malgré l'étroitesse de la cuisine, le séchoir en bois faisait littéralement partie des meubles, en permanence envahi de linge humide étendu de telle façon qu'Eddie avait l'impression de faire face à des cadavres. À côté de la porte, deux seaux en plastique servaient de poubelles à couches.

Des dizaines de tasses et de verres jonchaient la cuisine, chacun développant son propre microcosme. Partout, des miettes étaient répandues à la manière de confettis. Diane mangeait dix biscuits à thé par jour. Avec deux pommes et quelques verres de vin, elle parvenait à rester en dessous de la barre des mille calories et s'assurait ainsi qu'on voie toujours ses os sous sa peau. Dernièrement, elle avait laissé tomber les pommes au profit d'un verre de plus.

La pièce avait clairement besoin d'être aérée, mais la fenêtre était bloquée.

Cette cuisine était la chambre 101 d'Eddie. Il n'y avait aucun rat, contrairement au roman de George Orwell, mais dans cette pièce, il se sentait mourir à petit feu. Ils n'y parlaient pas des manifestations du moment, des morceaux de David Bowie, ni même de l'arrivée de la permanente et des choppers. Le genre de conversations auxquelles se limitaient Eddie et Diane (s'ils décidaient de se parler) concernaient les enfants (« le petit s'est fait un bleu en tombant », « la petite a des plaques rouges »), ou alors, Diane pleurnichait pour réclamer quelques livres afin de s'acheter une nouvelle huche à pain ; sa tante était passée ; sa tante pensait qu'il leur fallait de nouveaux rideaux ; sa tante se demandait quand il chercherait un job qui paierait mieux.

Selon la quantité de vin qu'elle avait absorbée auparavant, Diane pouvait aller jusqu'à hurler qu'elle aussi, elle se le demandait. Après tout, il avait un diplôme ! Pourquoi perdait-il son temps à écrire ? L'écriture ne payait pas. Elle aurait dû épouser un comptable. C'était ce que sa tante disait, et c'était exactement ce qu'elle pensait.

Eddie connaissait des hommes qui frappaient leur femme. Ça ne lui était jamais arrivé et ce n'était pas son genre. Vous ne frappiez pas votre femme, lorsque vous lisiez le *Tribune*. Mais parfois, quand il l'écoutait baver sur lui, il s'imaginait s'emparer d'un de ces torchons crasseux dont il était cerné et l'enfoncer dans sa bouche. Il ne voulait pas précisément l'étouffer, non. Il voulait juste qu'elle se taise.

Il baissa les yeux sur sa grosse alliance en or. Il n'aurait jamais songé que les choses se passeraient ainsi. Il suffoquait.

1982

2

Clara

Clara éteignit brusquement la télé, agacée. Il n'y avait jamais de bonnes nouvelles, seulement des bombes, des kidnappings, la menace des grèves… Elle ne regardait les informations que pour la fin, lorsqu'ils parlaient de l'actualité de la reine. Avait-elle visité un jardin public ? Un centre de loisirs ? Clara ne le saurait jamais car elle avait éteint l'écran avant qu'ils n'en viennent à ce sujet. Ils disaient que le pays comptait trois millions de chômeurs. Trois millions !

Personne ne pouvait donc trouver quelque chose à faire à tous ces gens ?! Il était pourtant de notoriété publique que rien de bon ne résultait de l'oisiveté. Cette pensée lui fit l'effet d'une piqûre de rappel ; elle savait à quel point l'ennui pouvait être destructeur.

Elle avait suggéré à Tim de s'engager : tous ces courageux soldats et ces marins qui allaient se battre aux Malouines ne refuseraient certainement pas un coup de main, même s'ils se débrouillaient plutôt bien, pour l'instant. Clara ne savait pas vraiment ce qui se passait là-bas.

Pour tout dire, elle avait dû jeter un œil dans son atlas pour connaître la situation exacte de ce lieu – mais le père de Neil Todd, à la sortie de l'école, l'avait rassurée en lui disant que beaucoup de gens étaient dans son cas. Ce dont on était sûrs, c'est qu'il y avait nombre de bombardements, d'incendies et de jeunes hommes qui rentraient chez eux dans un triste état.

Lorsqu'elle y songeait, finalement, Tim avait peut-être mieux fait de rester à la maison. Clara soupira ; elle n'aimait pas penser à cela.

Elle décida alors de réfléchir à la façon dont elle pourrait tuer les quelques heures qui la séparaient de la sortie de l'école. Comment allait-elle occuper son après-midi ? Lui restait-il une vidéo à regarder ? Lorsque les enfants étaient à l'école, elle aimait se passer les épisodes de *Dynastie* qu'elle enregistrait au préalable – c'était son petit plaisir coupable.

Elle avait essayé, mais le soir, impossible de se concentrer sur la télévision. Les enfants se chamaillaient constamment ou, pire, ils la harcelaient de questions agaçantes voire gênantes.

En temps normal, c'était une mère très patiente, prête à répondre aux sempiternelles questions sur les Barbie et Danger Mouse (non, elle ignorait que le véritable patronyme de Barbie était Barbara Millicent Roberts, mais oui, elle trouvait que Barbie Millie était plus joli, et oui, Danger Mouse s'était très probablement entraîné dans la même école que James Bond, si ce n'était la même année), mais cela se révélait plus épineux d'expliquer la saga de la famille de Denver qui avait constitué sa fortune sur le raffinage.

— Papa aussi travaille dans l'huile ? s'était enquise Joanna durant le dernier épisode qu'ils avaient partagé.

— Mais non, idiote ! Papa est banquier ! avait tranché Lisa en rembarrant sa petite sœur.

Même si elles avaient à peine deux ans d'écart, le fossé entre les deux filles semblait bien plus grand. D'un côté, Lisa, quatorze ans, en pleine entrée dans l'adolescence et le monde des Dr Martens et de l'eye-liner ; de l'autre, Joanna, douze ans, l'innocence même, prenant encore plaisir à jouer avec ses poupées.

— Il devrait peut-être y penser, comme ça, on aurait une maison aussi grande que celle de Krystle ! avait répondu Joanna, dont le léger cheveu sur la langue n'empêchait pas d'avoir les idées bien arrêtées – elle épouserait un prince, comme Cendrillon.

— Nous nous en sortons très bien, chérie, lui avait rappelé Clara, comme elle le faisait souvent pour elle-même. Notre maison est plus grande que celles de la plupart de nos amis.

— De toute façon, qu'est-ce qu'elle peut bien faire de ses journées, dans une maison pareille, Krystle ? avait lancé Lisa en retournant à ses devoirs.

Joanna s'était contentée d'un haussement d'épaules, peu touchée par l'inertie de la pimpante blonde. Mais alors, elle s'était figée et avait demandé, horrifiée :

— Je ne comprends pas. Pourquoi Blake a-t-il épousé deux femmes différentes ?

Clara avait tenté de le lui expliquer.

— Eh bien, Krystle était sa secrétaire mais maintenant, elle est devenue sa femme. Alexis *était* sa femme.

— Et maintenant ?

— C'est son ancienne femme.

— Qu'est-ce que ça veut dire ? avait insisté Jo, perplexe.

Dans son monde, qui se cantonnait à la banlieue verdoyante de Wimbledon, cela ne signifiait pas grand-chose à ses yeux. Elle ignorait que dès qu'on quittait son quartier, le divorce était omniprésent. À Wimbledon, les gens tenaient bon. Clara le savait mieux que quiconque.

— Ce n'est pas que son « ancienne femme », c'est aussi la responsable d'une entreprise multimillionnaire, voire milliardaire, avait marmonné Lisa en roulant des yeux.

— Tu préfères laquelle, de femme, maman ? avait continué Joanna.

— Krystle. Elle est patiente et calme, avait répondu Clara même si, au fond d'elle, elle était persuadée qu'Alexis menait une vie bien plus palpitante.

L'insipide seconde femme de Blake était beaucoup moins intéressante que sa délurée de première épouse, qui enchaînait les jeunes amants, mais Clara Russell ne pouvait pas laisser entendre qu'elle admirait la vie qu'avait choisie Alexis Carrington. Pas ouvertement, du moins.

— Pourquoi est-ce qu'ils ont arrêté de chercher Adam ? Si

on me kidnappait, tu me chercherais longtemps, dis ? avait demandé son petit dernier, Mark, d'une voix pleine d'angoisse.

Il était venu s'installer sur les genoux de sa mère, qui l'avait aussitôt serré dans ses bras.

— Oui, mon trésor, je te chercherais jusqu'à la fin des temps et jusqu'au bout du monde.

— Le monde étant rond, il n'a pas de « bout », à strictement parler, avait fait remarquer Lisa.

— Il a cinq ans, Lisa…

— Tu ne devrais donc pas lui raconter n'importe quoi, avait rétorqué la jeune fille en donnant un coup de menton en direction de sa sœur sans détacher son regard froid de celui de sa mère.

Clara était consciente du fait que Lisa voulait à tout prix que sa sœur cesse de gober les histoires romantiques qu'on lui rabâchait à longueur de temps, et que leur mère ne constituait pas le modèle idéal pour la jeune rêveuse.

Avait-elle échoué dans son rôle de mère ? Elle avait pourtant fait de son mieux et, la plupart du temps, elle semblait avoir fait le bon choix – même s'il était bien plus facile et surtout plus drôle de tout faire de travers. Clara ne doutait pas d'être une femme au foyer accomplie. La maison était impeccable, la nourriture faite maison, leurs vêtements parfaitement repassés (même les chemises de nuit, les jupons et les sous-vêtements de Tim), mais de toute évidence, Lisa aurait préféré avoir une mère carriériste, comme ces femmes affublées d'épaulettes et d'énormes agendas prêts à exploser. Lorsque Joanna était entrée à l'école, Clara avait brièvement travaillé. Une vieille amie lui avait obtenu un poste assez grisant, à la BBC. Il consistait principalement à taper et à classer, mais au moins, elle avait pu quitter la maison quelques heures par jour et rencontrer des gens intéressants. *Trop* intéressants. Dangereux. Après cet essai, Tim n'avait plus voulu entendre parler travail. Il prétendait que ce n'était pas pour les femmes comme elle, mères de famille. Quelque part, il avait raison. Tim rentrait rarement avant neuf heures du soir, la semaine, voire plus tard. Comment gérer leur foyer si tous les deux menaient une carrière ?

Le regard de Lisa mettait très souvent Clara mal à l'aise. Elle soupçonnait sa fille d'en savoir bien plus que nécessaire. Savait-elle par exemple qu'ils avaient conçu Mark afin de donner une seconde chance à leur couple, après... disons, la crise de la BBC ? Elle avait à tout prix voulu ce bébé ; elle avait eu besoin d'un point d'ancrage. Lisa savait-elle que, malgré elle, Clara appréciait mille fois plus la compagnie de son fils que de ses filles ? Elle ne l'aimait pas à proprement parler plus que les autres, non. Mais les choses étaient beaucoup plus simples avec lui. C'était un enfant sûr de lui, indépendant, différent...

Les filles ressemblaient trop à Clara pour que celle-ci puisse bien le vivre. C'était sûrement dû à ces sempiternelles comparaisons entre mères et filles. Autour d'eux, tout le monde cherchait à voir en ses filles son humour, ses traits, son assurance. En découlait une responsabilité dont elle ne se sentait pas chargée vis-à-vis de son fils.

Par ailleurs, à l'arrivée de Mark, elle était devenue une femme bien moins innocente et influençable, ce qui l'avait sûrement aidée à mieux gérer son rôle de mère. Après tout, elle n'avait que dix-neuf ans à la naissance de Lisa. Ce n'était encore qu'une enfant.

Elle avait décidé d'arrêter de regarder son feuilleton préféré avec ses enfants le jour où Joanna avait demandé : « Pourquoi Steven n'a pas de femme ? Il veut épouser ce type, là ? Il a le droit ? »

Clara les avait aussitôt envoyés se coucher.

Comment allait-elle donc occuper son après-midi ? Elle n'avait absolument rien à faire. Le repas du soir était prêt : chili con carne et pommes de terre au four. Elle avait eu la main légère sur le piment, mais pour s'assurer que les enfants mangent, elle avait également préparé un gâteau au chocolat. Ils savaient qu'ils n'y auraient droit que s'ils vidaient leur assiette. Rita, leur femme de ménage, avait lavé tous les draps, qui séchaient au vent, dehors. Tim ne parvenait pas à la comprendre, mais Clara aimait prendre soin de la maison, même si elle aurait pu tout confier à Rita. Cela l'occupait. Elle avait donc épousseté toutes ses porcelaines Lladró – vingt-huit en tout ; autant dire qu'il y avait du travail –, et désormais elle balayait son salon du regard, à la recherche d'une autre tâche à effectuer.

La pièce était immaculée et moderne à souhait, avec ses pastels, crème, pêche et saumon qui se fondaient les uns aux autres dans un maelström de nuances. Son beau-père lui avait un jour dit que lorsqu'on pénétrait chez eux, on avait l'impression d'entrer dans une maison close française.

Clara avait opté pour l'indifférence, face à cette remarque. Avait-il vraiment déjà mis les pieds dans une maison close ? Les parents étaient des gens comme tout le monde, après tout. Par ailleurs, son beau-père avait une tendance à la grossièreté ; par chance, Tim ne tenait pas de lui.

La moquette était d'un marron pâle. Elle aurait préféré couleur crème, mais avec trois enfants dont les constantes allées et venues dans le jardin ramenaient des quantités de boue dans le salon, ça ne se serait pas avéré pratique. Elle avait donc opté pour le marron. Elle avait toutefois pris un risque en acquérant ce canapé et ces fauteuils aux motifs floraux pastel. Une seule goutte de jus d'orange et le tissu était fichu.

Les enfants avaient donc interdiction d'apporter leurs boissons dans cette pièce. Le papier peint était assorti au sofa, bien qu'arborant des fleurs plus petites, plus serrées. Il s'étirait jusqu'au milieu du mur, où une frise somptueuse venait marquer sa limite. La partie supérieure du mur, couleur pêche, revêtait une couche dorée iridescente passée à la taloche.

Claire en était très fière, l'ayant fait elle-même, malgré l'insistance de Tim pour qu'elle engage des décorateurs d'intérieur. Elle avait vécu cela comme un véritable challenge – une fois terminé, il y avait eu autant de peinture sur elle que sur le mur –, et chaque fois qu'elle posait les yeux dessus, une vague de satisfaction la submergeait, sachant qu'elle en était responsable.

Un tableau représentant une rivière entourée de collines pendait au-dessus de l'écran de télévision. Clara ignorait le nom de l'artiste, mais elle avait vu l'original à la National Gallery et avait acquis la copie dans la boutique. Les couleurs étaient plus ternes, mais Clara s'en fichait, car les tons pâles collaient mieux à son intérieur. Deux chandeliers en laiton trônaient dans la pièce, et en dehors du bar affreux et sombre dans le coin (la folie de Tim), celle-ci était parfaite. C'était tout à fait le genre de pièce dans laquelle Clara s'était toujours imaginée officiant en tant que mère et épouse. C'était tout ce qu'elle avait espéré de sa vie maritale.

Elle la détestait.

Avec un soupir, Clara s'empara du *Radio Times*. Comme à son habitude, elle le passa au peigne fin, à la recherche de son nom. Elle l'avait repéré deux fois en six ans et l'avait vu apparaître sur les crédits de trois feuilletons télé différents. Et chaque fois, son entrejambe avait été traversé d'une petite décharge électrique. Était-ce normal qu'un simple nom imprimé lui fasse cet effet ? Elle ne regrettait pas son choix. À quoi cela servirait-il ? Son amant était source de soucis. Son mari était quelqu'un de bon. Elle préférait la bonté aux soucis, c'était aussi simple que cela. Pourtant, les décharges étaient toujours là.

Avec délice, Clara dénicha un article sur Harrison Ford. Chouette. Elle avait été incapable de sortir ce type de sa tête depuis le premier *Star Wars*. C'était sa façon de porter son arme aussi bas, sûrement… Cette pensée lui chatouillait tout le corps. Elle avait vu *Les Aventuriers de l'arche perdue* deux fois. Une fois avec Tim, mais la seconde, elle y avait été seule. Elle ne l'avait jamais dit à Tim, qui se serait moqué d'elle.

Mais elle avait tellement aimé ce moment ! Assise dans le noir, seule avec ses songes et ses fantasmes. Les petits secrets ne pouvaient pas faire de mal. Les petits secrets étaient permis. Elle avait acheté du pop-corn mais y avait à peine touché, subjuguée par l'acteur. Il n'y avait pas à dire : Harrison savait porter le Borsalino… Et sa façon de manier le fouet… Oui, elle devait l'avouer : elle en avait sursauté.

Elle lut l'article en entier, déçue par son manque d'infos croustillantes : Harrison n'était pas prêt à révéler si oui ou non, la stupéfiante alchimie qui existait entre lui et Karen Allen à l'écran était jouée. Mais il n'était pas du genre à s'épancher sur sa vie amoureuse, comme tous les gentlemen. Le plus difficile, c'était de repérer les véritables gentlemen…

Clara reposa délicatement le magazine dans le porte-revues et se demanda si elle ferait mieux de mettre son nouveau haut avant d'aller chercher Mark. La veille, elle s'était offert un joli chemisier argenté dans cette chaîne qui venait d'ouvrir, Next. Il arborait de grosses manches bouffantes marquées par une rangée de boutons recouverts de tissu qui couraient sur tout l'avant-bras.

C'était le genre de tenue qu'on portait pour aller au restaurant ou au night-club, mais Clara ne sortant que très peu, désormais, elle décida que l'école ferait l'affaire. Après tout, ça ne pouvait pas faire de mal d'être jolie, en particulier le jeudi. Le jeudi, c'était le père de Neil Todd qui venait le chercher. Un homme charmant. Très attentionné. Elle se demanda à quoi il ressemblerait avec un Borsalino...

*Mercredi
20 avril 2005*

3

Dean

— Dean, un appel de l'étranger.

— C'est Rogers ? demanda Dean avec un grand sourire.

La flamme de l'excitation et de l'aspiration vint lécher ses entrailles.

Dean était administrateur financier dans une grande boîte de publicité internationale, Q&A. Toutefois, l'agence de Chicago était officieusement considérée comme la petite sœur de la branche new-yorkaise, ce qui contrariait le sens de l'ambition et la fierté professionnelle de Dean. Les deux bureaux s'égalaient en taille, en coût de revient et en modernité, et chacun gérait plus ou moins le même nombre de clients. Les équipes créatives faisaient preuve du même esprit d'innovation, d'acharnement et de bassesse s'il le fallait, mais au bout du compte, lorsque l'on regardait les chiffres (ce qui finissait toujours par arriver), il existait une nette différence entre les bénéfices de chaque agence. Cela faisait plusieurs années de suite que New York dépassait de loin Chicago en termes de profit ; Dean en ignorait le nombre exact, mais ça avait toujours été le cas depuis qu'il travaillait chez Q&A. C'était agaçant, mais il sentait que les choses allaient très vite changer.

Rogers était le directeur du marché international d'une immense entreprise de confiseries. Cela faisait cinq mois que Dean et les douze membres qui formaient son équipe travaillaient l'entreprise au corps pour obtenir sa campagne publicitaire. En jeu : 132 millions de dollars. Une somme pareille propulserait son agence et sa carrière. L'administrateur financier de New York n'aurait plus qu'à mordre la poussière... Dean savait qu'il figurait parmi les trois dernières agences en lice : le succès n'était plus très loin, désormais.

Et Dean vivait pour le succès. À ses yeux, il valait mieux que la popularité, l'amitié et même l'amour. Il n'avait pas vraiment l'habitude de traiter avec le monde de la confiserie – en général, son domaine, c'étaient les voitures et les gadgets –, mais il était persuadé de l'efficacité de sa stratégie et de l'audace de ses idées. « *Le* concept décalé par excellence », disait sa présentation. Rogers se trouvait actuellement à Londres afin de discuter avec son équipe des différentes offres qu'ils avaient reçues, et il avait promis à Dean de l'appeler dès qu'une décision serait prise. Dean n'était pas un homme déraisonnablement arrogant ; en vérité, c'était quelqu'un de réaliste.

Lorsqu'on le voyait dans son costume Armani, au volant de son Audi TT, il était difficile d'imaginer qu'il n'avait pas toujours mené cette vie-là. Et c'était justement parce qu'il avait connu son lot de déceptions qu'il avait appris à rester prudent. Il faisait toujours preuve d'un optimisme modéré, même s'il espérait sincèrement que la décision de Rogers pencherait en sa faveur.

Si Chicago concluait l'affaire, ils pourraient bénéficier d'une jolie petite prime. Dean s'offrirait un voyage à Las Vegas. Débauche et jeu à volonté, que demander de plus ? Il le méritait bien ; il avait travaillé dur pour obtenir ce contrat. En plus des heures interminables nécessaires à l'élaboration d'une stratégie fiable et de concepts innovants, il avait investi énormément de temps pour établir une relation de confiance avec Rogers. C'était en l'emmenant dans un club de strip-tease qu'il était parvenu à lui soutirer la promesse de le prévenir au plus vite. Il s'était trouvé que – sacrilège – Rogers n'avait jamais mis les pieds dans un tel endroit auparavant.

— Il faut un peu sortir de ton trou ! lui avait lancé Dean en le tapant sur l'épaule.

Rogers s'était d'abord montré sceptique.

— Tu ne comptes pas ajouter la note de ce soir aux frais d'écriture du pitch, hein ? s'était-il enquis, anxieux.

Dean avait eu pitié de cet homme inexpérimenté incapable de faire preuve d'un tant soit peu d'audace.

— Mais non, voyons. C'est pour moi, ce soir. Considère cela comme un cadeau, avait-il répondu à un Rogers flatté.

De toute évidence, celui-ci, à l'instar de la plupart de ses confrères, avait tendance à admirer les types qui travaillaient dans la pub. En particulier Dean. Dean était vraiment un chic type ; tout le monde le disait. Il débordait d'humour et de répartie, et il était travailleur, efficace, déterminé. Cela faisait cinq ans qu'il participait au marathon de Chicago, et malgré les années qui passaient, il améliorait chaque fois son temps. C'était le genre de type qu'on invitait en soirée, et lorsqu'il ne pouvait pas être présent, on repoussait l'événement. C'était le genre d'homme à retenir l'ascenseur pour une femme avant de lui demander « Vous montez ou vous descendez ? », et la femme en question pleurait pour avoir son numéro de téléphone tatoué sur sa poitrine. C'était un homme dont beaucoup d'autres enviaient l'existence.

Dean pouvait presque entendre le bruit des machines à sous en pagaille. Viva Las Vegas !

— Non, ce n'est pas Rogers, répondit Lacey, son assistante. C'est un hôpital anglais. Le Queen Anne de Londres. Je n'ai pas saisi l'État.

— Il n'y a pas d'État, en Angleterre…, soupira Dean.

Son assistante était peut-être sexy, mais pas très futée. Il devrait songer à revoir sa politique de recrutement.

— Je vais prendre l'appel dans mon bureau, déclara-t-il, espérant qu'il n'était rien arrivé à sa sœur, Zoe, et à ses enfants.

— M. Dean Taylor ?

— C'est lui-même.

— Kitty McGreggor, infirmière au Queen Anne de Londres, Shepherd's Bush.

— Il s'agit de ma sœur ? De ses enfants ? Ils vont bien ? s'emballa-t-il.

— À vrai dire, j'appelle de la part de M. Edward Taylor.

L'infirmière au léger accent écossais semblait pragmatique, ferme, calme, désireuse d'aller droit au but.

Dean ne comprit pas immédiatement ce qu'elle venait de lui dire. Ce n'était pas l'accent écossais qui le troublait, mais le nom : un souvenir vague, lointain, qu'on était à peine autorisé à murmurer. Les mots « Edward Taylor » l'avaient plongé dans un abîme de terreur et de haine de la même façon que « Macbeth » provoquait un malaise chaque fois qu'on le prononçait. Il s'agissait de mots annonciateurs de mauvaises nouvelles.

— J'ai le regret de vous informer que votre père souffre d'un cancer du pancréas qui s'est malheureusement propagé et...

Elle s'interrompit un instant pour reprendre d'un ton plus doux :

— Je crains qu'il ne soit en phase terminale. Pour tout vous dire, il ne lui reste que très peu de temps. J'ai pensé que vous auriez aimé être au courant.

— Il doit y avoir une erreur.

— Nous estimons qu'il lui reste une semaine, voire moins. Quelques jours, peut-être. Il n'y a pas d'erreur.

— Je ne parle pas de votre diagnostic.

— Vous êtes bien Dean Taylor ?

— Oui.

— Le fils d'Edward Taylor ?

— Il paraît.

— Alors il n'y a pas d'erreur.

— L'erreur, c'est qu'il vous ait demandé de m'appeler.

4

Jo

— Je n'arrive pas à croire que dans soixante-douze heures, Martin sera marié. Marié !

J'extirpe ces mots du fin fond de mon piteux subconscient et les étale sur la table à l'attention de ma grande sœur, mais la carte du dessert a visiblement gagné la préférence de Lisa. Je peux le comprendre : en tant que femme gérant à la fois trois enfants et une carrière, ses sorties requièrent une organisation quasi militaire. Elle a besoin de passer un bon moment, ce qui inclut la commande d'un dessert goûteux et indulgent. Nous ne devons cette sortie entre sœurs qu'au fait que je vive temporairement chez Lisa. Son mari considérant mon absence (avec ou sans Lisa) comme un obstacle de moins entre lui et la télécommande, il s'est gracieusement proposé de garder les enfants ce soir.

— Qu'est-ce que tu en penses : soufflé au chocolat ou tiramisu ? Je crois que je vais prendre le tiramisu, lance Lisa en fermant le menu d'un air déterminé.

Elle profite du fait que je sois sa sœur ; jamais elle ne commanderait un dessert aussi passé de mode avec ses amis analystes de la City, mais avec moi, elle peut même se permettre de mettre du Baileys dans son café. Les sœurs pardonnent ce genre de choses. Je l'aime, mais à cet instant précis, j'ai envie de la tuer. Manifestement, elle n'a aucune envie de discuter des noces imminentes de mon ex, alors que de mon côté je ne pense qu'à ça. J'insiste, plantant le poing sur la table.

— Dans moins de trois jours. Soixante-douze heures, pour être précise.

— Mais l'es-tu vraiment ? Tu es sûre que ça fait soixante-douze heures ? Techniquement, avec le décalage horaire, ça change tout, non ? Nos samedis après-midi ne seront pas les mêmes, entre Chicago et ici…, me fait remarquer Lisa. Le leur se passera plus tard, non ? Je miserais plutôt sur quatre-vingts heures.

— Ce n'est pas ça qui compte, je rétorque en la fusillant du regard.

— Ah oui ? répond Lisa.

Elle avale une gorgée de son vin blanc tout en feignant l'innocence.

— Alors, qu'est-ce qui compte ?

De toute évidence, elle regrette sa question aussitôt posée. Je sais très bien que la conversation qui a animé toute la soirée a un terrible goût de déjà-vu. Je le sais aussi bien qu'elle, et c'est exactement pour cela que j'ai besoin de son soutien.

— Ça aurait dû être moi ! dis-je en gémissant péniblement.

— Non, tranche-t-elle, faisant voler en éclats tout espoir de soutien.

— Si ! Il m'a demandé en mariage avant elle.

Une gamine qui jouerait des coudes pour gagner une place dans la queue de la cantine n'aurait pas l'air plus ridicule que moi, à cet instant.

— Mais tu n'as pas voulu de lui.

— C'est vrai, mais aujourd'hui… *Aujourd'hui…*

Lorsque je dis que cette soirée a un goût de déjà-vu, c'est parce qu'il y a trois mois de cela, quand j'ai reçu l'invitation tout en relief et en dorures de Martin, Lisa et moi avons partagé une sortie similaire. J'avais épanché mon cœur et elle m'avait accusée de réécrire l'histoire. Cette soirée, comme celle-ci, avait été orchestrée par l'indignation et l'apitoiement. J'avais d'abord essayé d'adopter l'attitude qu'on attendait de moi en feignant d'être ravie que Martin soit « passé à autre chose », ait enfin rencontré quelqu'un d'autre, une femme qu'il aimait à tel point qu'il voulait l'épouser. Puis après un verre ou deux de vin, « aimer » était devenu « se contenter de » et « vouloir », « se préparer à ». Lorsque je répétai l'histoire pour la troisième fois (la bouteille de Shiraz était presque vide), je notai « la rapidité scandaleuse » avec laquelle il s'était jeté sur « cette fille qui ne lui correspondait pas », et insistai sur les mots « roue de secours ».

— Ça fait cinq ans que vous n'êtes plus ensemble. Je ne vois pas ce que son choix a de *scandaleux*, avait rétorqué Lisa d'un ton calme, bien que légèrement irrité.

Je l'avais fusillée du regard.

— Oui, mais Martin a rencontré cette fille il n'y a que dix-huit mois.

Cette nouvelle m'était parvenue depuis Chicago via tout un réseau d'amis que nous avions encore en commun.

Il y a dix-huit mois d'attente pour obtenir un lieu de réception digne de ce nom. Sa fiancée a dû réserver la salle le soir de leur rencontre, je te dis !

— Certaines personnes savent simplement dès le début qu'elles veulent passer le restant de leurs jours ensemble. Je ne vois pas pourquoi elles devraient faire traîner les choses.

C'est en général un argument que j'aime avancer ; incapable d'y trouver quelque chose à redire, j'avais suggéré que nous commandions une autre bouteille. La soirée s'était très mal terminée. Ivre morte, j'avais appelé un autre de mes ex – auquel je n'étais pas particulièrement attachée – et avais foncé chez lui pour me consoler dans son lit. Tandis qu'elle m'aidait à grimper dans mon taxi, Lisa avait paru s'inquiéter pour moi.

— Il y a quelque chose, chez toi, qui me fait penser à L'Ours Paddington, m'avait-elle dit.

— Son expression trognon ? Ses yeux tristes ? avais-je lancé en espérant dissimuler au mieux mon état.

— Non, c'est plus ton air d'impuissance, je crois, avait-elle soupiré. J'aurais presque envie de t'attacher une petite pancarte autour du cou : « Merci de prendre soin de cette ourse. Blessée et vulnérable, elle a peur de mourir seule. »

Lisa s'était arraché un sourire, mais je savais qu'au fond, elle était sérieuse.

— Pas la peine. Je ne suis pas sûre que tous mes ex sachent lire, avais-je plaisanté.

Mais même cette plaisanterie était pathétique ; Lisa et moi savions très bien que depuis Martin, je ne m'étais pas montrée très regardante vis-à-vis des hommes. Une fois, Lisa m'avait fait remarquer que je ne craquais que pour des rustres qui se comportaient comme des animaux. Certes, aucun de mes ex n'aurait cherché à connaître la raison pour laquelle je répondais toujours présente pour une partie de jambes en l'air ; tout ce qui les intéressait, c'était que je le fasse. Cette nuit avait fini comme on peut se l'imaginer. J'avais couché avec un type sans aucune passion et m'étais réveillée dans un état pire encore. Blessée. Non pas physiquement, mais émotionnellement.

Lisa interrompt soudain le cours de mes pensées.

— Jo, je te rappelle que c'est *toi* qui as plaqué Martin.

Elle vient poser sa main sur mon bras et le serre tendrement.

— Tu n'étais pas amoureuse de lui, ajoute-t-elle alors sans détour.

— C'est vrai, mais…

Je suis incapable d'admettre que la quarantaine approchant – je vais sur mes trente-six ans –, je me permets aujourd'hui de me montrer moins pointilleuse. Il s'est passé tellement de choses depuis ma séparation d'avec Martin, il y a cinq ans et deux mois de cela. Tout ce que je vois, c'est qu'au jour d'aujourd'hui, j'ai assisté à dix-sept mariages, et trois autres sont à venir.

— Martin était gentil, il avait une bonne situation… et il était grand.

C'est la seule chose qui me vient en tête.

— Et rasoir. Tu n'arrêtais pas de te plaindre que vous n'aviez rien en commun.

— J'aurais pu apprendre à aimer ses hobbies…

— Je suis persuadée que tu ne t'en souviens même plus, pas vrai ? Avant de recevoir son invitation, cela faisait des années que tu n'avais pas pensé à lui.

— Je lui envoie une carte tous les ans, pour Noël.

— Comme à tous tes ex. Honnêtement, je ne sais pas

comment tu fais, et encore moins *pourquoi*. Tu dois commencer à les rédiger en octobre, non ?

— Très drôle…

Certes, j'ai accumulé les conquêtes de manière démesurée, ces dernières années. Selon les gens avec qui j'en parle, les avis diffèrent. Certains de mes amis mariés depuis une dizaine d'années ou plus pensent que ma vie est palpitante, d'autres me prennent pour une traînée. Ma mère trouve mon attitude décevante. Moi, je la trouve désolante.

— Je ne comprends pas pourquoi il t'a invitée, ajoute Lisa.

— Pour parader ? je suggère d'un air affligé. Ou alors, sa fiancée a invité tous ses ex et il a envie de lui montrer que lui aussi, il a eu une vie avant elle…

Abattues, nous observons la table lustrée qui nous sépare. Aucune de ces raisons ne semble particulièrement héroïque ni attrayante. Mais soudain, une pensée me traverse.

— Et si c'était un SOS ?

— Quoi ?

— Un appel à l'aide.

— Tu penses qu'il te demande de venir l'aider ?

— Et pourquoi pas ? je rétorque en faisant mine de ne pas être touchée par son ton incrédule.

— Parce que…

Je ne lui permets pas de finir sa phrase. Je refuse d'entendre ce qu'elle a à dire. Lisa et moi ne partageons absolument pas le même point de vue lorsqu'il s'agit des peines de cœur. En tout cas, du mien. Un grand sourire me barre le visage.

— Il veut peut-être que je vienne assister au mariage pour que je m'oppose à leur union, à l'église ?

— Arrête, Jo, je t'en prie. Tu me fais peur…

— C'est possible !

— Mais peu probable. Écoute, j'aurais trouvé cette théorie hilarante en d'autres circonstances, mais étant donné qu'il s'agit de ma sœur, cette situation vire vers le tragique, là. Il faut que tu acceptes les choses telles qu'elles sont, Jo. Martin a tourné la page.

Je la dévisage. Ses paroles me font l'effet d'un coup de

poignard, même si elle est persuadée d'être dans le vrai. Elle détourne le regard, gênée pour nous deux, puis vient de nouveau me presser le bras. Je m'arrache à son étreinte, refusant de lui donner la satisfaction de me consoler. Elle prend une longue inspiration puis ajoute, lentement :

— Jo, ça ne me fait pas plaisir de devoir te dire ça, mais rien n'a changé. Ce n'est pas parce que Martin va en épouser une autre qu'il te convient plus qu'à l'époque. Ça n'a aucun sens. Au contraire, il te convient moins, vu qu'il est amoureux de quelqu'un d'autre. Ne peux-tu pas être simplement heureuse pour lui ?

Le puis-je ? Suis-je encore capable de me réjouir du bonheur des autres ?

Cela peut paraître odieux mais… non, je ne m'en sens pas capable. Si je l'avoue à Lisa, elle sera écœurée et me demandera probablement de payer mon repas, alors je me mords la langue et fais mine d'être une personne meilleure, celle que j'étais avant que ma collectionnite aiguë d'hommes insignifiants ne me change à tout jamais. L'alliance de Lisa étincelle comme une flamme, dans la lumière tamisée du restaurant. Cela fait quatorze ans qu'elle est mariée – et heureuse de l'être, certains pourraient ajouter avec suffisance – ; elle ne peut donc pas comprendre ce que je traverse. À mon âge, elle avait déjà deux enfants et était enceinte du troisième, et plus jeune elle n'a jamais exprimé une seule fois son désir de se marier.

À ses yeux, seules comptaient ses études, puis sa carrière. Elle ignore tout de la solitude, du chagrin ou du remords, sentiments qui moi, me hantent. Elle ne voit sûrement pas sa vie comme un long couloir de portes fermées – marquées « Opportunités manquées », « Regrets » et « Chances gâchées » – dans lequel elle erre sans but. J'ai l'impression de traîner seule dans ce fameux couloir depuis une éternité, désormais. Je ne peux pas le lui expliquer. C'est trop dur. Trop humiliant.

Elle considère que je ne mérite aucune compassion parce que c'est *moi* qui ai décidé de rompre avec Martin. *Moi* qui l'ai abandonné. En toute honnêteté, parfois, cela rend les choses plus compliquées. Le regret est plus cuisant, plus atroce. J'ai tout gâché. C'était un type génial, le genre d'hommes que les femmes veulent à tout prix épouser – *devraient* épouser. Je le vois bien, maintenant. Toutes mes amies sont mariées ou vivent en couple et ne voient plus aucun intérêt à sortir pour faire de nouvelles rencontres (parmi la gent masculine, cela va sans dire). Mes horizons s'étrécissent. Plus jeune, je rencontrais constamment de nouvelles personnes : à la fac, au bar, en boîte ou au boulot. Mais au fil des ans, les opportunités se sont faites plus rares. Mes amies de fac sont toutes parties ; la plupart d'entre elles sont de toute façon casées et n'auraient aucune envie de faire la tournée des bars à la rencontre d'inconnus, comme au bon vieux temps. J'ai du mal à aller dans un bar toute seule, et je serais incapable de mettre les pieds dans une boîte de nuit, aujourd'hui, même avec une foule de supporters. Ces endroits sont désormais fréquentés par des femmes qui pourraient être mes propres filles. Je n'aurais sûrement qu'une seule envie : leur conseiller de porter un manteau ou de reboutonner leur haut afin de couvrir leurs jolies formes rebondies. Le comble, c'est que je travaille pour un magazine spécialisé dans le mariage, chose déjà assez difficile, mais de plus, c'est évidemment un milieu cent pour cent féminin.

J'ai cherché d'autres moyens de faire des rencontres, sincèrement. Je ne suis pas du genre à baisser les bras. Je suis inscrite dans un centre de remise en forme, j'étudie le français par le biais de cours du soir (comme tout le monde le sait, c'est une langue ultra-sexy) et je pratique la salsa afin de maîtriser l'art du flirt, un mardi sur deux, à l'hôtel de ville de Wimbledon. Ensuite, je reste dormir chez mes parents. J'ai conscience que cela réduit fortement mes chances de passer une nuit de folie, mais ma mère est la reine des lasagnes – comment résister à cela ? Je me suis fait quelques amis par ce biais, mais pas d'hommes ; enfin, pas d'hommes *célibataires*, ce qui est la finalité. Au contraire, ces cours sont pris d'assaut par des femmes en quête d'un partenaire. Bien que je sois assez sociable et que ces femmes se révèlent être sympathiques et toujours partantes pour partager un verre de Bordeaux ou une margarita après les cours, mes nouvelles amies semblent invariablement plus douées que moi pour se dégoter l'homme de leur vie. Elles ne cessent de se marier, les unes après les autres. D'où le nombre inquiétant de noces auxquelles je me retrouve conviée.

Ces femmes donnent l'impression que trouver l'amour est si facile... Dès qu'elles semblent prêtes à passer le cap, ça leur tombe dessus. Puis, inévitablement, se met en place une espèce de rituel. Au début, ces jeunes mariées me proposent des dîners à quatre ou des blind dates avec leurs amis ou leurs collègues. Mais, allez savoir pourquoi, je ne suis jamais tombée sur mon âme sœur. Et même si mes rapports avec la mariée ne changent en rien, ce genre d'invitations finit par disparaître.

Nous continuons à nous voir, mais entre filles, où nous passons la soirée à disséquer mes rendez-vous désastreux, et lorsque ça en devient trop déprimant, nous reportons le sujet sur de nouvelles idées déco pour leur intérieur.

Qu'est-ce qui cloche, chez moi, au juste ?

J'ai le sens de l'humour (c'est ce que déclare mon profil internet, mais c'est également la vérité). Je suis quelqu'un d'attentionné, de prévenant, d'altruiste, et on me dit généreuse. Je suis amusante – enfin, je le crois : difficile de se juger en toute objectivité. J'ai la chance d'avoir tout un tas d'amis intéressants, drôles et dévoués – des amis dont j'ai gagné la confiance grâce à ma loyauté sans faille et ma capacité à me souvenir des anniversaires de leurs enfants.

Le problème, c'est que je me coltine également tout un essaim d'ex-infidèles, irresponsables ou encore arrogants dont l'apparition dans ma vie n'est due qu'à mon désespoir grandissant entraînant un terrible manque de discernement.

Je fais plus jeune que mes trente-cinq ans. Sans trop de lumière, on peut facilement m'en donner trente-trois, et encore moins vue de dos, étant donné que je m'efforce de manger sainement et de m'habiller élégamment de façon à défier la gravité et les faits. J'ai de longs cheveux noirs et de grands yeux marron cernés de longs cils. J'ai toujours pensé que mes yeux étaient mon atout numéro un, mais je n'en suis plus aussi sûre, avec ces pattes d'oie qui commencent à pointer. Je songe au Botox, bien qu'à chaque fois que j'ose en parler à mes amies ou à ma sœur, elles éclatent de rire et me disent d'attendre au moins dix années de plus. « Tu es encore un bébé », rétorque souvent Lisa, mais je reste sceptique quant au fait qu'il s'agisse d'un véritable compliment.

Je ne suis pas un bébé. À mon prochain anniversaire, on fêtera mes trente-six ans. Je rentre officiellement du mauvais côté de la trentaine. Il suffit de savoir compter.

Le problème, c'est que j'ai toujours eu envie de me marier. Certaines personnes ont cette idée en horreur : le mariage, c'est dépassé, contraignant, irréaliste, et j'en passe et des meilleures. Personnellement, j'ai toujours pensé que le mariage ferait partie intégrante de mon existence. Ce week-end, mes parents fêtent leurs trente-huit ans d'union – c'est un couple en or ; enfin, ils sont plus proches du rubis, mais vous voyez ce que je veux dire. Ils sont heureux, comblés et inséparables. Lisa et Henry sont ensemble depuis une éternité, comme je l'ai déjà dit. Même mon frère cadet, Mark, est marié depuis trois ans. Les journaux ne parlent que de divorce ; les pessimistes aiment décrire l'Angleterre comme un pays aux valeurs qui s'effondrent, un pays où les gens sont incapables de faire durer une relation plus longtemps qu'une coupe de cheveux, mais ce n'est pas ce que je vois autour de moi. Parfois, j'ai l'impression de ne connaître *que* des gens mariés.

J'ai activement cherché à me marier la plus grande partie de ma vie. À seize ans, j'ai supplié mes parents de m'inscrire dans un lycée qui venait tout juste d'ouvrir ses portes aux filles afin d'avoir l'occasion de rencontrer tout un tas de garçons. Le choix de mon université ne s'est fait qu'après l'étude méticuleuse du ratio hommes/femmes du campus en lui-même mais également de la spécialité que je visais. Évidemment, je me doutais que je ne rencontrerais pas d'hommes chez *Loving Bride !*, mais à l'époque de mon embauche, j'étais fiancée à Martin. Je ne cherchais donc plus, c'était dans la poche – enfin, c'était ce que je croyais. Lorsqu'on se penche sur la quantité d'efforts fournis pour trouver mon âme sœur, il est assez incroyable que je sois encore seule, pas vrai ?

Certes, j'ai commis des erreurs. Peut-être ai-je tendance à m'intéresser aux mauvaises personnes, aux hommes qui ne

cherchent pas à se marier, par exemple. Je suis fatalement attirée par les mauvais garçons : le visage taillé à la serpe, une
tenue subversive et un regard à tomber. Je suis séduite par
les hommes charmeurs, sexy et hors d'atteinte. Des hommes
blessés ou divorcés. Pire encore, des hommes mariés qui
« oublient » de mentionner l'existence de leur femme jusqu'à
ce que celle-ci les appelle ou, encore plus humiliant et encore
plus terrible, me trouve dans leur lit – ce qui est arrivé une fois.
Comme un aimant, je m'agrippe aux mufles et aux séducteurs,
le genre de types qui peuvent déshabiller une femme d'un seul
regard. Des hommes tout ce qu'il y a d'infréquentable.

Et c'est un véritable problème.

Ces hommes-là ont tendance à ne rester dans votre vie
que quelques mois, voire quelques semaines. Le souci, c'est
que je ne parviens pas à voir les choses ainsi lorsque j'entame une relation avec l'un d'entre eux. Au contraire, j'aborde
chaque premier rendez-vous avec un optimisme renouvelé. Je
suis une éternelle romantique, au grand dam de Lisa, qui ne
comprend pas que je puisse me comporter encore ainsi à mon
âge. Je devrais apprendre de mes erreurs, mais je n'y arrive
pas. J'entends ce qu'elle dit et je respecte son point de vue – je
pourrais même prodiguer ces conseils à une amie –, mais il
n'y a rien à faire. Lorsque je rencontre un homme et qu'il se
montre réticent à parler de sa vie sentimentale, pas un seul
instant je ne m'imagine qu'il est marié et père de deux enfants.
Non, je cherche au contraire à me convaincre qu'il a une excel-
lente excuse pour se montrer aussi énigmatique et refuser de
me donner son numéro de fixe. Il est tout à fait concevable
qu'il soit en plein deuil ; peut-être sa dernière petite amie est-
elle décédée ou n'a-t-il jamais fréquenté qui que ce soit, ayant
consacré sa vie à s'occuper de sa mère gravement malade ? Ou
bien l'élue de son cœur s'est révélée être lesbienne, finalement ?
Ce genre de choses arrive. Pas tous les jours, certes, mais tout
un tas de raisons peuvent justifier la réticence d'un homme.

J'ai alors tendance à consacrer énormément de temps et
d'énergie à m'imaginer comment le secourir, comment lui
redonner le goût de vivre et inonder son existence d'un amour

meilleur, plus grand et plus fort que tout ce qu'il a vécu jusqu'ici. Je suis sûre de ne pas être la seule à fonctionner ainsi.

Je commence toujours par le sexe.

Cela peut sonner arrogant, mais je ne pense pas risquer grand-chose en affirmant que je suis une valeur sûre, au lit (beaucoup d'hommes m'ont couverte d'éloges à ce sujet – enfin, par éloges, vous voyez ce que je veux dire…). Et la gent masculine aime le sexe, alors pourquoi ne pas commencer par là ? Le souci, c'est que je ne semble pas vouloir comprendre que les relations qui débutent par le sexe en restent en général au même stade.

Avec Martin, c'était différent. Ce n'était ni un mufle ni un séducteur, mais un homme droit et honnête. Je l'ai fréquenté pendant quatre ans, période prénuptiale tout à fait adéquate (pour reprendre les termes de ma mère). Nous avions décidé de prendre notre temps. Et au début, nous étions très heureux – du moins, satisfaits de notre situation. Je n'ai rien à reprocher à Martin, ce qui suffit à le différencier de tous mes ex.

Il est beau garçon (ma mère ne cessait de me le rabâcher, même si je dois avouer avoir un faible pour les bruns aux yeux clairs – Martin est blond aux yeux marron). Contrairement à la plupart de mes anciens petits amis (qui l'ont précédé ou suivi), il avait un bon poste. D'ailleurs, sa carrière avait connu une ascension fulgurante durant cette période.

D'analyste, il était passé à chef de service, puis à cadre de direction dans l'entreprise d'expertise en management qui l'embauchait. Lisa me reprochait de me plaindre constamment de ses interminables heures de travail et du fait qu'il semble faire passer son job en premier. C'était souvent comme ça, avec ces hommes-là : ils se devaient de réussir s'ils voulaient mettre leur famille financièrement à l'abri. C'est juste que, parfois, j'aurais aimé le voir rentrer à la maison à l'heure prévue, ou prendre un jour de congé pour mon anniversaire, ou au moins éteindre son satané téléphone lorsque nous étions au lit.

Malgré cela, notre relation suivait son cours tranquille. Au bout de deux ans, nous avons emménagé ensemble, et un an plus tard, le jour de mes vingt-neuf ans, Martin demandait ma main. Nous prévoyions de nous marier le jour de mes trente ans. Enfin, la veille, pour être exacte, afin que je puisse clamer m'être mariée *avant* mes trente ans.

Nous nous sommes aussitôt lancés dans l'organisation : moi, Martin, ma mère et toutes mes collègues. Ce serait un moment merveilleux, avec des colombes, des fontaines de chocolat et des sculptures de glace. Je pensais avoir tout ce que j'avais jamais désiré, jusqu'à ce qu'un jour, je me rende compte que je n'étais pas amoureuse de lui.

Je l'aimais beaucoup, certes. Je l'appréciais énormément, pour sûr. Mais il ne faisait pas frémir mon cœur (ni une quelconque autre partie de mon anatomie). L'évidence m'est apparue lors de mes derniers essayages, deux semaines avant le grand jour. Le timing n'a jamais été mon fort…

Mais aujourd'hui, je me demande si je n'ai pas fait une énorme erreur. Ces quatre années passées ensemble ont été cruciales dans ma vie. Lorsque j'ai commencé à fréquenter Martin, j'étais une jeune fille insouciante, mais quand je me suis mise à renvoyer les cadeaux de mariage, j'ai remarqué que pratiquement tous ceux que je connaissais étaient mariés et avaient des enfants. Sans parler des années qui ont suivi depuis. Le temps a filé en m'oubliant sur son passage. Peut-être que Martin était le bon, finalement, et que la vision d'horreur qui m'a prise lorsque je me suis aperçue dans le miroir ce jour-là était simplement l'angoisse que vivent tous les futurs mariés. Cette hypothèse est fort probable car depuis, je ne me suis jamais sentie aussi bien avec quelqu'un. En tout cas, pas quelqu'un qui soit disponible, qui me corresponde et qui m'aime en retour.

Installée dans ce joli petit restaurant aux côtés de ma grande sœur, devant mon verre de vin et mon tiramisu, l'alcool qui me monte à la tête et m'engourdit tout le corps me souffle que j'ai raté la chance de ma vie.

J'ai littéralement balancé mon bonheur à la poubelle.

Jeudi
21 avril 2005

5

Dean

— Est-ce que je te déteste ? souffla Dean à l'oreille du vieil homme endormi.

Il avait toujours cru connaître la réponse à cette question. Chaque fois qu'il se l'était posée, il en avait été certain : oui, il détestait Edward Taylor ; Eddie, pour les intimes. Oui, il détestait son père.

Mais aujourd'hui ?

Aujourd'hui, devant ce vieillard mourant au souffle rauque qui soulevait péniblement sa poitrine, à la peau grise et cireuse et aux paupières fermées, Dean était incapable de trouver la force de le détester. Le vieil homme rabougri allongé devant lui, dans ce lit d'hôpital, ne ressemblait en rien au père de ses souvenirs. Cet homme avait été fort, en pleine santé. Et cruel. Le père dont il se souvenait avait de longs cheveux noir corbeau, presque bleu nuit. L'Edward Taylor qui lui faisait face n'avait pratiquement plus un cheveu sur le caillou, et le peu qui lui restaient étaient aussi blancs que ses draps. Plus blancs encore. Son crâne était recouvert de taches de vieillesse. Il transpirait la vulnérabilité.

Dean pensait se souvenir qu'Edward Taylor vouait un véritable culte à ses cheveux. Il *pensait* se rappeler sa façon de contempler son reflet chaque fois qu'il en avait l'occasion : dans le miroir de l'entrée, les rétroviseurs de la voiture, les vitrines des magasins et les petites cuillères. Il était pratiquement certain de s'en souvenir, mais peut-être s'agissait-il d'une anecdote confiée par sa mère ou sa grand-tante il y a des années de cela, anecdote qu'il avait fini par fondre à sa réalité.

Ou alors il l'avait inventé de toutes pièces.

En l'absence de toute forme de réalité – une présence, ou bien des lettres ou des coups de fil –, Dean s'était résolu à combler lui-même les blancs. Il avait fonctionné ainsi pendant des années, et au fil du temps, les vœux pieux, les fantasmes et les doux souvenirs s'étaient solidifiés au point de se muer en faits. Il devenait difficile d'être sûr de quoi que ce soit. Edward Taylor n'était pas une présence, mais une absence. Quelle ironie, d'être torturé par le manque d'une absence, n'est-ce pas ? Comment était-ce possible ? Était-ce même juste ? Il avait grandi en ignorant si son père sentait la cigarette ou l'après-rasage. Il ne savait pas s'il avait la voix rocailleuse, grave ou douce. Il n'avait pu que déduire de quelle équipe de foot il était fan, petit, se basant sur le fait qu'il devait soutenir la même équipe que les pères de ses camarades de classe : Fulham.

Durant une période qui s'était étirée sur deux bonnes années et demie, il avait regardé tous les matchs de Fulham à la télé, inspectant la foule à la recherche d'un homme qui *pourrait* être son père. Il passait chaque visage au crible, à l'affût d'une tignasse noire, d'une légère barbe et d'un pantalon moulant, même si la mode avait évolué et que son père devait plus probablement porter un pull miteux trop grand et un jean troué en hommage à Nirvana.

Eddie Taylor avait été un homme imposant, dans tous les sens du terme. Malheureusement, sa stature ne le rendait pas plus protecteur. L'un des rares souvenirs que Dean était certain d'avoir vécu était la vision des larges épaules de son père qui touchaient presque le cadre de la porte, lorsqu'il l'avait franchie pour la dernière fois. Quand il l'avait ouverte, la lueur orangée de la rue avait envahi l'intérieur avant d'être barrée par la silhouette massive de son père, qui avait passé le seuil pour quitter le foyer à jamais. Il avait été pressé ; il n'avait même pas pris le temps de jeter un œil dans le miroir. Dean l'avait regardé partir du haut des escaliers.

Il avait du mal à concilier ce vieillard rabougri aux histoires, aux espoirs et à la haine qu'il avait méticuleusement nourris sa vie entière. La menace qui avait assombri son existence se révélait être un homme mourant. Aucun signe de cornes. Dean résista à l'envie d'aller vérifier sur la feuille de soins une quelconque mention de griffes, de queue ou de toute autre manifestation physique du diable.

En grandissant, il avait cessé de spéculer sur son père. Cela ne servait à rien. Le vide dont on l'avait accablé ne pouvant être rempli de petits détails, il l'avait comblé d'un fait qui ne laissait aucun doute : Eddie Taylor avait abandonné sa femme, son fils et sa fille et ne les avait jamais recontactés une seule fois en vingt-neuf ans. Le manque s'était transformé en rancune avant de devenir de la haine pure et dure.

Que faisait-il ici, alors ? Si Dean détestait Eddie Taylor, il n'avait aucune raison d'être à ses côtés. Si la haine s'était muée en indifférence, cela avait encore moins de sens. Il n'avait pas voulu venir ; c'était son assistante, Lacey, qui l'y avait poussé. Lorsqu'il avait raccroché, il avait compté se réinstaller derrière son bureau comme si de rien n'était. « Merci pour l'info, mais l'état de santé d'Edward Taylor ne m'importe que très peu. »

Mais Lacey, dont le job l'ennuyait mortellement, avait saisi cette occasion pour en faire un drame épique. Elle avait débarqué dans son bureau à l'instant même où la communication avait été coupée.

— J'ai tout entendu, avait-elle déclaré sans une once de gêne ou d'excuse.

Lacey était une petite femme de moins d'un mètre cinquante. Tout était menu, chez elle : ses hanches, ses jambes, ses bras, à l'exception près de ses grands yeux verts et de son énorme poitrine.

C'était une icône manga à elle toute seule, le genre de poupée dont tous les hommes avaient envie de faire leur jouet. Par conséquent, elle ne s'embarrassait pas de certains détails, comme le respect de la vie privée, étant donné qu'on lui pardonnait tout très facilement. Dean aurait bien tenté sa chance, lui aussi, s'ils s'étaient rencontrés dans d'autres circonstances.

— Je suis vraiment désolée, pour ce que cette infirmière a dit... Que votre père allait... mourir.

Il ignorait comment c'était possible, mais ses immenses yeux s'étaient encore agrandis. Dean avait l'impression d'être éclairé par un phare.

— Merci.

— C'est terrible...

— Si vous le dites.

Lacey s'était immobilisée ; elle avait regardé suffisamment d'émissions de téléréalité débiles pour cerner l'instant. Elle avait foncé dans son bureau pour réapparaître à peine dix minutes plus tard.

— Bon, je vous ai pris une place sur le vol de 16 h 05 en partance d'O'Hare. Vous arriverez à Heathrow à 5 h 55. Par contre, je ne savais pas quel hôtel réserver. Vous préférez l'établissement habituel, sur Covent Garden, ou quelque chose de plus proche de l'hôpital ? D'ailleurs, il se trouve où, cet hôpital ? Enfin... l'Angleterre, c'est petit, non ? Londres encore plus... Peu importe où je réserve, ce ne sera pas bien loin, j'imagine ?

— Quoi ? s'était exclamé Dean, pantois.

— Vous avez le temps de rentrer chez vous, préparer quelques affaires et partir pour l'aéroport.

— Je n'irai pas à Londres, avait déclaré Dean en se retournant vers son écran, incapable de soutenir le regard de Lacey plus longtemps.

— Bien sûr que si. Votre père est en train de mourir...

— Il n'a pas besoin de moi pour ça... Il n'a pas eu besoin de moi pour vivre, n'avait-il pu s'empêcher d'ajouter.

S'il avait pris le temps de s'y intéresser une seconde, Dean aurait pu déceler le plaisir que son assistante prenait à découvrir son patron sous cet aspect plus... sentimental, disons. Elle en savait plus que nécessaire sur sa vie privée, devant souvent gérer les appels désespérés de pauvres femmes attendant encore que Dean les recontacte, comme promis. Elle savait qu'en matière de relations amoureuses, c'était un salaud fini, le genre à jeter les femmes comme de vulgaires mouchoirs. Très souvent, ses conquêtes (anciennes ou récentes) débarquaient au bureau en prétendant passer dans le coin (avec leurs Louboutin, bien sûr…), espérant pouvoir le voir deux minutes, peut-être même partager un rapide sandwich, mais Dean demandait toujours à Lacey de se débarrasser d'elles. C'étaient ses paroles exactes : « Débarrassez-vous d'elles. » Lacey avait fait et annulé suffisamment de réservations à son nom pour savoir qu'il accumulait les rendez-vous galants. Il lui demandait régulièrement d'aller lui acheter une chemise neuve, ce qui signifiait qu'il passait souvent la nuit ailleurs, mais jamais avec la même femme, en tout cas pas pour plus de deux semaines, en général.

Lacey ne parvenait toujours pas à comprendre pourquoi un homme pareil – de toute évidence intelligent, en plus d'être un frère et un oncle formidable – se comportait ainsi. Nous étions en 2005 ; la tendance allait vers les relations sérieuses ; l'accumulation de conquêtes appartenait à un autre temps ! Dean l'ignorait-il ? Ses émissions de téléréalité répétaient constamment que ce genre d'attitude reflétait en général un malaise.

À vrai dire, Lacey était ravie d'apprendre que son patron dissimulait un traumatisme passé et n'était pas simplement un mufle. Il avait un problème avec son père, et il l'avait admis, par-dessus le marché ! Un tel aveu était un appel au secours, à ses yeux. Un appel auquel elle se sentait le devoir de répondre. Malgré sa petite taille, on pouvait compter sur sa force.

— J'ai déjà prévenu le big boss que vous partiez retrouver Rogers, qui veut que vous rencontriez son équipe. Le billet est en classe affaires et pris en charge par la société. Pour me remercier, je vous autorise à me prendre un flacon de L'Interdit, de Givenchy, dans la zone duty free. Il n'est pas facile à trouver, par ici.

Au final, il lui avait été plus simple de suivre le plan de Lacey que de s'expliquer auprès de son patron. Celui-ci était extrêmement enthousiaste à l'idée de ce nouveau contrat, et Dean n'avait pas en lui l'énergie nécessaire pour lui dire la vérité.

Il n'avait eu aucune intention de rendre visite à son père. Il pourrait effectivement en profiter pour aller voir Rogers ; ça ne coûterait rien, après tout, et ça pourrait l'aider à décrocher le contrat. Et puis, il valait mieux assurer ses arrières, si jamais on vérifiait les dires de Lacey. Il en profiterait également pour rendre visite à sa sœur, Zoe. Il méritait bien un moment en famille après ces interminables nuits qu'il avait passées à travailler. En tout cas, hors de question de céder au chagrin ou à la curiosité vis-à-vis d'un homme qu'il n'avait pas vu depuis vingt-neuf ans. Edward Taylor pouvait pourrir en enfer. C'était sans aucun doute là qu'il irait, et il pouvait se passer de son fils pour cela.

Et pourtant…

Son avion avait atterri à l'heure, il avait passé la douane avec une facilité sans précédent, avait quitté l'aéroport sans avoir à jouer des coudes et s'était engouffré dans une rame de métro qui l'avait tranquillement mené dans le centre de Londres.

À son grand étonnement, il avait pu avoir accès à sa chambre d'hôtel malgré l'heure matinale. Il avait alors pris une douche et s'était décidé à aller faire un tour histoire de surmonter le décalage horaire qui resurgirait forcément plus tard dans la journée. Il était parti au hasard.

Peut-être s'arrêterait-il au Paul Smith de Covent Garden ou s'offrirait-il un café et un croissant à la Patisserie Valerie, sur Bedford Street. Il n'avait pas eu l'intention de reprendre le métro, et encore moins de finir à l'hôpital de Shepherd's Bush.

Perplexe, il s'était retrouvé devant l'imposant bâtiment de briques rouges à dix heures du matin, tentant de se convaincre qu'il n'était pas obligé d'y entrer. Il pouvait toujours demeurer un simple passant, plutôt que de devenir un visiteur. De toute façon, jamais il ne pourrait retrouver Eddie Taylor dans ce labyrinthe. Une légère brise printanière était venue lui mordre la nuque. Avec un frisson, il avait relevé son col et était entré.

Plus Dean observait cet homme et plus il se sentait perdu. Absolument rien, chez lui, ne lui semblait familier. L'espace d'un instant, il songea, paniqué, qu'on lui avait indiqué le mauvais lit. Cet homme n'était peut-être pas Eddie Taylor, finalement. Il devait se trouver dans un autre service, avec une infirmière installée sur chacun de ses genoux et une autre en train de lui masser le crâne… N'était-ce pas ainsi qu'il avait toujours été, du moins dans l'imagination de Dean et les histoires de sa mère ? Le don Juan professionnel. Le coureur de jupons. Le phobique de l'engagement.

Le salaud.

Dean s'élança au pied du lit et arracha la feuille de soins. C'était écrit noir sur blanc : Edward Charles Taylor. Il avait la preuve sous les yeux. Il était également mentionné que le patient n'avait demandé ni réanimation ni traitement. Rien, en dehors des antidouleur.

— Je suis désolée, mais les visites ne commencent pas avant onze heures. Je vais devoir vous demander de revenir plus tard, annonça une infirmière avec une diplomatie qui ne dissimulait pas pour autant sa lassitude. Les patients ont besoin de repos.

— Il dort, lui fit remarquer Dean, submergé à la fois par le soulagement et la frustration.

Si son père dormait, il n'aurait pas à lui parler, mais d'un autre côté, si son père dormait, il ne *pourrait pas* lui parler. Que préférait-il, au juste ? C'était un sommeil profond mais agité. Ses yeux dardaient de droite et de gauche – on le discernait sous ses fines paupières – et sa poitrine se soulevait péniblement à chaque respiration.

Dean n'aurait pas imaginé que mourir ressemblait à cela. Il lui semblait tellement dommage de gâcher ses dernières heures à dormir, mais peut-être était-ce indispensable. Son père et lui avaient déjà perdu tellement de temps. Leur vie entière, même. Quelques heures de plus n'y changeraient rien.

— Vous pouvez venir entre onze et treize heures, quinze et dix-sept heures puis dix-neuf et vingt et une heures, rétorqua l'infirmière.

— Je vous en prie, accordez-moi juste un tout petit instant…

Il ignorait la raison de cette requête. Il n'avait aucune envie d'être ici et il était persuadé qu'il n'avait rien à y faire. Il ne se souvenait même pas de la dernière fois qu'il s'était retrouvé dans un hôpital. Quand il avait la vingtaine, ses samedis soir se terminaient régulièrement aux urgences – un week-end entre mecs n'était pas totalement réussi sans que l'un d'entre eux ne se casse une jambe ou ne s'ouvre le crâne, pas vrai ?

Pour une histoire d'assurance, son entreprise lui avait demandé de faire une visite médicale, mais celle-ci avait eu lieu dans un somptueux cabinet, au second étage d'un immeuble huppé de Chicago. Il ne se rappelait même pas avoir dû rendre visite à qui que ce soit à l'hôpital. S'asseoir à un chevet. Observer et attendre à en mourir. Lorsque sa sœur avait accouché, les deux fois, il était aux États-Unis et n'avait donc rencontré les petits qu'une fois Zoe rentrée chez elle, entourée de peluches, de couches et de jolis bouquets de fleurs.

Ce sinistre hôpital était envahi de patients déboussolés qui erraient sans but dans les couloirs. À chaque pas, on croisait une nouvelle âme en peine adossée contre un mur ou avachie au chevet d'un proche, le visage plein d'angoisse. Certains se préparaient sûrement à recevoir une mauvaise nouvelle ; d'autres l'avaient déjà reçue. Dean soupira. Il n'aimait pas ce genre d'endroits. Il aimait la beauté, la réussite et la résistance. Il misait tout sur la chance et le charisme. Il travaillait dur pour pouvoir profiter du luxe, de la décadence et des plaisirs que la vie mettait à votre disposition. Mais là, il était entouré de chaises étroites et inconfortables, de tuyaux, de chariots et de cette odeur de désinfectant qui venait lui chatouiller les narines.

Dean ne voulait pas s'asseoir sur l'une de ces chaises, au chevet d'Eddie Taylor. Pourquoi ne partait-il pas, tout simplement ? Était-ce son côté contestataire qui le poussait à réclamer du temps supplémentaire juste histoire de prouver qu'un règlement aussi stupide lui passait au-dessus de la tête ?

Peut-être. Et peut-être voulait-il simplement rester aux côtés de cet homme.

Il n'avait pas les idées claires ; un peu d'air frais lui ferait du bien.

— Désolé, je ne connaissais pas les horaires, lança-t-il à l'infirmière en lui décochant son sourire charmeur.

Il faisait régulièrement usage de ce sourire. C'était un sourire méticuleusement travaillé qui exhibait une rangée de dents ayant bénéficié des soins d'un orthodontiste chicagoan renommé. Il s'en servait pour convaincre une vendeuse de reprendre son article bien qu'il ait perdu le ticket de caisse, une chef de salle de lui trouver une table bien qu'il n'ait pas fait de réservation, ou encore une bombe sexuelle d'abandonner ses mœurs *et* sa petite culotte. Ça fonctionnait à tous les coups.

— Vous êtes de la famille ?

L'infirmière cherchait déjà un moyen d'autoriser cet homme à rester, même si ça risquait de lui retomber dessus.

— Je suis son fils, répondit Dean en reposant les yeux sur son père, comme s'il avait lui-même besoin de s'assurer que c'était effectivement le cas.

— Eddie ne nous a jamais dit qu'il avait un fils, fit remarquer l'infirmière, inconsciente ou peu concernée par la portée de ses paroles.

— Ça ne m'étonne pas, confia Dean avec un soupir qui s'insinua dans les draps blancs comme une tache d'encre. Je ferais mieux d'aller appeler ma sœur. Je reviendrai durant les heures de visites.

— Il a aussi une fille ?

L'infirmière se tourna vers Eddie Taylor avec un grand sourire, ravie pour le vieil homme malade.

— Comme c'est touchant…

— Oui, c'est ça, lança Dean en filant avant qu'elle ne voie son regard noir.

— Salut, Zoe.

— Oh, Dean ! Tout va bien ?

Dean se demanda s'il arriverait un jour à sa sœur de décrocher le téléphone et d'être simplement heureuse d'entendre sa voix. Il en doutait sérieusement. Il aurait sûrement à vie l'image du porteur de mauvaises nouvelles.

Leur enfance difficile et solitaire leur avait appris à s'attendre toujours au pire. Ils s'efforçaient tous les deux de prétendre le contraire, s'étaient dépêtrés de leurs gènes et étaient devenus des citoyens honnêtes et travailleurs, mais au fond, la face cachée du monde les collait comme une ombre.

Zoe était l'incarnation de la droiture. Elle se rendait aux cours de danse de sa fille et aux réunions des associations de riverains au volant d'un vieux break qui tenait encore la route ;

elle achetait ses pulls chez White Stuff et ses jeans chez Gap. En général, elle avait toujours au bras un sac de courses en tissu rempli d'ingrédients bio qu'elle transformait en petits plats divins pour sa famille. Beaucoup de gens lui donneraient un peu plus que ses vingt-neuf ans, mais Zoe s'était empressée de devenir une adulte, le monde de l'enfance ne leur correspondant ni à l'un ni à l'autre. En observant son pas déterminé à travers les rues pavées de Winchester, où elle avait une jolie petite maison, il était impossible de deviner qu'elle avait arrêté de faire pipi au lit à treize ans ou qu'elle était encore incapable de dormir dans le noir.

La transformation de Dean était encore plus impressionnante. C'était aujourd'hui un publiciste aisé et extrêmement talentueux qui débordait de charme et d'assurance. Rien, dans ses costumes raffinés, sa démarche assurée et les habituelles tournées qu'il offrait au bar ne laissait entendre qu'enfant, son placard n'était rempli que de vêtements de seconde main obtenus dans les magasins de charité ou donnés par quelques bonnes âmes. Impossible de deviner qu'il avait été suivi par un pédopsychiatre jusqu'à ses seize ans pour apprendre à maîtriser son tempérament colérique. Ils étaient parvenus à se construire des personnalités en tous points respectables et équilibrées au profit de leur entourage. Mais entre eux, il était difficile de déguiser leur passé.

— Ne t'inquiète pas, tout va bien, la rassura-t-il aussitôt.

— C'est juste que je n'ai pas l'habitude que tu appelles si tôt... S'il est 10 h 15 ici, il doit être 4 h 15 chez toi. En m'appelant au beau milieu de la nuit, comment veux-tu que je ne m'inquiète pas ?

— Je suis en Angleterre...

— C'est vrai ? lança-t-elle dans un soupir de soulagement et de plaisir. Tu ne m'as rien dit !

— Oui, ça s'est fait un peu sur un coup de tête.

— Génial ! Tu penses avoir le temps de passer nous voir avant de reprendre l'avion ?

— C'est prévu.

— Je sais que tu croules sous le travail, mais ça nous fait

tellement plaisir de t'avoir… Les enfants ont beaucoup grandi, depuis la dernière fois. Je suis sûre que tu ne reconnaîtrais pas Hattie.

— À vrai dire, je ne suis pas ici pour le travail.

Dean s'interrompit, cherchant les mots justes. Incapable de savoir s'il les trouverait un jour, il se lança :

— C'est notre père.

— Notre père ? répéta Zoe, perplexe.

— Edward Taylor, précisa Dean, au cas où elle ignorait de qui il parlait.

— Il est mort ?

— Non.

— C'est bien dommage.

— Voyons, Zoe, tu ne peux pas dire ça. Tu es trop bonne pour penser une chose pareille.

Dean, lui, le pensait vraiment, mais il avait toujours considéré Zoe comme étant la plus empathique des deux.

— Non, je suis sincère. Ma bonté a ses limites, lorsqu'il s'agit de lui.

— Il est mourant.

— Et ?

— Et je me suis dit que ça t'intéresserait peut-être de le savoir.

— Tu t'es trompé. Ça m'est égal.

Dean distinguait sa respiration saccadée, comme si elle venait de courir un marathon. Elle devait sûrement se demander pourquoi il l'avait appelée pour lui parler d'Edward Taylor. Pourquoi avait-il décidé de gâcher son jeudi matin ? Elle s'apprêtait sans doute à emmener les enfants au parc, à aller promener le chien… Elle n'avait pas besoin de cela.

— Comment tu es au courant, d'ailleurs ? lança-t-elle.

— Il a demandé à une infirmière de me prévenir.

— Comment a-t-il su où tu étais ?

— Je ne sais pas. Je ne dois pas être si difficile que ça à retrouver, j'imagine…

— Il a mis vingt-neuf ans, pourtant.

Dean ignora sa remarque.

— Ce n'est pas moi qui ai disparu, mais lui.

— Ah, donc tu te souviens au moins de ça.

Oui, Dean s'en souvenait. Chaque jour de sa vie.

— Zoe, je lui en veux autant que toi, tu sais.

— De toute évidence, non. Tu n'aurais pas fait le voyage depuis Chicago pour aller à son chevet, sinon. Je suppose que c'est pour ça que tu es venu, pas vrai ? Tu comptes aller le voir.

Il était incapable de lui mentir.

— En fait, je t'appelle de l'hôpital…

— Tu lui as parlé ? s'égosilla-t-elle dans un élan de rage.

Zoe avait toujours soupçonné Dean d'être secrètement prêt à pardonner à leur père ; quant à elle, elle ne nourrissait en aucun cas le même sentiment.

— Non. Soit il dort, soit il est inconscient. Je ne sais pas trop…

— Pourquoi t'a-t-il contacté après tout ce temps ? Il veut que tu lui donnes un rein ou quoi ?

Dean se sentit bête de ne pas y avoir pensé plus tôt. C'était effectivement possible.

— Je ne crois pas, marmonna-t-il.

— Et tu crois quoi, alors ?

— On m'a dit qu'il ne lui restait que quelques jours.

— Je m'en fiche. Je ne le connais pas.

— C'est justement ça, le problème.

— Et tu penses pouvoir apprendre à le connaître durant ses derniers jours ?

— Oui, peut-être.

— C'est n'importe quoi. Pourquoi aller le voir alors que lui n'a jamais fait un pas vers nous ?

Le frère et la sœur se mirent alors à se rappeler, chacun de leur côté, toutes les fois où ils avaient attendu, en vain, qu'Edward Taylor vienne les voir, peut-être même les sortir de là. Les trois premières années qui avaient suivi son départ, Dean avait été persuadé que son père ferait son apparition aux journées sportives de son école. Il l'avait espéré avec toute l'énergie et l'engagement dont pouvait faire preuve un petit garçon de son âge. Déjà grand de nature, il avait toujours été bon athlète, mais il n'y avait jamais eu personne pour le soutenir ou célébrer ses victoires. Quel était l'intérêt de battre ses camarades à plate couture s'il n'avait personne à rendre fier ? Dean aurait été incapable de deviner que Zoe avait nourri des rêves similaires jusqu'à tard. Jusqu'au jour de son mariage, elle avait espéré que son père surgisse de nulle part pour l'abandonner à un autre homme. Mais il n'était pas venu, évidemment, et il l'avait déjà abandonnée, de toute façon, des années plus tôt.

— On était ensemble, au moins.

— Juste parce qu'on n'avait personne d'autre.

— Mais ça n'était pas suffisant ?

Ils savaient tous les deux que non, mais aucun ne pouvait se permettre de le dire à l'autre sous peine de le blesser. Zoe hésita, puis poursuivit :

— En tout cas, je me fiche bien de ce qui lui arrive. Je ne veux aucun détail. Ne me parle plus de lui, d'accord ? Pas avant que tu ne m'appelles pour m'annoncer sa mort.

— Zoe…, insista Dean.

— Je t'en prie, Dean, ne me pousse pas à te détester toi aussi.

— Ce n'est pas ce que je cherche à faire. Je n'ai pas envie de baisser dans ton estime, mais je ne pouvais tout simplement pas te le cacher. Ne m'en veux pas…

— Je dois y aller. Le chien va finir par pisser dans la cuisine.

Dean savait que le labrador chocolat était propre. Zoe voulait simplement mettre fin à cette conversation.

— Très bien, petite sœur… Je t'appelle quand…

Il n'eut pas à en dire plus. Zoe avait déjà raccroché.

6

Jo

C'est le début de quelque chose de grand. De quelque chose d'important. Enfin, ça pourrait l'être. Je ne suis pas bête – du moins, pas toujours. J'ai vécu suffisamment de faux départs et mes espoirs ont été bien trop souvent piétinés pour ne pas savoir que le véritable amour ne vous tombe pas dessus si facilement – en tout cas, dans la vraie vie. Mais j'ai tout de même envie d'y croire.

Allongée sur le dos, je m'efforce de ne pas faire le moindre mouvement qui pourrait réveiller Jeff. Nous ne nous sommes endormis qu'à trois heures moins vingt, cette nuit, et l'énorme horloge en alu fixée au mur devant moi annonce qu'il n'est même pas encore six heures. Mais je n'arrive pas à dormir. Trop d'émotions.

J'essaie de ne pas gigoter, bien que ce ne soit pas passionnant de fixer le plafond. C'est un plafond tout ce qu'il y a de plus banal, sans moulure ni artifice, ou encore une tache d'humidité suggérant une bataille financière ou un voisin indolent qui aurait oublié de fermer le robinet. Non, ce plafond ne me révèle rien.

Je balaie la pièce des yeux. La décoration est minimaliste et l'odeur de peinture fraîche me chatouille les narines. Je me demande si Jeff est du genre à faire venir un décorateur tous les deux ans pour s'assurer que son intérieur soit toujours impeccable. C'est ce que font certains, n'est-ce pas ? En tout cas, c'est le cas de mes parents, mais ils ne doivent pas être les seuls.

Je me vois très bien vivre ici, aux côtés de Jeff. Je sais, je sais, je m'emballe, mais si ça devait marcher entre nous, ça m'irait très bien, voilà tout.

En tout cas, lorsque je serais parvenue à passer au-dessus de mes craintes de casser quelque chose ou de mettre la pagaille. Cet endroit est particulièrement propre, il faut dire... Dans un léger regain de confiance, j'ose bouger la tête de gauche à droite. Je n'ai pas envie de réveiller Jeff, mais il faut bien que je me fasse au lieu.

À notre arrivée hier soir, j'étais trop alcoolisée *et* excitée pour faire attention à quoi que ce soit. Je me souviens le voir se battre avec un gros trousseau de clés, et dès qu'il a ouvert la porte, je l'ai plaqué contre le mur.

Nous avons fait l'amour, debout, comme deux bêtes sauvages, puis nous avons remis le couvert dans son lit, mais en prenant notre temps, ce coup-ci. Deux fois, eh oui ! J'ai enfin de quoi me vanter auprès de mes amies mariées. Combien d'entre elles peuvent prétendre avoir fait l'amour deux fois de suite ? À les écouter, la plupart tournent autour de deux fois *par mois*... Je ne comprends toujours pas comment j'ai envie de rejoindre leur club quand j'entends ce genre de choses...

La chambre de Jeff est magnifique ! Moderne, confortable et de très bon goût. Sur le mur s'étalent des photos en noir et blanc d'une plage en plein hiver. C'est plutôt rare qu'un homme aime les plaids, les bougies et les coussins, mais Jeff dispose de toute la panoplie. Je cherche des yeux une ou deux photos qui pourraient m'en dire plus sur l'univers de mon nouveau petit ami. Je suis incapable de me souvenir précisément de ce qu'il a pu me révéler hier soir.

De toute façon, nous n'avons pas vraiment pris le temps de nous raconter nos vies, si vous voyez ce que je veux dire... J'ai retenu qu'il aimait descendre sur Bude pour faire de la planche à voile... ça, et qu'il travaillait pas loin d'ici, dans Hackney – nous avons évoqué les avantages d'avoir peu de temps en transport en commun. Par contre, je n'arrive pas à me souvenir de son métier… Me l'a-t-il dit, au moins ? Il a un frère, ou peut-être deux. C'est plus ou moins vague, quoi.

Aucune photo n'est là pour m'aider à combler les blancs, ni aucun livre ou bibelot qui pourrait donner des indices. Ce type est un vrai maniaque, en fait… Si je devais emménager, il faudrait que je m'achète un de ces arbres à bijoux parce que mes colliers s'emmêlent constamment, et j'ai comme le sentiment qu'il n'est pas du genre à apprécier les pièces jonchées d'amas de bijoux (de vêtements ou de chaussures non plus, d'ailleurs). Il faudrait aussi que je me procure ces bacs à linge sale marqués « couleur » et « blanc ». De toute évidence, Jeff aime les choses bien faites.

Je tourne la tête et m'abreuve de la vision de mon nouveau petit ami, qui dort paisiblement à mes côtés. Épuisé. À bout. Il ressemble un peu à Mark Wahlberg, ou Ryan Reynolds, peut-être. Le genre garçon ordinaire, mais en mieux foutu. Une vraie bombe sexuelle, quoi. Il a de magnifiques pommettes saillantes, des yeux sombres, des cheveux bruns, des lèvres roses, charnues et, il faut l'avouer, à tomber. Je me demande quel âge il peut bien avoir. Il est fort possible qu'il ait une ou deux années de moins que moi, voire trois ou quatre… Il va falloir faire en sorte qu'il ne tombe pas sur mon permis de conduire, du moins pas tout de suite. Je n'ai pas vraiment envie d'entamer notre relation par ce genre de discussions, si vous voyez ce que je veux dire. Cet Adonis doit avoir une liste d'attente longue comme le bras de femmes plus jeunes, plus grandes, plus jolies, plus amusantes ou encore aux carrières plus alléchantes. Voire réunissant toutes ces caractéristiques. Mon cœur s'emballe à cette idée. La concurrence est rude, de nos jours. Au vingt et unième siècle, rencontrer un homme s'apparente au premier jour des soldes : il faut constamment jouer des coudes pour avoir une chance d'entrer dans la partie.

Et pourtant, il est là, à côté de moi. Je suis là, dans son lit. Je pousse un long soupir de satisfaction tout en m'efforçant d'évacuer la panique qui me ronge, méthode conseillée par le professeur de yoga du DVD que je me suis offert à Noël dernier. Il faut que je prenne du recul, nous avons le temps.

Pas des années, certes – oui, on y revient, mais j'ai trente-six ans dans un mois !! –, mais nous disposons d'*un peu* de temps. Je pourrais me faire porter pâle et passer la journée au lit avec lui… D'ailleurs, si je prétextais une gastro, je pourrais profiter de la journée de demain, aussi. Nous bénéficierions de quatre jours de passion charnelle ininterrompue. Qui sait où pourraient nous mener ces quatre jours… À plusieurs semaines, voire des mois ?

Si je reste dans cette même optique… Imaginez que l'on tombe amoureux l'un de l'autre, à quel rythme les choses évolueront-elles ? Disons six mois d'adaptation suivis de six mois de fiançailles (évidemment, ce que j'ai pu dire sur la « rapidité scandaleuse » de Martin ne compte plus, dans ce cas)… dans un an, Jeff et moi pourrions être en train de rédiger notre liste de mariage dans un magasin chic.

S'ensuivrait une année à profiter de la vie de jeunes mariés, trois mois pour essayer de concevoir un enfant, les neuf mois de grossesse, puis mon premier bébé à trente-huit ans. Il serait même envisageable d'en faire un deuxième avant mes quarante ans. Ce serait serré, mais pas impossible. J'ai tendance à penser en termes de doubles négatifs, ces jours-ci ; c'est ce qui me rapproche le plus de la positive attitude.

Mais cette fois, *cette fois*, je suis persuadée que je ne m'emballe pas pour rien, car je me souviens très bien d'une chose qui s'est passée hier soir… De ce qu'il m'a murmuré à l'oreille après nos derniers ébats : « C'est une fille comme toi que je devrais épouser. »

Les hommes ne déclarent pas ce genre de choses à la légère. Il devait forcément le penser.

Et le sexe était incroyable… Je n'ai jamais vécu quelque chose d'aussi fort. Le simple fait d'y songer me titille l'entrejambe. C'était tellement… J'essaie de trouver le terme exact pour définir le marathon sexuel auquel nous nous sommes adonnés. Ma tête en tourne encore. Comment dire… C'était tellement… *puissant*.

Il faut vraiment que j'aille faire pipi. Je repousse tout doucement la couette et me glisse hors du lit. Je cherche sa robe de chambre des yeux histoire d'avoir quelque chose à enfiler. Peu importe mes prouesses d'hier soir, mon corps n'apprécie pas plus que ça la fraîcheur nocturne. Je ne vois aucune robe de chambre ni aucun pull jeté sur le dossier d'une chaise. Je n'ai donc pas d'autre choix que de foncer toute nue dans la salle de bains, qui est une pure merveille, soit dit en passant.

Elle donne l'impression d'avoir été tirée d'une page de magazine. Il a forcément une femme de ménage à son service. Il aurait donc les moyens ?! J'ai conscience que c'est matérialiste, mais l'idée d'avoir un petit ami dont le salaire permet d'employer une femme de ménage est géniale. J'ai passé bien trop de « rendez-vous » à nettoyer l'intérieur de mes ex. Ça commence toujours par un restaurant chic suivi d'une boîte de nuit, puis quelques semaines plus tard, on passe au niveau inférieur – ciné et pop-corn offert gracieusement – pour finir sans même que je m'en rende compte sur un canapé devant un DVD. Je m'efforce de me convaincre que passer une soirée à récurer un four ou à dégivrer un congélateur fait partie intégrante d'une véritable relation, mais au fond, j'ai bien conscience qu'on profite simplement de moi.

Les serviettes soigneusement pliées forment une tour parfaite sur l'étagère qui jouxte l'immense douche à l'italienne, des bougies chauffe-plats sont alignées tout le long du lavabo et le bout du rouleau de papier toilette est plié en triangle. Il n'y a que dans les hôtels, que j'ai vu une chose pareille ! Cet endroit est tout bonnement merveilleux… J'ai envie de m'embrasser, tiens ! Mais bon, il faut vraiment que je fasse pipi.

Tout en me lavant les mains, je me force à regarder mon reflet. À une certaine époque, une longue nuit passionnée me rendait rayonnante, mais aujourd'hui, ce genre d'ébats ne me laissent que d'énormes valises sous les yeux. Je m'asperge le visage d'eau froide et pars à la recherche d'une lotion qui pourrait servir à me démaquiller. Il n'y en a pas. À vrai dire, il n'y a absolument rien qui traîne, ni sur le rebord de la fenêtre ni dans le placard. Il y a bien un placard, mais il est… vide, intact.

Tout comme les bougies chauffe-plats qui n'ont jamais été allumées. Sur la pointe des pieds, je prends la direction de la cuisine. Cet endroit me semble soudain bizarre, mais sans caféine, ce n'est même pas la peine que j'essaie de me creuser le cerveau en quête d'une explication. La grande cuisine est aussi immaculée que la salle de bains. Le sol stratifié et chaque surface de la pièce scintillent, les robinets et les fenêtres rutilent et les divers coussins disposés ici et là semblent ne jamais avoir été touchés. La table est joliment dressée, comme si Jeff attendait du monde. En fait, la scène me fait penser à la table de mariage de Miss Havisham, sauf que les plats sont propres et lustrés et non recouverts de toiles d'araignée et d'insectes. Qui Jeff peut-il bien attendre ?

Il me faut vraiment de la caféine. J'ouvre le placard au-dessus de la bouilloire, mais il est vide. Je m'étais au moins attendue à y trouver une boîte de café soluble et une autre de sachets de thé, même si dans tout ce luxe, il n'aurait pas été étonnant d'y voir à la place des grains de café, des filtres en papier et trois variétés différentes de thé en vrac.

— Il va nous falloir prendre le café à l'extérieur...

L'apparition soudaine de Jeff me fait sursauter. Malgré l'intimité partagée plus tôt dans la nuit, je ne reconnais pas le ton de sa voix. Je me tourne vers lui ; il est sur le seuil de la cuisine, nu. Je suis nue moi aussi.

Soudain, j'ai le sentiment étrange que cette cuisine est témoin de trop de nudité. Je rentre mon ventre. Mes cuisses et mes fesses sont tournées vers le plan de travail, mais j'espère que sa surface laquée ne reflète pas la cellulite qui les ronge. C'est tellement plus difficile de s'assumer en pleine lumière...

— Tu n'as plus de café ? je lui demande.

Jeff ne répond pas, se contentant d'afficher un grand sourire tout en prenant la direction de la salle de bains.

J'en profite pour galoper jusqu'à la chambre et m'enfouir sous la couette. Dieu merci, il n'a pas ouvert les rideaux. La lumière du petit matin s'infiltre dans la pièce à pas feutrés, sans agressivité. Je l'écoute faire pipi puis tirer la chasse. Il quitte la pièce sans s'être lavé les mains. J'essaie de ne pas en faire un drame, mais j'avoue que ça me dérange quelque peu. Pourquoi la plupart des hommes ont cette fâcheuse habitude ?

Je m'attends à ce que Jeff me rejoigne au lit, mais il s'accroupit et s'empare de ses vêtements éparpillés au sol.

— Désolé, charmante demoiselle, mais nous n'avons pas le temps de remettre ça. Il va falloir déguerpir avant que quelqu'un nous voie.

Occupée à me persuader qu'il pense vraiment que je suis une charmante demoiselle et qu'il n'a pas dit ça simplement parce qu'il a oublié mon prénom, je ne saisis pas tout de suite sa seconde phrase.

Avant que quelqu'un nous voie ? Comment ça ? Qu'est-ce qu'il veut dire ? Où est le problème ?

— Mais je n'ai rien mangé. Je n'ai même pas pris de café !

J'ai vraiment besoin de boire un café ; ma gueule de bois commence à faire effet, comme si elle s'était réveillée avec Jeff.

— Il n'y a rien à manger, ici.

— Si tu veux, je peux aller nous chercher quelque chose. Pendant que tu prends une douche…, je lui propose.

Jeff, qui était en train de boutonner sa chemise, interrompt son geste. Je me demande si ma remarque au sujet de la douche ne l'a pas vexé. Est-ce qu'il s'imagine que je suis en train de critiquer son hygiène intime ? Bon, c'est un peu ça, je dois l'avouer. Quel genre de type fait l'amour toute la nuit et part travailler sans même prendre une douche ?

— Je ne peux pas prendre une douche ici, les autres agents le remarqueraient. Même chose pour le petit-déj. Allez, bouge, il faut que le lit soit impeccable pour ne pas qu'on voie qu'on a dormi dedans. Un coup de fer à repasser sur la couette et ni vu ni connu. Je ne me suis jamais fait prendre !

Je le dévisage, perplexe.

— Les agents ?

Mais qu'est-ce qu'il raconte ?!

— Ce n'est pas chez toi, ici ?

Une idée me vient soudain.

— Tu le partages ?

— J'essaie de le vendre ; je t'en ai parlé hier soir. C'est un appartement-témoin, je suis agent . Et bah dis-moi, t'en tenais une bonne, hein !

Jeff n'a plus que ses chaussettes à mettre. Il s'assoit au bord du lit et commence à les enfiler.

— Allez, lève-toi !

Il me tapote la jambe par-dessus la couette, mais son geste est loin d'être une caresse, et l'impatience que trahit son ton est toute nouvelle. Hier soir, sa voix n'était que désir et persuasion ; là, on dirait un sergent-major.

— Il faut vraiment qu'on ait décampé avant sept heures et demie, sinon je me fais virer !

— Tu es agent immobilier ?

— Oui, tu croyais que je parlais de quel genre d'agent ? Un agent secret ?

En effet, ça me dit quelque chose, maintenant. Le fait que cet appartement n'appartienne pas à mon petit ami est une amère désillusion – j'avais déjà envisagé la place de mes livres et de mes bibelots –, mais je souffle un bon coup. Hors de question de montrer que je suis déçue.

Il m'a emmenée ici car cet endroit est parfait pour la nuit que nous avons partagée. Des tas d'hommes aiment faire ça sur leur bureau ou celui de leur patron ; ainsi, le lendemain, au travail, ils sont submergés par les flash-back. Il n'y a rien de mal à ça. Je me demande à quoi ressemble son appartement, du coup.

— Tu vis où, déjà ?

— Je ne te l'ai jamais dit.

J'attends que Jeff m'éclaire, mais il se lève et ramasse ma robe, par terre. Il me la lance, mais avant même de la rattraper, je devine ce qu'il s'apprête à me dire.

— Je n'aime pas trop parler de chez moi… J'ai l'impression de trahir ma femme, en quelque sorte. Allez, dépêche-toi ! Je te le répète : il n'y a rien à manger ici, et j'ai vraiment besoin de me remplir le ventre après la nuit qu'on a passée… Si seulement il y avait un café dans le coin… Je tuerais pour un petit-déj digne de ce nom.

— Ta femme ?

Jeff jette un coup d'œil à sa montre puis esquisse un haussement d'épaules navré. Mais j'ai le terrible sentiment qu'il s'excuse pour l'absence de café aux alentours plutôt que pour la présence d'une femme dans sa vie.

Je ne me souviens pas l'avoir entendu dire qu'il était marié, hier soir. Je suis certaine que ça m'aurait marquée, quelle que soit la quantité d'alcool ingurgitée. Je suis très attentive quand la conversation tourne autour des anciennes relations sérieuses ; filles, hommes, fiancées et épouses.

En particulier épouses. C'est une chose que je ne peux pas me permettre d'oublier. Non, il n'a pas parlé d'une femme. Le mot « femme » est rédhibitoire, pour moi. Certes, je veux à tout prix un mari, mais pas celui d'une autre. Je n'aurais jamais été aussi loin avec lui si j'avais su qu'il était marié.

Il n'y a donc qu'une seule explication : il n'a pas parlé de sa femme hier soir car ce n'est pas sa femme dans le sens strict du terme. Ils sont séparés. Divorcés. Ça, ça peut encore passer. Je me suis déjà faite à l'idée que j'ai de fortes chances de devenir la seconde épouse d'un homme, maintenant. Ce n'est qu'une histoire de numéro. Un homme de plus de trente-cinq ans célibataire est forcément divorcé. Une ex-épouse n'est pas un réel problème. Un homme qui a des airs de Ryan Reynolds a fatalement une ex-épouse. Il est trop craquant pour ne pas s'être fait piéger plus jeune.

— Alors, vous vous êtes séparés récemment, avec ta femme ? je lui demande.

— Quoi ?

— Vous êtes bien séparés ?

Mon assurance commence tout doucement à s'étioler. Quelque chose dans le regard arrogant et dérouté de Jeff me dit qu'il n'est absolument pas séparé.

Je remonte imperceptiblement la couette.

— Oups…, souffle-t-il tout bas. Je pensais que tu le savais.

— Comment j'aurais pu le savoir vu que tu ne me l'as pas dit ? Et tu ne portes pas d'alliance, je lance.

Mais en observant sa main hâlée, je me rends soudain compte qu'une légère marque blanche sur son annulaire signale la présence habituelle d'une telle bague.

— Oh là, merci !

Il plonge la main dans la poche de son pantalon, en sort une alliance en platine et la glisse à son doigt. Je me sens soudain vidée.

— Alors, tu veux manger quelque chose ou pas ? poursuit-il. Tout ce que j'ai à te proposer, c'est une épicerie qui vend des samoussas végétariens.

— Tu fais souvent ce genre de choses ?

— Prendre un petit-déj ?

— Coucher avec d'autres femmes.

Jeff, imperturbable, répond du tac au tac d'un ton las :

— Oui. Quand je peux, tu vois…

— Je vois quoi ?

Je ne vois rien, désolée. J'ai envie de vomir. Je n'ai jamais rencontré de type aussi cruel. On m'a plaquée de nombreuses fois, et il m'est également arrivé d'abandonner un homme aux aurores, avant qu'il ne se réveille, mais ça… C'est le pompon ! Ce jeunot condescendant (comment n'ai-je pas pu le remarquer hier soir ?) ne se sent aucunement gêné, bien au contraire.

— Tu m'as dit que c'était une fille comme moi que tu devrais épouser, je proteste.

— Ah bon ? J'ai dû dire que c'était une fille comme toi que j'aurais dû épouser. C'était une plaisanterie. Je parlais juste du fait que tu sois si facile. Je n'aurais jamais épousé une fille comme toi, ne t'inquiète pas.

— Comme moi…

Je ne formule pas cela comme une question, mais Jeff pense que si et se met en tête de développer.

— Je veux dire, plus vieille, et plus… facile, quoi.

Je bondis du lit et me bats avec ma robe tout en lui intimant de se taire d'un geste de la main. Je n'ai aucune envie d'en entendre davantage. C'est bien assez douloureux. Mais Jeff ne me regarde pas. Il s'observe dans le miroir en se coiffant du bout des doigts, alors il continue.

— Tu m'as bien chauffé, hier soir, admets-le… Ce n'est pas moi qui ai cherché. Tu as pratiquement jeté ta sœur dans un taxi. Elle voulait que tu rentres avec elle mais tu lui as dit : « Je suis une grande fille, je peux prendre soin de moi. »

— J'ai menti, dis-je dans un soupir.

— Quoi ?

— Je ne pense pas être capable de prendre soin de moi. J'ai menti, je lance un peu plus fort.

Il ignore à quel point cette confession compte pour moi et me rend malade.

— Eh bien *moi*, je ne t'ai pas menti, ajoute-t-il, fier. Tu ne m'as jamais demandé si j'étais marié. J'imaginais que tu t'en doutais mais que ça t'était égal. Tu avais l'air d'une vraie lionne en chasse.

Je suis entortillée dans ma robe moulante dont je ne parviens pas à trouver les manches. J'aurais dû l'enfiler par les pieds, mais j'étais tellement pressée que je l'ai passée par la tête. Je me tourne vers Jeff, furieuse, mais je ne le vois pas car j'ai toujours le crâne enfoui sous le tissu, et comme ma robe est coincée au niveau des hanches, il a vue sur mes parties intimes... Même si je suis une maniaque de l'épilation, ça ne retire rien au ridicule de la situation.

— Tu me traites de couguar, c'est ça ? je lance en parvenant enfin à tirer sur ma robe et à sortir la tête.

— Je n'ai pas dit ça, ce n'est pas très sympa...

Je me demande si à ses yeux, « facile » est un compliment, mais j'en ai assez de devoir me défendre. Je décide alors d'attaquer.

— Moi, j'ai plusieurs mots en tête qui t'iraient parfaitement bien. Adultère, baiseur, salaud.

— Hé, calme-toi, je n'ai aucune envie de me battre avec toi ! Je ne te connais même pas. On a passé un super moment ensemble, Jill, mais...

— Jo.

— Pardon ?

— Je m'appelle... Oh, laisse tomber, va.

Ma rage retombe comme un soufflé. À quoi bon répondre ? Je ramasse mes affaires – collants, sous-vêtements, sac et veste – entachant la moquette immaculée de l'appartement-témoin. Il faut que je parte d'ici. Que je m'éloigne le plus possible de la scène du crime avant que l'on ne nous voie et que le ridicule ne me tue. La situation est suffisamment humiliante, je n'ai pas besoin qu'on ait davantage pitié de moi.

— J'ai de la peine pour ta femme, je marmonne sur le seuil de la chambre.

— Laisse ma femme tranquille. Elle ne voudrait pas de ta pitié, de toute façon, rétorque Jeff.

Il est en train de repasser la couette, étant donné que j'ai refusé de le faire pour lui.

— Peut-être, mais elle y a quand même droit.

7

Eddie

J'ouvre les yeux. Alors comme ça, je ne suis pas encore mort. C'est étrange, mais je me sens à la fois déçu et surpris par ma propre déception. Je n'attends pas particulièrement la mort, mais je n'ai pas non plus envie de me battre contre elle. Cette indifférence est déprimante. Le fait que ma propre mort me soit égale révèle à quel point, si ce n'était pas encore clair, j'ai raté ma vie.

Je ne suis pas désespéré, non, je suis simplement fatigué. Fatigué d'être malade. Fatigué de cette douleur, de cette gêne, de ces journées interminables. Et avant que le cancer ne me ronge ? Ça faisait déjà quelque temps que j'étais fatigué, oui. Vieillir n'est clairement pas fait pour moi. J'ai su profiter de mes jeunes années, avec un penchant pour l'irresponsabilité et la vie au jour le jour, sans liens ni attaches. Il est assez tentant d'en finir là, vous ne trouvez pas ?

Mais que se passe-t-il, ensuite ? Dernièrement, j'ai commencé à m'intéresser aux églises. Enfin, à l'Église, à Dieu et à l'au-delà. J'essaie de comprendre ce qui m'attend. Je ne me souviens pas de la dernière fois où j'ai mis les pieds dans une église. Probablement pour un mariage. Il y a peut-être trente ans de cela, voire plus…

Peut-être même pour mon propre mariage. Je n'ai jamais vraiment eu d'idées arrêtées concernant la religion, en dehors du fait que c'est l'excuse parfaite pour tout un tas de guerres et de haines, mais vu que je dois organiser mes propres funérailles, j'ai décidé de m'y pencher.

Je ne crois pas à l'au-delà comme on nous l'a décrit en primaire. J'ai du mal à imaginer un paradis en plein milieu des nuages, où un grand barbu avec un halo autour de la tête vous ouvre les portes du paradis comme un vulgaire videur de boîte de nuit. Je n'arrive pas à voir saint Pierre avec la liste de ceux qui ont mérité de monter au paradis secouer la tête d'un air méprisant devant ceux qui ont péché et vont devoir se coltiner tout le chemin jusqu'en enfer afin d'y pourrir pour l'éternité. Il n'y a absolument rien de logique à tout cela.

Si l'on s'arrête au côté pratique, comment ces exclus quittent-ils les nuages suite à leur bannissement ? En empruntant une barre de pompier invisible ou un vide-ordures ? Pourquoi les bad boys ne peuvent-ils pas défoncer les portes du paradis et revendiquer leur territoire ? Ils ne sont pourtant pas connus pour se plier aux règles, en général… Qu'est-ce qu'un type seul (saint ou non) pourrait bien faire contre une armée de meurtriers, de voleurs, de pédophiles, de militaristes et de mercenaires ? Rien. Et le diable, dans tout ça, pourquoi s'amuserait-il à torturer ces types qui ont agi en son nom ? Ne les accueillerait-il pas plutôt à bras grands ouverts, justement ? « Entre, Idi Amin, je t'en prie. Assieds-toi entre Staline et Hitler. Non, pas ici, cette place est réservée à Kony. » Pourquoi les laisserait-il brûler dans le feu éternel ? À moins que je n'aie pas bien saisi… Peut-être n'ai-je pas été assez assidu. Peut-être que Dieu est également responsable de l'enfer, mais dans ce cas, pourquoi le diable fait-il si souvent son apparition sur Terre ? Bénéficie-t-il d'un accès libre ? Pourquoi Dieu ne le garde-t-il tout simplement pas sous les barreaux ?

Je ne remets pas en question la raison pour laquelle Dieu torture les sales types. Ça, je crois l'avoir compris.

Mais je ne suis pas encore mort. Je le sais car je peux voir les patients dans les lits d'en face et d'à côté. Il y a cette grosse infirmière désagréable qui s'est endormie à côté de la porte, puis il y a ma table de chevet. Contrairement aux autres tables de chevet, la mienne ne croule pas sous les cartes de bon rétablissement et les bouquets de fleurs. Tout ce qu'on y trouve, c'est un pichet d'eau et un gobelet en plastique. Je suis toujours dans ma vie, en l'état. Et puis, je sais que je suis vivant à cause de la douleur. Cette douleur insoutenable qui a pris possession de mon corps au fil des mois est aujourd'hui plus atroce que jamais. J'ai la gorge tellement sèche que c'est comme si on m'avait arraché la langue. Mais non, elle est toujours là. Je la passe délicatement sur mes lèvres dans l'espoir vain de les humidifier. Du papier de verre sur du bois.

Quelqu'un est assis à côté de mon lit. L'homme se lève et attrape le gobelet avant de le porter à mes lèvres. Je bois une gorgée et demande :

— Qui êtes-vous ?

L'homme ne répond pas. Je l'observe d'un œil méfiant. Est-ce un médecin ? Il ne porte pas de blouse blanche, mais certains s'en estiment exempts. Il n'est pas rasé, ce qui pourrait signifier qu'il s'agit d'un docteur sollicité sur tous les fronts qui n'a même plus le temps de prendre soin de lui, mais cet homme ne semble visiblement pas pressé. L'atmosphère est calme, autour de lui.

— Je suis…

Il s'interrompt, hésitant. La douleur a décimé le peu de patience dont j'étais capable de faire preuve dans ma vie.

— Vous ne savez pas qui vous êtes ? je lâche.

— Toi non plus ?

Je me fige et observe attentivement le visage de cet homme. Ses cheveux, ses yeux, le dessin de ses sourcils, de son nez, et je reconnais chacun de ses traits.

— Salut, fiston. Merci d'être venu.

8

Jo

Je pue. Je pue et j'ai mal. Je pue la sueur, l'alcool et l'amertume. Mes cuisses tremblent de fatigue et mes yeux me piquent. Je me pince le bout du nez, mais même en serrant de toutes mes forces, je ne parviens pas à effacer ce que j'ai fait ces douze dernières heures.

Je sais que je devrais rentrer chez Lisa et prendre une bonne douche avant de partir travailler – mes collègues sont du genre à le remarquer si vous vous pointez au boulot avec la même tenue que la veille.

Dans la plupart des bureaux, ce genre de situation peut être une source de ragots et de taquinerie légitime, mais au *Loving Bride !* (le haut lieu du culte du mariage), c'est carrément condamné. On se croirait un peu dans les années 1950 : vous n'avez le droit de découcher que si vous épousez l'intéressé.

De toute évidence, il y a peu de chance que ça se finisse ainsi avec Jeff. Avec un soupir, je réalise – ou m'efforce de réaliser, plutôt – que c'était la même chose avec Mick (mon ex d'il y a trois semaines) ou Darren (un type avec qui j'ai eu une brève liaison il y a quelques mois de cela).

Je me retrouve régulièrement dans ce genre de situation honteuse, et je commence à craindre que les conversations autour de la fontaine d'eau ne concernent de plus en plus mon manque de discernement – au mieux – ou mon cas désespéré de couguar attitrée – au pire.

Si je passe me doucher et me changer chez Lisa, je m'épargnerai de nouveaux regards entendus de la part des mauvaises langues. D'un autre côté, je prends le risque de croiser la famille. J'imagine très bien ce que ça donnera.

En me glissant par la porte de derrière, je tomberai fatalement sur les enfants qui s'agiteront dans la cuisine emplie des délicieux effluves de pain beurré et de café, et si je parviens à monter, mon chemin croisera celui de Lisa ou d'Henry sur le palier, où planera le parfum du gel douche de ma sœur et où j'aurai droit à ce regard à la fois déçu et soucieux.

C'est le côté soucieux qui me gêne le plus. Je ne peux pas laisser ma carcasse épuisée et puante gâcher ce bonheur familial. Personne n'oserait me critiquer directement, bien sûr, mais les regards inquisiteurs suffiraient. Rien que d'y penser, j'en ai des frissons.

Je m'arrête un instant et me demande, de mes collègues ou de ma famille, qui est le plus dur à affronter. Pas terrible, comme choix, hein ? Si seulement je pouvais raconter que Jeff et moi avions partagé un croissant et que nous comptions nous retrouver au cinéma ce soir, mais de toute évidence, c'est loin d'être le cas. Je pourrais dire à tout le monde que j'ai passé une nuit merveilleuse qui promet une belle histoire, mais je n'en suis pas encore arrivée là.

La morsure de la brise sur mes jambes me rappelle les rares mais mémorables gifles que ma mère m'a données plus jeune, lorsqu'il m'arrivait de faire une grosse bêtise. Oui, c'est de circonstance. Je n'ai pas pris le temps de mettre mes collants, mais à tous les coups, ils sont filés, vu la vitesse à laquelle je les ai arrachés hier soir. J'ai les mains qui tremblent. Je me sens un peu comme quand je suis tombée de vélo, l'automne dernier, et que j'ai dû aller me faire recoudre le crâne à l'hôpital. L'infirmière m'avait dit que c'était le choc.

Je tourne la tête à gauche, puis à droite, mais je suis incapable de reconnaître la rue que je viens d'emprunter. Étant donné que nous avons rejoint l'appartement de Jeff en taxi, je n'ai aucune idée du quartier dans lequel je me trouve. Un bus à impériale surgit devant moi. C'est le numéro 43, qui mène à London

Bridge. Mais ça ne m'aide pas plus que ça. Je pourrais être aussi bien au nord qu'au sud de Londres. Je cherche une image familière, en vain. Un terrible sentiment de désorientation me submerge alors. Je suis perdue. J'essaie de lire les horaires à l'arrêt de bus mais les numéros se floutent sous les larmes qui naissent au coin de mes yeux. C'est ridicule, je ne vais pas me mettre à pleurer, tout de même ! Je suis une adulte, et je n'ai aucune raison de me mettre dans un état pareil. Ce n'est pas comme si c'était moi qui avais délibérément trahi quelqu'un ; je n'avais aucunement l'intention d'être « l'autre femme ». Et puis, ce n'est pas la première fois qu'un type me ment. Je comprends alors que c'est exactement pour ça que je pleure. Ce n'est pas la première fois, et ce n'est sûrement pas la dernière.

Le ciel est lourd et gris, à l'image de mon moral. C'est le genre de ciel qui semble saper toute opportunité, qui nie le début d'une nouvelle journée. Un ciel nocturne d'un noir d'encre crée l'excitation, et un ciel bleu appelle à la productivité. Un ciel gris n'a rien à offrir. Je serre ma veste pour me protéger du froid.

Il faut que je trouve une station de métro. Il faut que je descende sous terre. Puis j'irai à mon club de gym. Je ne pourrai pas changer de fringues, mais je pourrai au moins prendre une douche. Je n'aurai ainsi ni à croiser un membre de ma famille ni à supporter les grimaces écœurées de mes collègues.

Malgré le sprint que j'ai piqué pour arriver jusqu'au club, où je fais de mon mieux pour prendre une douche express, le temps semble s'éloigner de moi à petits pas furtifs, à la manière d'une ballerine dans *Le Lac des cygnes*. Ma promptitude se voit freinée par le fait que je n'ai pas de pièce pour mon casier et que je doive en négocier une à l'accueil, que je finis par faire tomber. Elle roule sous les bancs en bois, et je ne mets la main dessus qu'après avoir déniché deux pansements usagés et un bandeau à cheveux trempé de sueur. Il y a des jours où on ferait mieux de ne pas se lever… Il faut ensuite que je fasse la queue pour la douche, puis pour un café, mais je ne peux pas entamer une journée sans mon moka. Au final, malgré mon lever aux aurores, j'arrive au bureau avec une heure cinquante de retard.

Lorsque j'ai débuté chez *Loving Bride !*, je croyais sincèrement que ce job était fait pour moi. Je n'imaginais pas travail plus romantique et plus excitant. Et Martin ayant demandé ma main peu de temps après, j'avais tous les avantages pour organiser un mariage de rêve. Je pouvais parler de la typo de mes faire-part, des ballerines des demoiselles d'honneur et des fleurs à accrocher aux boutonnières sans passer pour une dingue. Mon job consistant à côtoyer les spécialistes du mariage haut de gamme – cherchant tous désespérément à figurer dans notre magazine –, j'avais pu obtenir une robe de mariée Caroline Castigliano, quatre robes tombantes sans bretelles couleur framboise pour mes demoiselles d'honneur et un diadème Lou Lou Belle ainsi que des prix défiant toute concurrence pour un photographe, un cameraman et un chauffeur.

Mon intérêt poussé dans ce genre de détails avait donné naissance à ma propre rubrique, baptisée « Épouser le Prince Charmant », dans laquelle je partageais mes anecdotes avec une pointe d'humour tout en m'offrant en guide aux autres futures mariées.

L'annulation de mon mariage, en plus d'être une véritable catastrophe personnelle, a également eu un effet dévastateur sur ma carrière. Mon éditrice, Verity Hooper, a refusé que je révèle ma débandade aux lectrices de *Loving Bride !* Elle m'a même obligée à raconter que mon mariage s'était superbement bien passé et à publier de fausses photos – après tout, plusieurs de nos sponsors attendaient cet événement pour voir leurs produits apparaître dans nos pages.

Je m'étais donc glissée à contrecœur dans la robe Caroline Castigliano et m'étais arraché un sourire devant l'objectif. Avais-je eu le choix ? Mon emploi était en jeu. Dire que ce jour-là fut particulièrement difficile est le plus gros euphémisme que j'aie jamais employé.

Cela dit, mon engagement a porté ses fruits. Évidemment, nous avons dû abandonner l'idée de poursuivre ma rubrique sous sa nouvelle appellation : « Vivre avec le Prince Charmant ». Verity a bien compris que j'étais incapable d'alimenter le mensonge, même pour une rubrique mensuelle sur le bonheur conjugal. À la place, j'ai donc eu droit à une nouvelle rubrique au titre sans équivoque : « Rencontrer le Prince Charmant ». En gros, il s'agit d'évoquer les différentes façons de rencontrer son potentiel futur époux. J'écris sous un pseudonyme ; je ne suis même pas une véritable personne, pour vous dire…

— Mais tu travailles pour un magazine consacré au mariage… Tes lectrices ont pour la plupart déjà trouvé leur futur époux, non ? m'avait fait remarquer Lisa lorsque je lui avais parlé de ma nouvelle « affectation ».

— Verity pense que ma rubrique peut interpeller les demoiselles d'honneur qui piqueraient le magazine à leurs amies. Elle espère pouvoir étendre notre lectorat aux pauvres filles désespérées.

— Charmant.

— Je ne fais que la citer…

— Et elle croit vraiment que tu es la femme de la situation ?

J'avais fait mine de ne pas déceler son sarcasme ; je parviens à m'éviter tout un tas d'humiliations en prétendant être dure de la feuille.

— Tu ne trouves pas que c'est un concept plus adapté aux fans de Jane Austen ? On est au vingt et unième siècle, tout de même…, avait insisté ma sœur.

— Le mariage a la même importance aujourd'hui qu'il avait à l'époque où les femmes passaient leur temps à broder, portaient des charlottes et ne parlaient jamais de leurs règles, avais-je rétorqué.

Avec un claquement de langue désapprobateur, Lisa avait répliqué que je n'étais pas forcément bien placée pour dire une chose pareille, étant donné que je venais pratiquement d'abandonner mon mari à l'autel. Mais nous avions convenu d'un point : j'avais au moins réussi à garder mon travail.

Pour le bien de la recherche, j'ai étudié les avantages et les inconvénients du *speed dating*, l'authenticité et l'efficacité de divers sites de rencontres et les réussites et échecs des rendez-vous hasardeux. Je me suis rendue dans des campings pour célibataires où l'on vous oblige à partager une tente avec un parfait inconnu (ce qui devrait être interdit par la loi !), j'ai surfé sur tous les sites de réseaux sociaux et ai même simulé une addiction à la cigarette pour pouvoir m'adonner au smirting.

— Qu'est-ce que c'est que ce truc ? s'était exclamé Henry, mon beau-frère. On dirait le nom d'une maladie.

— C'est flirter tout en fumant, lui avais-je expliqué. Dehors, loin du vacarme ambiant des bars, je pourrai faire de nouvelles rencontres. J'ai toujours entendu les gens soutenir que fumer déclenchait la conversation très facilement, et il y a une sorte d'intimité qui se crée, quand on se penche pour allumer sa cigarette, vous ne trouvez pas ?

Lisa et Henry avaient échangé l'un de ces fameux regards qui me sont tout spécialement destinés, et celui-ci était à la fois moqueur et compatissant. Cependant, mon asthme m'a vite poussée à admettre que fumer est une vilaine habitude qui détruit vêtements, peau et poumons, et puis je n'ai aucune envie d'embrasser un type à l'haleine de cendrier.

Sans vraiment savoir comment j'y arrive, cela fait donc cinq ans que tous les mois, je ponds 1 200 mots détaillant plusieurs manières de dénicher le Prince Charmant. Personne n'a plus conscience que moi de l'ironie de la situation, ne vous inquiétez pas... J'ai beaucoup de mal à l'admettre, mais cela fait quelque temps que je me trouve à court d'idées.

Et il m'est parfois difficile de coller à l'enthousiasme général que l'équipe de *Loving Bride !* attend de moi. Je me suis donc résolue à combler mon compte de mots en comparatifs de cadeaux pour les invités et de décoration de salle. Je dois avouer qu'il m'arrive de douter de l'utilité de toutes ces années passées à étudier le journalisme à l'université...

L'e-mail que je reçois notifiant un entretien avec Verity ne m'a pas été envoyé par mon éditrice, mais par son assistante, ce qui pourrait paraître futile ailleurs, mais pas ici. Et le ton employé suggère clairement que ma présence est davantage exigée qu'espérée.

Paniquée, je vérifie que j'ai bien appuyé sur « envoyer » lorsque j'ai fait suivre ma rubrique du mois (ce qu'il m'arrive parfois d'oublier de faire), mais je découvre avec soulagement que mon travail apparaît sur le site internet du magazine. Je le relis rapidement afin de m'assurer qu'il ne contient aucune coquille ni aucun propos calomnieux.

C'était assez gênant, lorsque j'ai remplacé Dulux par Durex dans mon sujet sur les couleurs adéquates pour les soirées entre célibataires, mais je ne repère aucune erreur du même goût. Aurais-je écrit quelque chose qui aurait agacé Verity ? Il y a eu cette fameuse fois où j'ai consacré tout un article à clamer que je ne pourrais jamais coucher avec un homme poilu du dos et que je préférerais avoir à lécher toute une rame de métro à la place, pour ensuite me rendre compte, au barbecue organisé par le journal, que le mari de Verity était plus poilu qu'un terre-neuve. Au fond de moi, je reste convaincue que Mr Hooper n'aurait jamais dû retirer sa chemise ; c'est à cause de lui que si peu de gens ont touché à la nourriture, ce jour-là. Bref, ceci explique l'attitude légèrement glaciale de Verity à l'encontre de ce fameux sujet, mais cette fois, je suis pratiquement certaine de ne rien avoir dit de blessant.

Soulagée, je m'aperçois que l'entretien est prévu à 12 h 50, dix minutes avant la pause déjeuner. Verity veut donc sûrement me proposer de me joindre à elle pour tester un nouveau restau chic. Son rendez-vous a dû être annulé, et plutôt que de perdre une réservation attendue trop longtemps, elle préfère m'inviter. Génial ! Un bon déjeuner ne pourra que me remonter le moral.

Je cogne à la porte vitrée de son bureau. Sans lever les yeux, mon éditrice lâche d'un ton sec :

— Entre et assieds-toi.

Avant même que je ne trouve la position idéale dans ma chaise, elle ajoute :

— Je suis désolée, Jo. Je ne vais pas tourner autour du pot : nous allons devoir te laisser partir.

— Partir où ? je demande.

Je vous jure que je ne suis pas attardée, mais même si une part de moi comprend très bien que je suis en train de me faire virer, une autre choisit de ne pas assimiler ce qu'on vient de m'annoncer.

— Je vais sur un shooting ?

Verity lâche un soupir et décide de ne pas s'abaisser à répondre à ma question.

— Comme tu le sais, tu es intérimaire, ici.

— Ah bon ?

— Oui.

— Pourquoi ça ?

— Si je me souviens bien, c'est toi qui as demandé à ne pas devoir assumer trois mois de préavis, non ?

Je me rappelle vaguement une conversation qui a eu lieu dans ce même bureau, il y a des années. J'avais supplié Verity de m'embaucher sur une base temporaire, Martin ayant prévu de demander sa mutation à Chicago après notre mariage, dans la maison mère de son entreprise. Il avait réussi à obtenir ce fameux poste, mais à ce moment-là, j'avais déjà annulé le mariage et avais donc remisé mon passeport au fond d'un tiroir. J'ai dû oublier de demander à changer les termes de mon contrat...

— Puisque tu n'as pas été capable de réagir aux trois derniers avertissements que tu as reçus, je n'ai malheureusement pas d'autre choix que de...

— Attends, c'est quoi, cette histoire d'avertissements ?

Je n'ai jamais rien reçu ! Qu'est-ce qu'elle raconte ? C'est un coup monté, ce n'est pas possible. Indignée, je sens la rage enfler en moi.

— Les ressources humaines t'ont envoyé des e-mails.

— Oh...

Mon indignation cède sa place à l'embarras. J'ai pris l'habitude de supprimer les messages des ressources humaines sans m'embêter à les lire, étant donné qu'il s'agit en général de doctrines sur la tenue à porter au travail ou d'informations insipides sur les feuilles de présence. Ayant sans doute deviné ce que j'ai fait de ces e-mails, Verity me tend des copies.

Je parcours rapidement les notifications glaciales. Ça fait bizarre de voir écrit noir sur blanc ce qu'on me reproche : irrespect des horaires, incapacité à rendre mon travail à temps et comportement inapproprié vis-à-vis du type du courrier.

Je réalise alors qu'il faut que je me défende.

— Ça arrive à tout le monde d'être en retard. Tu as vu la circulation, sur Islington High Street ?

— Jo, tu viens en métro.

— J'ai toujours rendu mon travail, même si c'est à la dernière minute.

— Oui, truffé de fautes et la plupart du temps de mauvais goût.

— Tu n'as pas aimé mon article sur les guets-apens ?

— Tu veux parler de celui où une femme découvre son fiancé au lit avec la fleuriste et tente de le poignarder avec une paire de cisailles ? Non, je ne l'ai pas aimé. Il y a plus de sang que dans un Tarantino. C'est inacceptable.

— Très bien, je le réécrirai.

— C'est trop tard. J'ai demandé à Bridget d'écrire quelque chose. Elle, au moins, comprend que *Loving Bride !* mise tout sur la romance.

— Exactement ! Alors pourquoi on me reproche ce qui s'est passé avec le type du courrier ?

— Je reste convaincue que photocopier ton anatomie avec un garçon qui sort à peine de l'école n'a pas grand-chose à voir avec la romance, vois-tu.

— Il a vingt-quatre ans, et c'était Noël !

Je me rends compte que je me suis mise à hurler, ce qui ne fait que renforcer le contraste avec le sang-froid implacable de Verity.

— Je pense que tu n'as plus le cœur à ce que tu fais, Jo, déclare-t-elle.

— Mais si ! dis-je, en mentant désespérément.

— Je t'ai organisé un entretien de départ avec les ressources humaines. Il a lieu dans six minutes. Essaie d'être à l'heure. Je suis désolée, mais tu n'as plus rien à faire ici.

9

Dean

Dean s'était assis tandis que son père dormait. Maintenant qu'il était réveillé, il n'avait qu'une seule envie : prendre ses jambes à son cou, mais il était comme paralysé. C'était le même genre de sentiment que lorsqu'une de ses conquêtes lui annonçait « Il faut qu'on parle » ou, pire encore, « J'ai fait un test. » Il se sentait piégé, furieux, et bien que les chances qu'il en soit conscient soient faibles, il était également terrorisé.

Ces années d'indifférence accaparaient peu à peu la pièce et leur histoire. Un silence assourdissant semblait prendre forme humaine dans l'aile de l'hôpital, englobant le lit du mourant, trop dense et trop lourd pour pouvoir même se mouvoir. Dean s'efforçait de trouver quelque chose à dire qui pourrait rogner cette atmosphère insoutenable, mais aucune parole ne pouvait remplacer vingt-neuf années de silence. Parler de tout et de rien – technique à laquelle on avait généralement recours en société – était hors de propos, ici. Commenter la météo était sans intérêt, et de toute évidence, demander à son père s'il avait prévu quelque chose cet été était ridicule. Par ailleurs, Dean n'avait aucune envie de se montrer poli. Au contraire, il voulait déballer sa haine, et bien qu'il soit maître en stratégie, il se sentait incapable de jouer un rôle à cet instant précis.

— Alors tu es venu, finalement, murmura Eddie dans un souffle pénible.

— Oui...

Dean ignorait ce qu'Eddie espérait, attendait de lui. S'il voulait des retrouvailles larmoyantes, un pardon déchirant de la part de son fils, il allait être déçu.

Pour être honnête, Dean ignorait ce que lui-même attendait. Pourquoi était-il venu ? Qu'espérait-il obtenir de cette rencontre ? Pourrait-il apprendre à connaître son père en si peu de temps ? Le voulait-il, au moins ?

Il ferait mieux de partir. Une part de lui avait eu envie de quitter cet hôpital dès l'instant où il y avait mis les pieds, mais cela lui était difficile, à cause de la perfusion qui maintenait son père en vie et du cathéter qui le drainait. C'était ce qu'ils représentaient qui gardait Dean vissé sur sa chaise. Le médecin lui avait expliqué qu'Eddie avait déjà subi une radiothérapie et une chimiothérapie pour tenter de dompter son cancer ainsi qu'une transfusion de sang pour combattre une anémie aiguë.

Cela faisait des mois qu'il était sous traitement. Et il l'avait enduré seul. Le médecin lui avait dit que désormais, il ne pouvait plus rien faire d'autre qu'attendre. La mort. Dean avait découvert que sa colère avait des limites : il ne pouvait tout simplement pas abandonner un homme sur le point de mourir. En revanche, il était incapable de déduire si cette attitude relevait de l'héroïsme ou de la lâcheté.

— Tu as besoin de quelque chose ? lui demanda-t-il, non qu'il avait envie de lui rendre service, mais c'était ce que l'on proposait dans ce genre de cas.

— Comme quoi, par exemple ? Une transplantation ? cracha Eddie.

Avec un claquement de langue, il se tourna vers la fenêtre, laissant Dean ravaler son humiliation.

Il avait plutôt pensé à lui lire un magazine ou à lui replacer les coussins, en vérité. Eddie était toujours parvenu à le mettre mal à l'aise, comme si quoi qu'il fasse ou dise n'était jamais suffisant ; il n'était pas assez drôle, pas assez malin ou encore pas assez rapide. En tout cas, il n'avait pas suffi à ce que son père ait envie de rester. Eddie était parti et Dean, sans vraiment de raison, se l'était toujours reproché. Ce sentiment s'était développé non pas à cause de ce qu'Eddie avait pu dire à son fils, au contraire : c'était le silence d'Edward Taylor qui avait fini par convaincre Dean de son échec en tant que fils. Beaucoup de gens abandonnaient leur famille, mais au moins, ils envoyaient un mot de temps en temps.

Il suivit le regard de son père. Du haut du sixième étage, il n'y avait rien d'autre à voir que ce ciel gris et triste. Ils le contemplaient pourtant comme si c'était la chose la plus fascinante qui leur avait été donnée de voir.

Étrangement, c'est l'étendue et la pénibilité de ce silence qui firent comprendre à Dean pourquoi il avait décidé de venir en Angleterre, dans cet hôpital, au chevet de cet homme.

Jusqu'ici, il avait remis en question le bien-fondé d'une telle décision. S'il y avait bien une personne qu'il ne supportait pas de blesser, c'était Zoe, et il savait qu'il l'avait blessée en venant ici. Mais au-delà de sa désapprobation, et au-delà des cathéters, Dean était cloué sur cette chaise parce qu'il fallait qu'il sache quelque chose.

Juste *une chose*.

C'était son unique et dernière chance de le demander, et il ne pouvait tout simplement pas la laisser passer. Il se rendit alors compte que c'était le poids de sa curiosité qui l'avait empêché de contester le geste de Lacey, qui l'avait poussé dans le métro et lui avait fait parcourir les rues de Londres jusqu'à cet endroit sinistre.

Aurait-il le courage ou l'énergie de le demander, et son père, de lui répondre ? C'était si troublant, comme sensation. Dean avait l'impression d'être de nouveau dans la peau de cet adolescent plein de rancœur. Il savait qu'il devait faire fi de cette confusion, retrouver cette maîtrise de soi dont il se targuait quotidiennement. Il avait travaillé si dur pour devenir quelqu'un d'équilibré et de sensé qu'il ne pouvait pas se permettre de tout balayer d'un geste.

Certes, il avait conscience de ne pas être parfait. Par exemple, son incapacité à s'impliquer émotionnellement avait poussé de nombreuses femmes à le quitter, lui reprochant sa distance, son indifférence, son refus de les laisser entrer dans sa vie. Cette expression l'avait toujours amusé. Le prenaient-elles vraiment pour une sorte de boutique à laquelle elles pouvaient avoir libre accès ? Il leur assurait que ce qu'elles voyaient en lui était tout ce qu'il y avait à voir : un homme brillant, riche et sexy. Évidemment, il mentait. Il savait qu'il renfermait une part plus sombre, mais il ne pouvait tout simplement pas la laisser faire surface.

Tout ce qu'il avait à faire, c'était se coller à l'oreille du vieil homme et lui souffler : « Pourquoi es-tu parti ? Pourquoi nous as-tu abandonnés ? » C'était aussi simple que cela, mais il en était incapable. Il n'avait jamais prononcé ces mots à voix haute. Il ne l'avait jamais demandé à sa mère.

Il n'avait pas eu à le faire : elle avait suffisamment hurlé son désespoir et sa colère. D'après elle, Eddie était parti parce que c'était un lâche, parce qu'il s'était trouvé une pétasse, parce que c'était un salaud. S'agissait-il vraiment de cela ? Son enfance entière avait-elle été brisée, ainsi que sa foi en la confiance, la fidélité et l'amour, tout simplement parce que son père avait réfléchi avec son sexe ? Vraiment ?

Il n'en avait jamais parlé à Zoe. Son rôle de grand frère consistait à égayer sa vie, quitte à faire comme si de rien n'était. « On n'a pas besoin de lui », lui avait-il répété un nombre incalculable de fois.

Bien sûr, en son for intérieur, il n'avait eu de cesse de se demander pourquoi. Pourquoi son père était-il parti ? Il avait fini par en déduire deux choses. D'abord, le fait qu'il n'ait pas donné envie à un père de rester chez lui, auprès de sa famille. Ensuite, qu'on ne pouvait jamais se fier à quelqu'un à cent pour cent. D'après lui, si votre père pouvait vous abandonner, *n'importe qui* pouvait le faire. C'était couru d'avance. L'univers abritait une population d'égoïstes, et on ne pouvait rien y faire à part s'en protéger. Dean faisait en sorte de ne jamais devenir trop proche des gens pour ne pas être trop abattu le jour où on le poignarderait dans le dos, ce qui était inévitable. Ce dont il était sûr, c'est qu'il ne tomberait jamais amoureux. Il n'aurait pas d'enfants ; ainsi, il ne les décevrait pas.

Et pourtant, il était là, attendant qu'on lui dise qu'il avait eu tort. Au final, après toutes ces années de haine et de rancœur, était-il possible que Dean cherche à ne plus voir l'avenir aussi sombre ? Attendait-il de son père qu'il lui laisse espérer quelque chose de plus profond, de plus rassurant ? Croyait-il Eddie capable d'arranger les choses ? Il n'attendait pas de lui à ce qu'il panse ses blessures – c'était trop tard –, mais à ce qu'il lui fournisse une explication qui pourrait amoindrir sa peine, même modérément, et faire naître en lui un soupçon de confiance.

Les mains d'Eddie Taylor tremblaient imperceptiblement. Elles étaient recouvertes de taches de vieillesse et d'épaisses veines bleuâtres qui donnaient l'impression qu'il avait trempé ses coudes dans un pot de peinture avant de laisser couler les gouttes le long de ses bras. Sa peau fine, presque transparente, évoquait une feuille de papier-calque chiffonnée.

Cet homme pourrissait déjà. Sa peau tombante et grise suggérait que jusqu'à récemment, elle avait abrité une épaisse couche de graisse que le cancer avait rongée à petit feu. Ses joues étaient profondément creusées, ses yeux larmoyants et recouverts d'un film qui semblait accentuer la distance entre les deux hommes.

L'un était bien en vie.

Le plus âgé des deux avait fini par accepter qu'il n'en avait plus pour longtemps.

Une infirmière apparut à son chevet et brisa le silence, au grand soulagement de Dean. Ce n'était pas celle à qui il avait eu affaire un peu plus tôt.

— Vous êtes réveillé, Eddie, c'est bien.

Dean songea qu'il ne pouvait y avoir de meilleur euphémisme : un mourant qui se réveillait devait être le point d'orgue de la journée de cette femme ! Il l'observa de son œil d'expert. Elle devait avoir son âge, mais elle semblait mille fois plus lessivée. Dean faisait de l'exercice quatre fois par semaine, mangeait bio, et ne fumait ni ne buvait jamais. Il prenait soin de son apparence. Parfois, il lui arrivait de se voir comme une marque, une marque dynamique, séduisante, efficace et brillante. L'infirmière arborait un petit ventre et avait tout l'air d'être abonnée aux plats tout prêts. Étonnamment, Dean aimait bien voir ce petit ventre chez les autres, parce qu'il représentait le contentement, chose qu'il se refusait mais qu'il acceptait chez les autres. Cela dit, ce genre de femmes se retrouvait rarement dans son lit. Il avait plutôt tendance à fréquenter des adeptes du fitness, allergiques aux graisses et ne jurant que par leur carrière.

L'infirmière avait de jolies jambes – c'était l'avantage, quand on passait sa journée à trotter. Il observa son visage : de grands yeux marron et une grande bouche souriante. Il imagina brièvement cette bouche teintée de rouge passer tout doucement de ses lèvres à son menton, à son torse, à son ventre, puis plus bas encore, sans que ces grands yeux marron ne l'aient lâché une seule fois du regard. Non, ça ne marchait pas.

Même si cette femme portait un uniforme et lui faisait de grands sourires, le fantasme coupait court. Il n'était pas dedans, voilà tout. D'un œil passif, il la regarda s'activer autour du lit, toucher les tuyaux et vérifier les diagrammes.

— N'oubliez pas de boire, Eddie, lui dit-elle en laissant sa main posée sur son épaule l'espace de quelques secondes.

Il s'agissait d'une simple marque d'affection, et Dean vit son père tourner imperceptiblement la tête vers elle. Il ne pouvait pas poser sa joue sur sa main, comme il l'avait sûrement déjà fait – ses muscles ne le lui permettaient plus, et ce serait inconvenant, qui plus est –, mais Dean lut dans ce geste un terrible manque de contact humain. Il aurait préféré ne pas s'en apercevoir.

— Quand est-ce que vous lui servez son petit-déjeuner ? demanda-t-il à l'infirmière tout en jetant un coup d'œil à sa montre.

Il n'avait absolument aucune idée de l'heure qu'il pouvait bien être ici. Malgré ses nombreux voyages à l'étranger, il supportait mal le décalage horaire, et la situation n'aidait en rien.

— Ou son déjeuner ? C'est plutôt l'heure du déjeuner, non ? Je n'ai pas vu la matinée passer.

Il se demanda si ça valait la peine de passer à l'heure anglaise, étant donné qu'il comptait repartir au plus vite. Quand tout cela serait terminé. Cette pensée le rendit à la fois heureux et amer.

— Si vous avez faim, une boutique vend des chocolats et des chips au troisième, et il y a un snack au niveau de l'accueil, répondit l'infirmière en contournant la question. Il propose des sandwichs, des pommes de terre au four, ce genre de choses. Leurs sandwichs bacon-crudités ne sont pas mauvais. Je vais chercher les antidouleur.

Il fallut quelques instants à Dean pour comprendre qu'Eddie Taylor ne se nourrissait plus. Les deux hommes détournèrent les yeux et gardèrent le silence jusqu'à ce que l'infirmière revienne avec les médicaments.

— La seringue vous convient toujours ? lança-t-elle d'un ton guilleret.

Eddie hocha la tête avant de rétorquer d'une voix sifflante :

— Si « convenir » est le mot juste…

— Vous tenez le coup ? Vous n'avez pas trop envie de dormir ? Ou de vomir ?

Eddie secoua la tête d'un coup sec, cette fois. Dean l'interpréta comme l'équivalent physique d'un « Vous croyez quoi, bordel ?! ». Eddie n'avait sûrement qu'une seule envie : qu'on le libère enfin de tout cela. À quel point souffrait-il ? Dean se sentit soudain submergé par des sentiments qu'il dispensait avec une extrême parcimonie et qui n'avaient jamais concerné son père, jusqu'ici : la pitié et la compassion. Il se rappela alors que c'était son père qui se consumait devant ses yeux, et il fit aussitôt barrage à ces sentiments. Cet homme ne méritait pas sa compassion, pas même sa pitié.

— Qu'est-ce que c'est que ça ? demanda-t-il à l'infirmière, préférant s'en tenir aux soucis matériels.

Il savait gérer une crise. Il suffisait de rester détaché.

— Un pousse seringue. C'est le meilleur moyen d'administrer ses antidouleur à votre père. Nous avons essayé des patchs de Fentanyl mais sa peau n'a pas bien réagi. C'est très simple : on insère cette minuscule aiguille juste sous la peau, ici.

L'infirmière tamponna le bras d'Eddie à l'aide d'une compresse et introduisit l'aiguille.

— Désolée, j'ai les mains froides.

— Vous pouvez les glisser sous les draps, si vous voulez…
je vous les réchaufferai, lança-t-il d'une voix fatiguée.

— Eddie…

L'infirmière fit mine d'être choquée, mais son ton n'était que
tolérance et chaleur, malgré sa proposition déplacée. De toute
évidence, elle savait comment s'y prendre, avec les types de ce
genre.

— Vous savez ce qu'on dit : « Mains froides, cœur chaud. »
Ce n'est pas votre cas ? insista Eddie.

— Vous le savez très bien…

Dean n'en croyait pas ses yeux. Son père était en train de
flirter avec l'infirmière. Un vieillard mourant en pleine séance
de drague ! Quand on dit que tant qu'il y a de la vie, il y a de
l'espoir… Dean balançait entre l'admiration et le dégoût.

L'infirmière se tourna vers lui en brandissant une petite
pompe portable.

— Elle contient suffisamment d'antidouleur pour vingt-
quatre heures, ce qui lui fournit une dose régulière. Je la mets
sur la table de chevet ou sous votre oreiller, Eddie ?

— Sur la table. Merci.

À peine eut-il prononcé ces mots qu'il ferma les yeux. Son
corps entier semblait soudain soulagé. Dean se leva et suivit
l'infirmière qui s'éloignait. Lorsqu'il estima être assez loin
d'Eddie, il l'interrogea.

— Vous lui avez donné quelque chose pour dormir ? Ce truc
contient un sédatif ?

— Non. À ce stade, le sommeil est naturel. C'est un miracle
qu'il parvienne même à se réveiller.

Elle s'interrompit un instant afin de laisser ses paroles faire
leur chemin.

— Si vous avez d'autres questions, n'hésitez pas à les poser
au médecin ou à l'équipe des soins palliatifs, ajouta-t-elle alors.

Dean avait encore une question, la seule à laquelle il lui
fallait une réponse, mais ni le médecin ni l'équipe de soins ne
pourraient lui être utiles. *Pourquoi nous a-t-il abandonnés ?* La
question orbitait autour de son crâne comme une boule de flip-

per. *Pourquoi nous a-t-il abandonnés ?* Ces mots le rongeaient à lui faire mal. Il s'élança alors vers Eddie et lâcha :

— Pourquoi nous as-tu abandonnés ?

— Je n'étais pas prêt à assumer cette vie, fiston.

Dean fit un bond en arrière en manquant d'emporter le cathéter avec lui. Il était persuadé qu'Eddie s'était rendormi.

— Qu'est-ce que tu veux dire ?

— C'est pourri, comme mort, mais c'est toujours mieux que de crever d'une vie banale. Mourir à petit feu à force de ne rien faire, de n'être personne...

Dean s'efforça de contenir sa fureur.

— Tu avais une femme et des enfants. Ce n'est pas rien.

Avec une grimace, Eddie leva une main faible en direction de l'eau posée sur la table de chevet. Dean s'empara du gobelet et le fit boire.

— Tu es marié ? souffla Eddie dans un râle atroce que Dean avait du mal à imaginer sortir d'un corps si frêle.

— Non, avoua-t-il.

— Tu as des enfants ?

— Non.

— Tu n'es donc pas le mieux placé pour me juger, pas vrai ?

Dévoré par la rage, Dean s'affala sur la chaise en plastique.

— Pour tout te dire, j'ai toujours fait en sorte d'éviter ce genre de situation parce que je suis persuadé que je suis incapable d'être un bon père ou un bon mari. Avec l'exemple que j'ai eu..., lâcha-t-il, plein de sarcasme.

Leurs regards se croisèrent brièvement, mais aucun des deux hommes ne pouvant supporter cette douleur, ils détournèrent aussitôt les yeux.

— Je voulais plus, c'est tout, murmura Eddie.

Dean n'en pouvait plus. Il en voulait à Eddie, mais il s'en voulait également à lui-même. Évidemment qu'Eddie Taylor était incapable de le rassurer. Comment avait-il pu ne serait-ce qu'imaginer le contraire ? Il n'était « pas prêt à assumer cette vie »... Façon détournée de dire qu'il avait décidé de profiter de la vie sans eux. Son père était un sale égoïste, c'était aussi simple que cela. Au moins, il pouvait se dire qu'il avait eu raison, toutes ces années : on ne pouvait se fier à personne. Les autres n'étaient bons qu'à vous laisser tomber. Encore et encore.

Alors, qu'avait-il donc fait de si incroyable, pendant tout ce temps, hein ? Qu'il ait au moins une raison qui justifierait un minimum la peine qu'il leur avait infligée... Peut-être avait-il écrit un roman génial, une œuvre qui avait changé la face du monde et dont la plume atrocement sublime serait citée pendant des générations...

Mais Dean savait que ce n'était pas le cas ; il en aurait entendu parler. Et cet homme n'avait rien non plus du héros qui a consacré sa vie à la construction d'hôpitaux dans les contrées reculées d'Afrique. Il n'avait pas non plus fait fortune, vu qu'il se retrouvait aujourd'hui dans un hôpital public, affublé d'un pyjama immonde. Dean l'aurait lu dans le journal, si son père était devenu politicien ou homme d'affaires.

Il n'osait pas demander ce qu'Eddie Taylor cherchait, au juste, et s'il l'avait trouvé. Il ne voulait pas apprendre qu'il l'avait abandonné afin de mener une vie de luxure, car si c'était ce à quoi lui-même s'adonnait la plupart du temps, entendre son père l'admettre lui paraîtrait terriblement triste. Tout sauf ça.

— Il y avait une femme, dit Eddie.

— C'est pas vrai...

Dean avait envie de hurler.

— En vérité, il y en avait plein. Je n'étais pas fait pour la fidélité. J'étais jeune et plein de fougue.

— Pas si jeune que ça. Tu avais trente-quatre ans quand tu es parti. Mon âge. Je n'ai pas l'impression d'être jeune.

Il n'avait jamais eu cette impression, d'ailleurs. Eddie ferma de nouveau les yeux. Sa respiration ralentit légèrement. Dean n'avait pas envie qu'il ressombre. Pas avant qu'il n'ait obtenu ses réponses.

— Qui était-ce ?

— Une snob. Mariée. Pas comme les autres. J'imaginais qu'on aurait une vie meilleure, ensemble.

— Parce qu'elle avait de l'argent ?

— Parce qu'elle était ce qu'elle était.

Déclaration bien romantique, pour l'homme le plus égoïste de la planète…

— Qu'est-ce qui s'est passé ? demanda Dean avant de pouvoir se taire.

— Elle n'a pas voulu de moi une fois libéré de mes chaînes. Elle est restée avec son mari.

Dean se figea, usant de toutes ses forces pour maintenir son corps en place. Le moindre geste et il risquait de tout détruire autour de lui : du matériel qui diminuait la douleur d'Eddie aux rideaux qui lui offraient une dernière parcelle d'intimité et de dignité. Il expulserait ce cri qu'il avait ravalé pendant tant d'années. Toute cette agonie. Tout ce chagrin.

Pour une pauvre femme qui n'avait même pas voulu d'Eddie Taylor. Il avait détesté son père si longtemps et avec une telle intensité qu'il n'aurait jamais cru pouvoir haïr davantage quelqu'un d'autre. Et pourtant, c'était le cas, aujourd'hui. Il détestait cette femme, qui qu'elle soit et où qu'elle soit. Il la détestait encore plus que lui.

10

Jo

Je retourne chez mes parents. Je ne sais pas où aller, pour vous dire mon état. Assise dans la rame de métro qui me ramène vers Wimbledon, je me dis qu'il ne me manque plus qu'une pancarte avec écrit dessus « Pauvre trentenaire ratée ». Les gens se rendent forcément compte que je suis un échec : ça transpire sous mes pieds comme la pluie goutte d'un parapluie. Comment ai-je fait pour devenir cette femme sans maison, sans emploi et sans homme ? Que vont bien pouvoir penser mes parents ? Ils sont tout le contraire de moi. Eux, ils ne connaissent pas l'échec. Ils sont les heureux propriétaires de *deux* charmantes demeures : la maison familiale de Wimbledon et un chalet dans les Alpes. Mon père est un analyste de la City incroyablement brillant, et même si maman n'a pas d'emploi à proprement parler, c'est une ménagère irréprochable et son implication dans de nombreuses œuvres caritatives est connue de tous. Par-dessus le marché, c'est le couple le plus amoureux qu'il vous serait donné de rencontrer. Même après toutes ces années, ils se tiennent encore la main en public.

C'est écœurant…

Mes parents vivent dans une magnifique maison de quatre étages, tout près de Wimbledon Common. Le salaire de mon père et le bon goût incomparable de ma mère en matière de décoration intérieure ont fait de leur propriété l'une des plus élégantes qu'on puisse imaginer visiter, sans parler d'y vivre.

Les fenêtres, de la hauteur du mur, garantissent une luminosité constante et permettent à maman de faire des folies avec les couleurs. Le rez-de-chaussée est le royaume du taupe et du brun clair, mais à chaque niveau, les tons s'assombrissent pour finir sur la grande chambre gris et prune du dernier étage. La maison entière fait montre d'une finesse extrême. De vieux bureaux savamment chinés côtoient de magnifiques papiers peints tout droit sortis de chez Designers Guild tandis que des fauteuils de style Queen Anne sublimement restaurés et de larges canapés de cuir rétro attendent patiemment les invités. D'imposantes bibliothèques abritent des premières éditions de classiques ainsi qu'une impressionnante collection de littérature contemporaine. Des peintures originales ornent les murs et des magazines spécialisés dans les antiquités sont disposés ici et là sur les guéridons. L'odeur qui plane dans cette maison donne toujours l'impression qu'on vient d'ouvrir les fenêtres pour y laisser entrer une douce brise, même en plein hiver.

J'étais encore toute jeune lorsque nous avons emménagé à Wimbledon. Nous vivions à la base dans une jolie petite maison ouvrière typiquement victorienne tout en haut d'une colline, que papa a eu la clairvoyance de vendre lorsque le marché était à son apogée. Puis ils ont loué autre chose et n'ont acheté qu'une fois le marché stabilisé. Le fait qu'ils paient cash et qu'ils n'aient aucun crédit sur le dos leur avait permis de mener une belle négociation. Grâce à cette technique, répétée trois fois de suite et combinée à un joli bonus de fin d'année, nous avions fini par atterrir dans cette impressionnante demeure au moment de mes quatorze ans.

J'adore la maison de mes parents. Elle est l'incarnation de la réussite, de l'ordre, de l'élégance et de l'amour. C'est le genre de maison que toutes les femmes admirent mais que très peu osent désirer. Chaque pièce est savamment pensée de sorte qu'on y trouve rarement une faute de goût. Cette recherche de perfection n'entame en rien la chaleur toute particulière des lieux, et les amis de mes parents sont toujours ravis de venir dîner. Mes parents y ont organisé de nombreuses soirées ; ce sont des hôtes généreux et irréprochables.

Leur chambre, avec son style décadent tout en prune, est la seule pièce qui m'ait jamais mise mal à l'aise, là-bas. Elle s'étire sur tout le dernier étage et abrite un lit king size ornementé en plein milieu de la pièce ainsi qu'une magnifique baignoire sur pied dans un coin. On y trouve également un vieux lustre en cristal, tout un tas de bougies parfumées et des miroirs anciens que maman a bradés sur Portobello Market.

C'est la chambre la plus romantique, la plus sensuelle et la plus ravissante qu'il m'ait été donné de voir, et c'est justement pour cette raison qu'elle me met mal à l'aise. Même si je suis aujourd'hui adulte, je n'aime pas particulièrement associer mes parents à ces notions ; c'est gênant, voyez-vous.

Je sonne ; pas de réponse. La voiture de maman est dans l'allée, mais il est possible qu'elle ait décidé de sortir à pied. Possible, mais peu probable. Maman tient à sa routine, et le shopping, c'est le lundi. Mardi, c'est cours d'arts plastiques ; mercredi, yoga ; jeudi, Pilates – mais ça se termine à 11 h 15 –, et vendredi, rendez-vous chez son coiffeur de Covent Garden. Elle devrait donc être à la maison. Je ne vous ai pas dit, mais mes parents disposent également d'un immense jardin arboré. Ils s'y installent souvent pour boire leur café du matin, déjeuner ou encore y prendre l'apéritif. À tous les coups, elle est en train de jardiner ou tout simplement d'admirer ses arbres majes-tueux ; malgré l'hiver difficile, leurs bourgeons promettent déjà de donner de bien jolies feuilles. J'y jette un coup d'œil mais ne la vois pas. La maison et le jardin sont déserts, paisibles. En général, je ne suis pas du genre à m'imposer lourdement, mais aujourd'hui, en trouvant le jardin vide, je m'élance de nouveau vers l'entrée, frappe frénétiquement et crie à travers la boîte aux lettres : « Laissez-moi entrer ! »

Quelques minutes plus tard, la porte s'ouvre en grand.

— Bonjour, chérie.

Ma mère tient la porte ouverte, mais avec une main sur l'en-cadrement, formant ainsi une barrière humaine.

— Je n'ai pas le droit d'entrer ? je m'impatiente.

— Désolée, mais tu choisis mal ton moment. J'étais en train de…

Je la pousse et entre dans la maison.

— C'est très gentil à toi de venir nous souhaiter un joyeux anniversaire, Joanna, mais j'aurais préféré que tu appelles. Le moment est vraiment mal choisi…

— C'est votre anniversaire de mariage ? je m'exclame en me tournant vers ma mère.

Elle acquiesce et je fais un petit haussement d'épaules gêné.

— Joyeux anniversaire… J'avais oublié…

— Ce n'est pas pour ça que tu es là ?

— Non.

Ma mère jette un coup d'œil à mes vêtements (robe noire froissée, collants inexistants, chaussures de soirée aux talons vertigineux) et à mon visage (pâle comme un linge, mouillé de larmes et sans aucune trace de maquillage).

— Je vais faire chauffer de l'eau, déclare-t-elle.

Je la suis dans la cuisine.

— Waouh, vous avez *re*décoré ! je lance en feignant d'être intéressée histoire de rattraper ma bourde.

— Oui, on vient tout juste de terminer.

Maman balaie sa cuisine bleu marine, ultramoderne et minimaliste d'un regard inexpressif. Impossible de deviner si elle préfère cette tournure contemporaine à la rusticité qu'ils avaient adoptée ces quatre dernières années. D'après moi, ils auraient mieux fait de ne pas y toucher, mais je choisis de ne rien dire. Maman et sa passion incontrôlable pour la déco intérieure font que parfois, elle s'attaque à une pièce impeccable et la modifie de A à Z. Mais où est le mal ? Papa gagne suffisamment pour qu'elle puisse se faire plaisir, et il partage le même intérêt qu'elle, par-dessus le marché – il n'est pas rare de les retrouver tous les deux feuilleter un magazine de déco, le soir. J'ai lu assez de livres sur le sujet pour savoir que dans un couple, il est indispensable d'avoir une activité commune.

Je saisis la tasse blanche que maman me tend et me perche sur un tabouret de bar de cuir noir, puis je me lance immédiatement dans le compte-rendu de mes dernières désastreuses vingt-quatre heures. Je lui confie m'être « rapprochée » de Jeff. Maman est assez maligne pour comprendre ce que cela signifie *et* pour se garder de tout commentaire sur la stupidité ou la répétitivité de mon manque de discernement évident. Elle se contente donc de me proposer une grosse assiette de biscuits au chocolat maison et d'agrémenter mon histoire de soupirs vraisemblablement compatissants dès que je marque une pause.

Je lui avoue que je viens d'être licenciée, ce qui retient aussitôt son attention.

— Oh, non, Joanna !

— Tu sais, j'imagine que tous les patrons finissent par se lasser de leurs meilleurs éléments…

— Peut-être, oui.

— Et parfois, ce n'est pas de leur faute. Ils sont victimes des circonstances, c'est tout. Un changement de personnel ou de politique peut entraîner la chute de n'importe qui…

— C'est vrai.

Avec un soupir, je me dis qu'il est inutile de lui mentir plus longtemps – de *me* mentir plus longtemps.

— Mais dans mon cas, je crois être responsable, du moins en partie. Le job de mes rêves a fini par se transformer en cauchemar sans même que je ne m'en rende compte. C'est difficile, d'écrire mois après mois des histoires de Prince Charmant en sachant qu'on a échoué à le trouver.

— Oui, je comprends, même si tu aurais dû te douter que cette rubrique ne durerait pas. Tu n'avais plus vraiment de légitimité à la tenir, tu ne crois pas ?

— Pourquoi ça ?

— Tu te posais en tant que jeune femme célibataire évoquant les points positifs et négatifs de cette situation.

— Et… ? Je *suis* célibataire, je te rappelle.

— Oui, mais chérie, tu n'es plus vraiment…

Elle hésite puis décide qu'il est temps que je l'entende tout haut :

— Tu n'es plus vraiment jeune. Ça en devenait ridicule, cette histoire. Certaines des femmes qui lisaient ton travail au tout début sont non seulement mariées mais très probablement mères, aujourd'hui. Qu'est-ce que tu comptais faire, au juste ? Passer pour une couguar ? « Piéger le Prince Charmant », c'était le titre envisagé ? Tu comptais continuer en maison de retraite, peut-être ? Une rubrique sur le sexe gériatrique ?

— Maman !

— Je suis désolée, Joanna. Je n'ai aucune envie de te blesser, mais ton travail n'était pas censé ressembler à *ça*. C'était censé être un tremplin, c'est ce que tu as toujours prétendu !

— Ah oui ?

— Oui.

Je ne me souviens absolument pas avoir déclaré une chose pareille.

— J'ai sûrement voulu dire « en attendant que Martin et moi partions à Chicago ».

— En attendant que tu trouves une autre passion que l'organisation de mariages, plutôt, rétorque maman en poussant légèrement l'assiette de biscuits vers moi.

J'en ai déjà mangé quatre ; quant à maman, vous ne la verrez jamais manger quoi que ce soit entre les repas. Cette femme a une discipline de fer.

Je ne lâche pas l'assiette des yeux. De chaudes larmes coulent sur mes joues, mais en gardant la tête baissée, j'espère que maman ne les remarquera pas. Quelle idiote... Je suis bien trop vieille pour pleurnicher dans la cuisine de mes parents ! Je m'efforce de renifler discrètement et de contenir mes larmes. Bizarrement, je lui en veux de me parler de cette façon, et en même temps, j'aimerais qu'elle me serre dans ses bras. J'aimerais qu'elle arrange tout, qu'elle fasse disparaître cc chagrin. N'est-ce pas à cela que servent les mamans ?

Très sincèrement, ma mère n'ayant même pas été capable de me consoler le jour où j'ai perdu mon doudou, à sept ans, je doute qu'elle agisse autrement alors que j'ai trente-cinq ans et que je viens de perdre ma seule source de revenus. L'image que j'ai d'elle n'est pas celle d'une mère câline et rassurante, non. Je l'adore, mais lorsque je pense à elle, je vois une femme tirée à quatre épingles et pragmatique. Elle me prêterait jusqu'à son dernier sou (bien qu'elle n'en arriverait jamais là, avec l'épargne de maître qu'elle s'est organisée) et pourrait m'apprendre à cuisiner des feuilletés impeccables dans la sérénité la plus parfaite, mais ce n'est pas une épaule sur laquelle je peux m'appuyer. C'est le genre de femme que j'aimerais devenir mais qui ne comprend pas ce que je suis. Je n'ai aucune envie d'être cette pauvre fille qui ne trouve qu'à pleurnicher dans son thé. Je reste persuadée que moi aussi, si j'avais épousé un homme fidèle, présent, aimant et romantique il y a des années de cela, à l'image de ma mère, je serais quelqu'un de chic, de posé et, si nécessaire, de froid. C'est simplement une question de confiance. Et de chance.

— Tu es au courant que Martin se marie samedi ? je lance.

— Ah oui ?

— À Chicago.

— Génial !

Je la fusille du regard mais ça ne sert à rien car elle s'est mise à me tourner le dos pour hacher de la menthe afin de refaire du thé.

— Je suis invitée.

— C'est gentil.

— Alors j'ai eu la super idée de partir là-bas pour saboter son mariage…

Je fais mine de plaisanter sans en être moi-même persuadée.

— J'ai toujours beaucoup aimé Martin, murmure maman.

— Oui, je sais, je réponds en plongeant la tête entre mes mains.

— Je te l'avais dit, que tu le regretterais, lance-t-elle.

Je sais qu'elle a raison, mais qu'est-ce que ça change ?

— Oui, maman…

— Mais ça ne me fait pas plaisir, rassure-toi.

— Mouais…

En vérité, elle est plutôt du genre fière, et c'est assez souvent que je l'entends répéter « Je te l'avais dit », mais je préfère ne pas le lui signaler. Je n'ai pas l'énergie de me disputer avec elle. L'univers entier semble être ligué contre moi ; je ne peux pas me permettre de rallonger ma liste d'ennemis.

Et puis, j'ai besoin d'un toit pour ce soir. Je ne me sens pas la force de retourner sur le canapé de Lisa et Henry ; j'ai besoin d'une pièce où me cacher du reste du monde.

J'aperçois du coin de l'œil la valise Carlton violette de ma mère. À l'image de tout ce qui lui appartient, c'est le nec plus ultra de l'élégance et de la modernité en plus de détenir tous les accessoires indispensables (sangle extensible, fermeture à code et quatre roues afin de pouvoir être navigable partout sans effort). Inutile d'ouvrir cette valise pour savoir qu'elle est pleine de tenues et d'accessoires minutieusement choisis et coordonnés. Ma mère est le genre de femme à être toujours impeccable. Une terrible vague d'envie me secoue tout le corps.

De toute évidence, mes parents s'offrent un week-end romantique pour fêter leur anniversaire. Cela fait des lustres qu'ils sont mariés, et pourtant, leur relation est plus romantique que n'importe laquelle de celles que j'ai pu vivre. La valise est plutôt grosse ; peut-être ont-ils prévu de partir une semaine ou deux... Dans tous les cas, c'est injuste.

— Tu n'imagines pas la chance que tu as, je lâche, incapable de quitter la valise des yeux.

— Pourquoi tu dis ça ?

— Papa t'aime tellement...

— Eh bien, ça fait si longtemps que nous sommes ensemble...

— Oui, mais ce n'est pas qu'une question de durée. Je connais d'autres couples mariés depuis longtemps ; ils ne sont pas aussi amoureux que vous, je peux te le dire. Vous êtes le couple idéal, tu ne trouves pas ? Attends, papa te rapporte des fleurs *tous* les vendredis soir !

— Oui.

— Depuis toujours !

— Oui, répète maman avec un petit haussement d'épaules. C'est sa façon de fêter l'arrivée du week-end.

— Et il cherche toujours à te faire plaisir : week-ends romantiques, journées spa avec tes copines, théâtre...

— C'est un homme très attentionné.

— Et il pense tellement à tout... Jamais il ne t'emmènera au théâtre sans t'offrir une bouteille de champagne et une boîte de chocolats durant l'entracte. Vous avez vraiment fait un mariage parfait.

Maman finit par arrêter de hacher la menthe et se tourne vers moi.

— Tout mariage demande des…

— Tu sais, parfois je me dis que c'est ce qui me fait tenir, poursuis-je sans la laisser finir.

— Notre mariage ?

— Oui.

— Joanna, tu as trente-cinq ans.

— Et ?

Elle soupire. Elle voulait peut-être dire : « Et le mariage de tes parents ne devrait pas être la chose la plus importante de ta vie. » Mais après un moment d'hésitation, elle opte pour :

— Tu sais ce que tu devrais faire, chérie ?

— Quoi ?

— Tu devrais aller au mariage de Martin.

— Tu crois ? .

— Oui. Ça ne te fera pas de mal de voir autre chose, et ça pourrait t'aider à tourner la page. Qu'as-tu à perdre, de toute façon ? Vois ça comme une aventure.

— Je ne suis pas du genre aventureuse.

— Eh bien tu devrais.

— Sans rire, le truc le plus aventureux que j'aie jamais fait, c'est regarder un film d'horreur.

— Alors saisis cette chance.

J'ai la tête qui va exploser. Il faut absolument que je dorme un peu avant de prendre une décision d'une telle envergure. Je fourre mon nez dans un mouchoir et souffle bruyamment, ce qui fait que je n'entends que la moitié de ce que ma mère ajoute.

— Après tout, qui peut savoir… si tu l'avais épousé… plus heureuse qu'aujourd'hui.

Incroyable : ma mère vient de me confirmer que je me devais d'empêcher ce mariage d'avoir lieu. Si je m'étais attendue à *ça*… Pourquoi ne pourrais-je pas essayer, après tout ? Il était amoureux de moi, à une époque. Et je l'aimais moi aussi. Enfin, je voulais l'épouser, ce qui est plus ou moins la même chose. Je me recentre sur ce que me dit maman. Elle me répète que j'ai mal choisi mon week-end. Oui, sûrement, si mes parents ont décidé de partir en escapade romantique… S'il y a bien une chose qui ne m'attire pas, c'est me retrouver seule dans cette énorme baraque, à errer comme une âme perdue. Ma mère m'assure que voyager me fera le plus grand bien, me permettra d'y voir plus clair.

— Ça vaut le coup d'essayer, n'est-ce pas ? lance-t-elle en guise de conclusion.

— Oui, j'imagine, dis-je en marmonnant.

Voilà qui est pour le moins étonnant. Ma mère se fait un point d'honneur de ne pas encourager les confidences et les conversations qui ne mènent à rien. Malgré ses nombreuses années de bonheur conjugal, c'est loin d'être la reine de la démonstration affective. Elle paraît au contraire toujours un peu gênée devant les initiatives délirantes de papa. Je me souviens de la fois où il lui a offert une Mini Cooper cabriolet couleur fuchsia pour ses cinquante ans. Il l'avait fait livrer entourée d'un énorme ruban argenté. J'en pleurais pratiquement de joie, mais elle lui a fait repeindre d'un gris bien plus discret – une couleur qui lui aurait coûté beaucoup moins d'argent et de tracas s'il l'avait choisie dès le début. J'imagine que c'est inévitable, lorsqu'il suffit d'un claquement de doigts pour avoir ce qu'on veut. Maman est pragmatique et non idéaliste, réfléchie plutôt que spontanée, et pourtant, voilà qu'elle me suggère de parcourir des milliers de kilomètres pour empêcher que le mariage de Martin ait lieu. Elle doit vraiment y croire, alors. Une vague de joie me submerge soudain. « C'est moi que tu dois épouser, pas elle » est *la* déclaration romantique à l'état pur. C'est exactement ce genre de moments que j'attends de la vie.

11

Dean

— Zoe m'a dit que c'était une erreur de venir ici.

— Zoe ? répéta Eddie, visiblement perdu.

— Ta fille, précisa Dean en soupirant impatiemment.

— Bien sûr…, marmonna Eddie avec un bref hochement de tête.

— Et donc ?

— Donc quoi ?

— Laisse tomber…, trancha Dean avec un soupir de désespoir, cette fois.

Il se tourna vers le mur et lut la note informant les visiteurs de la marche à suivre en cas d'incendie et les dissuadant de toucher aux lits ou à l'équipement médical. Il se demanda alors s'il était le seul à s'imaginer arracher un tuyau, comme ça, l'air de rien. Cette idée ne lui inspirait pas de la honte, non, mais de la colère. C'était l'attitude de son père qui l'avait mis dans un tel état, mais malheureusement, il ne pouvait être aveugle et insensible à la tristesse de la situation.

Les deux hommes se murèrent dans un nouveau silence. Dean était écœuré, Eddie épuisé. Dean tentait de contrôler sa respiration ; il fallait qu'il se calme à tout prix. Hors de question de laisser Eddie le détruire de nouveau. Cela lui avait demandé trop de temps de construire celui qu'il était aujourd'hui.

Avec une grimace, Eddie désigna le pousse seringue sur la table de chevet. Dean aurait voulu l'ignorer, mais il ne le pouvait pas. Il posa l'objet dans sa paume, et Eddie soulagea son corps une nouvelle fois. Après avoir poussé un gémissement, il sembla se décider à donner à son fils ce qu'il était venu chercher.

— Comment va Zoe ?

— Bien.

Dean se força à regarder son père et découvrit, stupéfait, que celui-ci paraissait y porter un réel intérêt. Il lui devait au moins d'être un peu plus explicite.

— Elle est comptable. Et mariée.

Le mariage de sa sœur avait à la fois surpris et rassuré Dean. Zoe était parvenue à accorder sa confiance à quelqu'un. Elle avait trouvé un homme qu'elle aimait et qui l'aimait en retour. L'espoir avait triomphé sur l'expérience, mais il était heureux pour elle. Son mari était un chic type.

— Elle s'est mariée jeune ; il y a plus de six ans maintenant. Il a douze ans de plus qu'elle.

— Des chiffres, c'est tout…

— Ouais.

— Recherche d'une figure paternelle, souffla Eddie.

Dean était ébahi par cette perspicacité qui côtoyait pourtant une telle indifférence.

— Mes deux autres ont fait la même chose, ajouta Eddie de but en blanc.

— Tes deux autres ?

Dean sentit son sang se glacer.

— Mes deux autres filles, de mon second mariage.

— Tu es marié ?

— Plus maintenant, répondit Eddie en crachant une quinte de toux.

— J'ai des sœurs ?

Il sentit son sang reprendre vie en lui et bouillonner dans ses veines. La tête lui tournait. Il lui était arrivé d'y songer, enfant. C'était la seule explication logique au long silence de son père. De toute évidence, il avait décidé de faire une croix sur sa première famille. Il l'avait remplacée. Il en avait *une autre*. S'il avait songé à cette éventualité, alors pourquoi la réalité lui faisait un tel choc ? Il avait deux autres sœurs. Comment étaient-elles ? Ressemblaient-elles à Zoe ?

— J'ai des sœurs ? répéta-t-il pour s'efforcer d'intégrer cette information.

— Oui. Enfin, ce sont tes demi-sœurs. L'une d'elles s'est mise en ménage avec un type qui a déjà deux ados. Elle est comme une mère pour eux.

Eddie chercha son souffle avant de poursuivre.

— Même si elle n'a que vingt-trois ans. L'autre est encore à la fac, je crois, mais la dernière fois que j'ai eu des nouvelles, elle sortait avec son tuteur.

Où se trouvaient ces filles ? Comment s'appelaient-elles ? Pourquoi n'étaient-elles pas ici ? Dean ne posa pas ces questions à voix haute, mais Eddie sembla lire en lui, ou du moins ses idées suivaient-elles le même cheminement.

— Ellie, l'étudiante, vit en France avec leur mère et Hannah dans le Sud, sur la côte. Du côté de Plymouth, je crois. Je ne me souviens pas bien, on ne se parle pas souvent.

Évidemment. Encore des cœurs brisés. Encore des enfants déçus. Cet homme était une véritable plaie. Dean bouillonnait. De toute évidence, plus il en apprendrait sur son père et moins il serait capable de l'apprécier. Même s'il ne s'était pas attendu à autre chose.

Il se mit à écouter les bruits de fond de l'hôpital. Il distingua celui des sabots d'une infirmière, dans le couloir ; elle parlait à un patient qui devait être en chaise roulante car il entendait le siège couiner. Il reconnut le bruit de l'ascenseur qui s'arrêtait à leur niveau et une porte claquer un peu plus loin. Il ferait mieux d'y aller. Il n'avait rien à faire ici.

Il s'apprêtait à se lever lorsqu'Eddie souffla :

— Est-ce que Zoe est heureuse ?

Dean, pris de court, toussa.

— Dans l'ensemble, oui.

— Je te parle de son mariage.

— Oui.

— Bien.

La fureur et la perplexité de Dean prenaient une nouvelle

dimension. Comment son père pouvait-il encore penser que le mariage était une bonne chose ? Regrettait-il ses propres échecs ? Ou au moins l'un d'eux ? Dean l'ignorait, mais il avait conscience d'un léger changement, en lui. Le nœud qui comprimait son ventre depuis toujours venait tout doucement de se desserrer. Parce que son père avait voulu s'assurer que Zoe était heureuse en mariage.

Ce n'était pas grand-chose, ce n'était pas suffisant, c'était trop tard, mais il devait admettre que c'était toujours ça. Il resterait encore un peu. Toutefois, il hésitait quant à ce qu'il pouvait vraiment confier à son père. Méritait-il de tout savoir ? Était-ce à lui de le lui apprendre ? Qu'en penserait Zoe ? Ses paroles résonnaient encore dans sa tête : « Je me fiche bien de ce qui lui arrive. Je ne veux aucun détail. Ne me parle plus de lui, d'accord ? Pas avant que tu ne m'appelles pour m'annoncer sa mort. » Elle ne voulait aucun détail, mais ça ne signifiait pas que Dean avait interdiction d'en donner.

— Elle a deux enfants, lâcha-t-il.

— Je suis grand-père ?

— Tu ne peux pas t'empêcher de tout ramener à toi...

Eddie décida d'ignorer la pique de Dean – ou bien était-il égoïste au point de ne pas l'avoir saisie ? Dean l'ignorait.

— Qu'est-ce que c'est ? Filles ou garçons ?

— Un de chaque. Archie a trois ans et Hattie bientôt un.

— Tu as une photo ?

Sa voix rauque ne parvenait pas à masquer entièrement sa joie.

Dean sortit son téléphone, débordant de clichés de son neveu et de sa nièce. Il le glissa sous les yeux d'Eddie et fit défiler les photos, envahissant la pièce des sourires heureux des gamins. Dean sourit à son tour en les regardant plonger dans la piscine, faire des châteaux de sable et dévorer des glaces.

Il était certain de ne pas l'imaginer : la respiration d'Eddie s'était légèrement accélérée. Personne, absolument *personne* ne pouvait résister au sourire espiègle d'Archie et à la bouille d'Hattie. Toutes les femmes à qui Dean montrait ces photos s'extasiaient sur ces deux petits anges.

Il se sentait ragaillardi. Leur simple présence semblait comme chaque fois tout arranger.

— Je peux t'en imprimer une, si tu veux, proposa-t-il dans un élan d'enthousiasme.

— Non, ça ira.

Eddie se détourna du téléphone et replongea les yeux dehors, tuant dans l'œuf la compassion et l'espoir naissant en Dean, remplacés par une vague de fureur en fusion. C'en était trop ; il ne pouvait pas supporter de voir les petits rejetés.

— Va te faire foutre, je me tire, lâcha-t-il en se levant d'un bond.

— Pourquoi ? rétorqua Eddie, perplexe.

— Parce que tu… tu… Parce que tu te fous des gosses de Zoe, voilà pourquoi ! explosa-t-il.

Mais ce n'était qu'une partie de ce qu'il aurait aimé lui dire.

Eddie ne semblait pas comprendre. Peut-être pensait-il avoir montré suffisamment d'intérêt.

— Le garçon a l'air malin, et la petite, elle est tellement jeune, encore… Qu'est-ce que tu veux que je te dise ? Qu'elle est potelée ?

— C'est un bébé ! C'est normal, qu'elle soit potelée.

— Je n'ai jamais prétendu le contraire. Ils m'ont l'air très bien, ces gosses.

Les deux hommes se dévisagèrent dans la tension palpable.

— Qu'est-ce que tu attends de moi ? finit par demander Eddie.

Dean ne comprenait pas. C'était lui qu'on avait appelé. Il aurait plutôt aimé savoir ce qu'Eddie attendait de *lui*.

— Nous savons tous les deux qu'il est un peu tard pour jouer au papy gâteux, cracha Eddie d'un ton aussi sec que sa santé précaire le lui permettait.

Puis il leva les yeux vers le tuyau qui pendait au-dessus de sa tête.

— Je te confirme. C'est un peu tard. Pour moi. Pour Zoe.

— Il ne s'agit donc pas des enfants, mais de toi.

— Oui, peut-être.

Dean se détourna du lit. Il était complètement décalé, la

situation lui semblait surréaliste, et le manque de sommeil n'aidait en rien. Impossible d'avoir les idées claires, avec tout ça. Il s'effondra sur la chaise. Il n'avait pas spécialement décidé de rester, mais il n'avait pas l'énergie nécessaire pour partir.

Eddie demeura muet un instant, le temps de laisser son fils reprendre ses esprits. Ils avaient tous les deux besoin de souffler. Alors que Dean s'imaginait qu'ils s'étaient de nouveau murés dans un silence pesant, Eddie prit la parole.

— Comment va ta mère ?

Dean s'était attendu à tout sauf à ça. Jamais il n'associait sa mère à son père. Ils étaient trop éloignés l'un de l'autre pour partager quoi que ce soit. Il ne les associait qu'à lui ou à Zoe, ou plus précisément, qu'à leur manque de relation avec eux. Il ignorait comment répondre à cette question.

— Elle a plutôt mal vécu ta désertion, finit-il par dire.

— Ma désertion…, cracha Eddie d'un ton presque cynique.

Dean eut soudain envie d'appuyer sur le bouton qui contrôlait le lit, comme ces dessins animés où le lit se referme sur lui-même et écrase le bonhomme qui se trouve dessus.

Il avait conscience que le mot « désertion » était chargé de sens, qu'il faisait penser à ces soldats terrorisés abattus au lever du jour durant la Première guerre mondiale, mais c'était le mot adéquat. L'abandon volontaire de ses responsabilités. Ce que son père avait fait était terrible. Ça avait changé leur vie à tout jamais.

— Elle s'est mise à boire, ajouta-t-il, agacé de devoir mettre le sujet sur la table, mais résolu à ce que son père réalise les répercussions de ses actes.

— Elle aimait beaucoup faire la fête, lorsque je l'ai rencontrée, répondit celui-ci en souriant.

Il n'avait pas compris ce que Dean avait sous-entendu. Sans doute se remémorait-il d'heureux souvenirs…

— Elle a arrêté les fêtes et s'est plutôt mise à boire toute seule. En tout cas, c'est l'image que j'ai gardée d'elle, marmonna Dean. L'image d'une alcoolique.

Cette pensée était toujours aussi affligeante. Impossible de s'y habituer, malgré les innombrables fois où il avait dû l'avouer – à lui-même ou aux aides-soignants –, durant toutes ces années.

— Tout le monde aime boire un coup, de temps en temps, commenta Eddie en baissant les yeux. Il y avait des chances qu'elle tourne comme ça. Un gin contient toujours moins de calories qu'un repas, et puis… elle avait ça en elle. Elle était de nature extrême, addictive.

— Tu le savais, mais tu nous as laissés avec elle ?

Embarrassé, Eddie remua imperceptiblement les épaules, comme un petit garçon pris en faute.

— Ce n'est pas bien grave, si ? Regarde-toi aujourd'hui, lança-t-il en contemplant le costume chic de Dean. À l'évidence, tu as réussi.

Dean n'était pas certain de celui qu'Eddie cherchait à rassurer.

— Nous n'avons plus jamais eu de vie normale, après ton départ.

— C'est faux.

— Non. Nous n'avons pas eu le choix.

— Fiston, ça n'existe pas, une vie normale. Moi-même, je ne sais pas ce que c'est. Je n'aurais rien pu faire pour vous.

— Pendant des années, elle a été abonnée aux centres de désintox, et nous, Zoe et moi, aux foyers.

— Hein ?! Pourquoi on vous a mis en foyer ?

— Pour qu'on puisse s'occuper de nous. Du moins, en théorie. À la base, elle s'est mise à boire pour oublier son chagrin. Puis petit à petit, elle a tout oublié. On n'arrêtait pas de venir nous chercher. Ou alors… elle nous déposait d'elle-même aux services sociaux quand elle en avait marre ou qu'elle avait envie de se soûler.

Eddie fit en sorte de ne rien laisser transparaître de ses émotions, ce que Dean apprécia : cet homme n'avait aucun jugement à émettre. C'était sa faute, il était responsable, ce qui signifiait qu'il n'avait pas le droit d'être outré.

— On a été placés dans quatre familles différentes. Quatre. Je peux t'assurer que ce n'est pas le Club Med, là-bas…

— Je l'ignorais. Pourquoi personne ne m'a prévenu ?

— Personne ne savait où tu étais.

— Je suis parti à l'étranger quelque temps. En France.

Dean imagina son père attablé à la terrasse d'une brasserie, dans une petite rue pavée gorgée de soleil, devant un verre de vin rouge, un steak saignant et une salade verte. Il y avait également une jolie Française au regard sombre et malicieux et aux dents impeccables. Peut-être sa seconde femme, ou peut-être une énième maîtresse. Cette image contrastait tellement avec l'existence misérable à laquelle il avait eu droit, avec sa sœur. Comme Hansel et Gretel, ils s'étaient serré les coudes, n'ayant personne d'autre pour les protéger, pour prendre soin d'eux.

— Je m'en balance, que tu sois parti en France. Tu nous as abandonnés, espèce de salaud. Tu nous as *abandonnés*, cracha Dean, surpris par sa propre franchise.

En général, il évitait de dire ce qu'il pensait. D'après Zoe, c'était ce qui expliquait son attrait pour la publicité.

— Ce n'est pas ma faute si ta mère s'est mise à boire.

— Ah oui ? siffla Dean en tentant de se reprendre.

Il croisa les bras sur sa poitrine de façon à mettre le plus de distance possible entre son père et lui, ce qui était totalement ridicule. Que s'imaginait-il ? Qu'il allait vouloir lui prendre la main ? Ça semblait improbable. Impossible, même.

— Encore une fois, j'ai l'impression que vous vous en êtes sortis, tout de même, non ? Ta sœur va bien. Elle est mariée, a des enfants, un travail… Et toi, tu…

Eddie s'interrompit. Il n'avait pas demandé à Dean ce qu'il faisait dans la vie. En vérité, il ne lui avait absolument rien demandé sur lui. Dean se chargea de le renseigner.

— Je suis administrateur financier pour une grande boîte de pub.

Il avait envie de se gifler, de s'entendre se vanter comme un gosse qui rentre de l'école en annonçant fièrement à son père qu'il a eu une bonne note.

— Tu es dans la pub… Tu vois, tout va bien !

— Ouais, cracha Dean, avant qu'un nouveau silence ne pèse sur eux.

12

Clara

Après le départ de Jo, Clara avait eu besoin de prendre l'air. N'aimant pas traîner au hasard, elle avait décidé d'aller acheter des fleurs.

Certes, Tim lui en ramenait tous les vendredis, ce qui était adorable de sa part, mais de temps à autre, elle aimait choisir sa composition elle-même, choisir *ses* fleurs. Ce n'était pas grand-chose, mais elle voulait en décider. Et maintenant qu'elle s'était lancée, elle avait fait les choses en grand.

— C'est pour une occasion particulière ? lui avait demandé le vendeur.

— Oui, mon anniversaire de mariage.

— Félicitations !

Elle avait choisi de magnifiques becs de perroquet, des protées et des anthuriums rouge et orange vif. Elle en avait acheté tellement que le jeune vendeur avait dû les lui livrer ; impossible de les ramener chez elle à pied. Elle avait rempli jusqu'au dernier vase de la maison.

Il y avait des fleurs dans l'entrée, sur la cheminée, la table de la salle à manger et les trois guéridons, mais elle n'avait pas pris la peine d'en mettre dans leur chambre. L'odeur serait insupportable dans une semaine – il n'y avait rien de pire qu'une fleur qui pourrissait –, mais ce ne serait plus son problème. Elle ouvrit les fenêtres du salon et tapota les coussins, puis elle se fit le devoir de choisir sa tenue pour la soirée. Ce qu'elle porterait serait de la plus haute importance.

Clara avait cinquante-six ans. Cela faisait-il d'elle une vieille femme ? Ou pouvait-elle encore considérer faire partie des jeunes cinquantenaires ? Qui vivait jusqu'à cent douze ans ? Et qui en avait vraiment envie, au juste ? Quand finissait-on par accepter qu'on était vieux ? Elle se souvenait de la première fois qu'une vendeuse l'avait appelée « madame » et non « mademoiselle ». Cela faisait longtemps qu'elle était mariée, et même mère, mais ça ne l'avait pas empêchée de prendre une véritable gifle.

Puis il y avait eu la première fois qu'on s'était levé pour lui céder la place dans le métro. Il s'était agi d'un jeune Européen délicieux. Un Espagnol ou un Italien. Elle s'était persuadé qu'il lui avait fait du charme. Elle avait tellement de mal à se faire à son âge que c'était chaque fois un choc, lorsqu'elle y pensait.

Clara avait conscience d'être bien conservée, pour cinquante-six ans. Elle était dotée de jolies pommettes saillantes qui marquaient le point de départ d'un corps tout aussi bien dessiné. Elle aurait aimé ne pas se soucier de son apparence. Elle aurait aimé être le genre de femme à se contenter d'être ce qu'elle était. Ces femmes-là étaient rares, mais magnifiques. Elle avait toujours été du style à avoir « le physique de l'emploi » ; c'était d'ailleurs ainsi qu'elle avait construit sa vie. Il lui tardait de mettre un terme à tout cela.

Heureusement, vieillir avait ses avantages, même si on n'en parlait jamais. En général, l'âge de les apprécier venait avec celui de ne pas s'en vanter. On ne parlait donc pas de la beauté digne. Mais c'était pourtant une vérité. Elle savait ce qu'elle voulait, désormais. Après tout ce temps. Elle avait enfin pris une décision, et elle en était heureuse. Cela faisait des années que ses yeux n'avaient pas brillé comme ce soir.

Elle savait que certains changements étaient inéluctables, peu importe le nombre de cours de Pilates ou de soins du visage qu'elle s'offrait. Ses yeux tombaient plus qu'avant, elle était plus ridée et, oui, la peau sous son menton et ses bras pendait un peu trop à son goût, mais elle faisait toujours en sorte de garder la tête droite et évitait les robes sans manches. Ses meilleures années, en terme de grâce, étaient derrière elle – cela ne servait à rien de se voiler la face. Elle avait la poitrine et les joues plus pleines à vingt ans, mais à l'époque, elle manquait de confiance en elle. Jusqu'à ce qu'elle le rencontre, évidemment.

Rien n'avait plus été pareil ensuite. Clara avait passé énormément de temps à se demander si les choses avaient changé en mieux ou en pire, mais elle n'avait jamais été capable d'en décider. Elle avait donc fini par ne plus se poser la question et se contenter d'accepter la situation pour ce qu'elle était : une terrible erreur ou un doux souvenir, c'était en tout cas une page de son passé. Cela faisait des années qu'elle n'avait pas pensé à lui, mais depuis la fameuse lettre, elle n'avait plus eu autre chose en tête.

C'était à trente ans qu'elle avait le plus profité de la vie. Mais sa fougue et sa confiance s'étaient flétries au fil des années, ce que la situation avec Tim avait rendu inévitable. Il était difficile de se sentir toujours désirable et impossible de prétendre être encore jeune. Pourtant, ce soir, elle brillait. Elle renaissait.

Elle se doucha et tartina de crèmes hors de prix le moindre centimètre carré de son corps. Puis elle choisit ses sous-vêtements avec soin. Une culotte large, qui maintenait tout en place, même si elle n'avait pas grand-chose qui dépassait, elle devait l'admettre – mais mieux valait ne rien laisser au hasard. Puis elle opta pour un sublime soutien-gorge qui aidait à dessiner un décolleté là où il n'y en avait pas.

Exceptionnellement, elle avait fait son brushing un jeudi et s'était offert une séance chez la manucure. Enfin, elle s'empara de son tailleur Chanel rose pâle. Il était en tweed, avec un col en cuir couleur crème et des boutons en nacre. Elle en resta une fois de plus admirative lorsqu'elle se regarda dans le miroir, même si elle l'avait déjà porté à de nombreuses occasions. Il était magnifique.

Il serait son bouclier, ce soir. L'image devant elle était douce-amère. C'était une femme élégante, jolie pour son âge. Mais elle était tout simplement plus vieille qu'elle ne l'aurait souhaité. Pourquoi lui avait-il fallu autant de temps ?

Tim rentra à vingt heures ; elle lui avait demandé de faire un effort, ce soir. La plupart du temps, il rentrait beaucoup plus tard. Il lui arrivait même de ne pas rentrer du tout, le jeudi. Avec un sourire, elle lui tendit un verre de Sauvignon frais.

— J'aurais plutôt vu du champagne, lança-t-il.

— J'y ai pensé, mais ça me paraissait un peu trop...

— Pétillant ?

— Oui.

Ils trinquèrent par habitude et prirent la direction de la véranda. Après s'être caché toute la journée, le soleil faisait enfin une timide apparition. La lumière qui filtrait par les fenêtres donnait une impression de grandeur à la pièce et magnifiait le jardin ponctué de jonquilles et de crocus. Si seulement le ton pouvait rester léger... Tim se laissa tomber sur le canapé, et Clara se percha sur l'accoudoir.

— Tu n'as pas changé d'avis ? demanda-t-il sans détour – il ne servait à rien de tourner autour du pot.

— Non, répondit Clara, surprise de sentir les larmes lui piquer les yeux.

Bon sang, voilà qu'elle pleurait, elle qui aurait tant aimé garder son calme et qui y arrivait généralement si bien. Après avoir passé tant d'années à cacher ce qu'elle ressentait, pourquoi pleurer maintenant, alors qu'elle disait enfin ce qu'elle avait sur le cœur ? Elle cligna des yeux, furieuse, cherchant à les faire disparaître.

— Je n'ai pas le choix.

— Non, c'est faux, Clara. Tu *as* le choix. Ça fait presque quarante ans qu'on s'en sort très bien comme ça. Il n'y a aucune raison que ça change aujourd'hui. Pense aux enfants...

— Ce ne sont plus des enfants, Tim. Deux sont mariés, et Lisa a elle-même trois enfants.

— Mais Joanna ?

— Oui, je sais..., soupira Clara.

Elle s'inquiétait pour Joanna, elle ne pouvait le nier. Quelque part, c'était encore une enfant. Aujourd'hui, Clara avait failli lui dire qu'il fallait à tout prix qu'elle grandisse. À ce rythme, elle deviendrait sénile avant d'avoir connu la raison.

— Elle est passée, tout à l'heure, annonça Clara en buvant une gorgée de vin.

Il était vif et frais, ses notes d'agrumes jouant sur sa langue en se détachant des tons plus minéraux. Clara s'y connaissait, en vin ; elle avait suivi une formation en œnologie quelques années plus tôt. Et bien d'autres au fil des ans : philosophie de l'art, décoration intérieure, apprentissage de l'espagnol, méditation bouddhiste…

— Ah bon ?

— Oui. J'ai vraiment cru qu'elle avait compris ; elle n'arrêtait pas de regarder ma valise.

— Tu penses qu'elle a deviné ?

— Non, évidemment. Elle est venue se plaindre…

Clara se mordit la langue pour éviter d'ajouter « Comme d'habitude. »

— Elle n'a pas le moral parce que Martin se marie, décidat-elle de poursuivre.

— Martin ?

— Celui qu'elle devait épouser.

— Oh, bien sûr, oui. Comment ai-je pu l'oublier ? Ce fiasco nous a coûté un bras.

— Il en épouse une autre.

Tim ne voyait pas où était le problème.

— Et alors, elle ne voulait pas de lui !

— Non.

— Mais maintenant, si ?

— Elle ne veut pas être seule. Il l'a invitée au mariage, et je lui ai dit d'y aller ; que ça l'aiderait à tourner la page. À aller de l'avant. Et je ne voulais pas qu'elle soit dans nos pattes ce week-end.

— Tu vois, c'est exactement de ça que je parlais : elle est vulnérable, elle ne va pas le supporter.

— Tim, je ne peux pas rester pour les enfants. Les gens font ça pendant dix-huit ans, pas trente-huit.

Tim soupira et plongea les yeux dans ceux de sa femme.

— Alors reste au moins pour moi.

— Les choses sont différentes, aujourd'hui. Tu n'as plus besoin d'une femme.

— Mais j'aime t'avoir à mes côtés.

Il sourit, sûrement gêné d'avoir un argument si léger à offrir. Elle savait qu'il ne disait jamais complètement ce qu'il avait en tête. Tim n'était pas un adepte des grandes déclarations. Il était du genre flegmatique ; il appartenait à un autre monde.

— Et j'aime être à tes côtés, moi aussi, avoua-t-elle.

— Alors reste. Je suis resté discret, jusqu'ici, et ça nous a réussi. Je t'ai tout offert : vêtements, voitures, la maison, les vacances...

Tim balaya la pièce du regard, mais sa perfection ne fit que le désespérer davantage.

— Je sais, mais ça ne suffit pas. Je ne comprends pas comment j'ai pu ne serait-ce qu'y croire.

Elle lui tendit alors la lettre.

Vendredi
22 avril 2005

13

Jo

L'idée que je suis en train d'appeler Martin, à des milliers de kilomètres de là, me submerge d'une panique adolescente.

— Martin ? C'est Jo.

Léger silence – je ne pouvais pas m'attendre à pire…

— Jo Russell, j'ajoute en m'efforçant de ravaler mon humiliation.

Le silence s'intensifie.

— Oh, Jo ! Salut…

Martin a l'air plutôt content, du moins après sa seconde d'hésitation. Qu'il n'ait pas reconnu ma voix – qu'il ne se souvienne peut-être même plus de moi – me fait l'effet d'un poignard dont on m'aurait tailladé tout le corps. Je me rappelle alors que parfois, lorsqu'on est blessé, on ne ressent pas la douleur tant qu'on n'a pas vu le sang et que le cerveau n'a pas assimilé la situation.

En en faisant de même, peut-être pourrais-je faire fi de la douleur, non ? Pour sa défense, cela fait presque cinq ans qu'il n'a pas entendu le son de ma voix ; il ne m'a jamais donné son numéro américain, ce que je peux comprendre. J'ai dû contacter trois amis différents avant de mettre la main dessus, ma requête ne semblant visiblement enchanter personne.

— Comment ça va ? je lance d'un ton exagérément léger.

— Ça va, merci, répond-il avant de décider de me rendre la politesse. Et toi ?

— Ça va.

Ne voulant pas passer pour un perroquet, j'ajoute :

— Ça va super.

J'aurais dû me préparer. Je n'ai pas envie qu'il pense que ça va *super*. Enfin, pas complètement. Il faut qu'il comprenne que ça va super hormis le fait qu'il n'est plus dans ma vie. Que ça va *presque* super. Que je m'en sors assurément, que je suis toujours une personne intéressante et désirable, mais à qui il manque la présence de Martin Kenwood dans sa vie.

— Enfin, ça peut aller…, je me reprends en espérant avoir tempéré mon enthousiasme. Et toi ?

Voilà que je me répète… À ce rythme-là, la conversation ne risque pas d'avancer.

— Oui, oui…

— Et le mariage ? je lâche alors.

— Ça va, répète-t-il.

Son ton a clairement changé, mais il m'est impossible de deviner s'il est plus emballé à l'idée de parler de son bien-être que de son mariage.

— Excuse-moi, je n'ai pas vraiment la tête à ça, là…

Il s'est passé quelque chose ? Le mariage est annulé ? Mon cœur s'emballe.

— Il est tard… Enfin, tôt, plutôt. C'est le milieu de la nuit, ici.

Quelle idiote… Pourquoi n'y ai-je pas pensé avant ? Mon cœur se fige aussitôt. Mais pourquoi est-ce que ça ne m'est pas venu à l'esprit ? Je n'ai pas d'autre choix que de faire comme si de rien n'était, maintenant.

— Tu dois être pas mal occupé.

— Pas autant que ma fiancée. Elle court partout.

J'essaie de déceler une note d'impatience ou de frustration dans sa voix. Tout le monde sait qu'organiser un mariage est une source de stress terrible. Même le couple le plus fusionnel risque la crise prénuptiale. Se retrouve-t-il sous le joug d'une véritable Bridezilla (comme la dernière fois, soyons honnêtes) ? Est-ce que ça le rend fou ? Voilà qui me rendrait service… Ou alors, s'intéresse-t-il si peu aux préparatifs parce qu'il n'a pas vraiment envie de se marier ? Ce serait parfait, mais comment le deviner ? Reste qu'il est peut-être ravi qu'elle se charge du sale travail et compte lui témoigner sa reconnaissance éternelle… Cette idée est bien moins plaisante, d'un coup. Le fait qu'il ne l'ait pas appelée par son prénom signifie-t-il quelque chose ? « Ma fiancée », ça fait un peu guindé, non ? Ne devrait-il pas être plus à l'aise vis-à-vis d'elle ? Peut-être fait-il tout simplement partie de ces types qui usent de toutes sortes d'expressions affectives (« ma moitié », « mon épouse », etc.) afin de clamer haut et fort qu'ils sont pris. Je sais pour ma part que si j'ai un jour cette chance, j'emploierai « mon petit mari ».

— Alors… tu es prêt pour le grand jour ?

J'ignore pourquoi, mais ma conversation a décidé de tomber dans le cliché. Ce n'est absolument pas la direction que je voulais prendre, mais j'ai perdu l'habitude de discuter avec Martin, d'autant plus de choses essentielles – si j'ai jamais eu l'habitude, cela dit.

— Oui, oui, bien sûr, répond-il en toussant.

Qu'il soit enthousiaste ou non, la situation est gênante, c'est indéniable. Après tout, nous allions nous marier, tous les deux. Nous aussi, nous allions avoir notre grand jour, et voilà que nous sommes en train de discuter de sa nouvelle tentative avec une autre.

— Tu es nerveux ? je demande, tentant de creuser.

— Un peu. Tout le monde nous dit que ça va bien se passer. Mais ce n'est pas le repas qui m'inquiète… J'espère juste qu'elle viendra, lance-t-il en riant.

C'est un rire légèrement strident que je me mets aussitôt à imiter – bon, de toute évidence, il cherche à faire référence à notre mariage. Ça n'aide pas, s'il décide de s'arrêter à ce moment fâcheux de notre histoire, mais au moins, il admet que nous avons une histoire. Tout ce qu'il me reste à faire, c'est lui rappeler des épisodes plus gais. Il fut un temps où nous avons été très heureux ensemble.

— C'est bon de t'entendre rire, dis-je en choisissant délibérément d'ignorer son malaise évident.

— Tu pensais vraiment que je ne rirais plus jamais, Jo ?

Sa franchise me coupe la chique car, oui, je dois l'admettre, c'est un peu ce que je pensais. Mais il y a autre chose. Pour ma part, je ne parviens pas à être honnête avec lui ; Martin, de toute évidence, ne se gêne pas. Subsisterait-il un soupçon d'intimité entre nous ?

— Non, j'espérais le contraire, je murmure en entreprenant d'insuffler du charme dans chacune de mes syllabes, avant d'ajouter la touche finale : j'aime ton rire…

Martin se tait aussitôt. Il n'est de toute évidence pas très à l'aise avec les compliments.

— Mmm mmm, lâche-t-il, glacial.

Je décide tout de même de poursuivre sur ma lancée.

— J'ai bien reçu ton invitation.

— Tu n'as jamais répondu.

Cette fois, je suis certaine de déceler de la déception dans sa voix, mais est-il déçu de mon manque de savoir-vivre ou du fait que je ne l'aie pas aussitôt appelé pour le supplier de tout annuler ?

— C'est vrai ? Oh, je suis désolée… Ce genre de choses, c'est… Enfin, la situation est tellement… délicate, j'ajoute après quelques secondes de silence.

— Mmm mmm…

— Je ne savais pas quoi répondre, pour tout te dire.

— C'est très simple, pourtant : oui ou non.

Je suis sûre qu'il pense lui aussi à la dernière fois où nous avons été confrontés à une situation similaire. Quand j'ai dit oui. Puis non. Terriblement mal à l'aise, je lâche un petit rire nerveux – c'est toujours mieux que de vomir.

— En fait, le truc, c'est que je n'ai pas vraiment compris ce que voulait dire cette invitation.

— Comment ça ?

— Eh bien…

Je prends une grande inspiration.

— Tu veux que je vienne ?

— C'est en général ce qu'on attend, quand on lance une invitation.

— Je veux dire *maintenant*. Est-ce que tu veux que je vienne *maintenant* ?

Il doit forcément comprendre. Si je viens maintenant, il ne s'agit pas d'une vieille amie qui renverrait sa réponse trois mois plus tôt dans l'enveloppe jointe à cet effet. Non, si je viens maintenant, ça veut dire quelque chose. Ça veut même sûrement tout dire. Ma présence ou non à ce mariage est chargée de sens.

— Je peux venir, si tu veux. Je suis à l'aéroport, devant le comptoir. Je pourrais arriver à temps. Avant que tout ça n'ait lieu, si c'est ce que tu veux.

Là, il a forcément compris.

— Euh… étant donné que tu n'as pas répondu, nous n'avons pas prévu que tu serais là.

Nous. Un mot minuscule mais terriblement puissant. Je ne sais pas quoi dire pour repousser sa cruauté.

— Mince, je n'avais pas pensé à ça ! Je ne voudrais pas vous faire changer tous vos plans de table…

Remarque ridicule, j'en conviens, car si je débarque à Chicago pour expliquer à Martin que j'ai commis une énorme erreur en le laissant me filer entre les doigts, mon but est qu'il n'y ait plus de réception, auquel cas les plans de table – chamboulés ou non – ne seraient plus vraiment d'actualité. Je sonde sa phrase à la recherche d'un sous-entendu. Il n'a pas d'autre choix que de dire « nous », bien sûr, mais s'il pense « je », au fond, alors cette remarque inoffensive revêt un tout autre sens. « Étant donné que tu n'as pas répondu, je n'ai pas prévu que tu serais là » pourrait très bien trahir son désespoir à ce que je n'aie pas saisi la bouteille qu'il avait lancée à la mer.

Ce qu'il ajoute alors me conforte dans ce sentiment :

— Mais je suis sûr qu'on peut te trouver une place.

Il me supplie presque. Je ne lui dis pas que ce n'est pas bien important parce que nous n'irons pas jusque-là ; ce serait mettre la charrue avant les bœufs.

— Tant que tu ne m'installes pas à la table des enfants ! je lance alors. Tu te souviens du mariage d'Harriet, ma cousine ? On a dû s'asseoir avec les demoiselles d'honneur…

Je m'esclaffe, comme s'il s'agissait d'un bon souvenir, alors que sur le moment, je me rappelle très bien ne pas avoir ri.

— Euh…, souffle Martin, visiblement perdu.

Ça m'étonne qu'il ne se souvienne pas de cette anecdote. C'était pourtant cocasse, comme situation. En tout cas, moi, ça m'a marquée.

— Tu ne te rappelles pas ? Histoire d'en rajouter une couche, ils nous ont servi le menu enfant ! Des nuggets de poulet et des frites, alors que les autres invités ont eu droit à de l'agneau et du gratin dauphinois. Ce n'était qu'une malheureuse erreur et Harriet ne savait plus où se mettre, mais tout de même…

— Nous avons fait tellement de mariages…, murmure Martin.

Oui, c'est vrai. Nous approchions de la trentaine, et tous les couples que nous fréquentions se lançaient dans la grande aventure. Lorsque j'avais annulé le nôtre, j'avais expliqué à mes parents que c'était en partie ce qui avait motivé ma décision. Nous subissions une telle pression que j'avais eu le sentiment de ne pas avoir le choix. C'était la suite logique, aux yeux de tous. Mais pas aux miens. Aujourd'hui, je ne sais plus quoi penser.

— Il y en a eu tellement qu'à la fin, je commençais à m'embrouiller, ajoute Martin.

— Celui-ci ne sera pas comme les autres, je dis d'un ton menaçant.

— Évidemment.

Bon, je peux comprendre qu'il n'ait pas saisi l'idée…

— Alors c'est décidé, tu viens ? demande-t-il.

Je le connais suffisamment pour reconnaître l'enthousiasme dans sa voix ; on dirait un petit garçon tout excité.

— Tu es sûre, cette fois ?

Inutile d'en dire plus…

— Je prends mon billet.

Je m'arme alors de tout mon courage et de toute ma foi et fais l'acquisition d'un billet en partance pour Chicago en classe économique qui coûte l'équivalent d'une caution pour un trois-pièces en plein Londres. Je suis obligée de choisir une date de retour car c'est l'option la moins chère, mais même ainsi, je dois payer avec deux cartes différentes. Un retour ouvert est financièrement inenvisageable – ça se saurait, si on pouvait payer en points fidélité. J'espère juste que Martin aura le temps, d'ici lundi, de faire ses valises...

J'adore les aéroports. Ils combinent à eux seuls trois de mes choses préférées. L'exaltation (les gens foncent avec entrain vers des vacances ou des séminaires pleins de promesses), l'épanchement (ils se retrouvent en hurlant leur bonheur ou se quittent en s'effondrant dans les bras l'un de l'autre), et les magasins. Franchement, que demander de plus ? Je balaie des yeux l'espace autour de moi tout en me demandant combien d'événements clés se jouent à cet instant précis. Combien de déclarations, combien de drames ?

Je n'ai pas pris de long-courrier depuis ma séparation d'avec Martin. Nous voyagions beaucoup, tous les deux : New York, Madrid, la Thaïlande. Notre nuit de noces devait avoir lieu aux Seychelles. J'avais tellement hâte ! Îles paradisiaques, mer de cobalt et plages de sable blanc sans fin... Je me suis souvent demandé à quoi aurait ressemblé ce voyage, depuis. Je m'étais acheté trois jolis bikinis, un sac de plage à fleurs et un énorme chapeau de paille, pour l'occasion.

J'avais passé des semaines à travailler mon image sous un parasol, les vagues venant lécher mes orteils, la douce brise caressant mon corps. Lorsque j'ai annulé le mariage, Martin s'est arrangé avec le voyagiste pour troquer notre nuit de noces contre une virée à Las Vegas avec deux de ses meilleurs amis. Il paraîtrait que ces six jours se sont résumés à trois mots : alcool, jeu et coma.

De mon côté, j'ai préféré rester discrète. Mortifiée à l'idée que j'avais profondément blessé Martin et coûté une fortune à mes parents, je ne me sentais pas vraiment le droit de partir prendre du bon temps à l'étranger, même si Lisa et mes amies m'assuraient que ce serait une bonne idée. J'ai voyagé depuis, mais jamais bien loin. Il s'agissait chaque fois d'une escapade romantique le temps d'un week-end. Copenhague avec Liam,

Rome avec Jamie, et Paris avec Ben. Je ne me souviens pas particulièrement des aéroports car je trépignais trop d'excitation – du moins à l'aller ; je vous confirme que j'étais légèrement moins grisée au retour. Je dois admettre avoir la fâcheuse tendance à voir un sens caché à ce genre de proposition d'évasion, ce qui fait que chaque fois, je suis affligée que le type en question n'en ait pas profité pour me demander ma main. Je ne dis pas que j'aurais particulièrement aimé épouser l'un d'eux, mais au moins que l'un me le propose...

— À quoi ça sert de partir à l'étranger, si ce n'est pas pour demander la fille en mariage, d'abord ? avais-je lancé à Lisa après ma troisième gifle.

J'ai tendance à boire les paroles de Lisa – une femme mariée – en matière de conseils avec les hommes (mais seulement si ce qu'elle dit va dans mon sens).

— Pour le soleil, la bouffe, les monuments, ou alors juste pour picoler, avait répondu ma sœur en levant les yeux au ciel.

— Oui, je sais tout ça... Mais j'en profiterais plus si seulement je savais qu'il y avait autre chose derrière, avais-je admis, abattue.

Lisa m'avait alors proposé deux semaines de vacances en famille en Espagne.

— Tu es sûre que je ne dérangerai pas ?

— Non, tu nous serviras de baby-sitter, avait-elle répliqué en faisant – presque – mine de plaisanter.

Je m'étais bien amusée, au final (et épuisée), et mon gros sac s'était avéré pratique pour transporter couches, ballons gonflables et autres jouets de plage, mais quelque part, ça ne m'avait rendue que plus amère vis-à-vis de mon rendez-vous manqué avec ma lune de miel.

Bon, allez, inspire, expire, inspire, expire. Je dois absolument débarquer avec une attitude positive. Mon karma se doit d'être plus que bon, étant donné ce que j'attends de l'univers en retour. Positivité et self-control, concentration et détermination. Pour l'instant, je suis partagée entre l'euphorie et la nausée. Je ne cesse de me rejouer ma conversation avec Martin. Si je pense ne serait-ce que quelques secondes à ce que je m'apprête à faire, je commence à me sentir mal. La seule solution consiste donc à ne pas y penser *du tout*.

Je choisis de me changer les idées en flânant dans les boutiques duty free, à tester des parfums hors de prix et à subtiliser tous les échantillons possibles de crème hydratante qui se mettent sur mon chemin. Je m'égare dans les boutiques de prêt-à-porter, bavant sur des tenues que je ne pourrai jamais me permettre de m'offrir. Cela dit, même si je pouvais me les offrir, je n'aurais nulle part où les porter, étant donné que je suis désormais sans emploi.

Je passe une éternité chez WH Smith à choisir quoi lire dans l'avion. Comme d'habitude, je fonce directement sur les livres de développement personnel, et je découvre avec délectation qu'il y en a un nouveau (je les ai presque tous lus) : *Appâtez-le, attrapez-le et ne le quittez plus : le guide amoureux de la femme d'aujourd'hui*. Je le feuillette en quête d'un chapitre sur le sabotage de mariage, en vain – ce qui n'est pas surprenant. D'autres chapitres prétendent traiter des « Dix plus grosses erreurs à éviter avec les hommes » ou encore des « Différences de point de vue sur la rencontre, le sexe et les relations entre hommes et femmes ». Je ne vois pas comment on peut traiter un tel sujet en seulement un chapitre, mais je décide tout de même d'acheter le livre.

Je suis tellement absorbée par la lecture du chapitre deux que je capte de justesse le message qui annonce plutôt sèchement que Joanna Russell est attendue porte numéro 24, son avion à destination de Chicago étant sur le point de décoller.

Prise de panique, je pique un sprint à marquer dans les annales, balayant du même coup toute pensée positive pour pester sur mon manque d'organisation. Mes pieds frappent violemment le sol carrelé tandis que je joue des coudes parmi les passagers qui semblent tous prendre la direction opposée, tel un pauvre petit poisson nageant à contre-courant. Lorsque j'aperçois enfin la porte 24 et les quatre agents d'escale qui attendent raides comme des piquets, je suis tellement soulagée que je fais mine de ne pas voir leur regard glacial.

— Désolée ! Désolée ! je crie en m'approchant.

J'ai toujours pensé que dans ce monde où personne n'assume la moindre responsabilité, une excuse immédiate est la meilleure arme pour dérouter les gens.

Au moins, s'excuser a l'avantage de créer un effet de surprise. Personne ne prend la peine de me rassurer mais personne ne me hurle dessus non plus ; tout va bien.

Dans un silence de marbre, l'une des hôtesses saisit ma carte d'embarquement et pianote sur son clavier. Les trois autres échangent un regard agacé. Mon sprint m'a coupé le souffle. J'essaie de respirer le plus normalement possible, mais je sens le point de côté me menacer et la sueur me couler dans le dos. Génial, il ne manquait plus que ça...

— Je suis navrée, mais il y a un souci avec votre place, déclare l'hôtesse d'une voix aussi froide que son regard.

— Lequel ? je m'inquiète.

— On vous avait attribué une place au niveau des cloisons séparatrices de classe, mais finalement, on y a installé une femme avec son bébé.

Une vague d'indignation me balaie. C'est injuste. Cette passagère a ou a eu la chance de vivre une relation (les bébés ne naissent pas dans les choux), et *en prime*, elle a le droit de me piquer ma place. Certaines ont décidément touché le jackpot à la naissance...

— À vrai dire, j'ai bien peur de ne plus avoir de place en classe économique, ajoute l'hôtesse.

— Mais j'ai réservé il y a deux heures à peine ; le siège venait de se libérer ! Et ça m'a coûté cher, en plus !

L'hôtesse dresse une main parfaitement manucurée qui me coupe le sifflet. Elle continue de taper de l'autre main.

— Et nous n'avons plus de place en World Traveller Plus.

— C'est exactement pour ça que nous conseillons à nos clients d'arriver en avance à l'aéroport, commente sèchement un des agents.

Je le fusille du regard sans prendre la peine de lui dire que j'ai filé en douce de chez Lisa à 5 h 30 du matin et que je suis sur place depuis 6 h 45. Il m'a fallu trois heures pour trouver le courage d'appeler Martin et d'acheter mon billet, et j'en ai passé deux supplémentaires à faire les boutiques. Je sais qu'il s'en fiche.

— Il faut absolument que je prenne cet avion, j'insiste. Je vais à un mariage. C'est une question de vie ou de mort !

Sur ce, je plaque violemment mon livre sur le comptoir. Je ne cherche pas à prouver quoi que ce soit ; ce n'est pas mon genre. Je suis simplement à bout. L'hôtesse derrière le comptoir se tortille, mal à l'aise, prête à en découdre.

Elle baisse alors les yeux et tombe sur mon livre. Aussitôt, le glacier fond et laisse la place à un grand sourire. Pas un rictus moqueur, non, mais un sourire chaleureux et sympathique. Elle pose sa main nue sur mon bras et je reconnais immédiatement une sœur en elle. Nous menons la même lutte.

— Je crois que nous n'avons pas le choix : il va falloir vous attribuer un siège en classe supérieure, déclare-t-elle alors.

14

Dean

Dean s'était à peine rendu compte que le départ avait été retardé, même s'il avait perçu l'agacement des autres passagers qui commençaient à remuer sur leurs sièges, à profiter de leur champagne gratuit plus que de raison, étant donné l'heure matinale, et à feuilleter leur journal d'un air impatient. Lui n'avait pas bougé d'un pouce, trop vidé pour ne serait-ce que remuer le petit doigt. Il était de retour dans le monde qu'il connaissait, le monde auquel il appartenait ; il avait troqué sa chaise d'hôpital en plastique contre un siège confortable en classe affaires. Lorsque la retardataire surgit enfin dans l'appareil, elle fut accueillie par un concert de grognements auquel Dean ne prit pas la peine de participer ; c'était pathétique.

Elle se trouvait justement à côté de lui. À peine s'était-elle assise qu'elle se releva et se mit à charger le porte-bagages au-dessus de sa tête. Il avait dans l'idée de l'ignorer, mais dans son agitation, elle laissa tomber son livre, qui ricocha sur son épaule. Tout en le ramassant, Dean jeta un rapide coup d'œil au texte de présentation.

Que faire si votre homme a les yeux qui traînent partout... Comment s'assurer de la fiabilité de votre couple... Le top trois de ce qu'il ne faut pas faire pour perdre la confiance de votre homme.

Dean avait beau être dévoré par l'angoisse, il était heureux de ne pas être une femme. Qui donc pouvait bien publier un torchon pareil ? Et qui pouvait bien avoir envie de le lire ? En le rendant à celle qui l'avait fait tomber, il se rendit compte qu'il pouvait s'agir de femmes ravissantes, avec une poitrine plantureuse et un sourire charmeur et impeccable.

— Désolée ! Je ne vous ai pas fait mal ? s'inquiéta-t-elle.

— Non, je survivrai, répondit Dean d'un ton non pas froid, mais qui laissait entendre que la conversation s'arrêterait là.

— Je suis nerveuse, poursuivit-elle malgré tout.

Génial... Tout ce dont il avait besoin, c'était d'une voisine angoissée. Elle se reprit aussitôt, comme si elle avait lu dans son esprit.

— Enfin, pas vraiment nerveuse, mais excitée. Je n'ai jamais voyagé en classe affaires.

La femme fit alors une chose extraordinaire : elle sautilla sur place en tapant des mains, comme une gosse. Dean la dévisagea, perplexe. Il doutait avoir jamais connu un tel niveau d'excitation – encore moins aujourd'hui.

— C'est génial, non ? Regardez-moi ces magazines, ce plaid, ce casque ! s'emballa-t-elle en effleurant chacun des objets comme s'il s'agissait de membres chers à son cœur. Vous croyez qu'on peut les garder ?

Avant que Dean puisse lui dire que non, elle ne pourrait rien garder de tout cela, la passagère se remit à parler. Il songea qu'il aurait sûrement besoin du fameux casque tant admiré pour faire barrage à ce flot de paroles.

— Et cet espace ! On peut carrément s'allonger ! Et regardez, je peux me déplacer dans l'allée sans gêner qui que ce soit !

Elle décida alors d'illustrer son propos par la pratique. La cabine était certes spacieuse, mais étant donné qu'elle s'était mis en tête de remuer les bras tout en tournant sur elle-même, elle heurta le steward qui transportait un plateau de flûtes de champagne. Même si l'homme fit de son mieux pour limiter les dégâts, trois verres allèrent se briser au sol. Les rechignements des passagers se transformèrent alors en protestations violentes.

« Sans déconner ! », « Mais qui c'est, cette nana ? », « Elle est bourrée ou quoi ? », lançaient les gens sans s'adresser à qui que ce soit en particulier.

— Doux Jésus, je suis vraiment navrée...

Tandis que Dean se demandait qui disait encore « Doux Jésus » aujourd'hui, elle se mit à frotter son bras afin de le débarrasser du champagne qui l'avait arrosé. Dean contracta imperceptiblement les muscles – c'était un réflexe, lorsqu'une jolie femme le touchait – ; elle écarta aussitôt sa main, comme si elle avait été ébouillantée, et s'excusa.

— Ça va aller, marmonna-t-il.

Cela ne venait que prolonger le désastre de ces dernières vingt-quatre heures. En tout cas, il se refusait de faire le plaisir aux autres passagers, qui n'attendaient que ça, de l'envoyer balader.

Le champagne dégoulinait sur son bras, puis sa jambe, avant de goutter par terre.

— Votre costume est lavable en machine ? s'enquit-elle, catastrophée, les yeux posés sur le vêtement qui respirait le luxe. Non, j'imagine qu'on ne trouve pas beaucoup de costumes de ce genre en classe affaires...

Elle marqua une courte pause.

— Vous voulez que je vous donne de l'argent pour le pressing ?

Vu sa façon de se mordiller la lèvre inférieure, il était clair qu'elle espérait qu'il lui réponde par la négative.

— Ça va aller, répéta Dean en espérant qu'elle lise entre les lignes : « Maintenant, merci de vous asseoir et de la fermer pour les neuf heures qui viennent. »

De toute évidence, il n'avait pas été assez clair. Elle finit par s'asseoir, mais seulement parce que le steward le lui demanda afin qu'il puisse nettoyer l'allée.

— Vous voyagez souvent en classe affaires ? l'interrogea-t-elle.

Dean l'observa d'un air à la fois incrédule et admiratif. Même lui n'oserait pas draguer une femme après avoir fait retarder son vol, l'avoir assommée avec un livre puis aspergée de champagne, mais cette femme venait à l'instant de tester l'équivalent aéronautique de : « Vous venez souvent ici ? »

— Oui.

Une réponse monosyllabique était le meilleur moyen de signifier qu'il n'était pas intéressé. Il ne voulait pas parler, à elle ou à qui que ce soit.

Il voulait simplement rentrer chez lui. Ça avait été une erreur de venir ici. Une terrible erreur. Plus vite il retournerait à Chicago, mieux ce serait. Il mettrait toute cette histoire derrière lui et ferait comme si rien ne s'était jamais passé. Il ne voulait pas rester un moment de plus ici ; il n'avait même pas eu la force d'aller voir Zoe ou Rogers.

Les moteurs se mirent à gronder, emplissant la cabine du doux son du départ. Après avoir vérifié que leurs téléphones étaient bien éteints, les passagers s'installèrent confortablement sur leurs sièges, attachèrent leurs ceintures et – hormis les névrosés – ignorèrent superbement le steward qui s'appliquait à effectuer les gestes de sécurité et à montrer les issues de secours.

— C'est vraiment génial, souffla la femme avec un regard admiratif.

Tandis qu'une hôtesse passait dans l'allée pour s'assurer que les passagers étaient bien attachés, Dean attira son attention.

— Finalement, j'ai changé d'avis. Je vais prendre un journal, s'il vous plaît.

— Lequel, monsieur ?

— Le plus grand.

Avec un regard plein de sous-entendus, Dean ouvrit en grand le journal afin de créer une barrière entre lui et cette étrange femme. Il voulait être seul. Dans d'autres circonstances, il aurait pu discuter avec elle, flirter avec elle, la faire tomber amoureuse de lui, même ; c'était ainsi qu'il agissait avec les femmes, habituellement. Il flirtait, séduisait, puis partait. Avec sa jolie poitrine et ses longues jambes, elle aurait tout à fait pu lui convenir. Elle n'était pas particulièrement jeune, mais il y avait quelque chose qui brillait, chez elle. L'expérience pouvait avoir son charme. Oui, c'est probablement ce qui se serait passé, sous d'autres circonstances. Mais pas aujourd'hui. Aujourd'hui, il voulait simplement être seul.

La femme glissa la tête par-dessus son journal et murmura :

— Le champagne est payant ?

— Non, répondit-il sèchement.

— Pas même celui que j'ai fait tomber par terre ?

— Non.

— Waouh, génial !

Dean secoua son journal afin de lui faire comprendre qu'il lisait, mais elle poursuivit.

— C'est vraiment différent de la classe éco... Je n'ai jamais voyagé en classe affaires, pas même avec mes parents. Oh, mais je vous l'ai déjà dit... Lorsqu'on partait en vacances, ils nous laissaient à l'arrière, avec mon frère et ma sœur. Je me demandais ce qui arriverait si l'avion se brisait en deux. Heureusement, ils parvenaient toujours à me calmer avec les cent livres qu'ils nous donnaient à dépenser. Mais là, c'est vraiment un autre monde ! Champagne à volonté, pas besoin d'attendre des plombes que le chariot des boissons apparaisse... Vous pouvez être sûr que peu importe ma place, je suis *toujours* la dernière à être servie, c'est incroyable ! C'est une véritable torture, d'entendre tous ces bruits de bouteilles et de ne rien pouvoir faire d'autre qu'attendre son tour...

Elle posa les yeux sur son verre de champagne.

— Je suis au paradis.

Dean garda le silence. Enfin, par bonheur, elle arrêta de parler tandis que l'avion longeait tranquillement le tarmac pour s'élancer dans les airs. Leurs sièges se trouvaient en plein milieu de la cabine, mais la passagère se dressa pour apercevoir quelque chose à travers les hublots. Dean ne prit pas la peine de lever les yeux. Il n'avait qu'une seule hâte : que le sol disparaisse, que l'avion s'enfonce dans les nuages et gagne le ciel bleu. Il fallait à tout prix qu'il oublie toute cette histoire.

Au moment où l'avion se redressait, elle se remit à parler.

— Et les noix ?

Pas besoin d'explication ; elle était toujours dans son délire.

— Gratuites aussi.

Enhardie par cette réponse plurisyllabique, elle plongea la main devant le journal et la lui tendit.

— Je m'appelle Joanna Russell, mais tout le monde m'appelle Jo, en dehors de ma mère.

Même s'il ne voulait pas lui serrer la main, Dean lui fit au moins l'honneur d'un hochement de tête.

— Dean Taylor.

— Enchantée, lança-t-elle avec un grand sourire, qu'il ne lui rendit pas.

Ne comprenait-elle donc pas qu'il n'avait pas envie de lui parler ?

— Étant donné que nous allons passer quelques heures ensemble, je me suis dit que ce serait sympa d'apprendre à se connaître, non ?

Dean soupira ; il allait devoir être clair.

— En fait, en classe affaires, la règle veut qu'on ne parle pas. Ce que vous voyez ici, c'est un séparateur, et maintenant que nous avons décollé, je vais l'enclencher. Ne le prenez pas mal, mais ces deux derniers jours ont été particulièrement éprouvants. Il faut que je me repose.

Il appuya sur le bouton qui faisait monter le séparateur, mais la femme appuya aussitôt sur le sien, ce qui le fit redescendre.

— Vous n'êtes pas américain, vous… Ou alors un tout petit peu. D'où ça vient, cet accent ? De Chicago ?

Dean baissa son journal et prit un instant avant de répondre.

— Non, pas un tout petit peu. Complètement. Eh oui, lança-t-il en faisant en sorte de ne rien laisser transparaître.

Elle le gratifia d'un grand sourire franc, que Dean devait admettre voir rarement, mais il n'avait vraiment aucune envie de discuter, même en faisant un effort.

Elle devait penser qu'il cherchait à plaisanter car elle se mit à rire. Mais il ne plaisantait pas.

— Je ne suis jamais allée à Chicago, dit-elle, espérant sûrement qu'il lui fasse part de son étonnement, en vain.

Elle poursuivit tout de même.

— Je suis allée à New York, une fois, il y a longtemps. J'ai beaucoup aimé. Ça ressemble à Chicago ?

— Un peu.

Silence.

— Ah oui, dans quel sens ?

— On y trouve des magasins, des boîtes de nuit et des restaurants... Et tout un tas de gens débordés et *solitaires*.

Cette femme avait clairement des œillères. De toute évidence, elle n'avait pas saisi cette nouvelle perche.

— Un peu comme à Londres, commenta-t-elle.

Elle marqua un nouveau silence, et Dean se prit à espérer que celui-ci serait définitif. Vœu pieux.

— J'ai vraiment besoin de m'évader. Je traverse ce qu'on pourrait appeler « une période difficile »...

Avec ses doigts, elle dessina des guillemets dans le vide.

— Je ne sais même pas pourquoi je fais ça, ajouta-t-elle en commentant son geste. C'est la première fois, je vous jure ! Et c'est sûrement la dernière. Ce n'est pas comme si j'étais animatrice d'émissions pour enfants...

— Vous m'en voyez navré, marmonna Dean, se sentant obligé de dire quelque chose.

— De quoi ? Que je ne sois pas animatrice ?

Elle semblait sérieuse. Dean commençait à croire qu'il avait affaire à une désaxée. Il chercha de la tête une place de libre dans la cabine, mais il n'y en avait pas.

— Non, que vous traversiez une période difficile, clarifia-t-il.

Il n'avait aucune envie de s'appesantir sur le sujet. Il vivait lui-même une période difficile, s'il voulait avoir de quoi tergiverser, ce dont il n'était pas sûr. Il avait mal à la tête, les yeux fatigués et le ventre noué. Il lui fallait du calme et du repos s'il voulait être capable de faire le point sur ces dernières vingt-quatre heures. Si seulement cette femme pouvait se taire...

— Hier, j'ai découvert que mon petit ami était marié.

Bon, c'était officiel, il avait affaire à une désaxée. Pourquoi se montrerait-elle si franche, sinon, et pourquoi avec *lui* ? Ce n'était pas le genre de type qui donnait envie de se confier. Les femmes lui disaient ce qu'il voulait entendre (qu'elles étaient sans attaches – que ce soit vrai ou non), et les hommes lui parlaient contrats et football (mais seulement si leur équipe gagnait). Dean ne savait pas faire dans le sentiment, et il ignorait comment réagir face à cette inconnue qui semblait prête à épancher sa misère sur son épaule. Cela en faisait-il quelqu'un de formidablement vaillant ou de simplement masochiste ? Impossible à dire.

— Bah, ça passera, lança-t-elle avec un haussement d'épaules. Là, je vais à Chicago pour assister au mariage de mon ancien petit ami.

— Mais vous ne venez pas de dire qu'il était *déjà* marié ? Donc hier, vous avez découvert qu'il était *sur le point* de se marier, c'est ça ?

Dean n'avait aucune envie de s'impliquer dans cette conversation, mais il s'y retrouvait malgré lui, perdu. Et puis, elle avait de jolies lèvres charnues.

— Non, le type d'hier... ce n'était pas vraiment mon petit ami, en fait, admit-elle. C'était plus... une rencontre hasardeuse, on va dire.

— Je vois.

— Oui, j'imagine, soupira-t-elle tristement. L'ex qui se marie a été mon fiancé, à une époque.

Nombreuses étaient ses ex à l'avoir invité à leur mariage. Dean avait conscience que ces femmes qu'il avait toutes éconduites lui proposaient de venir pour lui montrer – ainsi qu'au monde entier et à elle-même – qu'elles avaient *définitivement* tourné la page. Parfois, c'était vrai. Parfois, il savait que ce n'était pas le cas : elles voulaient simplement qu'il les voie dans leur robe à trois mille dollars. Dans tous les cas, il ne s'y rendait jamais. Il refusait de mettre ne serait-ce qu'un pied dans ce type d'événement. Il n'aimait pas ça, voilà tout. Il n'avait aucune foi en ce que le mariage représentait ; ses parents s'en étaient assurés. Mais même s'il avait été l'homme le plus romantique du monde, il doutait honnêtement qu'il était bon de se rendre au mariage de son *ex*. On faisait difficilement pire, dans le genre gênant. Il repensa au livre qui lui était tombé dessus un peu plus tôt et eut un élan de peine pour cette pauvre femme. Il était persuadé qu'elle n'avait pas les épaules pour

endurer une chose pareille, mais il était également plus que
certain que ce n'étaient pas ses affaires. Il s'efforça de trouver
une façon cordiale mais claire de mettre fin à la conversation.
Il se targuait d'être un homme poli, même charmant – comme
son père l'avait suggéré (ça l'agaçait que son père ait su si bien
le cerner, mais il ne devait s'agir que d'un coup de chance) ;
il ne voulait donc pas se montrer froid, mais il avait vraiment
envie qu'on le laisse en paix.

— Amusant... commenta-t-il en songeant en son for intérieur qu'elle était soit très courageuse, soit très folle.

Certain d'avoir usé du ton adéquat, il rouvrit son journal, le
redressa devant ses yeux et fit mine de lire.

— En fait, je ne vais pas me rendre au mariage. Il n'y aura
pas de mariage, ajouta-t-elle.

Non, non, non, non... C'était plus fort que lui, sa curiosité
avait été piquée. Dean baissa le journal et le plia soigneusement.

— Vous m'avez perdu, là.

— Je vais l'empêcher d'avoir lieu.

Elle dressa le cou pour capter le regard du steward et brandit
son verre vide avant de lui proposer :

— Vous vous joignez à moi ?

Elle avait de grands yeux bruns. Malgré son air guilleret,
son regard trahissait tout autre chose. Il lui rappelait celui des
bébés phoques, sur les posters de protection des animaux, qui
suppliaient de ne pas être étripés. Elle semblait soucieuse, et
c'était un sentiment qui ne trompait pas.

— Je prendrai un jus de fruits.

Ils furent aussitôt servis, et Jo se mit alors à expliquer son
cas. Elle lui confia qu'à une époque, elle avait été fort amoureuse
d'un certain Martin, que ce Martin avait fait tous les efforts
intrinsèques d'une relation sérieuse : travailleur acharné, il
avait fini par obtenir une promotion bien méritée puis lui avait
offert une magnifique bague (copie de chez Tiffany) pour lui
demander sa main. Elle avait accepté, évidemment. Jusqu'ici,
rien de bien original. Elle lui parla alors des doutes qui l'avaient
poussée à annuler le mariage à la dernière minute.

Elle était consciente aujourd'hui que c'était « ridicule ». Le choix du mot le fit sourire ; c'était soit un euphémisme soit de l'aveuglement. Elle lui expliqua que malgré ses nombreuses tentatives, elle n'était jamais tombée sur un homme qu'elle avait autant aimé que Martin. Puis il y avait trois mois de cela, Martin lui avait envoyé une invitation à son mariage, qu'elle avait, allez savoir pourquoi, pris pour un appel à l'aide. Elle avait donc décidé, « avec bravoure et romance », de voler jusqu'à Chicago pour empêcher le mariage d'avoir lieu.

Dean n'interrompit pas Jo une seule fois. Elle semblait pour le moins déterminée à récupérer ce type, et son autopersuasion était bluffante. Elle était convaincue que c'était la chose la plus romantique qu'il lui ait été donné de faire dans sa vie. Elle devait avoir bu trop de champagne ; comment expliquer autrement un tel discours ?

— Ne vous méprenez pas, je ne suis pas une vierge effarouchée, bien au contraire ! lui assura-t-elle.

Ses yeux s'écarquillèrent l'espace d'un instant, à l'instar de ceux du type assis derrière elle. Dean eut soudain l'image de cette femme en train de s'occuper de lui... Il n'avait pas à forcer le fantasme ; c'était quelque chose qui lui venait naturellement, et plutôt souvent. Il avait du mal à ne pas associer les femmes au sexe, sauf quand il s'agissait de femmes particulièrement laides.

— Vous voyez, en fait, j'ai pris cette histoire d'amour sens dessus dessous dès le début.

Sens dessus dessous ? Elle disait « Doux Jésus » et « sens dessus dessous »... Dean se demanda s'il lui arrivait également de s'écrier « flûte » ou « saperlipopette ». Vivait-elle au même siècle que lui ? Il s'agissait peut-être d'une caméra cachée ? D'une mauvaise blague dont il était la pauvre victime ? Il balaya la cabine à la recherche de caméras, en vain. Il était difficile d'imaginer une chose pareille en classe affaires – à moins que la compagnie ne cherche le procès pour violation de l'intimité –, mais tomber sur une telle femme était aussi peu probable.

— J'ai toujours pensé que l'amour, c'était le big bang.

— Est-ce qu'on parle de la théorie cosmologique qui expliquerait l'origine de l'expansion de l'univers ?

— Euh... Non, on parle de chimie.

— On est d'accord.

— De chimie sexuelle. Pas de... de cette horrible chimie qu'on apprend sur les bancs d'école, lança-t-elle avec un geste réducteur de la main.

— Je vois.

— Je pensais qu'il fallait être follement attirés l'un par l'autre. Que tout était une question de moments forts, de cœurs qui s'accélèrent, puis de petites culottes et de raison qu'on envoie valser... Je pensais que l'amour, c'était comme dans les poèmes, les chansons et les films. Il n'y avait rien de tout ça avec Martin, alors j'ai paniqué.

— Qu'est-ce qu'il y avait, au juste, avec Martin ?

— Il est grand, charmant... On se disputait rarement.

— Mais le cœur qui s'accélère, ça ne compte plus, aujourd'hui ?

— Non... Je l'ai vécu avec pas mal d'hommes depuis, et j'ai appris que ça ne durait jamais. Prenez vous, par exemple.

— Moi ?

— En temps normal, je me comporterais comme une godiche avec vous, parce que vous êtes tout à fait mon type d'homme, physiquement, mais ça ne marcherait pas.

— Ah oui ?

Dean était habitué à être le type de toutes les femmes. Ce n'était donc pas la remarque flatteuse qui l'intéressait, mais la suite.

— C'est sûr. Je ne vous connais que depuis une demi-heure, mais je pourrais écrire notre histoire.

— Vraiment ?

— Eh oui... Si je n'avais pas réalisé que Martin était l'homme de ma vie, j'aurais agi autrement avec vous.

— Intéressant.

— L'alcool m'aurait rendue cochonne et non bavarde. On se serait jetés l'un sur l'autre. Vous auriez pensé qu'il ne s'agissait que de plaisir, moi d'amour, jusqu'à ce que je me rende compte que le numéro que vous m'aviez donné était celui de la SPA.

Dean ne donnait jamais le numéro de la SPA, mais il avait un jour donné celui de son agent immobilier à une pénible qui ne voulait pas comprendre que c'était terminé entre eux. En bref, il ne pouvait pas contredire Jo.

— Je ne ferai pas cette erreur aujourd'hui, car j'ai compris que le véritable amour, ce n'est pas le cœur qui s'accélère, les papillons dans le ventre, ou même cette décharge, un peu plus bas, sur cette partie qu'on ne peut décemment nommer.

— On parle de devant, hein ? lança Dean en faisant mine d'être sérieux.

— Oui, chuchota-t-elle, tout à fait sérieuse, quant à elle.

Dean n'avait posé cette question que pour alimenter la perplexité des autres passagers, qui avaient clairement tous l'oreille tendue. Jo semblait ne se rendre compte de rien, comme s'ils étaient dans une bulle, tous les deux.

— Alors, qu'est-ce que c'est, l'amour, exactement ? demanda-t-il avec un intérêt exagéré.

Ravie de pouvoir développer son sujet favori, Jo s'empressa de répondre.

— La fiabilité. Le devoir, la loyauté, la décence et l'amitié.

Dean doutait sincèrement qu'une seule de ces valeurs soit sans faille. Elles étaient aussi éphémères que le cœur qui s'accélérait, mais il ne prit pas la peine de la contredire.

— Mes parents fêtent leurs trente-huit ans de mariage ce week-end. À mes yeux, ils incarnent vraiment *le* couple idéal, déclara Jo avec un sourire rêveur.

Dean se demanda si ses parents avaient subi une lobotomie ou si leur histoire renfermait un sale petit secret. Peut-être pratiquaient-ils l'échangisme, ou alors ils étaient si laids qu'ils ne pouvaient décemment pas aller voir ailleurs. Dean en doutait fortement. S'il se devait d'être honnête, même si cette Jo était clairement folle, elle était superbe.

— Je crois encore au côté dramatique dont les livres et les films nous abreuvent – les occasions manquées, les adieux déchirants et les chances perdues –, mais seulement si au final, ça se finit bien.

Elle laissa échapper un petit rire.

— Et je vais bientôt avoir tout ça avec Martin.

Dean craignit qu'elle se remette à taper des mains comme une enfant.

— Vous me suivez ?

— Je ne suis pas sûr, non.

Il comprenait son argument mais doutait de son raisonnement.

— Je pense simplement que nous avons tous le droit de finir heureux avec quelqu'un. Martin et moi sommes faits l'un pour l'autre. C'est l'homme de ma vie. C'est simple, pourtant !

Son emballement l'avait rendue rouge comme une pivoine (sans compter qu'elle avait bu plusieurs coupes de champagne durant son discours).

— Waouh…, souffla Dean.

— Pas mal, hein ?

Jo vida son verre et fit aussitôt signe au steward de venir le lui remplir. De toute évidence, elle s'attendait à ce que son allocution déclenche un changement radical d'attitude chez Dean, voire à ce que des confettis se mettent à tomber du plafond.

Dean réfléchit. Comment une femme de ce siècle pouvait-elle croire que la meilleure façon de réussir sa vie était de convaincre un type ordinaire de l'épouser, sans prendre en compte le fait qu'elle s'ennuyait à mourir avec lui ? On aurait dit que ces cent dernières années n'avaient pas eu lieu. Cette femme avait *vraiment* des œillères.

— Donc, si je comprends bien, ce sera la deuxième fois que vous empêcherez cet homme de se marier ? fit-il remarquer.

— Eh bien…

Les confettis imaginaires chutèrent lourdement au sol.

— La deuxième fois que vous l'humilierez devant tous ses amis et sa famille ?

— Non, je…

Dean ne la laissa pas finir.

— La deuxième fois que vous gâcherez ce qui est censé être le plus beau jour de sa vie ?

— Dit comme ça…

— Dit comme ça, vous m'avez tout l'air d'être une sale garce égoïste.

Il en avait assez, de ces gens qui se permettaient de pourrir la vie des autres. Sur ces mots, il alluma son écran, glissa son casque sur ses oreilles et appuya sur le bouton qui fit se dresser le séparateur.

15

Eddie

J'ignore totalement pourquoi mon fils est venu. C'est étrange, mais je l'ai reconnu, malgré ma vue qui faiblit de jour en jour. Son visage se troublait devant moi, mais je l'ai reconnu. Il est parti, désormais. Où ? Pourquoi ? Tout se brouille.

Mon fils. Des mots qui ne me sont jamais venus en tête durant toutes ces années. Je ne le comprends pas ; je n'en ai ni l'énergie ni le temps.

Certains pourraient dire que ça a toujours été le cas, peut-être à raison, mais malheureusement, ça n'a jamais été plus vrai qu'aujourd'hui. Il ne me reste que quelques jours sur Terre. Où est-il parti ? Reviendra-t-il ? Il est du genre soupe au lait, ça se voit. Je me suis demandé si c'était vraiment ce que je voulais faire de mes derniers jours.

Essayer de communiquer avec le jeune homme révolté à qui j'avais donné la vie, mais pas grand-chose d'autre. Puis finalement, je me suis dit que c'était toujours mieux que rien. Après tout, ce n'est pas comme s'ils comptaient faire venir une troupe de danseuses pour me divertir... Et même si c'était le cas, je peux à peine lever la main, alors le reste... À quoi bon cela me servirait-il ? Mais il a pris la mouche. Comme une femme.

Qui est donc cet homme ? Il a un physique plutôt agréable ; il me rappelle moi plus jeune, mais je doute que cela lui fasse particulièrement plaisir. La vérité fait mal. Même si je ne m'étais jamais rendu au chevet de mon inconnu de père après presque trente ans de silence radio. Je ne suis pas vraiment du genre sentimental. En tout cas, je ne pense pas que je l'aurais fait ; il est assez difficile de s'imaginer dans ce genre de situation tant qu'on ne l'a pas vécue.

Mon père ne voyait que par moi, il aurait fait n'importe quoi pour moi. Ma mère, pareil. Je ne sais pas ce que je serais devenu sans eux. Je n'étais pas auprès de mon père, lorsqu'il nous a quittés. Il est mort d'une crise cardiaque au travail. Il était tout arrangé à mon arrivée, mais même là, je n'ai pas voulu voir son corps. Les corps ne servent à rien ; ils vous laissent tomber. Ma mère est toujours parmi nous, même si elle vit en maison de retraite. Qu'est-ce que ça va lui faire, de vivre plus longtemps que moi ? La détruire, sûrement… Mince, j'ai le cul qui me gratte. J'aurais dû demander à mon gosse de me soulager, tiens, histoire de voir sa réaction. De toute évidence, le sens de l'humour a sauté une génération, ou alors il a hérité de celui de sa mère.

J'ai d'abord pensé que Dean était venu pour voir s'il y avait de l'argent à récupérer. Après tout, pourquoi pas ? Mais il m'a posé des questions vraiment bizarres.

Par exemple, il a voulu savoir si j'aimais le foot. Je lui ai dit que non. Certes, ça a réduit le champ des sujets de conversation possibles, mais il est un peu tard pour feindre un intérêt commun, vous n'êtes pas d'accord ? Ma réponse semblant l'avoir contrarié, j'ai décidé de poursuivre sur le sujet, même si le simple fait de parler m'est douloureux.

— Et toi ? ai-je demandé.

Il a levé les yeux vers moi. Des yeux froids, glacials.

— Non. Je le regardais à la télé, quand j'étais petit.

Je lui ai rétorqué que c'était dommage, de passer son samedi après-midi derrière la télé, qu'il aurait mieux fait d'aller s'amuser dehors. J'ai cru qu'il allait me mettre son poing dans la figure. Sans doute pensait-il, à juste titre, qu'il était un peu tard pour prodiguer ce genre de conseils.

Mais ce que je voulais dire, c'est qu'il aurait mieux fait d'aller se dépenser plutôt que de rester passif devant l'écran. La léthargie, ce n'est pas trop mon truc.

— Qu'est-ce que tu aimes, comme sport, alors ? a-t-il poursuivi.

— Le squash, quand j'étais plus jeune. Puis le golf, jusqu'à l'année dernière. Avec la maladie, ça m'est devenu impossible de tenir un parcours entier.

— Tu n'es pas sport d'équipe, quoi, a-t-il craché.

Les muscles de sa mâchoire s'agitaient nerveusement. J'envie cette vitalité rageuse. Au moins, ça montre que vous êtes vivant.

— Non, pas vraiment.

— Pas vraiment…, a-t-il répété en plongeant la tête entre ses mains.

Je voyais très bien à quoi il pensait, évidemment.

Je me demande si mon gosse est stable, psychologiquement. Ça m'a tué, d'apprendre qu'ils avaient été placés en foyer. Si je m'étais attendu à ça… Une vie pareille, ça peut vous détruire. Dean est peut-être du genre violent. Je ne sais rien de lui. Enfin, je n'ai pas grand-chose à craindre.

Au pire, il m'étouffera avec mon oreiller et m'évitera trois ou quatre jours supplémentaires de souffrances. C'est à lui qu'il mettrait des bâtons dans les roues, finalement. Il finirait en prison. Rien que pour ça, j'espère qu'il ne tentera rien. Putain, voilà que je me fais du souci pour lui…

Je n'ai pas eu beaucoup de visites depuis que je me suis définitivement installé ici. Comment en vouloir aux gens ? Je n'ai moi-même que très rarement mis les pieds dans un hôpital, lieu glauque et déprimant par excellence.

Les gens sont venus au début, à l'annonce du cancer, quand il y avait encore de l'espoir. Des anciens collègues de la BBC qu'il m'arrivait encore de voir de temps en temps. Seul Ron a eu la carrière prolifique dont nous rêvions tous.

Nous autres, nous avons fait avec ce que nous trouvions. J'ai écrit des comédies pour des chaînes de plus en plus petites, jusqu'à ce que la téléréalité signe notre mort. Ensuite, j'ai travaillé pour la radio et la presse spécialisée, et mes scripts ont commencé à prendre la poussière tout au fond d'un tiroir. Je gagnais toutefois suffisamment pour me permettre de temps à autre un verre au Groucho ou un dîner au Arts Club, sur Dover Street. De bons souvenirs, tout ça... Je ne peux pas me plaindre, au final.

Quelques-unes de mes ex sont passées, aussi. Mais pas elle. Je ne pense pas qu'elle viendra. Elle a dû recevoir la lettre, maintenant. Je ne sais pas pourquoi je la lui ai envoyée. Des camarades du club de golf et leurs femmes gonflées au Botox sont venus m'apporter des journaux, des fruits... Mais c'est trop long. Les gens voulaient que j'aille mieux, mais il y a des choses que je ne peux pas contrôler. Ils ont fini par passer à autre chose, et je ne peux pas leur en vouloir.

Je n'ai jamais été du genre à être présent pour le meilleur et pour le pire. En général, quand le pire arrive, j'ai tendance à prendre la poudre d'escampette, comme mon gosse en a été témoin. C'est pour ça que j'en veux à la mort de prendre autant son temps. Moi aussi, j'avais envie d'une guérison rapide, mais vu que cette option est inenvisageable, j'aimerais au moins une mort prompte. Retrouver mon fils m'a permis de passer le temps, cela dit. Est-il parti chercher quelque chose à manger ?

— Tu as besoin de moi pour préparer ton enterrement ? m'a-t-il demandé.

Voilà qui était amusant. Il me posait la question que je comptais justement lui adresser. Je lui ai assuré que tout était déjà prêt et que j'avais tout réglé moi-même. J'avais prévu quelque chose de simple.

— Pourquoi faire une grosse fête si je ne peux même pas en profiter ? ai-je ajouté, le souffle court.

— Mouais, bien pensé..., a-t-il rétorqué, peu enclin à plaisanter.

Je l'ai observé, songeur. Je trouvais justement qu'organiser son propre enterrement était bien pensé. Pourquoi ennuyer quelqu'un d'autre avec ces histoires ? Je ne lui ai pas dit que je doutais fortement qu'il y ait beaucoup de monde présent. Je ne veux pas de sa pitié, si encore il était capable d'en avoir pour moi. Après tout, son image est déjà faite : je suis un égoïste, je l'ai toujours été et je le serai toujours. Inutile de chercher à démontrer le contraire quand les choses sont aussi claires.

— J'ai été très dépensier, dans ma vie, lui ai-je confié. Je n'ai jamais emprunté et jamais prêté. Je n'ai jamais possédé de maison, mais j'ai encore quelques économies. Vous pourrez vous les partager, tous les quatre. J'ai préparé mon testament.

— Je ne veux pas de ton argent.

— Alors donne-le à la SPA, si tu préfères.

Ce que je venais de lui dire ne semblait pas avoir fait effet ; qu'avant même sa visite surprise, j'avais fait en sorte de ne pas les laisser de côté, lui et sa sœur. De les traiter comme les autres, même si j'avais élevé mes deux autres filles jusqu'à l'adolescence, pratiquement.

— Fais-en ce que tu veux, mais je t'en prie, ne le brûle pas. Ce serait criminel.

C'est à ce moment-là que tout a basculé.

— Je vais te dire ce qui est criminel. Le fait que je sois ici alors que tu t'apprêtes à mourir. Le fait que tu veuilles que je te connaisse, après tout ce temps. Comme ça, quand tu… partiras, j'aurai encore plus de questions.

Il ne hurlait pas. Au contraire, il tentait de se contenir. Mais ce genre de colère est d'autant plus violente lorsqu'elle éclate.

C'est exactement pour ça que j'ai toujours détesté les réunions familiales qu'on voit si souvent à la télé. Ce n'est qu'une occasion pour balancer ses reproches à la tête des autres, et je n'ai aucune envie de l'entendre se lamenter et baver sur moi.

On aurait dit une mouette, et je n'ai jamais aimé les mouettes. Ni les oiseaux en général, d'ailleurs. Ou la nature. J'aime la ville, le bruit, la poussière, les usines, les voitures. Non, stop, dans quoi je m'embarque, là ? Il faut que je reste concentré. De quoi parlais-je ? Ah oui… De quoi se plaignait-il, au juste ? Je ne lui ai jamais demandé d'apprendre à me connaître. Je n'en ai pas particulièrement envie, d'ailleurs. Je ne fais que passer le temps. Je pourrais me contenter de rester seul, à repenser aux gens avec qui j'ai travaillé, à l'argent que j'ai dépensé, aux femmes que j'ai baisées, encore et encore, mais il a débarqué sans prévenir, que voulez-vous que j'y fasse ? Au moins, ça me faisait un peu de compagnie. Tentant de détendre l'atmosphère, j'ai lancé :

— Dis, fiston, tu n'as jamais entendu le fameux dicton : « Mieux vaut tard que jamais ? »

Il m'a fusillé du regard, sans me lâcher, comme s'il essayait de lire mon âme. J'ai tenté de soutenir son regard avec une expression calme, innocente. Le souci, c'est que Dean me voit comme un monstre, mais ce n'est pas vrai. Oui, j'ai eu ma part de petits secrets, mais quel homme n'en a pas ? Les femmes qui ont partagé mon lit n'ont pas forcément été toutes au courant des autres femmes qui partageaient ma vie. Les choses se sont parfois avérées complexes, mais je n'ai jamais rien dissimulé de grave. Oui, j'ai quitté Diane, mais je lui ai donné une adresse où me contacter. Elle n'en a jamais rien fait.

Quand j'ai de nouveau déménagé, j'ai tout simplement dû oublier de lui donner mes nouvelles coordonnées. Je n'ai pas cherché à me cacher d'elle, ni de qui que ce soit. J'ai beaucoup bougé, voilà tout. Je suis un livre ouvert, sans ambiguïté. Certains disent que je suis superficiel ; beaucoup, en vérité. Les femmes, en particulier, m'ont assommé de ce reproche toutes ces années. Mais à quoi cela sert-il d'être sérieux ? C'est juste un autre mot pour qualifier les égocentriques, les dépressifs ou encore l'élite qui se croit meilleure que le commun des mortels. Je suis facile à vivre, facile à contenter. Je ne m'inquiète jamais de rien. Et tant pis si ça fait de moi quelqu'un de superficiel. Si ça ne vous plaît pas, vous pouvez m'achever. Je n'attends que ça. La douleur est insupportable. C'est un véritable enfer.

Je *suis* en enfer.

16

Jo

J'ai l'habitude d'être humiliée par les hommes. Beaucoup trop, d'ailleurs. En particulier les hommes avec de magnifiques yeux bleus et une chevelure d'un noir d'encre. Mais ça ne m'empêche pas d'être blessée, une fois de plus. J'ai décidé de discuter avec lui simplement parce que j'ai besoin de compagnie, quelle qu'elle soit (oui, même de celle de ce type cynique à souhait et clairement indifférent à mon sort – mais sublime, disons-le). Bien sûr, ce n'est pas la première fois que je cherche la compagnie de ce genre d'hommes, mais là, c'est différent. Cette fois, je ne veux pas me persuader qu'il est merveilleux pour pouvoir m'imaginer tomber amoureuse de lui et, suite logique, l'épouser. Non, je n'ai plus besoin de m'imaginer ce genre de choses. Je comprends désormais pourquoi ça n'a jamais fonctionné jusqu'ici : je suis faite pour être avec Martin. Et c'est là toute la raison de ce voyage, comme je l'ai expliqué à ce Dean Taylor. Étant donné que je ne cherchais pas à lui faire du rentre-dedans, je ne vois pas pourquoi je devrais essuyer ses insultes. J'essayais juste d'être sympathique.

Je ne devrais pas me soucier de ce qu'il pense de moi.

Je m'en fiche, voilà.

Je pose les yeux sur le séparateur, entre nous, ayant conscience que j'ai l'air de tout sauf d'une femme qui s'en fiche. Il est vraiment *sublime*. Son menton est à tomber. J'essaie de me rappeler à quoi ressemble celui de Martin, en vain. Ça fait tellement longtemps… J'imagine qu'il était très bien. *Est* très bien. Il va falloir que je reprenne l'habitude de penser à lui au présent. C'est qu'il appartenait à mon passé, jusqu'ici… Que les choses soient claires : ma remarque au sujet du menton de Dean – ou de toute autre partie de ce corps d'Apollon – est purement esthétique. Exactement comme si j'étais dans une galerie et que je notais l'intérêt d'une œuvre, ou, scénario bien plus probable, que j'étais dans Islington High Street et que je remarquais une robe superbe ou une paire de chaussures indispensable à ma collection. Je ne veux pas dire par là qu'il m'intéresse au sens strict du terme. Il m'est pratiquement indifférent, preuve de ma détermination à être raisonnable et à partager le restant de mon existence avec Martin, une existence vide de tout papillon dans le ventre ou de toute décharge dans cette partie qu'on ne peut décemment nommer.

Pratiquement indifférent.

En vérité, je me suis mise à parler à Dean parce qu'à partir du moment où je n'ai plus rien eu pour me distraire – parfums, échantillons, individus –, j'ai commencé à paniquer. Pas à propos d'un éventuel crash, mais de ce que je m'apprête à faire. Qu'est-ce que je m'apprête à faire, au juste ? L'énormité de mon initiative menace d'avoir raison de moi. Je suis en train de parcourir plus de six mille kilomètres pour aller voir mon ex – un ex à qui je n'avais pas parlé une seule fois en cinq ans jusqu'à ce matin – afin de le persuader de ne pas épouser sa fiancée.

C'est totalement irréfléchi.

Mais c'est également romantique, excitant, et tout à fait possible. Vous n'êtes pas d'accord ? Dans tous les cas, c'est ultra, mais ultra… flippant. J'ai déjà bu trop de champagne et je ne me souviens plus de ce que Martin m'a dit au téléphone. A-t-il cherché à m'encourager, ou voulait-il seulement se montrer aimable ?

Alors comme ça, ce Dean pense que je suis une sale garce égoïste… Ouch… Eh bien il se trompe. Sur toute la ligne. Je ne suis pas égoïste, mais comment l'expliquer ? Comment admettre que je suis bien pire que cela ?

Je suis seule. Désespérément seule. Voilà ce que je suis.

Oui, c'est pathétique, et oui, personne n'oserait avouer ce genre de choses. Mais moi, si. J'en ai assez d'être seule. Évidemment, je voyage seule, mais je ressens cette solitude de façon plus générale et plus profonde. Il ne s'agit pas que d'hier, lorsque je me suis réveillée dans un appartement témoin aux côtés d'un homme marié qui ignorait mon nom, ou de cette matinée passée à errer dans l'aéroport, bavant sur tous ces couples heureux. Non, c'est quelque chose qui me pèse depuis quelque temps déjà. Mais comment clamer haut et fort une chose aussi humiliante ? Plus facile de parler de mes nombreuses conquêtes cherchant à tout prix à découvrir mon point G que d'admettre ma solitude. Mais la vérité, c'est que je me sens seule quand je garde les enfants de Lisa (et pas seulement le soir de la Saint-Valentin), quand je traîne au supermarché à la recherche de repas pour une personne...

Je le ressens quand je viens de terminer un super roman ou un film captivant et que j'ai envie d'en discuter avec quelqu'un. Je pourrais toujours m'inscrire à un club de lecture, et mes amies m'accompagnent souvent au cinéma, mais la solitude est ancrée au plus profond de moi. C'est pour cette raison que je me trouve dans cet avion : j'essaie de construire un barrage contre cette solitude. C'est pour cette raison que je me suis confiée à ce Dean Taylor. Je voulais simplement qu'il m'aide à penser à autre chose. J'ai juste besoin d'un peu de compagnie pour quelques heures. Est-ce vraiment trop demander ?

Par ailleurs, il m'a envoyé des signaux plus ou moins confus. Sa façon de s'isoler derrière son journal – et maintenant, derrière le séparateur – m'a bien fait comprendre qu'il ne voulait pas parler, mais ses réponses amusées laissaient entendre le contraire. Je m'imaginais que lui aussi voulait de la compagnie, mais qu'il était tout simplement trop timide pour faire le premier pas.

Et puis, il m'a écoutée avec un tel intérêt... Voilà une chose à laquelle je ne suis pas habituée. Dès que je lance le sujet sur Martin ou un quelconque ex, qu'il s'agisse de mes amis ou de ma famille, j'ai toujours droit à la même chose : on me coupe et on me contredit. Le silence de Dean m'a exaltée. Lorsque j'ai terminé de lui raconter mon histoire, je m'attendais carrément à ce qu'il me serre la main et me félicite pour ma détermination, non qu'il me traite de sale garce égoïste.

C'est humiliant, vous ne trouvez pas ? De quel droit se permet-il de me juger ainsi ? Je ne lui ai pas demandé son avis, que je sache !

Enfin... quelque part, en me confiant à lui, comment ne pas penser que je voulais son avis ? Je n'aurais pas dû me fier à lui tout ça parce que sa façon de se mordiller les ongles d'un geste nerveux est à tomber et parce qu'il ne m'a pas fait de scène après l'épisode du champagne. Ça ne veut pas forcément dire que c'est un type bien. J'aurais dû me douter qu'il était égocentrique, sexiste et rustre. Qu'il ne chercherait pas à se mettre à ma place. Un homme aussi séduisant ne peut pas comprendre les affres de la solitude, du désespoir et de la déception.

J'ai la gorge complètement sèche – oui, trois (ou quatre ? ou plus ?) coupes de champagne peuvent avoir cet effet, chez une femme. Je fais signe au steward, qui semble rassuré lorsque je lui réclame de l'eau. J'avale deux verres à la suite avant de lui demander si je peux garder la bouteille. Je regrette amèrement de m'être confiée à ce type, désormais. Je devrais savourer ce vol en classe affaires, à destination de l'amour de ma vie. Mais il a tout gâché en me traitant de sale garce égoïste. Je ne suis pas une garce. Et je ne suis pas égoïste. J'essaie juste de donner un sens à ma vie. Je fixe mes mains et compte trois ou quatre fois d'affilée jusqu'à cent ; c'est toujours mieux que de réfléchir.

On me donne une nouvelle coupe de champagne ainsi qu'un menu. Je comprends alors que je dois choisir entre le filet mignon et ses pommes caramélisées, le bar rôti et son fenouil braisé et le bœuf Hereford accompagné de sa sauce poivre-cognac. Je me sens incapable de faire un choix, sûrement parce que je suis habituée au dilemme plus commun poulet-bœuf. Je choisis au hasard, et lorsque mon plat arrive, j'en ai l'eau à la bouche. Même les petits pains complets et les truffes au chocolat nichés dans le coin de mon plateau sont alléchants, mais je parviens à peine à manger quelques bouchées du tout. Je songe alors à regarder un film ; le choix est considérable, mais je doute fortement de ma capacité à pouvoir rester concentrée.

J'observe le séparateur, entre Dean et moi. J'espère qu'il ressent ma haine, à travers le plastique.

J'ai fait le *bon* choix. J'en suis certaine. Je ne vais ni le blesser ni l'humilier. Je ne cherche pas à gâcher le plus beau jour de sa vie. Je lui en donnerai d'autres, des jours heureux. Des jours meilleurs, même.

Soudain, on frappe à la porte de ma conscience. Ce souvenir si douloureux que j'ai cherché à endiguer pendant toutes ces années joue des coudes pour refaire surface, plus pénible que jamais. Ce fameux soir de mars froid et ensoleillé où j'ai annulé notre mariage me réapparaît, intact, comme s'il se déroulait sous mes yeux. L'odeur des bourgeons, sur les arbres, parvient jusqu'à mes narines, et je sens la brise s'enrouler autour de mes mains et mordre mes joues.

J'ai prévenu mes parents avant d'en parler à Martin. Je l'ai subitement annoncé après un essayage de robe, tandis que nous partagions un verre de vin dans leur véranda de Wimbledon. Comment plomber l'ambiance... J'avais pensé – plutôt espéré – qu'une fois mes parents au courant, le pire serait passé. Je m'étais attendue à ce que ma mère s'affole de ce que les gens penseraient et soit déçue de ne pas pouvoir porter la tenue qu'elle avait choisie avec soin pour l'occasion, mais j'avais également espéré de la compréhension, peut-être même de l'indulgence.

— Comment l'a pris Martin ? m'avait demandé papa.

— Je ne le lui ai pas encore dit... Je pensais que ce serait plus simple, si c'était toi qui lui annonçais. D'homme à homme, tu vois...

J'avais alors levé les yeux et m'étais aperçue que mes parents partageaient exactement la même expression : un mélange d'incrédulité et de frustration.

— Où est-ce qu'il est, là ? s'était enquis mon père.

— Parti jouer au foot avec ses collègues. Je suis censée le retrouver au pub.

— Prends ton manteau, je t'emmène.

C'était horrible. La pire chose que j'aie eue à faire dans ma vie. Martin a aussitôt compris qu'il se passait quelque chose quand il m'a vue quitter la voiture dc mon père. Sûrement s'est-il imaginé que la fleuriste était dans l'incapacité de nous procurer des callas, ou tout autre « désastre » du même genre que j'avais pris pour habitude de lui annoncer depuis que nous nous étions lancés dans les préparatifs : le plan de table, la vision du photographe ou encore la recherche des chaussures des demoiselles d'honneur s'étaient tous révélés désastreux.

Mais ce fameux soir de printemps, son corps musclé encore maculé de boue et de sueur, il a appris ce qu'était un véritable désastre. Un désastre, c'était quand votre fiancée vous annonçait qu'elle ne vous aimait pas. En tout cas, pas suffisamment. Que vous ne suffisiez pas. Que vous n'étiez pas le bon. Il avait pleuré, supplié, m'avait assuré que ce n'était qu'une histoire de stress. Puis il avait fini par s'énerver et m'avait traitée de pauvre fille incapable de savoir ce qu'elle voulait avant de s'excuser et de se remettre à pleurer. Papa l'avait raccompagné dans notre appartement, que j'avais décidé de lui laisser. De mon côté, j'étais rentrée à Wimbledon en métro.

— Tu le regretteras, tu verras. Tu viens de commettre une terrible erreur, avait craché Martin, autant maculé de rage que de boue.

Oui, il avait vraiment eu l'air d'un homme blessé et humilié. Comment Dean a-t-il pu le deviner ? Toutes ces années, je suis parvenue à contenir ce souvenir, persuadée que j'avais fait le bon choix, qu'annuler ce mariage était justifié parce que je n'aimais pas suffisamment Martin pour que nous vivions heureux ensemble – même si par la même occasion, j'ai déçu beaucoup de gens. Aujourd'hui, je me rends compte que j'ai accordé bien trop d'importance à la chimie – du moins, à son manque évident –, et qu'en effet, j'ai commis une erreur. Annuler son prochain mariage est donc tout aussi justifié.

Non ?

J'ai soudain l'impression d'étouffer, de me noyer sous le poids du doute. La honte et le trouble m'assaillent de toutes parts, menaçant de m'écraser. Je détache ma ceinture, me lève péniblement et fonce vers les toilettes en heurtant deux passagers dans l'allée, chacun me gratifiant d'un regard glacial. J'ai conscience que tout le monde me déteste, ici, mais j'ai vraiment besoin de me dégourdir les jambes et de m'asperger le visage d'eau fraîche. Compter continuellement jusqu'à cent ne suffit pas.

Ce n'est qu'une fois devant la porte des toilettes que je me rends compte que Dean est au niveau du bar. Il me tourne le dos, penché au-dessus d'un panier débordant de bonbons, de biscuits et de fruits. Il n'a pas l'air particulièrement affamé ; il a plus l'air d'un type qui cherche à tuer le temps. Je lève les yeux vers la petite lumière qui m'annonce, comme s'il s'agissait de la peine capitale, que les toilettes sont occupées. On trouvera ça bizarre, si je retourne m'asseoir maintenant. Je risque alors d'attendre tout en implorant le ciel pour que les toilettes se libèrent avant que Dean ne se décide entre chips et chocolat et ne s'aperçoive de ma présence. Mais l'univers est ligué contre moi, comme toujours. Tandis que je prie pour qu'il ne se retourne pas, c'est exactement ce qu'il fait. Et il n'a d'autre choix que de passer tout contre moi pour regagner sa place.

— Pardon, lâche-t-il froidement.

Je bouge à peine, ce qui fait que son coude vient frôler ma poitrine. C'est aussi fort qu'un baiser, moment de grâce plutôt rare qui envoie un frisson tout le long de mon corps, frisson qui descend plus bas que je ne l'aurais souhaité. Je n'aime pas cet homme. Il m'a insultée. Blessée. Et pourtant, je suis capable de reconnaître quand le désir prend le dessus.

Bam.

C'est exactement ce que je disais : tout ça ne revêt aucune importance. Aucune.

Pourtant, j'ai l'impression du contraire.

Une douce chaleur envahit mon corps. Mon regard se retrouve attiré par ses lèvres, ses narines, ses oreilles. J'ai envie de mordiller et de suçoter chaque partie de son corps...

Je lui jette un coup d'œil furtif, me forçant à le regarder dans les yeux. Je me demande s'il ressent la même chose. Sa gêne évidente laisse entendre que oui. Je réalise soudain qu'ici, au milieu de cette immensité de ciel et de nuages, nous n'avons nulle part où aller.

Va-t-il retourner s'asseoir ? Dire quelque chose ? Pouvons-nous faire comme si de rien n'était ? Ce que je viens de ressentir n'est que l'effet de l'altitude… et du champagne. Le combo fatal. Je ne peux pas être attirée par Dean. Non pas parce qu'il n'est pas attirant – il me semble que les choses sont claires, de ce côté-là –, mais parce qu'ayant établi que Martin était le bon, je ne peux pas me permettre de laisser d'autres hommes se mettre en travers de mon chemin, et encore moins me faire un tel effet. J'espère que Dean va se contenter de retourner s'asseoir sans me dire un mot de plus de tout le trajet.

Ou le contraire.

Bon, ce n'est pas gagné.

Avec un soupir et ce qui ressemble clairement à de la réticence, il se tourne vers moi.

— Votre voyage se passe bien ?

Son souffle est chaud contre ma peau, ce qui déclenche en moi une douce sensation de plénitude plutôt que de dégoût. Voilà que je me retrouve à m'imaginer me réveiller à ses côtés après une nuit passionnée. Je secoue la tête afin de me débarrasser de cette image ; ça devient dangereux.

— Non, pas vraiment.

N'étant pas certaine qu'il daigne me demander pourquoi, je le lui annonce :

— Vous m'avez énervée.

— Je vois.

— Je n'ai même pas pu toucher à mon repas. Un repas *gratuit* et *délicieux*. Vous avez tout gâché.

— D'accord.

— Vous n'êtes pas en droit de me juger, vous ne me connaissez pas. Vous ne pouvez pas comprendre ma situation. Je vous assure que je ne suis pas en train de faire une erreur.

Dean ferme les yeux et se met à se masser la nuque.

— Nous nous devons de nous juger les uns les autres. C'est ce qui nous empêche de devenir des animaux. Échouer aux yeux de la société procure une pression indispensable.

Il marque une pause, comme s'il se demandait si ça valait le coup de poursuivre.

— Et vous *êtes* en train de faire une erreur, soupire-t-il.

J'aimerais rétorquer quelque chose de caustique – mieux encore, quelque chose de réfléchi –, car au fond de moi, je suis impressionnée par la force de son argument. L'a-t-il travaillé durant tout ce temps ou lui est-il venu comme ça ? Cependant, la porte des toilettes s'ouvre en grand sur une armoire à glace qui manque de nous culbuter. Dean et moi nous contorsionnons pour éviter tout nouveau contact physique.

Hors de question de ressentir une autre décharge ; j'essaie déjà de me convaincre que la première était due à l'électricité statique – aucune envie de m'avouer le contraire. Par ailleurs, la puanteur des toilettes est entêtante, et je suis presque gênée d'être à côté de Dean à ce moment-là. Certes, je n'y suis pour rien, mais ça m'ennuie. Nerveuse, je me retrouve à piocher dans mon top five des remarques les plus puériles :

— Et je parie que vous, vous n'avez jamais fait d'erreur de votre vie, pas vrai ? Vous êtes parfait.

Sur ce, je tourne les talons.

Debout dans la cabine des toilettes, aveuglée par les néons, je regrette aussitôt de ne pas avoir apporté ma trousse de maquillage. J'aurais bien besoin de me rafraîchir. Je ne cherche pas particulièrement à impressionner Dean ; je ne veux pas lui paraître sous mon meilleur jour, mais là, je ne suis pas loin du pire. L'altitude et l'air recyclé ont drainé mon visage de toute nuance de couleur, mes yeux sont rouges et ma peau bouffie. Je m'asperge le visage d'eau froide et frotte les traces de mascara qui me cernent les yeux. Je me pince les joues comme une débutante du siècle dernier avant de me reprocher mon attitude. Peu importe de quoi j'ai l'air. Une fois à Chicago, je pourrai toujours me faire un soin du visage et m'offrir les services d'une maquilleuse. Je pourrai même éventuellement passer chez le coiffeur, tiens. Quand je serai devant Martin, je ressemblerai à quelque chose. C'est tout ce qui compte.

Enfin... je prends tout de même la peine de me recoiffer...

17

Clara

Clara s'était contentée de tendre la lettre à Tim, sans un mot. Ils n'avaient pas pour habitude d'avoir des secrets l'un pour l'autre. Ils en avaient suffisamment à cacher à la face du monde. Des années plus tôt, alors qu'ils avaient tout compris l'un de l'autre, ils avaient convenu que l'honnêteté était leur seule obligation. Ils ne s'amusaient pas à tout se raconter dans les détails, non, mais ils se faisaient une règle de ne jamais se mentir. Tim lui avait pris la lettre des mains. Il avait d'abord remarqué que le papier était fin et de mauvaise qualité – rien à voir avec celui qu'utilisaient leurs amis, qui misaient tout sur l'apparence. Un simple mot de remerciement ou une invitation se devait d'être irréprochable. À la poubelle, la feuille A4 arrachée d'un bloc-notes… Avec un soupir, il se préparait donc à lire une quelconque lettre de menace.

Chère Clara,

Ça fait longtemps… Désolé de débuter cette lettre par une platitude, mais on ne peut pas dire que je regorge d'options. J'espère que tu ne m'en voudras pas pour le dérangement… Personne n'aime ce genre d'intrusion surprise, hein ? La plupart d'entre nous – et j'en fais partie – préfèrent laisser le passé là où il est, mais je ne pouvais faire autrement que de t'écrire. J'en avais envie, et comme tu le sais, j'ai toujours suivi mes envies. Rien ne sert de tourner autour du pot, alors je vais te dire les choses telles qu'elles sont : je vais mourir. Une fois encore, désolé d'être aussi brut. Bon sang, ça fait trois fois que je m'excuse en un seul paragraphe... Je crois bien que c'est déjà plus qu'auprès de toutes les femmes de ma vie cumulées.

Ne t'inquiète pas, cette lettre ne dissimule ni révélation fracassante ni déclaration d'amour tardive (ce serait plutôt triste, étant donné mon état – mais ce le serait sous toute autre circonstance, de toute façon). Il s'agit simplement d'un coup de chapeau. D'une révérence, si tu veux. Ne réclame pas de rappel, c'est tout...

Il s'avère qu'en écrivant ces mots, je suis plutôt seul. Oui, je sais : ce n'est guère surprenant, étant donné la façon dont j'ai mené ma vie et les choix que j'ai faits. Ne te méprends pas : je ne cherche pas à attiser ta pitié. J'ai assez bien profité de la vie ; dans l'ensemble, je n'ai pas à me plaindre. Mais on m'a demandé de tout préparer pour ma grande sortie. J'ai écrit à mon avocat et au directeur des pompes funèbres, et il me restait une feuille. Alors je me suis dit qu'elle serait pour toi.

Vois-tu, à attendre sans pouvoir bouger de mon lit, j'ai eu le temps de me souvenir. Et je ne pense pas me tromper en affirmant que nous avons vécu quelque chose de fort, tous les deux. Même si ça n'a pas duré longtemps. En tout cas, c'est ce que je pense me rappeler. Tu as fait ton choix, et je le respecte. Je ne cherche pas à ressasser le passé. Je voulais juste que tu saches que dans toute cette douleur (et crois-moi, Clara, cette saloperie fait vraiment mal), il m'est arrivé de penser à toi ces derniers mois, de temps à autre, et ça m'a soulagé. Un peu. Je me suis dit que ça te ferait plaisir de le savoir. Voilà, j'en ai terminé. Pour toujours. Désolé pour le dérangement.

Prends soin de toi.

Eddie

Tim n'avait pas su quoi penser, en dehors du fait que correspondre par lettre était totalement désuet ; la plupart des gens envoyaient des e-mails, aujourd'hui. Et une lettre de cette envergure – celle d'un type qui s'apprêtait à mourir –, c'était le pompon.

— Tu ne peux pas me quitter pour lui.

Lui-même ignorait s'il s'agissait d'une question ou d'une affirmation.

— Bien sûr que non.

— Il va mourir, Clara. Eddie Taylor va mourir.

Tim avait prononcé ce nom comme il l'avait toujours fait. Ces vingt-neuf années n'avaient en rien altéré sa façon de cracher ces quatre syllabes avec un mélange de frustration, d'envie, de mépris et de peur.

— Je le sais très bien. Je viens de te dire que je ne te quittais pas pour lui. J'aurais pu le faire il y a des années, si je l'avais voulu.

— Alors pourquoi tu pars ?

— Il y a des années…, avait répété Clara tout en luttant contre le voile de larmes qui venait brouiller sa vision.

— Explique-moi !

— Lorsqu'il pense à moi, ça le soulage, avait-elle murmuré.

— Oui, j'ai lu.

— N'est-ce pas absolument romantique ?

— C'est plutôt délicat, comme question, tu ne trouves pas ? Nous sommes mari et femme, je te rappelle.

— Je ne crois pas t'avoir jamais soulagé.

— Si, mais tu ne t'en es jamais rendu compte. Et puis, c'est différent, nous deux, avait rétorqué Tim, gêné, cherchant en vain une raison de lui faire changer d'avis.

— *Trop* différent, oui, avait lâché Clara.

Ce qu'ils avaient ne lui suffisait pas. Pourquoi lui avait-il fallu autant de temps à se l'admettre ?

— Je ne veux plus continuer comme ça. Je ne peux pas.

— Tu savais ce qui t'attendait.

— Non, pas au début, pas avant que nous ayons fait trois enfants. Que pouvais-je faire, alors ?

— Pour ma défense, je n'étais pas sûr à cent pour cent, quand nous nous sommes mariés. Je pensais pouvoir le contrôler. Je m'imaginais qu'il ne s'agissait que d'une passade, d'une chose que je pourrais réfréner.

— Tu n'es pas un drogué ou un parieur, Tim, mais un homosexuel. Ce n'est pas quelque chose que tu te dois de réfréner. Tu devrais être libre de vivre comme tu en as envie, avait rétorqué Clara.

Et il en allait de même pour elle.

— Je travaille à la City, Clara.

— Et alors, tu n'es pas le seul homo !

— Non, mais les autres sont loin d'avoir mon âge. C'est complètement différent, pour eux.

— Non, c'est faux. En tout cas, ça ne devrait pas l'être. Les choses changent, tu sais.

Clara avait posé son verre afin de concentrer toute son attention sur son mari.

— Je suis trop vieux pour le changement, avait-il soufflé en secouant tristement la tête.

— Eh bien pas moi ! C'est ridicule. *Nous sommes* ridicules. Je suis une femme, Tim ! Tu vois une barbe, quelque part ?

Sa tentative d'humour n'avait fait qu'irriter Tim davantage. Il n'y avait rien de drôle à la situation. Il avait posé les yeux sur sa femme et avait été marqué, comme chaque fois, par la beauté et la régularité de ses traits. Elle avait toujours été très agréable à regarder. Toujours coquette, mince, sans jamais déborder de son rôle. C'étaient son corps et son esprit affûtés qui l'avaient attiré de prime d'abord. La retenue désuète qui la caractérisait était quelque chose qu'il appréciait, qu'il recherchait. Il aurait voulu être capable de l'aimer comme un homme se doit d'aimer sa femme. Les choses auraient été beaucoup plus simples.

— Et que vont dire les enfants ? Mes parents ? Nos voisins ?

— Ça m'est bien égal.

— Ça n'a pas toujours été le cas.

— Et alors ?

Clara avait posé la lettre contre son cœur et s'était mise à se balancer d'avant en arrière, comme si elle berçait un enfant.

Tim ne parvenait pas à comprendre pourquoi elle réagissait ainsi.

— Alors, laisse-moi résumer : tu me quittes tout ça parce qu'Eddie Taylor a eu droit à trois feuilles A4 plutôt qu'une, c'est ça ?

— S'il te plaît, Tim...

— Tu sais très bien qu'il t'a écrit seulement parce qu'il avait une feuille en rab !

Tim haussait rarement le ton, mais la panique et l'humiliation l'avaient poussé au-delà de ses limites.

— Nos trente-huit ans de mariage prennent brutalement fin à cause d'une feuille en rab !

Clara s'était arrêtée de se balancer, s'était redressée et avait répondu à Tim avec son calme habituel.

— C'est amusant ce qu'une chose insignifiante peut déclencher, n'est-ce pas ? avait-elle soufflé d'un ton qui frôlait la sérénité.

18

Dean

Dean la regarda se matérialiser devant les toilettes de l'avion. La beauté de son visage était presque gâchée par son expression soucieuse. Presque. Il se sentait mal, sentiment qui remontait à ses disputes de gosses avec Zoe.

Parfois, lorsqu'il lui arrivait d'en avoir assez d'être collé par sa sœur et qu'il parvenait à se débarrasser d'elle pour traîner avec des garçons de son âge, son plaisir était toujours gâté par le fait de savoir que Zoe l'attendait à la fenêtre, seule, prête à demeurer là des heures s'il le fallait.

En général, il se sentait trop mal pour apprécier la compagnie de ses nouveaux amis et finissait toujours par rentrer plus tôt pour rester auprès de Zoe. Il était accueilli par son regard anxieux, qui s'illuminait aussitôt quand elle le voyait. Cette Jo semblait aussi perdue qu'elle, bien que pour une raison de moindre importance, se rappela-t-il, et elle n'était pas sa sœur, par-dessus le marché. Il n'était pas de son devoir de lui changer les idées ; ce n'était pas son problème. Il tenta de chasser la culpabilité qui planait au-dessus de lui tel un insecte. Comme s'il n'avait pas assez de problèmes comme ça… Il n'avait franchement pas besoin de se soucier des autres.

Et pourtant, c'était plus fort que lui : il ressentait de la peine pour elle.

En tout cas, de l'intérêt.

Ou les deux.

Lorsqu'il avait frôlé son sein avec son coude, son sexe en avait frémi. Comment était-ce possible, dans de telles circonstances ? Son propre désarroi et la folie évidente de cette femme auraient dû l'immuniser contre de telles pensées. Il n'avait aucune envie d'aller sur ce terrain-là. Elle respirait les soucis à plein nez.

Malgré les apparences et ce que la moitié des habitantes de Chicago pensaient, Dean ne prenait aucun plaisir à blesser les femmes. Il n'avait rien d'un misogyne. Oui, il les blessait, mais c'était parce qu'elles ne l'écoutaient pas. Lorsqu'il disait qu'il ne voulait pas s'impliquer, qu'il ne cherchait pas de relation sérieuse et refusait catégoriquement de partager sa vie avec quelqu'un, il le pensait. Mais elles écoutaient rarement. Ces femmes s'imaginaient toutes être celle qui le changerait, qui le stabiliserait, qui le garderait. Inévitablement, donc, elles essayaient, échouaient et étaient blessées. Mais Dean s'efforçait de bien traiter les femmes. Avec distance, certes, mais bien.

Si cette Jo avait été une pétasse vénale, il aurait pu l'ignorer, mais ce n'était pas le cas. Elle était peut-être complètement à côté de la plaque, mais de toute évidence, elle n'était pas mauvaise (même si elle s'apprêtait involontairement à faire du mal). Lorsqu'elle lui avait parlé de son fameux Martin, elle n'avait pas fait référence au train de vie qu'il pouvait lui offrir, à sa paie ou encore à la taille de son appartement, non. Elle avait utilisé des termes comme « l'homme de ma vie », « faits l'un pour l'autre ». Elle avait parlé d'âme sœur et autres débilités de ce genre. Malgré lui, Dean voulait en savoir plus. Était-ce vraiment possible que l'on croie dur comme fer à ces choses-là ? Peut-être pourrait-il l'empêcher de se faire du mal, s'il y mettait du sien. Et puis, il aimait bien les défis.

De toute façon, il avait été incapable de se concentrer sur son journal. L'image d'Eddie Taylor, avec sa peau grisâtre et son souffle rauque, ne cessait de le hanter. Et il en avait assez. Au moins, cette femme le distrairait. Dès qu'elle se rassit, il lui tendit un paquet de biscuits et un mini Twix.

— Vous devez avoir faim, vu que je vous ai empêchée de déjeuner ?

Elle le fusilla du regard, encore sur la défensive.

— Je vous laisse choisir, ajouta-t-il.

Il avait l'habitude que les femmes soient en colère après lui, mais il avait également l'habitude d'être pardonné très vite. Il lui décocha son plus beau sourire, après quoi elle lança :

— Je vais prendre les biscuits.

Parfois, il avait de la peine pour elles. Elles étaient si prévisibles, si influençables, si malléables… Il lui donna le paquet, mais avec sa maladresse habituelle, elle se rata et se retrouva avec les biscuits coincés entre sa main droite et son sein gauche. Le sein qu'il avait frôlé devant les toilettes. C'était un joli sein. Comme son compère, d'ailleurs. Dean fit mine de ne s'intéresser ni à sa gaucherie ni à sa poitrine et glissa le mini Twix dans sa bouche, l'avala, puis se tourna vers cette femme étrangement franche mais dangereusement imprudente. Voilà qu'il se sentait tout excité, comme un gamin. C'était sûrement le contrecoup de ces derniers jours…

— Je suis désolé de vous avoir froissée. Vous avez raison, ça ne me regarde pas.

Elle le dévisagea tout en mordillant son biscuit. Il décida de soutenir son regard jusqu'à ce qu'il s'adoucisse. En principe, il n'avait qu'à compter jusqu'à trois… Il n'eut même pas à aller jusqu'à deux.

— Ce n'est pas grave, je faisais seulement la conversation, vous savez, dit-elle en avalant le biscuit.

Ses yeux trahissaient pourtant sa désillusion : elle avait voulu se confier à lui. Il comprenait seulement maintenant qu'elle avait besoin de soutien. Il ne pouvait pas encourager son geste, mais il n'était pas obligé de la rendre dans un état pire qu'elle ne l'était déjà. Franchement, qu'avait-il à y gagner ?

— Vous voulez qu'on parle d'autre chose ? lui proposa-t-il. Qu'on reprenne à zéro ?

Elle hocha la tête, ravie, ses jolies lèvres esquissant enfin un sourire.

— Alors, parlez-moi un peu de vous, dit-il en répondant à son sourire.

— Qu'est-ce que vous aimeriez savoir ?

— N'importe quoi... Tout.

Elle l'observa d'un air perplexe ; il devrait de toute évidence se montrer plus précis.

— Où habitez-vous ?

— À Londres.

— Où ça, dans Londres ?

— Au nord. Enfin... en ce moment, disons.

— Votre appartement vous plaît ?

Jo haussa les épaules sans prendre la peine d'élaborer.

— Vous êtes en colocation ?

Elle remua légèrement la tête, mais il était impossible de deviner si cela signifiait « oui » ou « non ».

— Vous voulez peut-être me parler de vos plantes vertes ? lança-t-il, exaspéré.

— C'est quoi, le jeu des vingt questions ?

— Pourquoi êtes-vous aussi fermée, soudain ?

— Pourquoi êtes-vous aussi curieux, soudain ?

— J'essaie juste de faire la conversation.

Jo céda devant l'argument dont elle s'était servie quelques instants plus tôt.

— Bon, très bien... La vérité, c'est que je n'ai pas vraiment de chez-moi.

Elle soupira puis ajouta :

— Je dors sur le canapé de ma sœur.

— Oh, d'accord...

— Lorsque Martin et moi nous sommes séparés, j'ai loué une chambre à une amie dans un joli petit deux-pièces d'Islington. C'était top. Tout se passait à merveille... jusqu'à ce que le petit copain de Charlotte débarque.

— « Deux c'est bien, trois ça craint... »

— Exactement. Quelques semaines seulement après son emménagement, il annonçait qu'il comptait travailler à la maison. Il devait donc transformer la chambre d'amis en bureau. Quand Charlotte m'a expliqué la situation, j'ai mis un certain temps à comprendre. Je lui ai répondu : « Mais on n'a pas de chambre d'amis. »

— Elle parlait de la vôtre, c'est ça ?

— Oui…, souffla Jo avec un haussement d'épaules.

Quelque chose se noua dans le ventre de Dean ; il avait de la peine pour elle. Il n'y avait rien de pire que de n'avoir nulle part où aller. C'était terrible.

— J'ai vite découvert que le marché immobilier avait monté en flèche depuis mon emménagement chez Charlotte. Et étonnamment, mon salaire n'a pas bougé d'un pouce ces dernières années. Il existe une cruelle disparité entre ce que je gagne et le prix que réclament les propriétaires des appartements où je suis prête à vivre.

— Je vois.

— Je ne suis pas si pointilleuse que ça, lui assura-t-elle d'une voix empreinte de panique et d'indignation. Bien que je n'aie aucune envie de partager une salle de bains, une cuisine et un salon avec des inconnus, j'ai conscience de ne pas avoir le choix, mais il est hors de question de partager *une chambre* avec un inconnu. Sans rire, des lits superposés, vous y croyez, vous ? J'ai trente-cinq ans, pas cinq !

Elle rougit ; Dean devina qu'elle n'avait pas prévu de révéler son âge aussi facilement. Elle s'empressa de poursuivre.

— Donc, le canapé de Lisa est plus attirant que des lits superposés, et pour le coup, il ne me coûte rien. Mais ce n'est que temporaire.

— J'imagine. Ça fait combien de temps que vous vivez chez elle ?

— Cinq mois environ.

— Oh…

— Mais ce n'est que temporaire.

— Oui…

Jo continua après un nouveau soupir.

— En vérité, je ne suis pas certaine que notre arrangement dure encore longtemps. J'ai comme l'impression que la situation ne plaît pas particulièrement à Henry, mon beau-frère. Il a pris l'habitude de me préparer une tasse de thé tous les matins, avant le travail…

— C'est gentil.

— Oui, moi aussi je trouvais ça gentil, au début. Mais le

mois dernier, il s'est mis à entourer les petites annonces immobilières dans le journal qu'il me glisse avec mon thé.

— Ce n'est pas toujours facile, la cohabitation, la rassura Dean.

— La dernière fois, j'ai cru qu'il allait me tuer, quand il a vu que j'avais utilisé son rasoir pour mes jambes ; et, oui, je sais que je devrais le signaler, quand je termine le lait, mais ce n'est pas comme si je remettais la bouteille vide au frigo ! J'ai juste tendance à oublier que les enfants boivent du lait au petit-déjeuner. Je n'ai pas d'enfants ; je n'ai jamais eu à penser à ce genre de choses, malheureusement.

Elle lâcha ce dernier mot vers l'allée ; il choisit de ne pas s'arrêter dessus.

Dean songea à son propre chez-lui, un magnifique loft que les agents immobiliers qualifieraient de « tout confort ». Mais ce qui comptait le plus à ses yeux, c'était cette sensation d'intimité et d'espace qui s'en dégageait. Soudain, il se demanda où son père vivait, avant de débarquer à l'hôpital. Plus jeune, il s'était souvent posé ce genre de questions, mais cela faisait des années qu'il ne s'autorisait plus de réflexions inutiles.

L'image de son père surgit alors dans son esprit, seul au monde dans un petit studio, une montagne de vaisselle amassée à côté de l'évier, un lit défait dans un coin de la pièce et une petite télé jacassant dans l'autre. Il connaissait bien ce genre d'endroits pour les avoir lui-même côtoyés. Il pouvait s'imaginer les murs marron et grisâtres, sentir cette odeur de poussière, d'humidité et de transpiration, entendre les voisins se disputer à travers la paroi. Il chassa cette image pour chercher à la remplacer par celle qu'il s'était faite de son père en France, l'homme détaché de tout, mais cette image s'était évanouie. Il décida alors de focaliser son attention sur Jo.

— Le truc, c'est que Lisa a un poste super important alors qu'Henry, lui, travaille à mi-temps à la mairie pour pouvoir s'occuper des enfants. Nous nous voyons donc beaucoup plus que ce à quoi nous étions habitués, ce qui nécessite une période d'adaptation. Il faut se faire aux petites manies de l'autre. Ça ne va pas durer…

De toute évidence, Dean n'était pas le seul qu'elle cherchait à convaincre.

— Quelles manies ? s'enquit-il.

— Le matin, j'aime bien discuter. Henry est monosyllabique. J'adore me faire un plateau-repas devant la télé, mais lui est convaincu que le dîner se prend en famille, autour d'une table. Il a gardé mon repas au chaud à quatre reprises, alors que je suis rentrée plus tard que prévu. Je ne vois pas pourquoi il s'embête ; l'assiette a beau être chaude, l'ambiance reste glaciale…

— Ça n'a pas l'air terrible, comme situation.

— Non… Il reste correct, évidemment. Je suis de la famille, après tout, alors je ne risque pas de me faire mettre à la porte, mais…

Dean comprenait ce qui la travaillait. Elle ne se sentait pas à sa place. Elle n'était pas chez elle. Et c'était gênant. Elle s'arracha un nouveau sourire, convaincant au premier coup d'œil, mais si on s'attardait ne serait-ce qu'une seconde de plus, on se rendait compte que ce n'était pas un de ses sourires sincères. Il se demanda si les gens cherchaient à voir au-delà. D'après son expérience, c'était rarement le cas. Les gens préféraient croire à ce qui les arrangeait, même si ce n'était pas la pure vérité.

— Je suis certain que ça leur fait plaisir, que vous soyez là, tenta-t-il de la rassurer.

— Vous croyez ?

Elle semblait à la fois sceptique et reconnaissante.

— J'ai bien conscience que c'est à *moi* de me faire à leur rythme de vie. Je ne me suis pas plainte une seule fois d'être réveillée à six heures du matin par mes neveux ou du fait qu'ils ne regardent que des débilités à la télé. J'ai suffisamment été la cinquième roue du carrosse pour avoir compris le message : les femmes célibataires n'ont pas le choix, elles doivent s'adapter.

— Eh oui…

Dean prit une longue inspiration. Elle aurait mieux fait de l'imiter, ça ne lui aurait pas fait de mal. Un changement de sujet s'avérait indispensable ; ses histoires de logement étaient presque aussi déprimantes que ses histoires de cœur. Il opta pour la facilité.

— Alors dites-moi, qu'est-ce que vous faites, dans la vie ?

— J'écris.

— Intéressant…, lança-t-il, ravi.

— Et vous ?

— Je suis dans la pub.

Hors de question de la laisser prendre de nouveau le contrôle de la conversation.

— Vous êtes dans quelle branche ? La littérature ? Le journalisme ?

— Le journalisme.

— Dans les journaux ?

— Les magazines.

— Lequel ?

Pour la première fois de sa vie, Jo hésita avant de répondre.

— Eh bien… jusqu'à hier, je travaillais pour *Loving Bride !*.

Dean pouvait se féliciter d'avoir appris à maîtriser l'art de camoufler ses émotions, en particulier l'hilarité ou la dérision.

— Ça ne me dit rien, se contenta-t-il de déclarer.

— C'est de la presse spécialisée, précisa Jo avec un grand sourire, montrant qu'elle avait très bien saisi. Vous n'êtes pas vraiment la cible… Pour tout vous dire, ça m'étonnerait que vous le soyez un jour. Je doute qu'un seul homme ait jamais acheté ce magazine.

— Qui aurait cru qu'un tel sexisme existait encore ?

— Le sexisme est partout, ne vous inquiétez pas…, répliqua-t-elle d'un air blasé.

— Vous êtes donc une romantique infortunée doublée d'une féministe ? Vous êtes sûre que c'est un mariage heureux ?

— En tant que romantique, je suis la mieux placée pour voir les obstacles que rencontrent les femmes dans la vie de tous les jours. Vous pensez vraiment que la situation me plaît ainsi ?

Dean ne savait que répondre à une telle franchise. Cette femme n'était pas qu'une optimiste aveugle, finalement, mais il ignorait si c'était une bonne ou une mauvaise nouvelle. Il décida de recentrer la conversation sur sa carrière.

— Alors comment s'appelle votre nouveau journal ? Je le connais peut-être ?

— Mon nouveau journal ?

— Celui qui vous a fait quitter *Loving Bride !*.

— Oh... Eh bien... Je suis flattée que vous pensiez cela, et navrée de devoir vous corriger, mais je suis comme qui dirait au chômage, par-dessus le marché.

— Oh, je vois.

— Je me suis fait virer.

Un silence vint tout doucement se poser entre eux comme une fine couche de poussière. Dean se retrouvait rarement dans cette situation, mais il était incapable de trouver quelque chose d'à la fois banal et rassurant à dire.

Il commençait à comprendre pourquoi cette femme était persuadée que traverser l'Atlantique pour saboter le mariage de son ex était son seul espoir.

— Je suis sûr que vous retrouverez quelque chose très vite, dit-il, hésitant.

Il n'avait pas mieux à offrir que cette platitude, et il espérait qu'à son tour, elle jouerait le jeu et lui assurerait que oui, elle sortirait la tête de l'eau.

— Non, je ne pense pas, soupira Jo.

Elle fixait ses mains, posées sur ses genoux, de toute évidence résignée.

— Je parie que vous êtes douée.

— Non, je ne crois pas. Je l'ai été, mais ce n'est plus le cas.

Dean se frotta le menton, songeur. Cette femme était décidément incroyable. Comment voulait-elle obtenir un nouveau poste avec un discours pareil ? Il lui fallut un moment pour trouver un autre sujet de discussion.

— Vous avez bien des hobbies ?

— Oui. Je prends des cours de français et de salsa.

— Bien...

Au secours. Pourquoi les femmes célibataires tenaient-elles tant à suivre des cours de salsa ? Croyaient-elles vraiment que c'était *le* lieu où rencontrer des hommes ?

— Vous trouvez ça naze, avouez-le.

Cette femme semblait avoir un don pour voir clair en lui. D'habitude, les autres préféraient se voiler la face.

— C'est juste que j'aimerais bien rencontrer une femme qui fait quelque chose… d'original, pour une fois.

— D'original ?

— Je ne sais pas… Qui prendrait des cours de sculpture, ou alors qui collectionnerait les vieux flyers de rave des années quatre-vingt-dix. Même une adepte des conférences sur la cartographie, ça pourrait être marrant.

Il lui jeta un coup d'œil, qu'elle lui rendit, hébétée. Il en avait trop dit. Maintenant, elle penserait aussi que ses hobbies étaient minables. Dean fit carburer ses neurones pour trouver autre chose à dire. Quelque chose qui ne plomberait pas davantage son moral. Il ignorait complètement pourquoi il cherchait à se montrer aimable avec cette femme, mais c'était ainsi.

— Vous voulez regarder un film ? Il y a un drame historique avec Renée Zellweger et Russell Crowe qui vous plairait bien, à mon avis.

— Comment vous pouvez savoir ce qui me plaît ? cracha-t-elle. Peut-être que j'ai envie de regarder quelque chose de complètement différent !

Préférant ne pas empirer la situation, Dean se garda de rétorquer qu'on lisait en elle comme dans un livre ouvert. Il lui tendit la liste des films, dont elle se saisit d'un air furieux. Après avoir lu le résumé, elle soupira et admit à contrecœur :

— Bon, il se trouve que c'est exactement ce qui me plaît, oui.

— On peut le regarder ensemble, si vous voulez, proposa Dean avec un grand sourire.

— Ne vous sentez pas obligé.

— Ça peut être amusant. J'aime bien discuter des films que je viens de voir. Pas vous ?

Elle ne répondit pas à sa question directement, mais le dévisagea un long moment.

— Bon, allez-y, souffla-t-elle en feignant de se forcer, mais Dean avait aperçu le sourire sur ses lèvres.

19

Eddie

À peine ai-je ouvert les yeux que l'infirmière est à mes côtés. Je l'entends susurrer, comme pour consoler un bébé. Il ne manquerait plus qu'elle chante une berceuse...

Quelqu'un est en train de pleurer. Enfin, de grogner, plutôt. De gémir. Il me faut un moment avant de réaliser qu'il s'agit de moi.

— Ça va aller, Eddie. Tenez, votre pousse seringue.

Comme d'habitude, elle plante quelque chose dans ma peau et tourne autour du lit tout en vérifiant les tuyaux et les graphiques. On ne peut pas lui reprocher son efficacité, mais je ne peux m'empêcher de songer à Mrs Williamson, quand je la vois. Je n'ai pas pensé à elle depuis bien longtemps. C'était la secrétaire du directeur de notre groupe, à la BBC.

Lorsque l'alarme incendie se déclenchait, c'était à elle de compter les employés, ensuite. Comme des gamins, on s'amusait à bouger dans la file pour l'embrouiller, ou alors on filait boire une bière au pub du coin et elle se mettait à paniquer de ne pas avoir le bon compte. Elle arborait constamment une expression angoissée, elle s'attendait toujours au pire. Cette infirmière me fait penser à elle. J'imagine que Mrs Williamson est morte, aujourd'hui, vu l'âge qu'elle avait déjà à l'époque. Fini, les crises d'angoisse...

— Essayez de boire, Eddie. D'accord ?

— Mon fils est passé ?

Lorsque je m'entends formuler cette question, je reste perplexe. Je ne m'étais pas rendu compte que ça me travaillait. Voilà qui ressemble à une confession...

— Pas depuis hier, non.

Elle pose sa main sur mon bras. Je n'ai pas l'énergie de la dégager, mais son contact me brûle et sa compassion me révulse. Je me demande si elle était de service hier, quand il était là. Je me demande ce qu'elle a vu ou entendu.

On peut dire qu'il y a eu du spectacle. Rien à voir avec certaines scènes auxquelles j'ai moi-même assisté, le style de crise où tout le monde hurle, vous voyez le genre... Nous, c'était certes plus discret, mais qui que ce soit d'un minimum attentif a pu se rendre compte que ça n'allait pas. Je luttais pour trouver quelque chose à lui dire. Il n'est pas du genre bavard, le fiston, et avec notre histoire – si on peut appeler ça une histoire –, pas facile de faire la conversation. J'ai alors décidé d'agir sur un coup de tête. Ça, c'est tout moi.

— J'ai quelque chose qui pourrait te plaire, lui ai-je dit.

J'ai aussitôt remarqué son changement d'expression. Il semblait à la fois méfiant et plein d'espoir. Je ne sais pas vraiment s'il est du genre facile, comme moi, ou plutôt cérébral.

— Dans le tiroir, ai-je ajouté.

Il a gagné la table de chevet et a ouvert le tiroir, puis s'est mis à farfouiller entre les mots croisés et les livres audio que j'avais empruntés à la bibliothèque de l'hôpital. Enfin, quand je dis « empruntés »... En vérité, c'est une visiteuse bénévole, une vieille dame plutôt sympathique, ma foi, qui m'a flanqué ça entre les mains. Je n'ai tout simplement pas eu l'énergie de la rembarrer.

— Dans la boîte.

Dean a sorti la petite boîte en métal qui contenait des caramels, avant. Pas les miens ; je ne suis pas très sucreries. Une infirmière m'avait fait remarquer qu'à force d'étaler mes affaires comme ça, j'allais finir par les perdre. Je suis sûr qu'on les accuse toujours de faucher, ici, alors pour se dédouaner de toute responsabilité, elle m'a apporté une boîte afin que j'y range mes affaires. Il a mis un certain temps à l'ouvrir, ce qui m'a fait me demander s'il était prudent ou tout simplement bête.

— Vas-y, l'ai-je encouragé, impatient.

Dean a retiré le couvercle. Je savais exactement ce que contenait la boîte : d'abord, deux photos. L'une de moi soulevant la Coupe du Capitaine au club de golf, il y a quelques années de ça – c'est la femme de Vince Langton qui me l'a apportée quand elle est venue me rendre visite –, et une autre d'Ellie et Hannah.

Certes, elle date. Dessus, ce sont encore des gamines qui montent à cheval. Il y a aussi mon répertoire avec tous mes contacts, dont le numéro de mon avocat (ce qui sera bientôt utile), des clefs, ma montre et la bague. Dean a observé la photo d'Ellie et Hannah.

Je voyais bien qu'il voulait m'en parler, mais il a gardé le silence. Trop fier... Il ne voulait sûrement pas me faire le plaisir de me montrer que ça l'intéressait. Il s'est alors emparé de la bague et l'a serrée entre son pouce et son index.

— Tu sais ce que c'est ? lui ai-je demandé.

— Une bague.

— Waouh, tu m'épates...

— Une alliance, a-t-il craché.

— Exact. Celle de mon mariage avec ta mère. Je n'ai pas porté d'alliance, la seconde fois.

— Ça évite d'avoir à l'enlever quand tu vas dans un bar...

J'ai trouvé ça marrant, comme répartie, même s'il ne plaisantait certainement pas.

— Tu peux la garder. Ça me fait plaisir.

— Qu'est-ce que tu veux que j'en fasse ?

À vrai dire, je n'en sais rien. Il ne va pas s'amuser à la porter, j'imagine. Il ne s'agit pas particulièrement d'un porte-bonheur ou de quoi que ce soit dans ce genre. Mais que pouvais-je bien en faire ? Vu qu'il était là, je me suis dit que c'était l'occasion. Sinon, je pouvais toujours la confier à une infirmière pour qu'elle la dépose dans un magasin de charité.

— C'est toi qui vois, ai-je répondu, indifférent.

Je m'attendais à ce qu'il la repose dans la boîte, mais non.

Avec un « merci » glacial, il l'a glissée dans la poche de sa veste. J'ai fermé les yeux, soulagé. C'est épuisant, d'être père.

J'ai dû me rendormir, ensuite. Lorsque je me suis réveillé, il m'a fallu une petite minute pour me rappeler qui était ce type assis à côté de moi. Il a commencé à esquisser un sourire, mais il s'est aussitôt repris, et son sourire s'est transformé en étrange grimace. C'est ce geste qui m'a permis de le remettre. Mon aîné.

— Comment tu te sens ? m'a-t-il demandé.

J'ai voulu lui dire « Merdique », mais ma voix n'a pas pu sortir. Il m'a apporté de l'eau et j'ai essayé d'en boire un peu, mais ça me brûlait la gorge, douleur que je n'avais pas encore expérimentée. Encore plus forte que les autres. Il a alors fait ce truc qui m'a sidéré : il a déposé quelques gouttes sur mes lèvres, comme le font les infirmières. Qui a bien pu lui apprendre à faire ça ? Comment a-t-il pu y penser ? Puis il a actionné le pousse seringue et m'a demandé s'il devait appeler quelqu'un. Je devais vraiment avoir une sale tronche. J'ai tenté de secouer la tête, mais j'avais l'impression de ne plus contrôler mon corps. J'étais en train de perdre connaissance. Exactement comme maintenant. Il semblait terrorisé. Il s'est alors levé et a appelé une infirmière, qui a débarqué dans la minute. Ce n'était pas celle de ce matin. Je m'en souviens, désormais. Tant mieux. Elle a vérifié les tuyaux, les graphiques et mon cathéter, puis est partie après un petit hochement de tête satisfait. Il n'y avait rien à faire de plus. Dean avait toujours l'air terrorisé.

— Pourquoi m'as-tu fait venir ? a-t-il murmuré.

Il semblait dans un triste état, lui aussi. À se demander lequel de nous deux faisait le plus peur. Il est désespéré. Je le sais, maintenant. Il n'est pas du tout l'homme qu'il s'efforce de paraître. Il est bien cérébral, finalement.

Pauvre gars... Je savais ce qu'il voulait entendre. Il voulait une explication, des excuses, une déclaration d'amour. Il voulait que moi, son père, je lui tende une liasse de lettres et de cartes d'anniversaire que j'avais secrètement écrites toutes ces années sans jamais oser les poster.

Je ne le pouvais pas.

Je ne lui ai jamais rien écrit secrètement.

Oui, j'ai pensé à lui ; je ne suis pas sans cœur. Pas au tout début, je l'admets. J'étais tellement soulagé d'être enfin libre. Il ne me manquait absolument pas ; les autres non plus, d'ailleurs. Des gosses bruyants, nauséabonds et exigeants ; une femme hystérique, négligée et exigeante elle aussi.

Mais quelques années plus tard, j'ai commencé à penser à eux. En particulier à Dean, mon aîné. Pas tellement à la petite. Ce n'était qu'un bébé, quand je suis parti. Je ne la connaissais pour ainsi dire pas. Mais Dean, je le connaissais presque. *Presque.*

C'est à cette époque que j'ai rencontré Bridget. On a collé, on s'est mariés, puis on a eu les filles. Et je l'ai de nouveau oublié. Je ne suis pas du genre à regarder en arrière. À quoi ça sert, au juste ? Mais depuis sa visite, je ne peux m'empêcher de me demander ce que ça aurait fait, de le connaître.

Ça doit être les médicaments, parce que ce n'est vraiment pas le genre de choses auxquelles je m'arrête, en général. Et puis, j'en sais suffisamment. Je sais pourquoi Dean est venu. Il voulait de la reconnaissance. Ou alors une bonne grosse engueulade. Il voulait une raison. Mais je n'en ai pas de suffisamment bonne à lui fournir. Si j'en ai eu une un jour, alors je l'ai oubliée, mais j'en doute fortement.

— Tu m'as blessé.

Il a murmuré cette phrase tout près de mon oreille afin que je sois le seul à l'entendre. Sa peau est si lisse, si brillante et si magnifiquement intense qu'on dirait qu'elle a été coupée dans le marbre.

J'imagine qu'il n'est pas du genre à beaucoup mettre le nez dehors. Il semble habitué aux environnements hostiles. Qu'a-t-il appris durant toutes ces années ? Comment, et par le biais de qui ? Je me suis efforcé de rester léger. Je n'avais aucune envie d'entendre ça. C'est trop tard, maintenant.

— Tu ne me connaissais même pas, tu étais tout jeune. Je me suis dit qu'il valait mieux partir avant que tu ne t'attaches trop.

C'était une véritable épreuve d'articuler tout cela, et je ne suis même pas certain qu'il m'ait compris, même si son oreille était pratiquement collée à ma bouche.

— Je suis ton fils. Tu es mon père. J'étais naturellement attaché à toi, a-t-il répondu.

— Ne sois pas mélodramatique. Je n'ai pas pu te manquer : tu ne me connaissais pas. Je suis parti avant.

— C'est ça, le pire, a-t-il rétorqué, la gorge serrée.

Que pouvais-je dire ? Rien. Rien ne pouvait redonner la santé à sa mère. Aucun mot ne pouvait balayer les mois, puis les années que sa sœur et lui avaient passés en foyer. Alors à quoi bon parler ?

— Ce que je ne comprends pas, c'est pourquoi maintenant ? Pourquoi si tard ? Pourquoi n'as-tu pas cherché à me retrouver avant ?

J'ai eu l'impression qu'il s'apprêtait à pleurer. Je ne voyais pas assez bien pour m'en assurer, mais à sa voix, les larmes n'étaient pas loin. Malgré mon milieu, je ne suis pas du genre à avoir la larme facile. Je suis un homme, bon sang. Pourquoi pleurnichait-il, au juste ? Il ne me connaît même pas. Il fallait que je recentre le sujet.

— Écoute, fiston… Je suis content que tu sois là. Étonnamment content, même. Mais il y a quelque chose qu'il faut que tu saches.

Parler devenait un enfer. Impossible de deviner si le véritable problème était mon manque de souffle ou mon manque de mots. Parfois, les bons mots n'existent pas ; je le sais.

— Je ne t'ai pas demandé de venir, lui ai-je avoué.

Il n'y a rien de plus que la dure réalité, entre nous, et je n'ai pas envie de faire semblant. Pas maintenant qu'il est là.

— Mais l'infirmière, au téléphone…

— C'est elle qui a pris l'initiative. C'était une infirmière de l'hospice. Elle a passé la semaine avec moi, et on a parlé de tout, dont nos gosses respectifs. Leur rôle consiste à s'assurer que tout est réglé. Je lui ai dit que oui, mais elle s'est mis en tête que tu devais être au courant. Ce n'est pas moi, c'est elle.

Je n'ai rien à lui dire ni à lui donner. Rien à lui révéler. Rien du tout.

— Tu n'as même pas demandé à ce que je vienne ?

— Non.

— Putain, pas même ça…

Il a alors poussé sa chaise et a disparu. J'imagine qu'il ne reviendra pas. Certains diraient que c'est le juste retour des choses.

Moi ? Je trouve ça simplement triste.

20

Jo

— Ça doit être l'altitude qui me fait pleurer, dis-je à Dean en guise d'explication.

— Oui, sans doute, confirme-t-il d'une façon qui laisse entendre tout le contraire.

— Bon, ça et l'histoire, aussi...

Je repousse l'écran sur lequel défile le générique et je m'étire.

— Vous avez vu, c'est inspiré d'une histoire vraie, lui fais-je remarquer entre deux reniflements.

— Sûrement très librement, répond-il, sceptique.

Je n'ai pas pu me contrôler : les larmes ont ruisselé durant tout le film. Il y avait tout : le véritable amour, le triomphe sur l'adversité et une poignée de pauvres petits malheureux. À un moment, Dean m'a tendu un mouchoir, ce qui m'a plutôt étonnée de la part d'un homme aussi moderne, jusqu'à ce que je me rende compte qu'une pin-up y était imprimée, à l'intérieur. J'ignorais même que ça existait !

Évidemment, le film ne lui a pas tiré une seule larme, mais il s'est mis à se ronger les ongles au moment où le personnage de Russell Crowe va faire la manche afin de pouvoir payer sa facture d'électricité et garder ses enfants avec lui.

— Ça vous a plu ?

— Les passages de boxe, carrément, répond-il.

— C'était le pire...

Il me gratifie d'un sourire amusé.

— Paul Giamatti était très bon. Les autres aussi, d'ailleurs. Un peu trop fleur bleue à mon goût, mais belle réalisation. Ron Howard, c'est une valeur sûre.

— Ce n'était pas fleur bleue, vous n'avez rien compris. Il s'agissait d'un amour durable et sincère.

— Ah bon ? Je pensais qu'il s'agissait d'un championnat de boxe.

Je sais qu'il me cherche, mais je ne peux pas m'empêcher de mordre à l'hameçon, c'est plus fort que moi. Je ne soutiens aucune cause politique. La seule chose qui, à mes yeux, vaut la peine d'être défendue, c'est l'amour véritable.

— Et puis ils mouraient de faim. Je ne vois pas ce que la famine a de fleur bleue, je fais remarquer.

— Vous avez raison, concède-t-il d'un air grave avant de remuer sur son siège et de tripoter les boutons qui commandent l'assise.

Il y a un malaise évident, soudain. Ce n'est pas comme si c'était un travailleur humanitaire, bon sang ! Ce type bosse dans la pub, une industrie prête à pousser les gens à se laisser mourir de faim ou à se goinfrer pour un beau petit pactole.

Mais on dirait bien qu'il a pris ma remarque *très* au sérieux. Voilà qui est troublant ; personne ne me prend jamais au sérieux, encore moins *trop* au sérieux.

— C'est quoi, votre style de films, alors ? je lui demande, préférant dévier la conversation sur un terrain plus sûr. Non, attendez, je vais essayer de deviner. Je suis sûre de pouvoir citer vos cinq films préférés !

Dean dresse les sourcils, sceptique.

— Allez-y, je vous en prie…

— *Fight Club.*

Il laisse éclater un petit rire et hoche la tête.

— La première règle du fight club est…

— Il est interdit de parler du fight club.

Dean paraît impressionné.

— Vous l'avez vu ?

— Non, ça ne me tente pas vraiment, même pour voir Brad Pitt à moitié nu… Je connais cette réplique parce que tous les hommes avec qui je suis sortie me l'ont citée, comme s'il s'agissait d'une vérité profonde.

Je conclus par un grand sourire. Dean hoche de nouveau la tête, et cette fois j'y vois de la compréhension, voire de la satisfaction. Les hommes sont vraiment bizarres. Ça m'a blessée, lorsqu'il a laissé entendre que j'étais prévisible, mais lui semble tout à fait ravi de faire partie du bon club.

— Bon, on va dire que c'est la chance. Et les autres, alors ?

— Laissez-moi réfléchir... Êtes-vous du genre *Pulp Fiction*, *Le Parrain*, *Braveheart* et *Apocalypse Now* – un type qui se la joue cool ? Ou *Terminator*, *Le Seigneur des Anneaux* et *Matrix* – un vrai gamin ?

— Ce n'est pas du jeu. Vous me citez une dizaine de films !

— J'ai tort ? je rétorque avec un sourire.

S'il y a bien un sujet que je maîtrise, c'est la culture populaire masculine. J'ai déjà eu des tas de conversations de ce genre. Trop, même.

— Non, vous avez vu juste. Mais une vraie pro m'aurait fait choisir entre les différents volets.

— Oh... Eh bien parmi la ribambelle de *Terminator* imbuvables, la plupart choisiraient le deuxième, *Le Jugement dernier*, mais vous, vous devez préférer le premier, quand Arnold est encore un méchant cyborg.

Dean dresse de nouveau les sourcils sans se donner la peine d'ajouter quoi que ce soit à mon argumentaire.

— Et les *Rocky* ?

— Les cinq se ressemblent, donc ça m'est égal.

— Alors ça, c'est faux ! réplique-t-il en feignant d'être outré.

— Si, j'en suis persuadée, même si, pour votre information, je n'en ai vu aucun. Votre *Seigneur des Anneaux* préféré est *Les Deux Tours* à cause de cette interminable bataille, et vous restez convaincu que rien ne vaut le premier *Matrix*.

Dean éclate d'un rire qui résonne dans toute la cabine. Je me rends soudain compte que je ne l'avais pas entendu rire jusqu'ici. Certes, il sait dispenser des sourires charmeurs (bien que pas toujours convaincants) et émet des sons qui s'approchent du rire, qui dénotent son amusement, mais son éclat de rire est quelque chose de totalement différent. C'est un son merveilleux qui évoque de folles soirées passées à danser et à boire. Je repense aussitôt aux occasions où j'ai reçu un bouquet de fleurs et plongé le nez dedans pour m'enivrer de leur parfum. Ce rire est annonciateur de promesses ; il est sincère et fiable. Je me sens étrangement fière d'en avoir été l'instigatrice. Son rire a attiré l'attention d'autres passagers, qui nous lancent des regards agacés ou jaloux. Je ne me démonte pas et les pousse à baisser les yeux. Je me fiche bien de ces gens qui préfèrent traverser l'Atlantique en dormant ; j'en avais presque oublié leur existence. Mais je ne me fiche pas de Dean Taylor.

Enfin, je ne veux pas dire par là que je tiens particulièrement à lui, hein. Bien que ça n'aurait rien d'extravagant. Après tout, c'est un homme sexy et intéressant, et il y a eu ce truc devant les toilettes, cette chimie sexuelle, justement. Mais il y a autre chose. Au-delà de l'attirance évidente dont je suis victime, il dégage une certaine tristesse qui ne me laisse pas insensible. Je sais exactement ce qu'il ressent, pour l'avoir moi-même trop souvent vécu. Si je n'avais pas dans l'idée d'empêcher le mariage de Martin d'avoir lieu, je risquerais fortement de craquer pour Dean. Dangereusement, même. Mais il y a Martin, donc tout va bien.

En vérité, les autres passagers, avec leurs regards désapprobateurs, peuvent bien aller se faire voir. Nous ne faisons rien de mal ; ce n'est pas comme si nous étions en train de nous grimper dessus, tout de même !

Mais qu'est-ce que je dis, moi ? N'importe quoi.

Quoique…

Non, non, très mauvaise idée. Je rejoins Martin. Martin, Martin, Martin. Je me répète son nom afin de pouvoir focaliser mon attention sur lui. Si jamais je vous parais hésitante, je me permets de vous rappeler que j'ai avalé pas mal de coupes de champagne gratuites, durant ce vol. Par ailleurs, ces cinq dernières années, j'ai davantage envisagé des aventures avec de charmants inconnus célibataires plutôt que pensé à Martin.

— Vous avez déjà remarqué que personne ne vous demandera jamais vos cinq livres préférés ? commenta Dean.

— Pas lors d'un rendez-vous amoureux, en tout cas. Enfin, je ne veux pas dire qu'on est en rendez-vous…, je m'empresse d'ajouter.

— Mais ce n'est pas un sujet aussi évident que les films.

— Les livres, c'est bien plus personnel.

— Oui, je suis d'accord. Mais je me demande pourquoi, au final.

Je me suis déjà posé la question.

— Je pense que c'est parce que la relation que vous avez avec un livre est comme un tête-à-tête, tandis qu'avec un film, c'est plus « communautaire », disons.

— Oui, ça doit être ça. Parfois, c'est juste trop difficile d'expliquer pourquoi on aime un livre. C'est trop personnel.

J'hésite, puis je me lance :

— Plus personnel que le fait que vous sachiez que je veux saboter le mariage de mon ex ?

— Probablement pas, non.

— Donc ?

— Donc quoi ?

— Quels sont vos livres préférés ?

Dean prend le temps de réfléchir. Le silence qui s'installe entre nous n'a rien de gênant, cette fois. Inutile de le presser.

— Si je devais en choisir cinq, ce qui est plutôt difficile vu que je suis un fana de lecture, je choisirais *Kim*, de Rudyard Kipling, *Les Grandes Espérances* de Dickens, *Harry Potter…*

— Les sept ?

— Le premier et le dernier, et *Les Cerfs-Volants de Kaboul*.

— Waouh…

— Vous vous imaginiez que je ne lisais que des bandes dessinées, n'est-ce pas ?

— Oui, je dois l'admettre…

— Vous voulez connaître les miens ?

— Non, merci.

— Ah…

Je reste perplexe, mais avant de pouvoir monter au créneau, il ajoute :

— En revanche, j'aimerais bien connaître les cinq plus beaux moments de votre vie.

— Sérieusement ?

— Oui.

— Ouh là… On ne m'a jamais demandé ça… Je n'y ai même jamais réfléchi !

Pourquoi veut-il savoir une telle chose ? Est-ce parce qu'il désire tout connaître de moi ? Peu probable. Ça reste un homme. Cherche-t-il seulement à passer le temps ? Possible. C'est peut-être le genre de questions qu'il sort chaque fois qu'il rencontre quelqu'un. Un jour, je suis tombée sur un type qui connaissait la chanson du tableau périodique par cœur et qui ne pouvait s'empêcher de la chanter à tous ceux qu'il croisait. Le pire dans tout ça, c'est que je me suis fait avoir. Je l'entendais chanter sans cesse. C'est incroyable comme les paroles me traversent l'esprit encore aujourd'hui, et ce n'est pas toujours évident de m'en défaire. Il y a de fortes chances que la question de Dean soit du même acabit. Mais je décide tout de même d'y réfléchir.

— Je sais ce que je suis censée répondre.

— C'est-à-dire ?

— L'obtention de mon diplôme, mon premier emploi, mon bain de minuit dans le lac de Garde…

— Un bain de minuit dans le lac de Garde ? s'exclame Dean.

— Une fois, j'admets en rougissant. Je sais que c'est le genre de choses que je suis censée dire, mais la mémoire ne fonctionne pas comme ça, du moins chez moi.

— Comment fonctionne-t-elle, chez vous, alors ?

— Les bons souvenirs sont très imprécis. Ils sont très vieux.

Je n'aime pas la façon dont j'ai formulé les choses ; ça ne sonne pas assez vrai. J'essaie donc d'être plus claire.

— J'ai vécu plein de bons moments, ne vous inquiétez pas. C'est juste compliqué d'être spécifique. Il me reste des impressions et des sensations de certaines périodes, mais pas de jours précis. Mes meilleurs souvenirs remontent à l'enfance, en général. J'ai eu une enfance dorée.

— Ah oui ?

— Oui.

— C'est plutôt rare, ça…

Je me mets à rire. Il ne peut pas être sérieux deux minutes ? Tout le monde a droit à une enfance dorée, n'est-ce pas ? C'est quand on vieillit que ça se corse.

— J'ai l'impression qu'il ne pleuvait jamais, quand j'étais jeune. Je revois mon enfance comme une suite ininterrompue de pique-niques dans le parc municipal ou parfois même dans les champs.

Je ferme les yeux et m'enfonce dans mon siège.

— Je me souviens encore très bien de ce que je ressentais. Le plaid qui nous grattait les jambes mais qui nous réchauffait, les abeilles qui venaient nous bourdonner aux oreilles, et le goût des salades de tomates. Le jus qui coulait sur mon menton, et la chair qui glissait dans ma gorge. Je me souviens des châteaux qu'on visitait et des sprints que je piquais pour atteindre les ruines avant mon frère et ma sœur. Je sens encore cette odeur de terre et d'herbe fraîche.

Un nouveau souvenir surgit, et je poursuis dans mon ravissement.

— Je me revois ramasser des framboises avec ma famille. Nous quittions Wimbledon pour une ferme quelconque du Surrey et remplissions des barquettes à n'en plus finir, au point que celles du dessous étaient toutes écrabouillées lorsqu'on voulait les manger, mais on en faisait de la confiture. Je me souviens de leur magnifique couleur rubis et améthyste et du tablier en vichy jaune de ma mère. Je devais être très jeune, à l'époque où elle le portait, car je me souviens avoir eu besoin d'un câlin, un jour – bien que je ne me rappelle pas pourquoi ; j'avais dû tomber ou me disputer avec mes frère et sœur –, et j'ai plongé ma tête dans son tablier, mes bras n'allant pas plus haut que son nombril. Je me souviens m'être discrètement mouchée dessus, d'ailleurs.

Je ricane et ouvre les yeux afin de m'assurer que Dean ne s'est pas endormi. Il me fixe d'un air avide, buvant littéralement mes paroles. J'hésite entre me sentir flattée et essuyer la tache que je dois avoir sur le visage… Les gens ne s'intéressent jamais autant aux autres.

— Et vous ? je demande. Vos souvenirs d'enfance les plus heureux ?

Dean détache aussitôt son regard du mien. Soudain, il a l'air épuisé, livide. Ses yeux sont d'immenses pièces mais je sens que les portes en sont fermées. Un jour, j'ai visité un refuge pour animaux, avec une amie. Tous ces chiens avaient cet air distant et solitaire, même s'ils partageaient leur cage, même s'ils venaient vous lécher la main. Dean a la même expression, à cet instant précis.

— Vous y avez déjà réfléchi ? je retente.

— Oh que oui.

— Et ?

— Je n'ai aucun souvenir d'enfance heureux, lâche-t-il.

— Aucun ?

Je n'arrive pas à le croire. Comment est-ce possible ? Il doit exagérer.

— Il y en a forcément un...

— Non, je vous assure.

21

Clara

Clara avait fait ses valises avec calme et méthode (ça, c'était la partie la plus simple. Elle avait toujours été du genre organisée), puis elle avait loué une chambre dans un magnifique spa rustique, à la périphérie de la ville, celui dans lequel elle se rendait deux fois par an depuis huit ans. En temps normal, elle y passait exactement quatre jours et trois nuits, juste après Noël et avant les vacances d'été. Durant ce séjour, elle suivait à la lettre un régime strict, se faisait masser une fois par jour, nageait tous les matins, marchait avant le déjeuner et suivait un cours de yoga, le soir. Entre toutes ces activités, elle prenait le temps de lire et de se faire vernir les ongles. Cette fois, elle avait réservé pour une semaine. Elle avait informé la réceptionniste qu'elle ne suivrait aucun des régimes proposés et n'aurait pas besoin de manucure. En dehors de ça, son programme était pour le moins nébuleux.

Assise sur le lit, Clara se demanda si elle aurait l'énergie de se joindre à la promenade organisée dans le magnifique parc, avant le déjeuner. Un bon bol d'air frais ne pourrait lui faire que du bien, mais elle était comme paralysée. Son corps semblait soudain fait de plomb. Qu'avait-elle fait ? Elle avait quitté Tim. Après toutes ces années. Ce n'était plus l'épouse de qui que ce soit. Enfin, elle le demeurait, officiellement, mais les gens ne la verraient plus ainsi, étant donné qu'elle était séparée de son mari. Cela dit, les gens avaient des œillères ; cela faisait des années que Clara n'était l'épouse de personne. Elle était restée assise sur son lit, raide comme un bâton, toute la matinée. Elle voulut s'allonger pour soulager son dos, mais lorsqu'elle jeta un coup d'œil au réveil (l'un de ces immondes appareils électriques aux chiffres rouges criards), il était 11 h 35. Après onze heures, il était trop tard pour parler de grasse matinée et trop tôt pour parler de sieste. Les siestes, c'était bon pour l'après-midi, et seulement en vacances. Et puis, elle avait peur de ne jamais pouvoir se relever si elle s'allongeait. Elle avait toujours fait en sorte de rester forte et d'agir selon les convenances… jusqu'à ce qu'elle quitte son mari, bien sûr. Elle n'était pas certaine de pouvoir faire preuve de cette force une seconde de plus.

Qu'allait-elle faire, maintenant ? L'argent ne posait pas de problème ; elle était certaine que Tim se conduirait en parfait gentleman – il ne voulait pas d'histoires. Mais comment occuperait-elle ses journées ? Évidemment, elle était bien trop vieille pour entamer une carrière. De toute façon, vers quoi se serait-elle dirigée ? Elle n'avait ni diplôme ni expérience. Clara n'avait jamais eu de carrière ; elle avait à peine eu un travail. Elle avait arrêté l'école à dix-huit ans avec trois A-levels en poche ; même si son père soutenait que l'économie domestique ne comptait pas, elle n'était pas d'accord. L'idée incongrue qu'elle ait pu ne pas être d'accord avec un homme, en particulier son père, lui tira un sourire. Il fallait chercher loin l'époque où Clara avait été du genre rebelle. Une rebelle discrète, certes, mais enflammée. Elle avait démarré des études dans la restauration, nourrissant à l'époque le rêve de monter sa propre entreprise de traiteur, mais l'expérience avait tourné court. Elle avait rencontré Tim ce Noël-là, et il lui avait fait tout arrêter.

L'entreprise pour laquelle elle travaillait était en charge du buffet de Noël de la banque qui employait Tim. La plupart de ses collègues avaient traité les serveuses comme de vulgaires plantes, ne prenant la peine ni de les regarder ni de les remercier. Tim était sorti du lot. Il avait flirté avec Clara toute la soirée, ne la lâchant pratiquement pas d'une semelle de tout le service. À la fin de la soirée, elle lui avait donné son numéro. Au bout d'à peine un an d'une relation passionnelle, ils s'étaient mariés, et deux mois plus tard, Clara était enceinte. Ils avaient convenu qu'il était inutile qu'elle travaille ; le salaire de Tim, qui débutait pourtant à la City, pouvait largement leur suffire.

Sa mère lui avait demandé : « Pourquoi êtes-vous si pressés ? » Clara ne se rappelait plus très bien, mais elle avait été comme emportée par un sentiment d'urgence, à l'époque. Peut-être en avait-elle eu assez d'avoir constamment son père sur le dos. Les pères étaient comme ça, dans le temps, et c'était épuisant. Ou peut-être avait-ce simplement été l'obstination de Tim qui l'avait flattée. Il lui avait fallu plusieurs années pour saisir ce qui l'avait poussé à agir ainsi : il s'était dit qu'elle pourrait être au mieux son remède, au pire sa couverture. Ni elle ni lui n'avaient compris ce qu'il était ; il avait fallu l'apparition d'Eddie Taylor pour rendre les choses claires.

Eddie Taylor. Elle le soulageait, et lui, il l'embrasait. Même aujourd'hui, malgré son âge, son simple nom causait une décharge d'excitation dans tout son corps. C'était pitoyable et impitoyable à la fois. Après la naissance des filles, la vie sexuelle de Clara et Tim s'était détériorée. En vérité, Clara avait été ravie que Tim ne l'ennuie pas avec ça. Elle avait tellement d'amies qui devaient à la fois gérer les crises de leurs tout-petits *et* de leurs maris qui se sentaient exclus. Elle avait de la chance d'avoir un époux pareil... Mais les semaines s'étaient transformées en mois, puis les mois en années.

Elle n'avait pas trente ans que son mari ne la touchait plus. Ça avait été une période difficile, pour Clara. Elle n'avait jamais confié à qui que ce soit leur situation. Tim assurait tellement bien son rôle, en dehors de ça : c'était un père attentif qui subvenait au moindre besoin de sa famille. Elle n'avait pas compris. Il semblait apprécier passer du temps avec elle et les enfants, discuter, jouer, rire avec eux, être avec elle, tout simplement. Sauf lorsqu'il s'agissait de devenir plus intimes. Elle avait trop honte pour en parler à quiconque. Les gens ne se confiaient pas autant qu'aujourd'hui, à l'époque.

L'une de ses amies, ayant remarqué son profond malaise, lui avait suggéré de remettre sa dactylographie à niveau, d'apprendre même la sténographie, et de se trouver un emploi.

C'était la fin des années soixante-dix ; les femmes portaient des jupes courtes et les cheveux longs. Travailler, c'était une expérience amusante et tendance. Ils n'avaient pas particulièrement besoin d'argent – tout le monde était d'accord –, mais elle avait assurément besoin de compagnie. Tim l'avait soutenue, comme toujours. Il l'avait aidée à se choisir une nouvelle garde-robe : pantalons pattes d'éléphant, tailles basses, petits hauts qui se nouaient juste sous la poitrine. Tous les deux étaient persuadés que c'était la tenue parfaite, pour une secrétaire de la BBC.

Elle avait rencontré Eddie Taylor durant les trente premières minutes de son arrivée à la BBC, et elle avait immédiatement compris qu'elle était fichue. En un regard, il l'avait mise à nue, lui avait fait oublier toutes les convenances et avait fait ressortir son côté sauvage. Elle n'avait jamais rien vécu de similaire avant, ni depuis. Son regard avait provoqué en elle un feu d'artifice d'émotions contradictoires. De sublimes éclats de béatitude étaient venus balayer le décorum auquel elle s'était toujours tenue. L'idée de perdre toute décence la troublait au plus profond d'elle-même. Son corps la trahissait. Elle tremblait. D'anticipation ou de peur, elle l'ignorait.

Son regard était insoutenable. C'était une véritable arme de destruction massive : toutes les femmes qui le croisaient demeuraient sans défense. C'était un regard bleu ciel, brillant de promesses, d'irresponsabilité et de désir. Aucune femme ne pouvait y rester insensible ; cet homme était tout simplement sublime. Avec son air ténébreux, on aurait dit le héros d'un roman gothique. Il était fort et brutal, grossier et rustre. Dangereusement attirant, que ce soit pour lui ou pour les autres. Il était musclé, taillé comme un athlète.

Clara n'avait pas tout de suite saisi pourquoi son corps se raidissait lorsqu'il pénétrait dans une pièce, et pourquoi elle semblait faiblir lorsqu'il en sortait. Elle n'avait jamais connu l'attirance sexuelle, jusqu'ici. Elle ignorait le bien-être qu'on pouvait en tirer. Elle ignorait ce que cela ferait d'être au centre des attentions de cet homme, puis d'en être privée.

Il lui avait fallu trois mois avant de céder. Eddie lui avait dit qu'aucune femme n'avait tenu aussi longtemps. Une fois qu'ils avaient couché ensemble, elle avait décidé de ne plus jamais résister à quoi que ce soit. Il se fondait à sa peau, il la consumait. Elle était à sa merci.

Mais il n'en avait aucune.

Clara balaya ce souvenir cuisant d'un soupir et jeta un nouveau coup d'œil au réveil. 11 h 39. Les minutes semblaient durer des heures. Elle fixa les chiffres criards un temps incommensurable, jusqu'à ce qu'ils affichent 11 h 40. Elle poussa alors un long soupir et rassembla jusqu'à sa dernière once d'énergie pour se hisser sur ses pieds. Elle gagna la fenêtre et jeta un œil dehors : une petite poignée de clients rejoignait le point de rendez-vous. Ils avaient pris des bâtons de marche et des bouteilles d'eau, mais Clara savait que ce genre d'accessoires étaient inutiles.

Il ne s'agissait pas d'une randonnée, mais d'une simple promenade d'une heure censée mettre en appétit. Elle enviait toutefois ces marcheurs. Elle avait pris ses chaussures de marche, mais où trouver l'énergie de les enfiler et de rejoindre les autres ?

Elle avait envie de pleurer. La fenêtre était étonnamment sale, et la couche de crasse semblait créer une barrière entre Clara et les autres. Elle avait l'impression de sombrer. Elle était incapable de se concentrer sur quoi que ce soit. C'était sûrement l'après-coup. Elle ferait mieux de manger quelque chose, d'appeler le room service. Mais elle ne se souvenait plus comment on faisait. Elle ne savait pas quels mots utiliser.

Clara regrettait d'être venue ici, désormais. Elle s'était imaginé que se retrouver en territoire familier lui ferait du bien, mais c'était tout le contraire. La moindre mosaïque, la moindre plante tropicale et la moindre lotion la ramenaient à son ancienne vie, vie dont elle tentait désespérément de se défaire. Elle était hantée par les souvenirs heureux.

Ce séjour n'avait rien d'agréable, finalement. Qu'allait-elle faire de ses heures, de ses jours, de ses semaines, de ses mois, de ses années… ? Qu'avait-elle fait ? Avec qui irait-elle chiner ? Avec qui partirait-elle en vacances ? Avec qui vieillirait-elle ? Elle était tellement seule…Mais alors, elle se souvint de la lettre, et de celui qui était seul, lui aussi.

22

Dean

Dean devait admettre qu'il était content d'être tombé sur cette féministe romantique et sans emploi prête à lui confier sa vie chaotique, même si elle n'était pas parvenue à lui faire oublier Eddie Taylor. Non, il avait plutôt eu l'impression de passer une longue soirée dans un bar crasseux mais quelque part agréable. Comme tous ceux qui se rencontraient dans ce genre d'endroits, ils pouvaient librement se confier et provoquer des souvenirs qu'ils préféraient habituellement laisser dans l'ombre. Ils pouvaient se comporter ainsi parce qu'ils savaient que lorsque l'avion toucherait terre et que les portes s'ouvriraient dans une explosion d'air frais, ils partiraient chacun de leur côté et ne se reverraient plus jamais.

Il n'avait aucun bon souvenir d'enfance à partager avec elle, mais il lui parla de son désir féroce d'obtenir le contrat des confiseries. D'après elle, il avait de fortes chances de gagner.

— Vous pensez ?

— Oui.

— L'idée vous plaît, donc ?

C'était censé rester confidentiel, mais Dean avait fait une rare entorse à la règle et lui avait rapidement parlé du concept. Il savait qu'il faisait preuve de prétention, mais il préférait ne pas réfléchir à la raison pour laquelle il agissait ainsi.

— Oui, mais au-delà de ça, le type du marketing ne voudra pas prendre le risque que vous ébruitiez votre petite virée…

— Et il voudra sûrement y retourner.

— Exactement ! C'est dans la poche, je vous dis.

Il osa lui demander ce qu'elle pensait des hommes qui portaient des chemises roses. Il en possédait une violette mais ne s'était pas encore risqué à plus coloré. D'après elle, devait-il franchir le pas ?

— Oh, carrément.

Il lui parla de son entourage. L'un de ses amis avait une liaison avec sa belle-sœur, et il en avait assez de lui servir de couverture.

— Mais qu'est-ce que je peux faire ? Je ne vais pas le balancer...

— Non, évidemment, mais vous pouvez lui dire que vous refusez de mentir plus longtemps pour lui.

Jo, quant à elle, raconta ses trois dernières expériences en tant que demoiselle d'honneur, avec tous les drames inhérents à ce genre de situation : robes horribles, mariées insupportables et garçons d'honneur imbuvables.

Elle parlait avec humour et grâce, même s'ils savaient tous les deux que ces épisodes ne s'étaient prêtés ni à l'un ni à l'autre. Dean ne put s'empêcher de se demander si elle ne voulait pas se marier tout simplement pour imposer à ses amies de porter d'immenses robes couleur pistache. Elle lui demanda son avis sur ce qu'elle pourrait offrir à ses parents pour leur anniversaire de mariage.

— C'est toujours compliqué de leur trouver quelque chose. Ils ont tout.

Ils parcoururent alors le catalogue mis à disposition des passagers. Jo aimait l'idée d'offrir un foulard en soie à sa mère et des boutons de manchette Dunhill à son père.

— Mais vous avez vu les prix ?! s'exclama-t-elle.

— N'achetez pas ça, rétorqua Dean, même si le regard ébahi de Jo laissait clairement entendre que c'étaient précisément ces articles luxueux qui la tentaient.

— Vous croyez ?

— Il y a plus original, comme cadeau... Je suis sûr que votre mère a déjà une tonne de foulards et que votre père croule sous les boutons de manchette. Ça, c'est original, commenta-t-il en désignant une autre page.

Jo devait avouer qu'ils ne possédaient pas d'ourson déguisé en pilote, mais même si elle doutait fortement que cela leur plaise, Dean voulut à tout prix le lui acheter afin qu'elle leur offre. Elle accepta la peluche en gloussant.

— Merci. On dirait bien que vous avez compris que je ne nageais pas dans le luxe, en ce moment, souffla-t-elle avec un sourire timide.

Ce vol forgeait une intimité qui comptait d'autant plus pour Dean qu'elle était précaire. Cette femme ne faisait pas partie de sa vie ; c'est sûrement pour cela qu'il s'entendit soudain déclarer :

— Hier, j'ai décidé de quitter l'hôpital où mon père est en train de mourir. Il a un cancer du pancréas qui s'est propagé dans tout son corps.

Comme il s'y était attendu, Jo resta bouche bée.

— Oh mon Dieu…, murmura-t-elle.

Ils avaient tous les deux conscience que la mort était autre chose qu'un mariage, ou qu'un sabotage de mariage, pour être exact.

— Je suis vraiment navrée, ajouta-t-elle, visiblement sincère.

— Vous n'avez pas à l'être. J'aurais pu rester à ses côtés jusqu'au bout, mais je n'en ai pas eu envie.

Comprenait-elle qu'il était en train de lui signifier que sa vie aussi était un vrai champ de mines ? Que son cerveau bouillonnait sous les « Et si ? » ? Elle lui avait rétorqué qu'il n'avait sûrement jamais fait d'erreur dans sa vie. Comme tous ceux qui croisaient son chemin, elle s'était persuadée qu'il était parfait.

En temps normal, il était ravi que les gens se laissent prendre au piège par son apparence savamment travaillée, en particulier les femmes, mais pour une raison qu'il ignorait, il ne voulait pas que ce soit le cas de Jo. C'était sûrement parce qu'elle n'avait pas cherché à lui cacher quoi que ce soit. Le jeu ne lui paraissait pas équilibré.

— Notre relation est…

Il se tut aussitôt. Maintenant qu'il avait ouvert la boîte de Pandore, il hésitait quant à ce qu'il voulait vraiment révéler de ces derniers jours. Comment pouvait-il finir sa phrase ? « Notre relation est inexistante » était certes exact mais peut-être trop brutal. Tout ce qu'il trouva, même si ce n'était qu'un doux euphémisme, fut :

— Elle est... compliquée.

— J'imagine que vous n'aviez pas le choix de rentrer à Chicago. Vous ne pouviez pas rester en Angleterre indéfiniment. À attendre...

Évidemment qu'elle pensait cela. Elle était tellement... innocente.

— Il lui reste longtemps à vivre ?

Sa voix était un nuage d'inquiétude.

— Quelques jours.

— Mon Dieu, mais qu'aviez-vous en tête ?

Le nuage commençait à noircir.

Dean ignorait s'il devait s'amuser ou se froisser. Au moins, elle n'était pas hypocrite ; elle semblait sincèrement scandalisée qu'il n'ait pas trouvé un peu de temps pour accompagner son père jusqu'à la fin. Il secoua légèrement la tête et répondit avec la même honnêteté.

— Rien, en vérité.

Il n'avait pas songé à l'homme qui s'apprêtait à mourir. Il avait quitté l'hôpital, furieux, ne pensant qu'à sa propre douleur, sa propre honte, sa propre colère et sa propre déception. C'était d'ailleurs toujours le cas. Pourquoi aurait-il dû penser à son père ? Son père n'avait jamais pensé à lui. Il plongea les yeux dans ceux de Jo ; il pouvait lire en elle, et il avait envie que cette inconnue si loufoque puisse lire en lui. Il se rendit soudain compte que leurs visages se rapprochaient tout doucement. C'était comme s'ils étaient dans un cocon. Seuls.

— Au moins, vous avez pu lui dire au revoir, souffla Jo. Ça a dû vous soulager.

Dean secoua la tête, comme s'il cherchait à se débarrasser d'un insecte gênant. Il n'allait pas lui mentir, même si ce serait beaucoup plus simple de coller à sa version édulcorée. Ça ne lui coûterait rien de la laisser croire que la situation n'était pas si noire, mais il ne voulait pas qu'elle se fasse de fausses idées.

— Nous ne nous sommes pas dit au revoir. Nous nous sommes disputés.

— Oh, je suis désolée…

— Bah…, marmonna-t-il.

— Mais il *sait* ce que vous pensez de lui. Toutes ces années passées ensemble ont forcément façonné une certaine confiance, entre vous. Ce n'est pas une dispute qui va tout changer, à moins que vous décidiez d'en rester là…

Finalement, discuter avec Jo, c'était un peu comme s'occuper d'un animal malade. À quel moment décider de mettre fin à ses souffrances ?

— Nous n'avons pas passé d'années ensemble. J'ai passé moins de vingt-quatre heures à ses côtés après vingt-neuf années de silence. Nous n'avons jamais rien partagé, et je n'ai rien de gentil à lui dire. Ce type est un salaud. Il a décidé de mener sa vie *tout seul*, et maintenant, il peut crever *tout seul*.

— Oh…

— S'il sait ce que je pense de lui, tant mieux. Mais qu'il ne se méprenne pas : ce n'est que de la haine.

— Je doute que vous détestiez vraiment votre père. Ce n'est pas possible. Les gens se disputent constamment, mais détester quelqu'un, c'est tellement… extrême.

— Si, je le déteste.

Dean avait l'impression d'être un gosse, mais il n'y avait pas d'autre mot pour décrire ce qu'il ressentait. Il savait qu'il l'avait déçue. Ça se voyait à son visage. Cette femme qui croyait aux contes de fées ne voulait pas voir la vie ainsi.

Ils gardèrent le silence un moment. Il pouvait presque entendre son cerveau bouillonner, à la recherche d'une platitude quelconque ou d'une remarque positive, du genre de celles qu'on trouvait affichées dans les toilettes des gens : « Souris et le monde te sourira. » Des conneries, tout ça…

Mais il se trompait.

— Vous devez être épuisé, finit-elle par dire.

Il se sentit aussitôt soulagé par ces mots, et la tension qui lui nouait la nuque descendit tout doucement avant de disparaître, du moins temporairement. Il avait soudain envie de dormir, comme si le fait qu'elle l'ait formulé l'ait autorisé à enfin le ressentir. Elle se pencha alors vers lui et lui tapota le bras.

Ses doigts s'y attardèrent légèrement, mais il ne s'en sentit pas gêné ; c'était un geste compatissant. Sous sa manche, sa peau brûlait, et il n'avait qu'une seule envie : arracher sa chemise pour sentir ses doigts sur sa peau. Il commençait à franchement l'apprécier... Il se sentait même prêt à lui pardonner de vouloir ruiner le mariage de son ex lorsqu'elle brisa soudain le charme en ajoutant :

— Ça aurait sûrement été plus malin de rester en Angleterre. À peine rentré, vous devrez repartir pour l'enterrement, si les choses se passent aussi vite que prévu.

L'agacement vint aussitôt piétiner sa fatigue. N'avait-elle donc rien compris ?

— Je n'irai pas à son enterrement.

— Mais qui va l'organiser ?

— Je m'en fiche. Il a écrit son testament, il me l'a dit. Tout est sûrement déjà réglé.

— Mais qui choisira la musique, et les prières ?

Dean la dévisagea comme si elle était folle.

— Il n'y en aura peut-être pas.

— Il doit forcément y en avoir !

Dean n'était pas de cet avis, et il se surprit de nouveau à vouloir la protéger de la cruelle vérité, même si elle lui tapait sur le système. Il ne parvenait pas à comprendre comment il pouvait ressentir des choses aussi contradictoires.

— J'imagine que les pompes funèbres ont l'habitude de s'occuper de ce genre de choses, quand il n'y a pas de famille.

— Mais il y *a* de la famille, insista-t-elle.

— Oui, mais je ne vois pas qui que ce soit sélectionner des prières pour lui, et personnellement, j'ignore tout de ses goûts musicaux, si ça peut vous donner une idée de la situation... Il n'a pas mené une vie saine, Jo. Ce n'est pas un type bien, conclut-il afin de mettre un terme à la conversation... en vain.

— Peut-être pas entièrement.

— Faux.

— Personne n'est entièrement mauvais.

— Je ne suis pas d'accord. Prenez Hitler, Staline, Pol Pot, par exemple.

— Mais votre père n'est pas responsable d'un génocide !

— Non, mais c'est une arme de destruction massive. Tout ce qu'il touche se transforme en merde.

— Pas tout. Il vous a créé, vous, et vous êtes adorable.

Dean ravala son envie d'éclater de rire. Ils ne se connaissaient que depuis quelques heures à peine et elle lui disait « Vous êtes adorable. » Qui disait ce genre de choses, au juste ? Elle se trompait du tout au tout. Ce n'était pas quelqu'un d'adorable ; il passait le plus clair de son temps à réfréner sa colère. Il poussa un soupir à la fois las et perplexe. Il révélait rarement ses pensées ; il avait appris l'importance de ne rien dévoiler, enfant. Pourquoi tenait-il tant à se confier à cette inconnue, alors ? Il voulait mettre un terme définitif à cette discussion.

— Écoutez, Jo, vous ne le connaissez pas, d'accord.

Il regrettait tellement d'avoir lancé le sujet... Pourquoi l'avait-il fait, d'ailleurs ? Pour la choquer ? Pour lui faire prendre du recul ? Cela faisait des années que ce type était mort, à ses yeux ; quelle importance qu'il soit véritablement en train de mourir, aujourd'hui ?

En dehors du bourdonnement de la clim totalement inefficace, la cabine était relativement silencieuse. De temps à autre, il entendait un passager boire à la bouteille ou rire devant son film, et les soupirs des passagers qui commençaient à se lasser du voyage étaient réguliers. L'air chaud charriait des odeurs de transpiration. Les effluves âcres plongeaient dans ses narines et allaient s'enfoncer au fond de sa gorge ; il savait que ses vêtements en seraient également imprégnés. Il n'avait qu'une seule envie : rentrer chez lui, chasser ces derniers jours sous une bonne douche et enfiler quelque chose de propre. Il fallait à tout prix qu'il redevienne le Dean de Chicago.

Il passerait peut-être à l'agence, dans l'après-midi, même s'il n'avait pas prévu de reprendre le travail aujourd'hui. Il adorait son open space qui surplombait la ville. Quelques années plus tôt, après la tragédie du 11 Septembre, certains s'étaient mis à angoisser de travailler dans un gratte-ciel, mais ça n'avait jamais été le cas de Dean. Il aimait la vue et l'espace de travail ouvert.

En vérité, il n'existait d'autre endroit au monde où il se sentait aussi à l'aise que dans ce bureau juché dans le ciel, même son loft – pourtant tout à fait confortable.

Là-haut, Dean était grand et fort. Lorsqu'il s'asseyait derrière son énorme bureau de verre, il se sentait serein. Il avait l'impression d'être quelqu'un. S'asseoir au chevet de son père avait rogné cette confiance. Son pays d'origine lui faisait souvent cet effet-là. Il était difficile de se rappeler qui il était devenu lorsque tout, autour, lui rappelait ce qu'il était autrefois.

Son père pouvait bien aller se faire foutre. Déjà qu'il bouillonnait à l'idée que cet égoïste n'ait décidé de le contacter qu'une fois sur son lit de mort, apprendre que ce n'était même pas le cas rendait la situation encore plus pénible. Il se sentait humilié de s'être empressé de venir alors qu'on ne l'avait pas appelé. Et désormais, son père allait mourir.

C'était du Eddie Taylor tout craché : le roi de la cavale, encore et toujours. La haine tambourinait dans sa poitrine et dans sa tête. La pétasse pour qui il les avait abandonnés pouvait bien aller se faire foutre, elle aussi ! Il avait envie de taper quelque chose ou quelqu'un – ou tout et tout le monde – mais il se contenta de bouillir intérieurement. Inutile d'attirer l'attention sur lui.

Son regard se posa sur Jo. Elle s'était endormie. Au repos, son visage n'exprimait plus aucun désir d'impressionner ni de s'excuser (deux expressions avec lesquelles elle semblait constamment jongler). Elle ne paraissait ni jeune ni vieille, ni forte ni vulnérable. C'était simplement un être humain qui dormait, sa poitrine se soulevant à chaque inspiration. Elle gobait les mouches à la vue de tout le monde, mais Dean savait qu'elle s'en fichait, et cela le fit sourire.

Ils avaient parlé encore quelques heures après ses révélations au sujet de son père. De tout et de rien. Elle avait voulu savoir ce qu'il faisait dans la vie et ce qui l'avait poussé à se lancer dans la publicité, où il vivait, combien d'enfants sa sœur avait. Il avait été soulagé qu'elle ne l'interroge pas davantage au sujet de son père ; elle avait compris que le terrain était dangereux.

Il lui avait recommandé quelques hôtels pour son séjour. Il ne parvenait pas à croire qu'elle était partie si loin sans même avoir songé une seule seconde à ce genre de détails. Ne sachant pas vraiment quel était son budget, il lui avait noté le nom d'un établissement avec lequel son entreprise travaillait en lui conseillant de se faire passer pour l'une de ses employés, étant donné que l'hôtel ne vérifiait jamais. Il lui avait également suggéré d'aller jeter un œil à la Buckingham Foutain, au Millennium Park et éventuellement d'aller faire un tour de bateau. Elle avait murmuré qu'elle n'aurait sûrement pas le temps de faire du tourisme mais l'avait toutefois remercié.

Au final, cette femme extrêmement sociable lui avait permis de se changer les idées. Elle était clairement différente de celles qu'il avait l'habitude de rencontrer. Sa façon de dire si librement les choses proscrivait tout artifice. Bon, elle était de toute évidence complètement cinglée, mais au moins, elle ne faisait pas semblant.

Cela dit, il ne pouvait pas en vouloir aux femmes d'être méfiantes ; les hommes pouvaient être de vrais salauds. Lui-même en était un beau. Évidemment, les femmes s'embêtaient rarement à révéler ce qu'elles ressentaient, mais il était agréable d'écouter quelqu'un vous confier la stricte vérité, de temps en temps, même si cette vérité était grotesque et répréhensible. La naïveté – l'optimisme ? – de Jo l'intriguait. Le déconcertait, même, car de ce qu'il en avait appris, la vie de cette femme était sacrément compliquée, et pourtant, elle semblait sincèrement croire que les choses finiraient par s'arranger.

Dean observa la cabine, à la recherche d'une distraction. Ils atterriraient dans quarante minutes. Il serait quinze heures à Chicago ; le beau temps leur permettrait même d'arriver en avance. Il prendrait un taxi jusqu'à son appartement, puis il irait sûrement au bureau, où il passerait le reste de l'après-midi à trier ses e-mails et voir ce que le département artistique avait fait durant son absence. Il appellerait peut-être deux ou trois amis histoire de passer la soirée en ville. Un restau, un ciné, n'importe quoi. Depuis combien de temps n'avait-il pas dormi ? Inutile d'essayer de se reposer maintenant.

De toute façon, il doutait de pouvoir fermer les yeux. Il se sentait à la fois nerveux et à plat. Le vol s'était plutôt bien passé, avec seulement un ou deux points de turbulence. Lorsque l'avion s'était mis à trembler, les gens avaient levé les yeux de leur journal tout en évitant le regard des autres. Ils ne voulaient pas montrer qu'ils étaient terrorisés. Malgré les efforts déployés pour prouver que nous sommes plus que des bêtes, au final, nous sommes tous hantés par la peur.

Dean réalisa que les hôtesses passaient dans les allées pour rassembler les verres et les casques audio. Puis l'icône sommant de boucler sa ceinture s'alluma, et comme si elle avait intimé le contraire, tous les passagers se mirent à s'agiter.

Les hommes d'affaires s'empressèrent de remettre leurs chaussures et de ranger leur ordinateur, leur *Time* et leurs sudokus. Les autres se précipitèrent aux toilettes, et la voix du commandant de bord surgit des haut-parleurs, signalant qu'ils atterriraient dans vingt minutes, que la température à Chicago frôlait les trente degrés et qu'il remerciait les passagers d'avoir opté pour sa compagnie parmi le large choix dont ils bénéficiaient. Dean se pencha vers Jo et la secoua doucement.

— On va atterrir, il faut que vous releviez votre siège.

Elle se redressa brusquement, l'air perdu. Dean se demanda si l'énormité de ce qu'elle s'apprêtait à faire lui était enfin apparue. Mais il comprit que non lorsqu'elle lança :

— Oh là là, la tête que je dois avoir ! Je n'ai pas ronflé, dites ?

— Non.

En vérité, si, mais assez discrètement, et il n'était pas nécessaire qu'elle le sache ; elle avait suffisamment de raisons d'inquiétude comme ça.

— Ah, tant mieux ! Vous vous êtes reposé ?

— Non.

— Vous pensez que j'ai le temps d'aller me rafraîchir aux toilettes ? demanda-t-elle en jetant un regard nerveux à l'icône allumée. Je dois avoir une mine affreuse.

— Je ne pense pas ; il y a la queue, déjà. Et les hôtesses demandent aux gens d'aller se rasseoir. Mais ne vous inquiétez pas, vous avez bien meilleure mine que lorsque vous avez embarqué.

— Oh, merci…

— Vous avez repris des couleurs.

Sans réfléchir, il se pencha de nouveau vers elle et nettoya le coin de son œil encore tout ensommeillé.

— Merci.

Elle le surprit en venant frotter sa joue à son tour, beaucoup moins délicatement.

— Vous avez la marque du coussin, expliqua-t-elle.

Il la fixa, perplexe, mais pas le moins du monde vexé. Elle l'imita, comme deux gosses qui jouent à celui qui tiendra le plus longtemps, jeu qu'elle perdit lorsqu'elle détourna les yeux, le rouge aux joues.

Ils contemplèrent en silence les nuages cotonneux que l'avion traversait, et soudain, Dean aperçut Chicago et ses tours impressionnantes. Découverte pour Jo, soulagement pour lui. Le tarmac grisâtre pointait vers eux ; les trains d'atterrissage vinrent y rebondir une fois, puis deux. À la troisième, ils étaient posés.

Dean entendit les passagers de la classe éco laisser éclater leur joie. Une petite poignée de la classe affaires applaudirent également, Jo y compris, même si féliciter le pilote était une tradition américaine. Dean n'étant pas du genre nerveux en avion, il ne s'était pas rendu compte qu'il s'était agrippé à son siège. Il ne le vit que lorsque Jo vint glisser ses doigts entre les siens avant de les presser tout doucement.

— Ça va aller, dit-elle par-dessus le vent et les moteurs qui hurlaient.

— C'est ce que vous pensez, marmonna-t-il, mais elle hocha énergiquement la tête, comme s'il lui avait posé une question.

C'était étrange. Lorsqu'elle était apparue, il aurait pu parier que c'était lui qui la rassurerait durant l'atterrissage, et non le contraire. Cette femme était un cocktail étonnant : positive et forte, mais perdue et naïve. Avait-elle compris ce qui le rendait dans cet état ? Le pouvait-elle, avec l'enfance dorée dont elle avait bénéficiée ? C'était comme si elle savait qu'il avait besoin d'être rassuré ; qu'en lui prenant la main, elle lui disait ce qu'il avait besoin d'entendre – que les choses reprendraient leur cours normal, qu'il pourrait tourner la page. Il devait rester fort.

Après avoir volé à une telle vitesse pendant si longtemps, c'était frustrant de voir l'avion rouler au pas. Dean vit les agents préparer l'escalier mobile, et avec une précision qui le surprenait encore malgré ses nombreuses heures de vol, l'appareil s'y emboîta comme s'il y était aimanté.

Les moteurs se turent. L'icône s'éteignit. Les passagers bondirent sur leurs pieds comme si l'on venait de lancer le départ d'un cent mètres, mais Dean et Jo restèrent assis, les doigts toujours entrelacés. Elle lui sourit, et il lui sourit à son tour.

— Vu que j'habite ici, je risque de prendre moins de temps à la douane que vous. Nous ne nous reverrons sûrement pas de l'autre côté…

— D'accord.

— Nous ferions mieux de nous dire au revoir maintenant, alors.

Il ignorait pourquoi il avait dit ça. Que comptait-il faire ? Lui serrer la main ? Lui faire entendre raison ? La prendre dans ses bras ?

— J'ai passé un excellent moment avec vous, Dean Taylor.

— Le plaisir est partagé, Jo Russell.

Il se rendit alors compte qu'il était sincère. Ce qu'il disait aux femmes ne correspondait pas toujours à ce qu'il pensait, mais sa compagnie lui avait fait beaucoup plus de bien que ce qu'il s'était imaginé. Elle ne l'avait pas simplement diverti, elle l'avait réconforté par son optimisme. Même s'il ne partageait pas ce trait de caractère, il était ravi de savoir qu'il existait autant d'espoir quelque part. Il était même surpris de s'être souvenu de son nom de famille. En général, il appelait les femmes « bébé » ou « poupée » pour ne pas avoir à se souvenir de leur nom. Ils restèrent immobiles encore quelques instants, tandis que les passagers s'affairaient autour d'eux.

— Je vous souhaite bonne chance pour… pour tout.

Dean ne pouvait pas lui souhaiter bonne chance en retour ; ce serait cruel d'encourager une telle entreprise.

— Désolée de vous avoir assommé avec mon livre, puis recouvert de champagne…, souffla-t-elle.

Il observa les taches qui parsemaient son costume avec un haussement d'épaules. Ça lui était complètement sorti de la tête.

— Ne vous en faites pas.

— Et je suis désolée, pour votre père.

— Ne vous en faites pas pour ça non plus.

23

Jo

J'observe Dean qui se fond à la foule des passagers en direction de la queue des résidents, puis je rejoins l'autre file, en effet beaucoup plus longue et beaucoup moins ordonnée. Étant donné que je suis bousculée de toutes parts, je ne peux pas m'attarder sur cet homme triste et beau à mourir aussi longtemps que je l'aurais aimé. Bon, de toute façon, il faut que je me secoue. Il faut que je fasse en sorte que les choses fonctionnent avec Martin. C'est une chance en or. Ma *dernière* chance. Je dois absolument élaborer un plan.

D'abord, il faut que je me trouve un hôtel. Heureusement que Dean m'en a suggéré un car je n'aurais pas su par où commencer. C'est adorable de sa part, vous ne trouvez pas ? Est-ce qu'il est loin ? Je parie que ce sera un charmant petit établissement ; Dean a tout l'air d'aimer ce genre d'endroit. J'espère en tout cas qu'il ne sera pas trop éloigné de la salle de réception.

Ensuite, il me faudra une tenue pour demain. Je n'ai pas pris grand-chose, et j'ai surtout ramassé ce que j'avais sous la main, sans vraiment y réfléchir. Je dispose donc d'un pyjama, de ma trousse de toilette, d'un jean et d'une culotte propre, mais il faudra davantage qu'un jean et une culotte pour faire oublier sa fiancée à Martin… Quoique… Si c'est tout ce que je porte, il y a des chances que je réussisse, non ? Il a toujours eu un faible pour les poitrines généreuses… Une fois mon passeport et mon visa tamponnés, je prends la direction du point de retrait des bagages tout en me dévissant la tête par-dessus la foule. Je me persuade que je me fiche de revoir Dean, mais la vague de déception qui me balaie tandis qu'il demeure introuvable me prouve le contraire. Il a de toute évidence passé la douane avant moi, et vu qu'il n'avait qu'un bagage cabine, il doit être déjà en route.

Je ne le reverrai jamais.

Cette certitude me fait l'effet d'une gifle. Soudain, je me sens mal, fatiguée et perdue. Mon optimisme inébranlable commence à s'effriter. Je me frotte les yeux du plat de la main et tente de me raisonner. Je ne verrai plus jamais Dean, bon. Et alors ? Il n'a fait qu'une brève apparition dans ma vie, c'est tout. Il faudra que je me contente de ces quelques heures passées ensemble, car il y a peu de chances que je le croise par hasard dans une ville aussi immense. Je ne devrais même pas en avoir envie, d'ailleurs. Combien y a-t-il d'habitants ici, déjà ? Dean me l'a dit... Deux millions et demi ? Je confirme : *très* peu de chances...

Soudain, l'idée de me retrouver dans cette ville gigantesque et étrangère est plus intimidante qu'excitante. Je me sens terriblement seule, bien plus qu'à Heathrow, même. Tout allait bien, à Heathrow. De l'autre côté de l'Atlantique, j'avais des magasins et plein d'espoir. Où donc cet espoir est-il passé ? Il n'y a pas que le fait que cet aéroport ne me soit pas familier... Il faut que je l'admette : il me manque.

Dean me manque. C'est ridicule, mais vrai.

J'aurais dû lui demander son numéro de téléphone ou son adresse e-mail. Ça aurait pu être utile, d'avoir un contact ici. Utile et rassurant. Mais pas seulement. Sauf que je ne peux pas me permettre d'analyser, d'admettre ou même d'envisager ce sentiment.

J'aperçois ma valise sur le tapis roulant et la saisis tout en dressant le menton d'un air déterminé, ce qui me fait regagner un soupçon de confiance. Il faut absolument que j'arrête de me faire des films ; j'ai fait ça pendant des années, et vous avez vu le résultat. Il est temps d'être adulte, sérieuse et pragmatique. Il faut que je me concentre sur ce que j'ai à faire : gagner le centre-ville, m'enregistrer à l'hôtel, m'acheter une tenue et songer à Martin. Je dois me forcer à aller de l'avant et faire ce que je me suis promis de faire. Pourtant, je ne parviens pas à imaginer ce qui va suivre. Plus maintenant, plus clairement. Je ne vois plus le visage de Martin aussi nettement.

Je ne vois que Dean. Son sourire hésitant, ses mains hâlées. J'entends encore ses remarques cyniques et amusantes. Il a une drôle de façon de voir la vie. Une façon un peu sauvage, un peu désabusée. Est-ce parce qu'il est en train de perdre son père, ou y a-t-il autre chose ? Que se passe-t-il, au juste, entre lui et son père ? J'aurais aimé avoir le temps de le découvrir, mais il était trop sur la défensive. J'aurais aimé arranger les choses, ne serait-ce qu'un peu. J'entends encore son rire. Son éclat de rire, si rare et si beau. Je sens encore son parfum.

Je traverse le couloir qui mène à la sortie et croise les doigts pour trouver un bus ; mes cent cinquante dollars partiront vite en fumée si je rejoins le centre-ville en taxi. Il faut que j'arrête de penser à Dean. *Martin, Martin, Martin.* Mais je ne cesse d'entendre la voix de Dean, répétant mon nom... Elle s'étire au-dessus des cris de joie, du bruit des chariots et du bourdonnement persistant de tous ces gens qui courent autour de moi.

Jo ! Elle persiste malgré moi. Elle persiste tellement que je commence à me demander si elle est vraiment dans ma tête. Je me tourne en direction de la voix, et je l'aperçois. Mon moral s'illumine. Dean. Il me fait signe depuis les portes vitrées qui donnent sur les taxis.

— Vous voulez qu'on partage la course ? Je peux vous déposer à l'hôtel, crie-t-il.

Je retrouve soudain toute ma force et ma foi, ravalant des larmes de soulagement. Avec lui à mes côtés, je peux tout faire, y compris anéantir un mariage. Je cours vers lui, vers son sourire et ce sentiment qu'il pourra tout arranger. Je lui fais un grand sourire, qu'il me rend. L'air frais me prend d'assaut, ce qui n'est pas désagréable après tout ce temps passé dans l'avion et ces interminables couloirs climatisés. Je me persuade que ce que je ressens n'est que du soulagement et de l'amitié ; rien à voir avec de l'amour.

— Je pensais que vous seriez déjà parti.

— Je me suis dit que vous ne trouveriez peut-être pas l'hôtel, ou qu'il n'y aurait plus de chambre et qu'il vous faille trouver un autre endroit.

Il esquisse un haussement d'épaules histoire de minimiser son attention.

— Je m'en serais sortie, je mens.

J'en doute fortement, mais je n'ai pas envie d'attiser de nouveau sa pitié. Dean ne semble cependant pas convaincu.

— Et puis, ce mariage auquel vous vous rendez... Enfin, ce non-mariage, ajoute-t-il en se passant la main dans les cheveux, mal à l'aise. Je me demandais si vous aviez quelque chose à vous mettre...

— Non, justement, j'étais en train d'y réfléchir.

— Et si vous saviez dans quel magasin piocher.

— Aucune idée.

— Je peux vous aider, si vous voulez, dit-il avec un nouveau haussement d'épaules. Je pourrais vous montrer les magasins que fréquente ma sœur quand elle vient me rendre visite.

— Vous feriez ça ?

— Ça ne veut en aucun cas dire que je vous encourage dans votre entreprise !

— D'accord.

— Pour moi, c'est une mission suicide, que les choses soient claires.

— Très bien.

— Je veux juste que vous affrontiez la mort avec classe, ajoute-t-il avec un grand sourire.

Sans me donner le temps de réfléchir, je plonge sur lui et le serre dans mes bras.

— Merci. Merci beaucoup...

— Il n'y a pas de quoi, répond-il en me tapotant délicatement le dos.

24

Eddie

Je la reconnais aussitôt, ce qui est un vrai miracle étant donné que ma vue faiblit de jour et jour, et que ça fait une éternité que nous ne nous sommes pas vus. Certains pourraient en déduire je ne sais quoi, mais il n'y a vraiment rien à en déduire. Je la reconnais parce qu'elle n'a pas changé. Évidemment, ses yeux sont légèrement marqués, la peau lui tombe un peu sous le menton et elle a peut-être un ou deux kilos de trop au niveau du ventre.

D'un autre côté, je ne l'ai jamais vue aussi classe, et pourtant, elle était déjà très élégante à l'époque. Elle porte un pantalon de lin blanc et une légère tunique de laine bleu marine ; on dirait du cachemire. Son haut flotte doucement tandis qu'elle avance vers moi, caressant ses épaules, ses hanches, ses seins. Ses cheveux sont un peu plus longs que dans mon souvenir, plus soyeux, plus effilés.

Elle avait une coupe à la Purdey, dans *Chapeau melon et bottes de cuir*. Il faut dire qu'elle avait le physique adéquat, avec ses pommettes saillantes et ses jambes interminables. Je me souviens que parmi les nombreuses fans de Joanna Lumley, Clara était l'une des rares à être convaincante.

Ouais, pas mal du tout. Elle a ce quelque chose, l'air d'une femme qui savait faire chavirer les têtes, des années plus tôt. Une femme tout ce qu'il y a de désirable, quand on savait vraiment comment désirer. Si vous avez un jour connu ça, vous ne le perdrez jamais. Certains songent à leur gloire passée avec amertume, tant cette époque est lointaine, d'autres avec insouciance. Clara fait preuve quant à elle d'une dignité discrète ; plane autour d'elle cette douce impression que cette femme pas mal pour son âge était magnifique dans sa jeunesse.

Elle a clairement mieux vieilli que tous ceux que je connais ; certainement mieux que moi, en tout cas. Mon transport d'admiration se voit entaillé par une sombre colère mêlée de jalousie. Dès que je la vois, je comprends que c'est ce que je voulais. Qu'elle soit là, à mes côtés. Une dernière fois. Ce que j'espérais secrètement depuis que j'avais envoyé ma lettre. Mais à l'instant même où je le réalise, une autre pensée me traverse : j'aurais aimé qu'elle ne vienne pas.

Il aurait mieux fallu qu'elle se souvienne de moi comme à l'époque.

Je ne suis pas du genre à m'apitoyer sur mon sort, mais ces retrouvailles (si on peut appeler ça comme ça, étant donné que je ne sais pas ce qui va se passer) auraient été plus simples sans ce cathéter qui fait circuler ma pisse à la vue de tout le monde. Pas sûr qu'elle ait envie de voir ça, pas après ce que nous avons vécu.

Le type du lit d'en face entend le bruit de ses talons et se redresse dans son lit pour mieux voir. Pas besoin d'être devin pour savoir que ce pauvre homme est en manque ; j'ai vu sa femme. Elle est énorme, myope et tyrannique.

Elle vient constamment avec des tonnes de raisin et des magazines minables, les cheveux tirés en une queue-de-cheval graisseuse, et elle gobe les fruits en lui lisant les ragots du moment et en lui rabâchant que la cigarette n'est pas bonne pour sa santé. Jamais elle ne lui propose du raisin. Il risque d'avoir une nouvelle attaque en voyant Clara. Il sourit comme un gosse. Elle peut me dire merci, pour ça. Avant moi, elle était simplement jolie. Après moi, elle avait du charisme.

— Bonjour, Eddie.

Ses yeux brillent d'une certaine compassion, là où à l'époque se lisaient le désir et la haine. J'essaie de les ignorer, ça me gêne. Sa pitié est bien la dernière chose que j'ai envie de voir.

— Salut, trésor…, je lance de mon vieil air dragueur, mais l'effet tombe à plat car je n'ai pas assez de souffle. Ça fait long-temps…

Elle s'assoit. Le dos droit, la tête dressée.

— Vraiment ? J'ai l'impression que c'était hier.

Elle sourit… et je le vois aussitôt. Exactement le même sourire lent, qui démarre sur la commissure des lèvres, du côté droit. Un sourire provocateur, séducteur et sincère.

Ne vous inquiétez pas, j'ai tout à fait conscience de la situa-tion. Je suis vieux et à deux doigts de passer l'arme à gauche. Elle est la femme de quelqu'un d'autre qui, malgré les brushings et le maquillage, a connu des jours meilleurs. Mais son sourire n'a pas changé. Tout est dit dans son sourire.

Merde, cette femme m'aime encore.

25

Dean

Il lui était souvent arrivé de faire les magasins avec des femmes. Il était doué pour ça, et il avait le goût et le portefeuille pour. Il aimait les relooker, les regarder devenir ce qu'elles espéraient secrètement être : plus belles encore. Il considérait cela comme un hobby, un peu comme la décoration intérieure pour d'autres. En général, les femmes appréciaient sa générosité et se prêtaient facilement au jeu ; c'était donc une activité à laquelle il s'adonnait souvent avec ses nouvelles conquêtes. Ces expéditions s'assimilaient à de véritables missions. C'était un rituel.

Des préliminaires, en quelque sorte.

Mais faire du shopping avec Jo s'avéra être une expérience totalement différente. Certes, il ne s'agissait pas d'une conquête, donc il ne payait pas, mais la principale différence venait du fait qu'elle voyait le shopping comme un jeu, et non comme une chasse. Malgré le temps qui défilait, elle s'amusait à essayer les tenues les plus belles et les plus laides dans chaque boutique, « juste pour voir ». Elle ne cherchait pas à suivre la mode et décelait du potentiel dans des vêtements sur lesquels il n'aurait jamais posé les yeux. Par ailleurs, un rien lui allait (en dehors de cette robe verte difforme en étamine, véritablement immonde). C'était un plaisir de la voir émerger des cabines d'essayage, le visage barré d'un grand sourire. À la base, Dean comptait lui faire faire le tour des boutiques de luxe, celles qu'il avait l'habitude de fréquenter, mais il s'était alors souvenu que c'était un concours de circonstances qui l'avait fait atterrir en classe affaires. Il lui avait donc demandé, avec tact, la teneur de son budget.

— Il est plutôt modeste, avait-elle répondu.

— Dans les cinq cents dollars ?

— Euh… Plutôt deux cents.

— Vous avez déjà des chaussures, alors ?

— Non.

— Donc, deux cents dollars pour une tenue complète, chaussures comprises ?

Il espérait ne pas avoir trahi sa perplexité ; il ne voulait pas qu'elle culpabilise d'être financièrement limitée. Même si cela faisait des années qu'il était à l'aise de ce côté-là, il n'avait jamais oublié le goût de la misère.

— En fait, ce serait plutôt cent cinquante dollars, et j'ai aussi besoin d'un sac. Si je dépense plus, il faudra que j'utilise une de mes cartes, mais je suis déjà limite, avec le coût du billet, et je dois encore payer l'hôtel, avait-elle expliqué avec un petit haussement d'épaules et un sourire.

Dean était resté une fois de plus admiratif devant son incroyable honnêteté.

— Ce ne serait pas très sympa d'imposer des dettes à Martin dès le début.

Et pantois devant cet aveuglement suicidaire…

Il avait pensé lui faire parcourir le Magnificent Mile, une portion de Michigan Avenue qui s'étendait vers le nord, d'Oak Street à la rivière Chicago, subtil mélange de la 5e Avenue de New York et du Rodeo Drive de Beverly Hills.

Certes, il ne s'était pas attendu à ce qu'elle achète du Bulgari, du Prada ou du Salvatore Ferragamo, mais il s'était dit qu'ils pourraient jeter un œil à ces immeubles perchés dans les nuages regorgeant de jolies boutiques. Cependant, lorsqu'elle lui avait fait part de son budget, il s'était empressé de chercher les dépôts d'usine sur Google.

— Ce n'est pas la porte à côté ! s'était-elle inquiétée quand il lui avait montré le magasin le plus proche, sur son téléphone.

— Je ne compte pas vous enlever, si c'est ce que vous crai-
gnez. On prendra un taxi.

— Ce n'est pas ce que je craignais, avait-elle rétorqué avant
de marquer une légère hésitation. Bien que maintenant que vous
le dites, je me sens bête car j'aurais peut-être dû y penser…
Mais je vous fais confiance. Par contre, je ne veux pas gâcher
votre après-midi.

— Ne vous inquiétez pas, je n'ai rien de prévu.

— Il ne faut vraiment pas que ça vous dérange…

Il savait qu'elle en avait très envie.

— C'est ça ou une friperie.

Elle s'était illuminée, à cette idée.

— Ça peut être amusant, une friperie !

— Vous croyez ? Eh bien non. Je ne suis pas sûr qu'un
pull XXL soit la tenue adéquate pour un mariage, même si
vous l'accessoirisez avec une écharpe à deux dollars fabriquée
par un gamin d'un pays sous-développé. Allons au magasin
d'usine ; il vous faut quelque chose à la mode, même s'il s'agit
de la mode de l'année dernière.

Il n'avait pas prévu de traîner au niveau des taxis, encore
moins de lui proposer de l'emmener faire les magasins. Le
souci, c'était qu'à chaque fois qu'il tentait de la quitter, il en
était incapable, et ça le rendait dingue. Chicago était une ville
grouillante de monde, de ponts et de trains qui transportaient
des gens d'un point A à un point B. Elle se serait à tous les
coups perdue. Il ne s'agissait pas que de ses yeux de bébé
phoque et de sa poitrine plantureuse. Il y avait quelque chose
de bien plus insaisissable et intrigant chez elle. Il était fasciné
par son… son quoi, au juste ? Son romantisme ? Sa bêtise ?
C'était la même chose, au final. Il avait rencontré tout un tas de
femmes qui l'avaient joué pin-up pour attirer son attention ou
âme en peine histoire qu'il sorte son portefeuille, mais avec ces
femmes-là, il n'avait jamais eu de difficultés pour partir quand
il l'avait décidé – quand le serveur apportait leurs manteaux,
quand la porte du taxi se refermait, ou encore avant le lever du
soleil ; rarement plus tard que cela. Il ne s'impliquait jamais.
Mais Jo était différente. Il s'impliquait déjà, pas au sens strict

du terme, évidemment, mais de façon indéfinissable. Jo n'était pas une damoiselle en détresse, ce qui l'aurait assurément fait fuir. Elle ne lui demandait pas de venir à son secours. Au contraire : elle était persuadée que c'était ce fameux Martin qui s'en chargerait. Elle n'avait pas besoin de Dean pour cela. Ça tombait plutôt bien, vu qu'il n'aimait pas qu'on ait besoin de lui. Et pourtant... il ne parvenait pas à la quitter. Il n'avait clairement pas non plus prévu de l'emmener dîner, d'ailleurs.

La lumière du jour avait commencé à décliner lorsqu'ils avaient décidé de se rendre au restaurant du Millennium Park. Les parents affublés de poussettes rentraient chez eux pour passer la soirée devant la télé tandis que des groupes de jeunes s'apprêtaient à partir en chasse.

Elle avait d'abord refusé, lorsqu'il lui avait proposé de dîner avec lui, mais il savait que ce n'était pas parce qu'elle ne voulait pas être avec lui ; elle s'inquiétait simplement de ce que cela lui coûterait. Étant donné sa situation financière critique, il craignait qu'elle finisse par dévorer les mouchoirs de la salle de bains de sa chambre, s'il ne la nourrissait pas.

— J'insiste. C'est moi qui paie. Je ne peux pas laisser une compatriote venir à Chicago sans voir un minimum de choses, et encore moins sans goûter un Colossal Chicago Char Dog.

— Mmmm ! Qu'est-ce que c'est, exactement ?

— Un immense hot-dog garni de sauce sucrée, de tomates, d'oignons, de pickles et de sel de céleri, servi avec un coleslaw façon sud-ouest. Je vous promets que vous n'en avez jamais goûté de pareil. Allez, vous me rendriez service : moi aussi, il faut que je mange.

Ils décidèrent de s'installer à l'extérieur afin de profiter de la douceur printanière. Ils se laissèrent tomber dans les gros fauteuils de cuir, prêts à savourer l'effervescence du centre-ville. Ils regardèrent ensemble le soleil se coucher et attendirent que les étoiles se mettent à briller. En observant tout autour de lui, Dean remarqua qu'ils étaient cernés par des couples pleins d'espoir pour leur premier rendez-vous ; au petit matin, les rues seraient envahies de ces mêmes individus, les hommes amers et les femmes en pleurs. Un vendredi soir comme tous les autres, en somme. Il s'efforça d'ignorer ces regards pleins d'espoir, ces échanges maladroits et ces décolletés plongeants et se concentra sur la carte des cocktails et le jazz-band qui jouait non loin d'eux.

Jo contempla la scène animée qui l'entourait et sourit, radieuse.

— Cet endroit est génial ! Vous avez vu tous ces couples ?

— J'essayais de ne pas les voir, justement.

— Vous ne considérez pas Chicago comme une ville romantique, pas vrai ?

— Non.

— Vous songez plus à Paris, Venise ou Rome…

— Non.

Elle esquissa un nouveau sourire, persuadée qu'il plaisantait.

— Mais Chicago *est* romantique.

— Je me demande si la fiancée de Martin sera du même avis, demain, commenta Dean.

Il ne voulait pas plomber l'ambiance, mais il ne pouvait pas non plus l'encourager dans son entreprise.

— Pourquoi faut-il que vous parliez de ça ? rétorqua Jo, abattue. Vous voulez tout gâcher ? Et si on se contentait de profiter de cette soirée ?

— Très bien. Vous connaissez mon point de vue ; je n'en parlerai plus.

Il leva les mains comme pour se rendre. Elle avait raison : il n'avait qu'à profiter de cette soirée. En quoi cela le concernait-il, qu'elle gâche le mariage d'une autre ? Ce Martin pouvait bien faire une attaque, ou Jo se ridiculiser, ce n'étaient pas ses affaires. Il devait profiter de cette soirée et ne pas la laisser perturber son univers. Il n'avait à penser à personne d'autre qu'à lui. Cette soirée ne devait différer en rien des autres.

— Et si on buvait quelque chose ? proposa-t-il.

26

Jo

Dean commande deux cocktails différents dont je ne saisis pas les noms et informe la serveuse que nous prendrons des hot-dogs et des bières ensuite, ou peut-être du vin.

Il m'interroge du regard afin d'avoir mon approbation, mais je me contente de lui sourire en haussant les épaules. Je préfère le laisser choisir. Ayant la délicatesse de m'inviter à dîner, j'estime que c'est à lui de décider ce qui est le mieux pour nous.

La serveuse me jette un coup d'œil rapide, mais j'ai le temps d'y lire de la jalousie et du mépris. Je peux même presque visualiser ses pensées : « Pourquoi un type aussi mignon sort-il avec une nana aussi banale ? Elle ne porte même pas de rouge à lèvres. » Je me retiens de lui balancer que j'aurais aimé avoir le temps de me faire belle. Je sais que je ne ressemble à rien. Comment peut-il en être autrement, après un vol de neuf heures passé en grande partie à boire et un cruel manque de sommeil ? Sauf pour Kate Moss, évidemment. J'aurais déjà dû m'écrouler de fatigue, à l'heure qu'il est, mais je suis étrangement exci-tée. Bon, je décide quand même de relever la bretelle de mon soutien-gorge, qui a glissé en bas de mon épaule. La serveuse lève les yeux au ciel et se tourne vers Dean afin de le gratifier de son plus beau sourire, de la plus belle vue sur son décolleté et de sa connaissance de la setlist du jazz-band. Quand il lui rend son sourire, j'ai l'impression qu'elle va s'asseoir sur ses genoux. Je n'ai aucune raison d'être agacée… mais je le suis quand même.

En fait, j'ai envie qu'il soit à moi pour toute la soirée. J'ai besoin de soutien moral. Après tout, demain est un grand jour, pour moi. Le plus grand, même. J'ai les nerfs en pelote et je suis à deux doigts de vomir. Avant d'en arriver là, je décide de penser à autre chose. Lorsque la serveuse parvient enfin à se décoller de Dean, je me tourne vers lui et demande :

— Alors dites-moi, vous avez toujours rêvé d'être dans la pub ?

— J'ai rêvé de beaucoup de choses. Comme la plupart des garçons, j'ai eu envie d'être superhéros, footballeur, pompier, cow-boy…, répond-il en comptant sur ses doigts.

— Finalement, ce n'était pas pour vous, tout ça…, je rétorque en m'efforçant de repousser l'image de Dean en uniforme de pompier, me jetant sur son épaule pour m'emmener à l'abri, ou encore en tenue de cow-boy, traversant les plaines afin de rejoindre sa petite femme – moi – avec son bonnet et sa culotte bouffante à la Laura Ingalls (euh, c'est moi dans le bonnet et la culotte ; pas lui, hein).

Je remue la tête histoire de chasser ces images outrepassant quelque peu notre relation « d'amitié naissante ».

— Mais ce que je voulais surtout, c'était être riche et pouvoir fuir, ajoute Dean de but en blanc.

— Quel coin d'Angleterre a bien pu autant vous donner envie de fuir ?

Avant qu'il n'ait le temps de répondre, la serveuse réapparaît avec nos cocktails, et je dois endurer une nouvelle démonstration de battements de cils. Lorsqu'elle accepte enfin de couper la ventilation et de nous laisser tranquilles, Dean décide de m'interroger à son tour.

— Et vous, vous avez toujours voulu être journaliste ?

— Moi, j'ai toujours voulu être mariée. C'est la seule ambition que j'ai toujours eue.

Dean éclate de rire dans son verre et éclabousse toute la table.

— Hé, pas de gâchis d'alcool ! je le réprimande.

Toujours grand sourire, il répond :

— C'est un cocktail sans alcool. Je ne bois pas.

— Ah bon ?

Voilà qui est pour le moins surprenant. Cela ne colle absolument pas à l'image que je m'étais faite de lui. Je m'étais imaginé qu'il passait sa vie à commander des Martini au shaker, façon James Bond, mais maintenant que j'y repense, il n'a en effet bu que du jus d'orange, dans l'avion.

— Pourquoi vous… ?

Sans me laisser le temps de terminer ma phrase, Dean se redresse dans son fauteuil et lance :

— Alors, comment êtes-vous devenue journaliste ?

C'est une bonne question, bien que je ne m'y sois pas beaucoup intéressée, étant donné que je passe le plus clair de mon temps à me demander pourquoi je ne suis toujours pas mariée.

— Oh, ça s'est fait naturellement, on va dire. J'étais bonne en anglais, et j'ai toujours adoré lire.

— Attendez, laissez-moi deviner… des romans d'amour, je parie ?

— Oui, et alors ? dis-je en m'efforçant d'ignorer son sarcasme et l'argumentaire qu'il dissimule. J'ai suivi des études d'anglais, mais une fois mon diplôme en poche, je ne savais pas vraiment quoi faire de ma vie. L'un de mes professeurs m'a suggéré de poursuivre un cursus de journalisme. L'idée n'étant pas plus mauvaise qu'une autre, je me suis lancée.

Je sais que ce n'est pas bien impressionnant. J'ai un boulot génial – du moins, *j'avais*, jusqu'à hier –, mais je ne me suis pas battue pour. Non, je suis tombée dedans par hasard, et je l'ai laissé m'échapper sans rien faire. Sentant l'embarras pointer le bout de son nez, je décide de changer de sujet.

— On parle toujours de moi… Et vous, alors ?

Dans l'avion, il a beaucoup parlé de son travail. J'ai retenu qu'il vivait dans un appartement huppé, qu'il adorait sa sœur et qu'il était allergique aux crustacés. J'ai deviné ses films préférés et me suis laissé surprendre par ses goûts littéraires, mais je n'ai pas pu connaître ses cinq meilleurs souvenirs, et bien qu'il m'ait révélé la vie sentimentale de certains de ses amis, il n'a absolument rien laissé filtrer de la sienne. En revanche, il sait à peu près tout ce qu'il y a à savoir sur moi, y compris les anecdotes horribles concernant mes dernières conquêtes, le fait que mon jouet préféré, enfant, était une poupée que j'avais appelée Birdie, et que j'ai triché à mon examen de latin en notant les déclinaisons à l'intérieur de ma trousse. Il excelle dans l'art de pousser les gens à se confier et préfère clairement parler de la vie des autres plutôt que de la sienne. Au final, c'est lui qui aurait dû faire journaliste.

— Que voulez-vous savoir de moi ?

Ce que je veux savoir de lui ? Tout ? Oui, tout. Mais principalement s'il a une petite amie. Certes, ça ne me regarde pas, mais je suis curieuse de nature. N'y voyez aucun sous-entendu ; j'aime simplement parler des relations amoureuses. C'est mon truc, voilà tout. Je cherche donc un moyen subtil de lancer le sujet.

— Que faites-vous de votre temps libre ?

— Je mange, je me fais de l'argent et je passe du bon temps avec mes amis.

Pas de petite amie en vue, donc.

— Je suis un fondu d'adrénaline. L'hiver, je fais du snowboard. Le reste du temps, du cross, de la luge sur herbe, du ski nautique… J'ai tout essayé.

La façon dont il a de dire ça me laisse un goût amer. Je ne peux m'empêcher d'imaginer qu'il sous-entend par là avoir essayé toutes sortes de choses y compris au lit. Des images m'assaillent aussitôt. Je le vois attaché, en train d'attacher quelqu'un, ou encore de retirer la glace sur les fesses d'une femme à gros coups de langue avant de tester toutes les positions du Kama Sutra. Je suis loin d'être prude, mais je ne sais pas vraiment comment lui répondre. Est-il en train de flirter, ou me fais-je simplement des idées ? Est-ce que j'ai envie qu'il flirte avec moi ? Non. Je vaux mieux que ça… n'est-ce pas ? Pourquoi chercherais-je à me fourrer dans une situation si compliquée ? Enfin, en dehors du fait que j'ai failli avoir un orgasme lorsqu'il m'a accidentellement frôlé le sein, dans l'avion. Et que je ressens une attirance dévastatrice envers lui, chose qui ne m'est pas arrivée depuis bien longtemps. Si elle m'est déjà arrivée.

En dehors de ça, donc.

— Impressionnant… Et c'est quoi, le truc le plus dangereux que vous ayez fait ? je bégaie en m'efforçant de ne pas dévier.

— Nager avec des requins.

— C'est une métaphore ?

— Non, j'ai vraiment nagé avec des requins, bien qu'en effet, ça pourrait être une métaphore, quand on voit certains de mes collaborateurs. J'ai également fait du rappel, du saut à l'élastique, du rafting, et j'ai sauté en parachute.

J'ai vraiment envie qu'il se taise, là. Je suis intimidée rien qu'à l'écouter. À comparer, j'ai l'impression d'être un gros vide à moi toute seule. La chose la plus aventureuse que j'aie jamais faite, c'est du limbo sous une barre plutôt basse, au carnaval de Notting Hill (où j'ai également mangé avec les doigts, et sans serviette, même si je sais que ce n'est pas cela qu'on appelle vivre dangereusement). Cet homme est mon total opposé.

En plus du fait qu'il soit une véritable tête brûlée, il ne boit pas, tandis qu'au rythme que j'ai adopté ces derniers temps, je risque de finir noyée dans un cocktail, un de ces jours. Nous ne pourrions jamais former un couple, tous les deux. Lorsque j'effectue des tests de compatibilité sur le Net, je cherche toujours un résultat de quatre-vingt-cinq pour cent minimum. Donc autant oublier. Enfin, si j'y avais pensé, bien sûr…

— Des trucs de mecs, quoi, je lance avec un sourire forcé.

Je n'aime pas particulièrement la façon dont ma vie semble triste, à côté de la sienne. Je lève le bras et fais de grands signes à la serveuse, qui m'ignore. Dean n'a qu'à dresser un sourcil et elle est à notre table une seconde plus tard.

— On peut avoir du pain ?

— Avec des hot-dogs ?

La serveuse semble horrifiée, clairement plus soucieuse que moi de mon régime alimentaire.

— Vous ne préférez pas des olives ?

— Je n'aime pas les olives.

— Vous avez déjà goûté, au moins ? me demande Dean.

Je le fusille du regard, un peu comme mes neveux le font avec ma sœur à table, mais je finis par avouer que non, je n'ai pas goûté, du moins pas depuis mes douze ans. Je sais très bien ce que Dean va rétorquer.

— Comment pouvez-vous être sûre de ne pas aimer si vous n'avez jamais goûté ? On va prendre les olives fourrées au fromage de chèvre, s'il vous plaît, ajoute-t-il en se tournant vers la serveuse.

— Excellent choix, commente-t-elle d'une voix mielleuse avant de s'envoler vers la cuisine dans un véritable nuage de chevelure resplendissante.

Je ne peux m'empêcher de regarder ses petites fesses rebondies. Cette fille a au moins une décennie de moins que moi.

— Vous allez adorer, me rassure Dean.

Je m'efforce de maintenir mon sourire. La simple idée de devoir manger un truc qui me fait vaguement penser à une limace gluante me répugne, mais maintenant que je sais comment Dean occupe son temps libre, je ne peux tout bonnement pas admettre que j'ai peur de goûter une olive.

Nous gardons le silence jusqu'à ce que la serveuse nous les apporte. Lorsqu'elle les pose sur la table, elle fourre pratiquement ses seins sous le nez de Dean. Cela dit, il semble bien moins troublé que moi.

— Vous savez quoi ? J'ai été scout, dans ma jeunesse, je déclare en prenant une gorgée de margarita.

— Et ça consistait en quoi, exactement ? me demande-t-il poliment.

— Je savais changer un fusible à huit ans et j'ai grimpé le mont Snowdon à onze ans. Avec mes amis, on montait des pièces de théâtre qu'on allait jouer dans les maisons de retraite. Je suis aussi allée faire du trekking en Turquie et en Norvège. Je parvenais à fabriquer un égouttoir à vaisselle avec de simples bouts de bâtons.

— Quoi ?

— Bon, quand j'y repense, je dois avouer que ce n'était pas très utile, mais à l'époque, c'était pas mal, je vous jure.

Je marque une hésitation avant de reprendre.

— Ce que j'essaie de dire, c'est qu'à une certaine période de ma vie, je saisissais toutes les occasions qui se présentaient à moi.

Occasions n'ayant rien à voir avec les hommes, mais je ne peux pas me résoudre à le dire tout haut. Je me demande bien pourquoi j'ai accepté de goûter les olives. Chercherais-je à impressionner Dean, ou à simplement me prouver que je n'ai pas peur ? Impossible de le savoir. Dean hoche la tête sans rien ajouter. J'ai la vague sensation qu'il cherche à ce que je tire ma propre conclusion, conclusion à laquelle il est très probablement parvenu avant moi.

Je devrais faire autre chose de ma vie.

— Pourquoi recherchez-vous les sensations fortes ?

— On n'a qu'une vie…

— Oui, mais vu ce que vous faites, vous avez pas mal de chances de réduire cette unique vie.

— Je cherche sûrement à rattraper le temps perdu. Ma vie a commencé plus tard que la plupart, dit-il avec un petit haussement d'épaules.

Il évite mon regard, ce qui est plutôt rare, chez Dean, habituellement si direct.

— Vous avez laissé tomber la fac ?

— Je n'y suis jamais allé. Vous comptez goûter ces olives un jour ?

Dean a déjà gobé un bon quart du bol.

— Vous n'êtes jamais allé à la fac ?

Je ne devrais pas être choquée ; je ne veux pas passer pour une femme étroite d'esprit dotée d'une catégorie limitée d'amis, mais le fait est que tous ceux que je connais sont allés à la fac. Lorsqu'on foule les bancs des écoles privées, l'université est la suite logique, et ceux qui n'ont aucune envie d'y aller n'ont pas plus envie de fournir des efforts supplémentaires pour rater leur secondaire. Certains de mes amis ont étudié le PPE à Oxford, d'autres se sont amusés à suivre des cours d'économie dans des universités proches des Finishing Schools[1] des années 50, mais

---

1. École privée principalement côtoyée par la gent féminine dont les cours étaient orientés vers les activités sociales de façon à les préparer à leur entrée dans le monde adulte.

quel qu'ait été l'établissement fréquenté, tous ceux que je côtoie ont connu la vie étudiante pendant au moins trois ans, et tout ce que cela implique. C'est-à-dire ? Économiser, faire la fête, vomir ses tripes, grandir.

— Pourquoi ça ? dis-je d'un air étonné.

Dean me paraît tellement intelligent... Je suis persuadée qu'il n'aurait eu que l'embarras du choix.

— Je n'ai pas eu l'occasion, répond-il en choisissant délibérément de rester vague.

— C'est pour ça que vous saisissez toutes les occasions qui s'offrent à vous ?

— J'imagine, oui.

— On peut dire que vous tenez ça de votre père ?

— On peut dire ça.

Dean ne semble pas ravi de la comparaison.

— D'après ce que je sais, mon père n'est pas contre les aventures, et il m'a appris à gérer ma vie tout seul.

Il prend son verre et avale une grosse gorgée. J'ai comme l'impression que pour une fois, il aurait aimé y trouver de l'alcool...

Sûrement enhardie par mon cocktail, je décide de me lancer. Je suis certaine que ça lui ferait du bien, de parler de tout ça.

— Pourquoi votre père est-il parti ?

— Rien de bien original : il en a rencontré une autre. La vérité, c'est qu'il y avait plein d'autres, mais apparemment, celle-ci était à part.

— D'accord...

— Le truc, Jo, c'est que dans votre monde, c'est ma mère qui aurait dû être à part, et tout aurait été normal.

— Oui...

— C'est pour ça que j'ai du mal à adhérer à votre théorie. Pourquoi n'y aurait-il qu'une seule personne qui nous correspondrait ? Pour moi, la vie est plutôt faite d'un enchaînement de rencontres.

Je ne trouve rien à redire, même si j'en avais eu très envie.

— Vous voyez les relations un peu comme des bus, c'est ça ? je plaisante.

— Exactement. On est là à attendre, et puis d'un coup, il y en a trois qui arrivent en même temps.

Dean me regarde avec un grand sourire, mais je ne peux m'empêcher de ressentir une pointe de jalousie.

— Dans vos rêves…, je dis en tentant de garder un ton léger.

En vérité, je suis hantée par l'idée de ces trois femmes que Dean pourrait éventuellement fréquenter. Je l'imagine aussitôt en train de les embrasser, de caresser leurs cuisses, de lécher leurs mamelons… *Non, arrête tout de suite, Jo.* Je songe alors à la serveuse ; autant reporter ma frustration sur quelqu'un de bien réel, non ? Elle réapparaît justement à cet instant, comme un génie que j'aurais eu le malheur d'invoquer.

— Tout se passe bien ? Vous voulez boire autre chose ?

Je la fusille d'un regard sans équivoque, mais elle n'a d'yeux que pour Dean. Elle va jusqu'à poser sa serviette sur ses genoux ! Il commande une deuxième tournée.

— J'ai l'impression que cette femme vous apprécie, je lâche dès qu'elle a tourné les talons.

— Oui, je sais. Elle a glissé son numéro dans la poche de ma veste.

— Quoi ?! Mais vous êtes avec moi !

— Pas techniquement…

— Vous pensez qu'elle l'a deviné ?

— À mon avis, ça lui est bien égal. Ce type de femmes, rien ne leur fait peur.

— Ça vous arrive souvent, ce genre de situation ?

— Assez, oui.

Je n'ai jamais glissé mon numéro dans la veste d'un homme, encore moins d'un homme accompagné, mais qu'y a-t-il d'étonnant à cela ? Regardez-le. Les producteurs d'Hollywood s'arracheraient un physique pareil. Bien bâti, une peau impeccable, pas le moindre poil ni le moindre bouton… Sa peau mate suggère une bonne santé et une vie riche d'expériences. La peau légèrement plus sombre sous ses yeux laisse en effet entendre qu'il a du sommeil à rattraper, mais bizarrement, ça ne le rend que plus sexy.

— Vous voyez, la concurrence est partout, de nos jours, je commente avec un soupir. Et qu'en pense votre petite amie ?

J'ai conscience que c'est une question transparente et pathétique. Je suis persuadée que Dean n'a pas de petite amie. Mais mon intuition ne me suffit pas, j'ai *besoin* d'en avoir la confirmation. Je suis incapable de prononcer les mots « Avez-vous une petite amie ? ». J'ai appris à mes dépens que c'était une question déplacée, étrange et indiscrète. Je préfère encore qu'il me trouve pathétique.

— Je n'ai pas de petite amie.

Nous échangeons alors ce fameux regard qu'échangent des millions de personnes lors d'une telle révélation ; un regard qui défie, qui promet et qui questionne tout à la fois. Quelque chose noue imperceptiblement mon ventre. Je sais que c'est du soulagement.

Mais...

Interdiction de m'emballer. Pour tout un tas de raisons.

— Oui, j'imagine que c'est différent de chez nous, ici... Du genre relation libre jusqu'au fameux jour où vous vous lancez dans le grand marathon du jour J ?

— Aucune idée.

Il remue dans son fauteuil et regarde par-dessus mon épaule. Je décide d'attendre qu'il me regarde de nouveau avant de reprendre :

— Mais vous fréquentez bien des femmes ?

— Oui. Enfin, plus ou moins.

— Plus ou moins ? Je ne vous suis pas ...

Je sais que je ne devrais pas me montrer insistante, mais là, tout de suite, je suis incapable d'agir autrement.

— Je doute que « fréquenter » soit le mot juste.

— Qu'est-ce que vous faites, alors ?

— Je baise.

— Oh...

L'entendre prononcer ce mot provoque en moi une véritable secousse sismique qui prend son départ dans mon ventre et s'étire vers mes cuisses mais également vers mon cœur, qui se met à dangereusement s'emballer. *Martin, Martin, Martin*, je scande intérieurement comme une incantation. Je ne dois pas me laisser distraire par Dean. Cette attirance n'est pas réelle. Enfin, si, elle l'est, mais ce n'est que le résultat du cocktail, du décalage horaire et du champagne. Martin, lui, est bien réel. Soudain, Dean se penche vers moi, et j'ai la terrible sensation qu'il va m'embrasser… mais il glisse une olive dans ma bouche en laissant son pouce s'attarder sur ma lèvre. Je l'avale, étant donné que je ne peux raisonnablement pas la recracher.

— Vous aimez ?

— C'est délicieux, admets-je.

Dean m'observe quelques instants puis finit par pousser un soupir triste. Sans quitter mon regard, il déclare :

— Jo, il faut que vous sachiez… je ne suis pas un type bien.

Surprise, je toussote avant de répondre.

— Ce n'est pas l'impression que vous donnez.

— C'est justement ça, le piège.

Je refuse de l'admettre.

— Vous êtes forcément bien, sinon vous ne diriez pas une chose pareille. Les sales types font mine d'être bien jusqu'à…

Parlant d'expérience, je me rends soudain compte que je ne peux terminer ma phrase sans perdre définitivement toute dignité.

— Après ? suggère Dean.

— Oui…, je marmonne.

Après avoir couché avec vous, s'entend.

— En général, je suis également cette règle, mais…

Cette fois, c'est moi qui termine sa phrase.

— Mais nous ne sommes pas en mode « avant ».

— Exactement.

Je ne peux pas soutenir son regard plus longtemps, alors je fais mine de m'intéresser au menu. Qu'est-ce que ça fait, qu'il ne me voie que comme une amie ? C'est tout ce que j'attends de lui, non ? Pourtant, le nœud dans mon ventre n'est plus aussi agréable. On dirait… de la déception.

— Donc vu qu'il n'y aura pas d'après entre nous, vous n'avez pas besoin de me mentir. C'est pour ça que vous me dites ça.

— Oui.

— Le truc, c'est que vous avez été particulièrement gentil, avec moi.

— Je le peux. Vous êtes différente.

Avant de m'emballer, je comprends en quoi il me voit différente. Ma déception prend un nouveau coup.

— Vous pouvez être gentil avec moi parce que vous n'aurez jamais envie de coucher avec moi, je tente alors de résumer.

— Disons simplement que la situation ne s'y prête pas, répond-il avec un petit haussement d'épaules.

— Très bien. Je suis contente que les choses soient claires, je lance en m'arrachant un sourire.

Que Dean ne veuille pas de moi ne devrait pas être si difficile à accepter. Au contraire, ça devrait m'être totalement égal. Bah, ce n'est qu'une question de fierté… Je dois rester concentrée sur Martin.

— Nous pouvons donc être de bons amis, non ?

— Oui, répond-il avec un grand sourire.

Je lève alors mon verre.

— À l'amitié, et à votre gentillesse !

Dean fait tinter son verre contre le mien. Je vide mon cocktail, me souciant peu du fait que ce soit Dean qui m'invite et qu'il ait également prévu de rester sobre. Je cherche la serveuse du regard afin de lui en demander un autre.

— À l'amitié, oui. Après tout, vous êtes ici pour saboter un mariage et épouser le futur marié… Quel intérêt de savoir si j'ai envie de coucher avec vous ou non ? lance Dean avec un petit sourire suffisant.

— Vous avez le chic pour rendre mon projet ridicule, je rétorque, blessée.

— Mais c'est parce qu'il l'est, Jo.

— Voici vos cocktails ! intervient la serveuse.

Cette fois, je lui en suis à tel point reconnaissante que j'ai sûrement autant envie de l'embrasser que Dean.

— Je vous apporte vos hot-dogs ?

— Oui, nous répondons d'une seule voix.

Il ne faut pas que je me laisse influencer. Mon plan est parfait. En tout cas, c'est le seul que j'ai. Il faut absolument que les choses fonctionnent avec Martin, demain. Il n'y a pas le choix.

— Évidemment, je risque d'être pas mal occupée, quand les choses auront repris leur cours normal. Je ne sais pas si j'aurai beaucoup de temps à consacrer à mes amis.

Je lui lance un regard chargé de sous-entendus. Je veux qu'il comprenne que nous disposons d'un temps limité, tous les deux. Il y a peu de chances que j'aie de la place pour lui, dans ma nouvelle vie avec Martin. Ce serait bien trop compliqué.

— Il faudra que je choisisse la salle de réception, la robe, la voiture, les fleurs, le traiteur...

— Vous ne pouvez pas piocher dans ce que vous aviez prévu la première fois ?

— Je vous en prie, ne soyez pas cruel...

— Oui, c'est moi qui suis cruel... Vous êtes en train de planifier votre mariage avec un type qui est sûrement en plein enterrement de vie de garçon.

Je fais comme si je n'avais rien entendu.

— Je reprends tout à zéro, je déclare. La mode a changé, depuis, et pour la plupart des choses, il s'agissait d'un simple emprunt, et les fournisseurs pensent que je l'ai vraiment épousé, j'ajoute à contrecœur, ne voulant pas vraiment m'étendre là-dessus.

— Je préfère me taire...

— Oui, s'il vous plaît. Là où je veux en venir, c'est que je suis une piètre correspondante, Dean. Ne le prenez pas mal, si je donne peu de nouvelles.

— Vous voulez dire que vous ne comptez pas m'inviter à votre mariage ?

Je perçois l'amusement dans sa voix.

— Vous me taquinez.

— Oui.

Soudain, une pensée me traverse l'esprit.

— Vous avez recommencé.

— Quoi ?

— Vous avez redévié le sujet sur moi.

— Oui, mais c'est vous, l'héroïne, là. C'est vous qui avez

traversé l'Atlantique pour mettre fin à un mariage. Moi, je ne suis qu'un type ordinaire.

— Dont le père, à qui il ne parle pas, est en train de mourir.

Cette satanée serveuse fait une nouvelle apparition. Tant qu'à faire, elle n'a qu'à s'installer avec nous, ce sera plus simple...

— Voilà vos hot-dogs ! Vous avez besoin d'autre chose ? lance-t-elle avec un sourire parfait destiné exclusivement à Dean.

— De la moutarde.

Comme s'il avait la tête ailleurs, il se reprend soudain :

— S'il vous plaît.

Je rajoute cela à la liste de ce que je sais sur lui. Il aime la moutarde et il a des manières. Cette fois, j'espère vraiment qu'elle va se dépêcher de réapparaître car l'atmosphère de plomb qui pèse au-dessus de nous n'a rien d'agréable, en particulier avec le bruit du bonheur des autres en arrière-plan. Lorsqu'elle revient avec la moutarde, elle lui touche l'épaule deux fois. *Deux fois !*

— Vous pensez que votre père a fait ce qu'il voulait de sa vie ?

— Probablement. Il est du genre égoïste. On peut parler d'autre chose ?

— On peut, oui, mais j'ai la nette impression que vous avez besoin de parler de votre père.

— Non, vraiment. Ce n'est pas mon truc de m'épancher.

— Comment le savez-vous, tant que vous n'avez pas essayé ?

— Voilà qui est amusant, de la part d'une femme qui n'avait jamais goûté d'olive.

— Mais j'ai goûté, à l'instant ! lui fais-je remarquer.

Dean mord goulûment dans son hot-dog. Du ketchup dégouline sur ses lèvres, et il le balaie du dos de la main. Vous n'imaginez pas comme je dois prendre sur moi pour ne pas arracher mon soutien-gorge et lui lancer à la figure. Il a de l'appétit pour tout : la nourriture, la vie, le sexe. Mais à quoi je pense, là ? Les appétits sexuels de cet homme ne me concernent en rien. Je me sens agitée et frustrée à l'extrême. Je *veux* l'aider. Notre relation n'est pas équilibrée, pour l'instant, et je lui dois bien ça, après tout ce qu'il a fait pour moi. Je refuse de croire que l'état de santé de son père le laisse à ce point indifférent.

— C'est important, la famille, j'insiste. Il faut se serrer les coudes.

— Peut-être dans certaines, mais pas dans la mienne.

— Mais vous ne pouvez pas gérer la perte d'un proche en faisant comme si de rien n'était !

— Je l'ai perdu il y a déjà longtemps.

— Mais…

— Stop, Jo, tranche-t-il si fort que certaines têtes se tournent vers nous.

Dean semble gêné. Il se mord la lèvre et ajoute d'un ton plus doux :

— Je vous en prie, laissez tomber. Vous ne savez pas de quoi vous parlez. Vous ne pouvez rien changer à la situation, malheureusement.

Malgré le fait qu'il soit un adulte à part entière, il paraît soudain se transformer sous mes yeux, maintenant qu'il a avoué qu'il aurait aimé qu'on puisse y faire quelque chose. Que *je* puisse y faire quelque chose. Son visage s'adoucit et perd brusquement ses traits anguleux. Je suis prise d'un ardent désir de l'embrasser. Ce n'est pas ses paroles qui finissent par me réduire au silence, mais sa main qu'il vient poser sur la mienne. Ma peau brûle sous ses doigts. Je me sens comme tatouée, et je m'efforce de lutter contre l'idée stupide que j'aurai cette sensation à vie. En temps normal, je serais du genre à ouvrir ma bouche et à insister lourdement, mais pour une fois, je décide de respecter sa vie privée. Il garde sa main sur la mienne. *Expire, inspire, expire, inspire...* Il la retire. Discrètement, sous la table, je me pince le plus fort possible, mais ça ne change rien : j'ai toujours envie de l'embrasser. De l'embrasser pour que tout aille mieux.

27

Clara

Elle aurait été incapable de le reconnaître. Était-ce à cause du cancer, des années qui étaient passées, ou simplement de sa mémoire défaillante ? Sûrement un peu des trois. Mais à ses yeux, l'oublier était le pire des crimes, pire encore que le cancer, ce qui était ridicule, évidemment. Elle avait très bien pu le croiser dans la rue. De nombreuses fois, même. Comment était-ce possible, alors qu'elle n'avait cessé de le chercher, tout ce temps ? Pendant des années, elle avait observé les gens qui pique-niquaient sur la plage ou au parc, scruté les foules dans les concerts et les musées, espérant chaque fois l'apercevoir. Plus d'une fois, elle avait pensé le voir de dos, dans le métro ou dans la rue, et était partie dans une course folle pour aller le retrouver. La déception était toujours amère, quand il s'avérait qu'il s'agissait de quelqu'un d'autre. Un homme aux cheveux légèrement moins brillants, lorsqu'on y prêtait attention, un homme au regard vide de tout défi… La déception la mordait comme une sangsue au point qu'elle avait envie de se gratter et de hurler.

Et voilà qu'elle l'avait devant lui : une frêle enveloppe de chair, d'os et de cellules cancéreuses. Le peu de cheveux qu'il lui restait étaient plus blancs que les draps sur lesquels il reposait, et sa peau était grise comme un ciel d'hiver. Elle doutait qu'il ait eu une vie heureuse. Il n'avait sûrement jamais cherché à prendre soin de lui. Cela ne l'étonnait pas, mais elle aurait cru que quelqu'un l'aurait fait à sa place. N'y avait-il pas eu de femme prête à endosser ce rôle ? Souvent, tout en préparant un gratin de poisson issu de la pêche responsable accompagné d'au moins trois légumes bio différents pour sa propre famille, elle avait songé que quelqu'un devait être en train de faire la même chose pour lui, quelque part.

Cette pensée l'avait toujours rassurée et torturée. Elle ne s'était pas attendue à ce qu'il n'y ait personne, finalement. Cet homme ne semblait pas avoir bénéficié des bons soins d'une femme qui lui aurait choisi ses cravates, acheté ses fromages préférés, ou lui aurait dit de prendre rendez-vous chez le médecin lorsqu'il avait commencé à avoir mal à la poitrine, à perdre du poids et à jaunir. Il avait été laissé à l'abandon.

Pourquoi ? Pourquoi n'y avait-il eu personne ? Les avait-il toutes repoussées ? Avait-il continuellement fui ?

Clara ne savait pas quoi dire. Il ne l'avait pas quittée des yeux depuis qu'elle était apparue. Elle avait perçu sa présence avant de le voir, comme toujours, et maintenant, elle aussi était incapable de détourner les yeux. Il semblait l'implorer du regard. Elle savait qu'il ne voulait pas qu'elle lui demande comment il se sentait, si elle pouvait faire quelque chose pour lui, s'il voulait un peu d'eau. Les autres pouvaient s'en charger. Ils avaient toujours laissé ce genre de corvées aux autres. Eux deux s'étaient efforcés de vivre de façon plus pure et plus folle. De la façon *la plus pure* et *la plus folle*. Son regard la suppliait de ne pas le laisser tomber, pas maintenant. De ne pas sombrer dans l'abysse de la normalité.

— Tu te souviens ? lui demanda-t-elle alors.

Sa voix résonna dans la pièce. Inutile d'expliciter, elle voulait dire de tout, de l'intensité, de l'impossibilité, du besoin incommensurable qu'ils avaient eu l'un de l'autre. Il devait sûrement se souvenir, sinon pourquoi lui aurait-il écrit ? Mais elle ne pouvait en être certaine. Pas avec Eddie Taylor. La seule chose dont on pouvait être sûr, avec lui, c'était de son manque total de fiabilité. Elle tendit la main et vint glisser ses doigts entre les siens. Sa peau était rêche comme du papier de verre. Lui faisait-elle mal ? Cela lui semblait pourtant naturel de lui tenir la main. Il l'avait toujours consumée. Sa peau s'était toujours fondue à la sienne.

— Nos parties de jambes en l'air…, ricana-t-il.

C'était un rire rauque et laborieux, mais vrai.

— Oui…, confirma Clara d'un hochement de tête, même s'il n'y avait pas eu que ça.

Il avait rarement parlé de « lui faire l'amour ». Il l'avait possédée, prise. Ils avaient passé des après-midi sauvages et passionnées. Ils s'éclipsaient discrètement du bureau, prenaient une chambre d'hôtel ou empruntaient les clés d'un collègue. Ils le faisaient dans les chambres d'amis, dans le lit d'inconnus, dans les vestibules et même dans les ruelles, s'il le fallait. Encore et encore. À coups de mains, de lèvres, de jambes, de hanches et de tétons. Elle n'avait jamais envisagé d'avenir pour eux, mais quand elle était avec lui, elle n'avait plus de passé. Son existence se cantonnait à ces après-midi volées.

Elle savait qu'il était marié, et il savait qu'elle l'était aussi. Elle le savait mais n'y songeait jamais. Elle ne le pouvait pas. Ne le *voulait* pas. Elle n'avait jamais cherché à visualiser le visage de sa femme ou de son fils.

— Tu étais parfaite, murmura Eddie.

Son compliment se posa tout doucement sur elle et prit effet comme la première gorgée d'une coupe de champagne. Il pétillait en elle, provoquant un raz-de-marée dans son corps, comme chaque fois que l'un de ses rares compliments lui était destiné.

— La maîtresse parfaite, ajouta-t-il, transformant aussitôt son enivrement en terrible gueule de bois.

Il n'avait donc pas changé. Elle se pencha vers lui et l'entendit lui souffler sa définition de la perfection :

— Tu ne posais jamais de questions fâcheuses.

En effet, elle ne s'était jamais humiliée à lui poser des questions. Elle ne lui avait jamais demandé si elle était sa seule maîtresse ou s'il couchait encore avec sa femme. Lorsqu'au bureau, elle avait entendu dire que celle-ci était enceinte de son second enfant, elle avait cru mourir d'une jalousie vorace et terrible. Jamais plus elle ne pourrait le toucher. Elle s'était précipitée dans son bureau et lui avait assené une gifle mémorable. Jamais, jusqu'ici, elle ne lui avait laissé entendre ce qu'elle ressentait. Qu'elle était à sa merci. Elle ne lui avait jamais dit qu'elle l'aimait, même si lui le lui répétait assez souvent. Elle avait toujours douté de sa sincérité ; c'était clairement le genre de type à flatter les femmes.

Il avait été fasciné par son indifférence manifeste, mais sa jalousie l'avait encore plus captivé. Pour la première fois de sa vie, il avait plus envie de satisfaire les désirs d'une femme que les siens. Il avait violemment fermé la porte de son bureau, avait étouffé ses cris à coups de baisers passionnés et l'avait prise contre le mur, à quelques mètres seulement de leurs collègues affairés à taper et à classer.

— Tu étais terrible, commenta-t-elle avec un sourire.

— N'est-ce pas ? répondit-il, ravi.

— Tout sauf parfait...

Elle avait dit cela sur le ton de la plaisanterie – c'était ainsi qu'elle fonctionnait, avec lui –, mais lorsque les paroles franchirent ses lèvres, elle se rendit compte qu'elle lui en voulait encore. Elle croyait pourtant avoir tourné la page des années plus tôt. Elle s'était imaginée immunisée. Pourtant, la lettre lui avait démontré le contraire. Elle n'était immunisée ni contre lui, ni contre les conséquences.

— On a passé de sacrés bons moments, tous les deux, hein ?

Un homme sur le point de mourir pouvait dire les choses ainsi.

— Oui, en effet.

Une femme libre pouvait l'admettre. Leur liaison avait duré encore un an et demi après la fameuse nouvelle.

— On aurait pu avoir plus.

Eddie serra ses doigts entre les siens, mais ce n'était pas un geste tendre ; il voulait lui faire mal. Avec plus de force, il y serait arrivé. Lui en voulait-il, lui aussi ? Plus encore qu'elle ? Ou boudait-il simplement parce qu'il n'avait pas eu ce qu'il voulait ? Elle n'avait jamais pu deviner si ce que ressentait Eddie était sincère ou un mélange d'égoïsme, de désir et de satisfaction.

Il lui avait parlé de la vie qu'ils pourraient mener, tous les deux, mais elle avait refusé qu'il quitte sa femme. Elle n'avait cessé de lui répéter que ce n'était pas ce qu'elle voulait. Mais il ne l'avait pas écoutée. Il ne l'avait pas crue. Il était certain qu'elle l'aimait trop pour cela. Il s'était sûrement persuadé qu'aucune femme ne pouvait lui résister…

Mais il oubliait qu'il n'y avait pas qu'eux à prendre en compte, ni même eux et leurs conjoints respectifs. Lorsqu'Eddie Taylor parlait de leur avenir, il avait tout un tas de projets et de rêves. Ils pourraient s'installer à l'étranger. Aux États-Unis, en France, ou alors en Australie. Ils pourraient partir à Hollywood et distribuer ses scripts, faire le tour de l'Europe en camping-car ou encore louer un appartement dans Londres et passer leurs journées à faire l'amour. Dans aucun de ces projets n'avait-il jamais mentionné leurs enfants.

Elle ne quitterait jamais ses filles.

Ça avait été horrible. Il était venu chez elle, à Wimbledon. Les filles n'étaient pas couchées, et c'est Lisa qui avait été lui ouvrir. Clara s'était dégrisée en un instant ; c'était comme si on lui avait plongé la tête dans l'eau glacée. Son premier sentiment avait été l'horreur, puis le dégoût.

Elle ne revenait pas d'un tel égoïsme. Pourquoi ne l'avait-il pas écoutée lorsqu'elle lui avait dit qu'elle ne quitterait pas sa famille ? Comment avait-il pu quitter la sienne ? Elle avait honte pour lui. Terriblement honte. Elle s'était persuadé qu'elle ne l'avait jamais aimé, qu'elle n'avait fait qu'écouter ses pulsions. Comment aurait-elle pu aimer un homme aussi cruel ? Elle l'avait supplié de partir, mais devant son refus, elle avait fini par l'y forcer.

— Je doute que nous aurions pu avoir plus, déclara-t-elle.

Le regard d'Eddie se transforma imperceptiblement, ses doux souvenirs se muant en quelque chose de plus dur et de plus froid, comme un ruisseau saisi par le gel. Un tel changement aurait pu passer inaperçu aux yeux de beaucoup, mais Clara avait toujours été capable de lire son humeur. C'était d'ailleurs sûrement pour cela qu'elle lui avait autant plu, parce qu'elle le trouvait intéressant.

Elle avait toujours craint que les sentiments d'Eddie ne soient au final qu'une façon de se rassurer sur lui-même. Et dire que c'était exactement le cas de Tim, aussi...

— Alors, qu'a donc fait notre petite Clara de sa vie ? demanda Eddie, sa curiosité masquée par une pointe de sarcasme, sûrement encore persuadé que Clara n'avait droit à aucun avenir sans lui.

Tim s'était montré très compréhensif et avait accepté ses excuses et ses explications. Magnanime, il avait même reconnu sa part de responsabilité dans l'affaire en admettant ne pas avoir totalement rempli son rôle d'époux.

— Je suis restée.

Eddie marmonna un grognement. Clara ignorait si c'était sa respiration laborieuse ou simplement sa réponse qui ne le satisfaisait pas.

— Comme je l'ai toujours dit, ajouta-t-elle.

Tim et elle avaient convenu que briser la famille était la dernière chose à faire. Ils s'étaient comportés en adultes sensés, et Tim était devenu plus attentionné, au lit. Rien à voir avec la passion animale qu'elle avait connu avec Eddie, mais Tim faisait les choses bien, avec douceur, sagesse et, surtout, efficacité. C'est à cette époque que Mark était né.

— J'ai eu un troisième enfant, un fils.

— Magnifique.

Mark avait tout juste trois mois lorsque Tim avait annoncé à Clara qu'il pensait malheureusement ne plus jamais pouvoir lui refaire l'amour. Il lui avait expliqué qu'il était homosexuel, qu'il avait fini par l'accepter et qu'il en attendait autant d'elle. Dans sa tête, toutes les portes s'étaient brusquement fermées. Elle était piégée.

Impossible de prendre ses trois enfants avec elle et de partir à la recherche d'Eddie Taylor. Il ne voulait pas de ses trois enfants. D'ailleurs, il n'aurait peut-être même plus voulu d'elle. Il avait sûrement tourné la page. Et elle ne voulait personne d'autre.

Elle était tombée dans l'inertie la plus totale. Après un excès de fatigue et une dépression profonde mais relativement brève, elle avait accepté la proposition de Tim : qu'ils ne changent rien à leur vie, qu'ils restent une famille unie et heureuse.

Et ils avaient été heureux. Il y avait eu beaucoup d'amour. Tim était son meilleur ami. Toutes les femmes ne pouvaient pas en dire autant de leur mari. Leurs enfants avaient tout ce dont ils avaient besoin : un foyer stable, des parents dévoués et aimants, une éducation privée, des vacances à l'étranger, des pique-niques au soleil, des week-ends à la plage, tout un tas de beaux souvenirs… Elle avait le sentiment d'être à sa place, même s'il lui manquait celui de se sentir désirée. Mais rien n'est jamais parfait, dans la vie.

28

Dean

— Parlez-moi un peu de Martin, suggéra Dean.

Jo le dévisagea, hébétée.

— Il ne fait pas partie de vos plus beaux souvenirs, ajouta-t-il.

— Pardon ?

— Tout à l'heure, dans l'avion, lorsque vous avez évoqué les plus beaux moments de votre vie, vous n'avez pas parlé de lui.

— Une femme ne peut donc pas être indépendante ? se hérissa-t-elle, cherchant clairement à gagner du temps.

— Évidemment, et c'est très bien. Mais ce n'est pas votre cas. Alors, vous répondez ?

Dean voulait vraiment savoir. Il voulait vraiment qu'elle y réfléchisse.

— Mon Dieu, je ne sais pas…, avoua-t-elle avec une angoisse qui ne pouvait être simulée.

Elle reposa son hot-dog ; il avait beau être délicieux, il semblait s'être coincé dans sa gorge.

— Enfin, on a passé de super moments, ensemble. Évidemment… On allait au cinéma, dans des bars branchés et des restaurants chics. Nous avions toujours du monde à la maison, nous partions en week-end, et nous avions démarré une liste de mariage… Non, c'était très bien, déclara-t-elle. Sinon, je ne serais pas là, n'est-ce pas ? ajouta-t-elle en balayant la ville lumineuse des mains.

— Vraiment ?

Dean pencha légèrement la tête vers elle. Sa frange tomba sur ses yeux, mais il ne la quitta pas du regard. Il savait quel effet cela avait sur les femmes : son regard envoûtant les transperçait. L'une d'elles l'avait même décrit comme une « constellation de nuances de bleu ». Jo et son imaginaire romantique se voyait sûrement en train de plonger dans un vaste océan, à l'heure actuelle. Cela dit, il aurait préféré qu'elle soit plutôt en train de réfléchir à la question qu'il venait de lui poser.

— Non, je ne serais pas là si je ne pensais pas que c'était le bon. C'est *le* moment que j'attendais, tenta-t-elle de se convaincre.

Dean n'était pas convaincu, lui, et vu la façon dont elle se dandinait sur sa chaise, il doutait qu'elle le soit aussi.

— Alors dites-moi, comment êtes-vous sûre que ce Martin est le bon ?

— Vous voulez vraiment savoir ?

— Je ne vous aurais pas posé la question, sinon.

Jo prit une profonde inspiration et réfléchit. Dean savait qu'elle ferait en sorte d'être le plus honnête possible. Mais était-elle honnête vis-à-vis d'elle-même ?

— J'y croyais tellement fort lorsque j'en ai parlé à Lisa et à ma mère…

— Hmm hmm…

— J'étais convaincue de devoir empêcher Martin d'en épouser une autre. Qu'il était fait pour moi.

— Hmm hmm…

Cependant, l'évidence d'une telle décision n'était plus aussi limpide, aujourd'hui. Elle regarda les couples qui les entouraient, qui riaient et se chamaillaient, discutaient et plaisantaient, et une vague de panique sembla l'envahir. Dean avait presque de la peine pour elle.

— Eh bien… C'est quelqu'un de bien, de *gentil*, contrairement à la plupart des hommes – vous l'avez dit vous-même. Il ne m'a jamais trompée. Je ne l'ai même jamais vu regarder une autre femme. À l'époque où nous étions ensemble, je n'y prêtais pas tellement attention, mais ces cinq années de célibat m'ont appris que la fidélité est loin d'être une chose acquise, bien au contraire, soupira-t-elle. C'est chose rare, de nos jours. Vous n'imaginez pas le nombre d'hommes qui m'ont demandé d'être discrète.

— C'est-à-dire ?

— Ils veulent que je sois leur maîtresse. Parfois même, un simple coup d'un soir.

— Et ça vous plaît ?

Dean connaissait des femmes que cela ne gênait pas d'être une maîtresse ou un simple coup d'un soir, parfois dans l'espoir que les choses évolueraient, ou alors en dernier recours. Cela lui convenait – ça le changeait un peu de la solitude –, mais étonnamment, il ne voulait pas que Jo fasse partie de cette catégorie.

— Jamais, répondit-elle fermement. Ces types-là, je les envoie balader. Je n'ai jamais été une roue de secours.

Elle marqua un arrêt, l'air coupable.

— Et celui dont vous m'avez parlé dans l'avion, le type marié ?

Elle saisit son verre et but une longue gorgée.

— Bon, pas intentionnellement, du moins. Les hommes ont parfois tendance à annoncer ce genre de choses en retirant leur préservatif, si vous voyez ce que je veux dire.

— Charmant…

— N'est-ce pas, soupira Jo.

Dean n'y comprenait rien. Il était soulagé que Jo ne soit pas le genre de femme à vouloir partager, mais d'un autre côté, son entêtement l'agaçait, le révoltait, même. Cela ne suffisait-il pas à lui prouver que son idéal n'existait pas ? Les hommes mariés étaient infidèles et les femmes célibataires devaient s'y résigner. Était-ce cela, la recette du bonheur ? Pire encore, la maîtresse de son père – la plus importante, celle pour laquelle Eddie Taylor avait abandonné sa famille – avait été mariée, elle aussi. Ce genre d'attitude n'était donc pas spécifique aux hommes. Et c'était justement cette tendance généralisée qui déprimait Dean. Comment Jo pouvait-elle être consciente de tout cela et pourtant croire qu'elle finirait par tomber follement amoureuse ? Et comment pouvait-elle penser que cela se passe-rait avec un homme qui comptait épouser une autre femme ? Elle était tellement bornée, tellement aveugle, tellement frus-trante, tellement…

Pleine d'espoir. Dean remua la tête. L'espoir n'était pas quelque chose qu'il avait pour habitude d'admirer, et encore moins de ressentir. Espérer face à une évidence si saisissante relevait de la bêtise. Il devait au moins lui expliquer cela ; c'était son devoir.

— Et vous pensez que ce type est le bon tout ça parce qu'il ne vous a pas trompée ?

— En partie, oui.

— Quel âge aviez-vous, lorsque vous étiez ensemble ?

— Pas loin de trente ans.

— C'était donc encore tout rose…

— Pardon ?

— La plupart des couples de cet âge-là ont une vie sexuelle bien remplie. Il n'a sûrement jamais dû ressentir le besoin d'al-ler voir ailleurs.

— Génial… Donc d'après vous, le seul moyen de garder un homme, c'est de lui faire l'amour constamment afin qu'il n'ait pas l'énergie d'aller voir ailleurs ? s'exclama Jo, outrée.

— Non, ce n'est pas ce que je dis. Je dis simplement que ce Martin n'avait pas à être tenté. Il aurait eu quarante ans, les choses auraient peut-être été différentes.

— Non, c'est un homme fidèle, je le sais.

— Alors comment comptez-vous l'éloigner de sa fiancée actuelle ?

Jo se raidit. Elle n'avait clairement pas pensé à cela. Piquée au vif, elle se mit à débiter les qualités de son ex, comme si de rien n'était.

— Et il est charmant. Enfin, suffisamment, du moins. Les femmes ne se retournent peut-être pas sur lui dans la rue, mais il est grand.

— Vous l'avez déjà dit, fit remarquer Dean d'un ton calme tout en sirotant sa boisson.

La confiance dont il débordait était typiquement celle de l'homme sur lequel les femmes se retournaient. Et c'était en effet le cas.

— J'aimerais avoir de grands enfants. Et il a un bon job. Je ne cours pas après l'argent, mais je veux au moins quelqu'un de solvable.

Elle poussa un nouveau soupir.

— Je dois vous paraître superficielle, mais je vous assure que ce n'est pas le cas. Les raisons pour lesquelles je veux épouser Martin sont... complexes.

Elle saisit son verre et avala une gorgée tellement longue qu'elle ne devait même pas avoir senti le goût de son cocktail. La myriade de lumières provenant des réverbères et des fenêtres des immeubles qui entouraient le parc se brouillait sans aucun doute devant ses yeux soudain humides. Dean refusait de céder à la compassion ou même à la pitié. Il fallait que cette femme se réveille.

— Soyez plus claire, insista-t-il.

— Il le faut vraiment ?

— Vous ne le pouvez pas ?

Dean attendit, déterminé à ce qu'elle ne se tire pas d'affaire aussi facilement. Il savoura la légère brise qui venait enfin balayer la chaleur de la journée. Il avait le sentiment qu'ils devaient tous les deux se calmer, mais sans vraiment savoir pourquoi. Il songeait constamment à l'immensité de cette ville et à la place microscopique qu'il y tenait. Il était tout petit, il en avait pleinement conscience et s'en sentait étrangement rassuré. Il n'allait pas s'imaginer qu'il avait une importance quelconque dans ce monde, ce qui lui permettait de ne pas se laisser hanter par la culpabilité. Jo aussi était toute petite, ainsi que ce Martin, mais elle ne semblait pas le saisir.

Ils étaient tous de simples acteurs insignifiants. Le destin n'existait pas. Martin et elle n'étaient pas faits l'un pour l'autre, malgré le rêve qu'elle s'était inventé. La vie, c'était le chaos. Comment avait-elle pu traverser le globe à la poursuite d'un homme en se basant sur un concept aussi bancal ? Il parvenait à être impressionné par un tel aveuglement.

— Eh bien, la vérité, c'est que j'ai trente-cinq ans. Et que je me sens seule.

Jo laissa ce dernier mot s'enraciner entre eux. C'était un mot humiliant mais sincère. Dean ne s'attendait pas à une réponse pareille, de la part d'une femme aussi idéaliste.

— Ça ne vous est jamais arrivé, d'avoir envie de ne faire qu'une boule de votre vie afin de pouvoir la jeter à la poubelle ? poursuivit-elle en l'observant, le visage baissé.

Il ne s'agissait pas d'une œillade, non, mais de pure timidité. Même cette femme à la franchise étonnante avait du mal à avouer son anéantissement. Dean avait de nombreuses fois pensé la même chose, mais jamais il ne l'avait entendu de la bouche de quelqu'un d'autre. Il n'osa pas bouger de peur qu'elle ne prenne cela pour un hochement de tête approbateur ; compatir ne ferait que le trahir. Elle tenta un sourire, mais il savait qu'il s'agissait de l'un de ces sourires douloureux et nécessaires qui n'étaient là que pour sauver les apparences.

— Vous est-il déjà arrivé de penser qu'il n'y a rien d'autre à faire que de tout recommencer tout en réalisant que très peu d'entre nous le peuvent ?

— À part les bouddhistes, répondit Dean avec un petit sourire.

Il n'avouerait jamais avoir eu de telles pensées, même si cela faisait longtemps qu'il les nourrissait. Il préférait se cacher derrière l'humour. Jo saisit la paille qu'il lui avait offerte et tenta elle aussi d'adopter un ton léger.

— Oui, mais même eux ne peuvent pas tout contrôler. Je n'ai aucune envie de renaître en scarabée ou en gardien de troupeaux au fin fond de l'Alaska. Et puis, ils ne sont pas censés boire...

Elle s'empara de son cocktail et marqua son argument d'une petite gorgée. Ils sombrèrent dans un nouveau silence, mais celui-ci était plus vif que les précédents. Elle n'avait pas terminé, elle avait encore quelque chose à dire.

— Je suis sûre que vous pensez que je veux juste un gros mariage, que je suis focalisée sur ce jour-là.

— Eh bien...

Il eut la décence de ne pas finir sa phrase, ce qui aurait impliqué soit de mentir soit de la blesser.

— C'est toujours pareil. Mes amis, ma sœur, même mes parents doivent se moquer de moi. Ils me prennent tous pour une chasseuse d'hommes complètement folle, mais ça n'a rien à voir avec le jour J.

— Vraiment ?

— Oui, sincèrement. Je vous ai dit que mes parents étaient mariés depuis toujours.

— Oui.

— Et que pour moi, la famille comptait plus que tout.

— Oui

— C'est *ça* que je veux.

Elle marqua un temps d'arrêt, satisfaite de l'efficacité de son argument tout en luttant contre le désespoir de ne pas avoir atteint son but.

— J'ai envie d'une famille à moi. D'un mari à aimer et qui m'aimera en retour. Qui m'aimera quand je serai fatiguée, ou en colère, ou quand j'aurai tort. Quand je serai vieille. Et moi aussi, je l'aimerai inconditionnellement. Nous aurons des enfants. Deux, peut-être trois. Notre maison sera pleine de bruit, mais pleine d'amour. Les amis et la famille viendront manger chez nous le dimanche midi, et certains jours, nous nous contenterons de nous blottir sous une couverture devant la télé. Je serais parfaite dans ce rôle. J'ai beaucoup d'amour à donner. C'est *ça* que je désire.

« Désirer » était un mot tellement fort que Dean en eut presque mal de l'entendre le prononcer. Il ne l'avait pas quittée des yeux une seule fois. Il était fasciné par sa franchise, son autoanalyse et ses ambitions vieillottes. Son silence l'encouragea à poursuivre.

— J'ai fait un nombre incommensurable d'erreurs. Je ne me suis pas contentée de laisser passer des occasions, non, je les ai balancées dans la cuvette des toilettes et ai tiré la chasse. Je déteste les prises de conscience, c'est terrible…

Elle tenta un nouveau sourire, mais Dean n'était toujours pas convaincu.

— Martin était mon unique chance. Une chance d'un mètre quatre-vingt-dix aux cheveux blonds, aux yeux marron et au sourire posé. Avec un diplôme de maths arraché à Bristol et un job de conseiller en gestion. Il a aussi de bonnes jambes qui auraient pu faire de lui un athlète de haut niveau. Et il voulait de moi. Il m'aimait. Vraiment.

— Je n'en doute pas.

Dean imaginait très bien ce type aimer cette femme. Soudain, sous les étoiles de la nuit claire, il se prit à penser que la plupart des hommes l'aimeraient, s'ils apprenaient à la connaître.

— Vous rencontrerez quelqu'un d'autre, marmonna-t-il.

Et il le pensait vraiment. Il ne croyait toujours pas plus à ses histoires de Prince Charmant, mais il était persuadé qu'elle se trouverait un type aussi bien que ce Martin.

— Non, j'ai essayé, répondit-elle en secouant énergiquement la tête. Il n'y a personne d'autre pour moi. J'ai cherché, je vous le jure.

Elle balaya la nuit de la main. Les lumières vives faisaient ressortir les immeubles, les ponts et les voies ferrées, les rires et la musique venaient fendre le silence, mais Dean savait qu'elle ne voyait ni n'entendait plus les opportunités que la vie avait encore à lui offrir. Elle confirma aussitôt ses pensées :

— Je n'y crois plus. Je me suis battue pendant si longtemps… Des années et des années. C'est épuisant. Montrer constamment mes bons côtés afin d'avoir une infime chance d'attirer un homme qui resterait suffisamment longtemps avec moi pour découvrir mes mauvais côtés, c'est véritablement épuisant. Ça fait mal d'avoir raté sa vie à ce point, mais ce qui fait encore plus mal, c'est d'avoir raté ces occasions. Il vaut mieux avoir aimé un court instant que de ne pas avoir aimé du tout ? Je me suis très souvent posé cette question, et la réponse est un non catégorique. Il vaut mieux vivre dans l'ignorance la plus parfaite que d'avoir conscience du bonheur qu'on aurait pu connaître. Martin et moi avons encore peut-être une chance. Je prétends que c'est le bon parce que… c'est la seule chance qu'il me reste.

Sur ce, elle repoussa son assiette. Elle avait à peine touché à son hot-dog et à la montagne de frites que la serveuse leur avait apportée. Sachant que la nourriture était délicieuse, Dean imaginait qu'elle avait perdu l'énergie de manger. Elle devait être au bout du rouleau. Jo se mit à jouer avec le givre de son verre à cocktail.

— On y va ? proposa-t-elle, abattue.

Avec un hochement de tête, Dean accrocha le regard de la serveuse. Tandis qu'il glissait ses billets sur le petit plateau d'argent, il se tourna vers Jo.

— Vous savez quoi ? Je pense que vous vous trompez. Martin n'est pas la seule chance qu'il vous reste. C'est votre seule chance *pour l'instant.*

Bon, ce n'était pas le roi du réconfort, mais c'était tout ce qu'il avait en magasin. Elle haussa les épaules, les yeux baissés.

Dean était touché par son honnêteté. Touché et gêné. Il comptait la mettre dans un taxi et la laisser repartir vers son hôtel. Après tout, il s'était comporté en parfait gentleman tout au long de la journée. Il l'avait emmenée faire du shopping, l'avait invitée au restaurant et s'était occupé de réserver l'hôtel. C'était bien suffisant, non ? Alors pourquoi ce sentiment désagréable ? Il n'était pas certain que de la laisser seule dans un taxi soit la meilleure option. Il ne parvenait pas à savoir si son abattement était dû à l'alcool, au décalage horaire ou tout simplement à son cœur brisé.

Dans tous les cas, il doutait qu'on la laisse entrer dans l'hôtel s'il n'était pas à ses côtés. Préférant ne pas prendre le risque qu'elle se retrouve à errer dans les rues de Chicago en pleine nuit, il héla un taxi pour tous les deux.

Ils laissèrent le silence les guider dans la ville, assis côte à côte dans la pénombre du taxi. Elle frissonna ; Dean lui tendit sa veste. Elle ne se contenta pas de la poser sur ses épaules, comme le font souvent les femmes dans ce genre de situation. Non, elle l'enfila convenablement, préférant bénéficier de sa chaleur plutôt que de se soucier de son apparence. Ils observaient les gens heureux, anxieux ou ivres qui sillonnaient les rues. C'était une ville riche, une ville vivante. Dean aurait aimé qu'elle y voie les opportunités que lui y voyait : les gens avec qui elle pourrait se lier d'amitié, la carrière qu'elle pourrait poursuivre, les conversations qu'elle pourrait avoir, les endroits qu'elle pourrait visiter... Mais il était certain qu'elle pensait encore à son projet de sabotage. Sa seule et unique ambition.

Il attendit qu'elle s'enregistre à l'accueil. Le temps était enfin venu de se dire adieu. Ils s'attardèrent dans le vestibule de marbre, s'efforçant de murmurer tout en ayant conscience que le réceptionniste las et épuisé entendait tout.

— Merci beaucoup pour tout ce que vous avez fait pour moi. La virée shopping, le restaurant, l'hôtel…, déclara Jo en choisissant d'arrêter là son énumération.

Dean balaya ses remerciements de la main, comme si c'était normal. Il fit également mine de ne pas remarquer à quel point elle avait du mal à s'exprimer.

— Ça a été… très agréable, choisit-il de répondre.

— Oui, c'est vrai.

Elle lui rendit son sourire.

— Même si toute la journée, je n'ai pas cessé de me demander… pourquoi êtes-vous ici ?

— Comment ça ?

— Avec moi. Vous n'avez rien de mieux à faire ?

Dean réfléchit quelques instants.

— Aucune idée. Peut-être suis-je fatalement attiré par les causes perdues.

— Ce n'est pas une cause perdue, rétorqua-t-elle en lui donnant un petit coup dans le ventre – elle avait forcément remarqué ses abdos.

— Le tableau est si sombre que je songe à vous offrir une torche de mineur et un canari dans une cage…

— Très drôle.

Après une hésitation, Jo posa la question que Dean avait attendue mais espéré ne pas entendre.

— Venez avec moi, demain.

— Non, je ne peux pas.

— Mais si ! Pourquoi pas ? Ce serait parfait, si j'arrivais

avec vous à mon bras. Ça ne pourrait que me faire du bien, d'avoir un homme comme vous avec moi.

Dean avait déjà entendu ce genre de remarque un million de fois, et du même ton légèrement ivre. Son désir d'être sincère l'avait poussée à abandonner sa prétendue sobriété.

Il y répondit comme à son habitude, par un sourire charmeur et détaché.

— Merci…

— Ouah ! Vous êtes super ému, là, non ? s'exclama Jo avec un faux accent américain qui dégoulinait de sarcasme, chose qu'il n'avait pas encore vue chez elle.

La façon dont il avait accepté le compliment laissait penser qu'il l'avait déjà trop entendu. Dean avait presque honte d'être bel homme. En tout cas, cela lui était bien égal. Certes, c'était ce qui lui avait permis de fréquenter autant de femmes, mais il n'y accordait que peu d'importance.

— Vous ressemblez à votre père ? lança Jo.

— Je croyais que nous nous étions mis d'accord pour ne pas parler de lui.

— Vous vous êtes mis d'accord tout seul. Vous l'avez suggéré et vous êtes imaginé que je vous suivrais. Vous avez ce côté… comment dirais-je… légèrement directif.

— Peut-être que je me suis imaginé que vous suivriez parce que vous avez un côté soumise…

— Oh, ça c'est méchant. Vous ne devriez pas confondre la soumission et la politesse, rétorqua Jo en pointant un doigt accusateur à la manière d'une maîtresse d'école.

Dean mit la tournure que prenait la plaisanterie sur le compte de son ivresse. Il y avait comme un air de flirt dans l'air…

— Heureusement que vous êtes quelqu'un d'intelligent, pas vrai ? Comme ça, vous n'avez pas à compter sur votre physique qui vous agace tant, ajouta-t-elle.

— Aïe…

— Oui, on me sous-estime beaucoup.

— À qui la faute ?

— Vous êtes toujours aussi dur ?

— Je ne suis pas dur, mais perspicace.

— Allez ! J'ai le droit d'emmener quelqu'un, et je suis sûre qu'on va super bien manger. Même si c'est du poulet, ce sera du poulet de luxe. Vous savez, du genre suprême de poulet farci au brie et à la pomme, sûrement enveloppé de bacon et de sauce au vin blanc.

— Mais si votre plan fonctionne, il n'y aura pas de mariage, et encore moins de repas…, fit remarquer Dean.

— Oh mais oui, suis-je bête !

Jo semblait soudain désemparée. Ses joues se vidèrent de toute couleur, fondant son visage aux murs de marbre de la réception. Le poids de la réalité de ce qu'elle comptait faire avait-il enfin agi ? Était-elle vraiment capable de gâcher le mariage d'une autre femme ? Il n'y avait pas que Martin à prendre en compte, dans cette histoire. Dean soupira. Décidément, cette Jo était une vraie énigme. Folle à lier, exaspérante au possible, et pourtant, elle le touchait.

Malgré le fait qu'ils soient diamétralement opposés, il ne pouvait nier ressentir de la sympathie pour elle. C'était une trentenaire cherchant à tout prix à ce qu'on lui mette la bague au doigt et persuadée que le Prince Charmant existait. Lui aussi était trentenaire, mais il éprouvait un mépris cynique vis-à-vis de tout ce cirque qui voulait bien vous faire croire au bonheur éternel. C'était une chose qui n'existait tout bonnement pas, et il était bien dommage qu'elle gâche sa vie à la rechercher.

Si elle s'était targuée de traquer les farfadets ou les chaudrons remplis d'or au pied des arcs-en-ciel, on l'aurait fait enfermer. Cette femme était folle.

Et pourtant, il la comprenait. Elle était seule. Elle voulait une famille. Oui, il la comprenait.

— Non, insista-t-il en secouant la tête, navré de ne pouvoir aller dans son sens. Je suis désolé, Jo, mais je ne peux pas vous regarder vous infliger ça. Ce sera une catastrophe.

Jo hocha imperceptiblement la tête. Il savait qu'elle tentait de faire bonne figure malgré la déception.

— Évidemment… Pourquoi voudriez-vous prendre part à ma vie chaotique ?

— Et pourquoi vous-même le voudriez-vous ?

— Je n'aurais pas dû vous poser la question. Je peux très bien me débrouiller toute seule.

— Oui, si vraiment vous le devez.

— Je le dois, si vraiment je le peux.

Jo s'arracha un grand sourire et déclara :

— Martin sera ravi de me voir. Il veut que je vienne à son secours. C'est pour ça qu'il m'a invitée.

— Si vous le dites…

— Et je *veux* venir à son secours.

— Ça, je l'ai bien saisi.

— C'est Martin que je veux.

Dean hocha la tête. Il se sentait soudain submergé par la fatigue. Il se colla à son oreille afin de s'assurer que le réceptionniste n'entende pas.

— Jo, vous avez conscience que vous allez vous faire éconduire, n'est-ce pas ?

Il espérait que cet avertissement traduirait son regret et sa compassion, mais il voulait surtout qu'il traduise sa certitude.

— Absolument pas. Il ne m'a pas envoyé cette invitation pour rien.

— En effet, il vous l'a envoyée pour vous balancer son bonheur à la figure. Il est heureux, pas vous.

— Il n'est pas comme ça, insista-t-elle.

Dean se recula et haussa les épaules. Il était persuadé qu'elle avait tort.

— Le mariage a lieu à dix-huit heures au Luxar, dans l'East Walton. Vous connaissez ?

— Oui, c'est un hôtel tout ce qu'il y a de prestigieux.

Joe haussa les épaules à son tour. Elle ne semblait pas particulièrement ravie de cette nouvelle.

Dean était content de ne pas s'être étendu sur les magnifiques suites que proposait l'établissement, le service impeccable et le décor sublime, avec ses jolies cheminées pour l'hiver et ses immenses terrasses pour l'été. Il y avait passé des nuits passionnées au moins deux fois.

— Eh bien, si vous changez d'avis, vous savez où me trouver, ajouta-t-elle.

— Jo, je serais vous, j'irais plutôt visiter le musée d'art contemporain.

Il se rapprocha d'elle. Le temps était venu de se séparer. Il opta pour un léger baiser sur son front ; ses lèvres brûlaient.

— C'est là qu'on se quitte, n'est-ce pas ?

— Oui, Jo. Prenez soin de vous.

— Vous ne me souhaitez pas bonne chance ?

Il y avait pensé. Il ne croyait pas beaucoup à la chance. Mais elle, oui.

— Si... Bonne chance.

Il s'empressa alors de quitter l'hôtel, se refusant à jeter un regard en arrière.

Samedi
23 avril 2005

29

Jo

J'espérais qu'à mon réveil, l'état du temps me prédirait la tournure des événements à venir ou servirait au moins de toile de fond dramatique à cette journée décisive. La nuit précédant mon vol, j'ai eu tout le temps de m'imaginer la façon dont cette journée se déroulerait. Je me voyais vêtue d'une magnifique robe évasée (couleur rose ou citron), en train d'arpenter sur mes talons hauts les rues de Chicago à la recherche de l'église, sous un soleil de plomb. Impossible de voir les choses autrement, même après avoir consciencieusement relu l'invitation et m'être rendu compte que le mariage n'aurait pas lieu dans une église. Les vœux seraient échangés à l'hôtel, mais cela ne collait pas à mon fantasme. Martin attendrait dehors, ravissant. Il serait entouré de deux ou trois autres types distingués mais moins charmants qui, à mon approche, resteraient bouche bée, impressionnés par mon charisme.

Dans mon fantasme, je ressemblais à Reese Witherspoon, ce qui est étrange étant donné que je ne suis même pas blonde.

Mais je ne suis pas irréaliste. Même dans mes fantasmes, j'acceptais le fait que notre réconciliation ait lieu à Chicago, et vu que nous sommes fin avril, le soleil de plomb n'est pas garanti. Je me suis donc construit un fantasme alternatif figurant un temps beaucoup moins clément. Dans cette seconde version, le ciel serait chargé de lourds nuages gris. Je porterais une robe noire ultra-moulante au décolleté plongeant. Mon arrivée à l'église serait accompagnée d'un gros coup de tonnerre. Tout ce qu'il y a de plus gothique et de romantique. Martin serait toujours flanqué de deux ou trois types charmants, tous fascinés par ma sensualité torride. Imaginez Angelina Jolie, si ça peut vous aider. Oui, je sais, je suis rarement moi-même, dans mes fantasmes.

Lorsque je tire les rideaux, c'est malheureusement pour être accueillie par un ciel grisâtre suggérant une éventuelle micro-éclaircie plus tard dans la journée, mais je n'en retiens que le côté sinistre et fadasse. J'ai presque de la peine pour la fiancée de Martin. Aucune femme ne souhaite un temps pareil pour son mariage. De toute façon, son mariage n'aura pas lieu, je me rappelle aussitôt.

J'ai découvert avec surprise qu'il était déjà trois heures de l'après-midi, à mon réveil. Complètement décalée, j'ignorais si je devais petit-déjeuner ou déjeuner, mais finalement, j'étais trop excitée (ou nerveuse) pour avaler quoi que ce soit. J'ai tenté de me prendre un café, mais devant la profusion de boutons et de choix, j'ai fini par me rabattre sur un verre d'eau du robinet, regrettant de ne pas avoir davantage mangé hier. Peut-être aurais-je dû également moins boire. Je m'attendais à une gueule de bois bien méritée, mais par chance, ma grasse matinée m'a été bénéfique, de ce côté-là.

Je sors soigneusement ma tenue de son sac en carton. J'aurais dû la mettre sur un cintre hier soir, mais j'étais trop fatiguée. J'ai de la chance que le tissu ne soit pas du genre à se froisser trop facilement. Nous avons choisi une robe rouge Calvin Klein sans manches. L'élégance même, et d'autant plus sexy. Dean m'a volontairement tenue éloignée de tout vêtement trop excentrique ou trop vulgaire : « Il faut que vous soyez prise au sérieux, mais le but n'est pas de causer une attaque au curé. » Sa voix résonne encore dans ma tête. Une voix déterminée et virile qui s'est soudain muée en murmure lorsque j'ai émergé de la cabine d'essayage vêtue de ma robe Calvin Klein. J'ai dû tendre l'oreille afin de l'entendre souffler « Superbe », pour vous dire. J'espère qu'il a raison, parce que si je ne suis pas superbe aujourd'hui, autant ne jamais plus l'être. Nous avons également acheté des nu-pieds en daim aux talons vertigineux avec une jolie lanière aguicheuse au niveau de la cheville. Autant jouer l'atout charme jusqu'au bout…

Je me sers des gels douche aux parfums sensuels de l'hôtel et me tartine d'une dizaine de crèmes différentes. Ça fait cinq ans que je n'ai pas vu Martin, et ces cinq années n'ont pas été particulièrement tendres avec moi. Ma peau s'est mise en tête de coller à l'implacabilité de la science en acceptant la gravité, et ma volonté s'étiole, raisons pour lesquelles je continue de m'inonder de crème et d'espoir. Martin se dira-t-il que j'ai terriblement mal vieilli ?

Un coup d'œil dans le miroir me rassure sur un point : aucune trace des cernes que le décalage horaire promettait pourtant. En vérité, je rayonne. Je me gratifie d'un sourire, et mes pommettes se redressent pour m'accueillir comme de vieilles amies perdues de vue. Je décoche un autre sourire, celui-ci moins enjoué, plus timide. Mes yeux pétillent. Je poursuis mon petit jeu tout en me maquillant. Étonnamment, je me trouve… pas mal.

Mais c'est assez facile : à chaque nouveau sourire, je pense à Dean. Son expression exaspérée lorsque je lui ai renversé mon champagne dessus, sans pour autant être désagréable ; lui en train de m'attendre au niveau des taxis ou de mordre dans son hot-dog… Je me demande bien ce qu'il a prévu, aujourd'hui. Il m'a dit qu'il passait en général quelques heures à la salle de sport le samedi, et qu'il allait parfois jouer au baseball ou faire quelques paniers avec ses amis.

Il est du genre hyperactif. Je ne prétends pas que tout ça ne sert à rien ; au contraire, il est plutôt bien taillé, si vous voyez ce que je veux dire… Mais rien que de penser à lui est épuisant. Épuisant et excitant. Je me demande ce qu'il est en train de faire, à cet instant précis. Il cherche sûrement laquelle de ses nombreuses conquêtes appeler pour s'amuser un peu… Il n'a probablement aucune envie de passer son samedi soir tout seul. J'imagine très bien une rousse ou une blonde lire son nom sur son téléphone et décrocher avec un énorme sourire – n'importe quelle femme serait ravie d'un tel appel.

Par chance, j'ai appris que la pure attraction sexuelle ne mène jamais à quoi que ce soit de sérieux. J'ai fini par intégrer le fait qu'être séduit par quelqu'un est inversement proportionnel au fait d'être heureux avec lui.

Martin est ma dernière chance. Cela dit, lorsque mon téléphone émet un bip, j'espère aussitôt qu'il s'agit de Dean, ce qui est absolument ridicule, étant donné que nous n'avons même pas pris la peine d'échanger nos numéros. Je saisis mon téléphone et découvre que c'est ma sœur. Ma déception est aussi inexplicable qu'écrasante. Je me contente de laisser ma boîte vocale répondre à ma place.

Bon, je suis prête. Un dernier coup d'œil dans le miroir. Ça peut aller, même s'il ne s'agit que de mon avis. Mais mon avis est important étant donné que c'est le seul que j'ai. Comme toujours.

30

Eddie

Elle est restée toute l'après-midi. Pour être honnête, je ne m'y attendais pas. Mon expérience m'a appris que les amants attendaient trop l'un de l'autre, et c'est un piège que j'ai toujours cherché à éviter. Je ne me suis fait avoir qu'une seule fois. Avec elle, évidemment. Juste cette fois-là. Je pensais que c'était dans la poche. À l'époque. Il y a si longtemps de ça... Je pensais qu'elle quitterait son mari pour moi. Jamais je n'en aurais douté. Hier, quand je le lui ai dit, elle a abordé le sujet des enfants.

— Mais, Eddie, et les enfants ? Comment as-tu pu croire que je quitterais les miens ?

— Je n'y ai jamais pensé, Clara.

Je devais me montrer honnête. Avec elle comme avec mon fils ; il n'y avait aucun intérêt à leur mentir maintenant. Elle avait poussé un soupir déçu. Je déteste ça, quand les gens cherchent à me mettre leur déception sur le dos. C'est leur faute, pas la mienne, et c'est bien dommage qu'ils ne l'aient pas compris plus tôt. Elle ne serait pas déçue si elle n'attendait rien de moi. Si elle n'attendait pas *mieux*. Pourquoi, d'ailleurs ? Je n'ai jamais été mieux. Et je n'ai jamais prétendu l'être.

— On passe aux mots croisés ? avait-elle suggéré, comme chaque fois qu'elle voulait changer de sujet.

Elle s'était penchée pour attraper son sac posé par terre et m'avait gratifié sans le vouloir d'une vue plongeante sur son décolleté. Décolleté qui n'avait pas aussi bien vieilli que son visage. À force de griller au soleil en vacances à l'étranger, les courbes de ses seins rappellent davantage des prunes que des pêches, désormais.

Mais la vue de sa clavicule m'a tout de même laissé bouche bée. Elle est toujours aussi belle. L'espace d'un instant, j'ai réussi à oublier la douleur, qui a cédé sa place au plaisir. C'était une vraie bénédiction, après ces draps froids, ces toilettes humiliantes, ces piqûres, ces transfusions, cette chimio, de ressentir simplement ce qu'un homme est censé ressentir.

La plupart du temps, nous grappillions quelques minutes par-ci par-là, minutes qui, accolées les unes aux autres, auraient pu passer pour une relation tout ce qu'il y a de plus normal. Mais si jamais il nous arrivait d'avoir un peu de temps supplémentaire, nous fumions une cigarette et nous amusions à compléter la grille de mots croisés du journal. Elle était très forte aux anagrammes, et pas mauvaise pour les définitions. Mais j'étais meilleur aux deux.

Hier, j'ai remarqué que son journal était celui qu'on distribue dans le métro. Je déteste ces torchons. C'est à cause d'eux que le véritable journalisme dépérit à vue d'œil et que les gens lisent moins. Je le lui ai dit, d'ailleurs.

D'après elle, c'est agréable à lire, distrayant, même si les mots croisés sont trop faciles. Vraiment ? Personnellement, je les ai trouvés compliqués. Il m'est de plus en plus difficile de rester concentré. C'est pratiquement impossible.

Pourtant, elle m'a lu patiemment chaque définition, deux ou trois fois s'il le fallait, et me guidait vers les bonnes réponses en faisant mine que je me débrouillais très bien, puis elle se penchait sur le lit afin que je puisse la regarder remplir soigneusement les cases. Je me souvenais de son écriture. Voilà une chose à laquelle je ne m'attendais pas. Je ne m'étais même pas rendu compte que je la connaissais. Mais si, et je l'ai reconnue. Comme quoi, il y a toujours moyen d'être surpris…

Je me demande qui viendra me rendre visite, aujourd'hui. Mon fils ? Une de mes filles ? Après tout, pourquoi pas ? Cette histoire prend une tournure bien plus intéressante que ce que je m'étais imaginé. J'aurais dû crever plus tôt, tiens ! Héhé…

C'est bon de voir que je peux encore rire à mes propres blagues, malgré tout ça. Ils ont augmenté le dosage de mes antidouleur, mais ce n'est pas suffisant. Mes os me font mal, comme si on les tordait afin de les faire entrer dans une boîte trop petite. Mes muscles me font mal à force d'être rongés. Mon dos, ma tête, mon menton me font mal. Tout mon corps me fait un mal de chien. Va-t-il devoir encore endurer ça longtemps ?

Reviendra-t-elle ? C'est ce qui me ferait le plus plaisir. Elle. J'imagine que ça a toujours été elle. S'il y a eu quelqu'un. Mais je n'en suis même pas sûr. Quelqu'un d'autre que moi dans ma vie. En tout cas, si c'était le cas, c'était elle.

31

Dean

Contrairement à Jo, Dean n'avait pas bien dormi du tout. Il avait passé la nuit à se demander s'il devait appeler Zoe ou non. Elle serait ravie d'apprendre qu'il avait abandonné Eddie Taylor à son sort, vu la façon dont elle avait pris le fait qu'il se rende à son chevet. Elle trouvait ce geste ridicule, et elle avait raison. Il était ridicule. Eddie n'avait même pas demandé à ce qu'on l'appelle. Même à l'article de la mort, Eddie Taylor se fichait bien de Dean. Cette idée le rendait malade.

Une vague de morosité profonde traversa tout son corps. C'était un sentiment mort, un manque qui l'envahissait avec une férocité renouvelée et oubliée depuis longtemps. Ce manque cruel ne lui était pas du tout étranger. Il avait toujours été là, et il s'y était habitué jusqu'au point de pratiquement l'accepter comme faisant partie de lui. Une fois adulte, il était parvenu à le canaliser. Adolescent, il avait été incapable de le contrôler.

Il lui avait rongé le corps et l'esprit, consumant sur son passage toute conviction et tout espoir de vie sentimentale saine pour l'avenir. Dean n'avait jamais mis un nom sur cette angoisse. Cela n'aurait fait que lui donner plus d'importance qu'il n'était prêt à lui accorder. Il était déjà difficile d'accepter un tel sort. Mais Jo en avait parlé si librement… Elle avait beau venir d'ailleurs, sa souffrance était la même.

Il se sentait seul, et cela depuis trop longtemps. Abandonné par son père, négligé par sa mère. Il s'était débrouillé seul ; on ne lui avait pas laissé le choix. Même chose pour Zoe. Il n'aimait pas replonger dans ce passé misérable. Après tout, il s'en était bien tiré. Très bien, même. Et Zoe aussi. Il ne l'avait pas lâchée et ils étaient sortis de tout ça la tête haute. Il allait bien, aujourd'hui.

Sa seule erreur avait été de revenir en arrière. De passer la tête derrière le rideau, vers ce passé infesté par les mites. Désormais, lorsqu'il pensait à son père, il ne voyait pas le salaud aux cheveux noirs qui les avait abandonnés pour une partie de jambes en l'air. Il voyait cette poitrine qui se soulevait péniblement, ces lèvres parcheminées, ces yeux voilés.

Mais Eddie Taylor restait un salaud. Son père était parvenu à l'humilier, à le rejeter, jour après jour. Année après année. Jusqu'à la fin. Un rejet si intense que Dean avait même du mal à y croire. Il avait failli pleurer devant cet enfoiré. Cette simple idée le fit bondir de sa chaise et enfoncer son poing dans le mur.

Bordel, ça fait mal !! Il se rua dans sa cuisine gris sombre immaculée, ouvrit la porte de son énorme congélateur – vide – et plongea la main dans le compartiment à glace. Enfant, il frappait tout et tous ceux qui lui tombaient sous la main. Quand c'était nécessaire. Pour protéger Zoe, pour oublier la douleur, ou pour l'évacuer. Mais c'était il y a longtemps. Il était devenu quelqu'un de civilisé. Il avait oublié à quel point ça faisait mal, de cogner un mur.

Son père lui avait dit être « étonnamment content » de le voir. Qu'est-ce que ça voulait dire, au juste ? En tout cas, ça ne suffisait pas. Ce n'était pas Eddie Taylor qui l'avait contacté, mais une infirmière. Une inconnue. Une bonne samaritaine. Une imbécile qui avait décidé de prendre l'initiative de l'appeler et de faire croire à Dean qu'on voulait de lui. Le plus dur, c'était que Dean avait vraiment cru – même s'il ne l'aurait jamais admis – qu'on voulait de lui.

Mais ce n'était pas le cas.

Eddie n'avait pas voulu de lui. N'avait *jamais* voulu de lui. Dean avait l'impression qu'on lui enfonçait un couteau dans le dos. Il avait vraiment mal ; comment donc était-ce possible ? Comment allait-il survivre à ce week-end ? Et à la semaine suivante ? Et au reste de sa vie ? L'espace d'un instant, il fut incapable d'y voir clair, aveuglé par une haine sombre. Son pouls s'accéléra et sa poitrine se serra. Faisait-il une crise d'angoisse ? Il suffoquait. Sa poitrine complètement comprimée le brûlait. Il ne parvenait pas à trouver l'air dont il avait besoin. Soudain, le visage de Jo surgit dans son esprit.

Elle souriait. Il y avait un tout petit espace entre ses deux dents de devant. Les gens appelaient ça « les dents du bonheur ». En tout cas, Dean trouvait ça particulièrement charmant. Elle avait cette drôle de manie de plisser le visage lorsqu'elle se concentrait. Ce n'était ni mignon ni sexy, mais ça l'avait marqué. C'était… attachant. Et un petit peu mignon, quand même, et un petit peu sexy ; il fallait l'admettre. Sa poitrine se regonfla légèrement, et il retrouva de l'oxygène.

Il gratta de la glace dans un torchon et tenta d'envelopper sa main blessée. C'était dans ce genre de moments qu'il comprenait le besoin de certains de boire de l'alcool. Il opta quant à lui pour une barre chocolatée qu'il dénicha au fin fond d'un placard et mordit dedans d'un air vorace avant de l'avaler sans même laisser le temps au chocolat de fondre sur sa langue.

C'était bon, mais rien ne valait un bon chocolat anglais. Il aurait dû faire le plein avant d'embarquer, histoire que ce voyage ait au moins servi à quelque chose, mais il n'y avait même pas pensé. Il ne comprenait pas pourquoi cet intérêt soudain pour le chocolat. C'était ridicule ; il n'avait pas les idées claires. Il valait mieux ne penser à rien du tout.

Il jeta un coup d'œil à l'horloge. Que pouvait bien être en train de faire Jo ? Elle devait sûrement s'habiller, à cette heure-ci. Il l'imagina enfiler la robe rouge et les jolis talons hauts qu'ils avaient choisis ensemble. Peut-être attendait-elle un taxi, à moins qu'elle n'ait retrouvé la raison, ce dont il doutait fortement. Ce serait un véritable bain de sang… Voilà ce qui clochait chez les gens : ils se poignardaient constamment dans le dos. L'amour n'était que douleur.

Mais que pouvait-il y faire ?

32

Jo

Le gentil concierge m'informe aimablement que le Luxar est à deux pas d'ici, mais lorsque je lui annonce que je me rends au mariage de mon ex et que je lui montre la hauteur de mes talons, il me suggère de prendre un taxi.

— Il risque de vous faire faire trois tours de pâté de maisons histoire d'avoir quelque chose à vous facturer, par contre, me prévient-il.

— C'est légal ?

— Non, m'dame, mais c'est sensé. Il faut bien gagner sa vie…

Je refuse d'admettre que je ne peux pas me permettre de me faire exploiter ; qu'il pense le contraire me rassure. Ça signifie que je tiens bien mon rôle.

Le chauffeur longe tout un tas de bars et de restaurants branchés, et je ressens une vague de plaisir lorsque je reconnais certaines boutiques de luxe du Magnificent Mile, même si Dean et moi n'avons pas pris la peine d'y entrer hier.

Je triture la couture de ma robe au moment de passer devant le musée d'art contemporain, la voix de Dean me rappelant que je ferais mieux d'aller le visiter plutôt que de me rendre à ce mariage. Très mauvaise idée, tout d'abord parce que le musée est fermé.

Viennent ensuite de magnifiques bâtisses du dix-neuvième longeant les trottoirs arborés de ce quartier prospère, puis le taxi s'arrête enfin devant un somptueux hôtel d'inspiration française. La passion de mes parents pour l'architecture et le design m'ont permis de développer un certain sens critique. De toute évidence, ces mansardes, ces murs de calcaire jaune et ces énormes dormants gris ardoise sont l'emblème du bon goût.

Au moment de sortir du taxi, j'ai l'impression de débarquer sur un boulevard parisien. Je dois admettre, même si ça me peine, que la fiancée de Martin a fait un excellent choix. J'aurais préféré qu'elle opte pour un mariage vampirique ou embauche un sosie d'Elvis pour la cérémonie – un truc bien kitsch histoire que je n'aie pas trop d'états d'âme à tout annuler. Cela dit, je n'ai aucune raison de douter du bon goût de cette femme ; après tout, elle a choisi Martin.

Martin et ses garçons d'honneur ne se trouvent pas devant l'hôtel, comme je me l'étais imaginé, ce qui ne me facilite pas les choses. Je pensais le mettre à l'écart pour discuter ; le traquer dans tout l'hôtel est beaucoup moins engageant. Je traverse le somptueux vestibule en espérant l'y trouver en pleins préparatifs de dernière minute, mais je ne le vois nulle part.

À bien y réfléchir, rien d'étonnant à cela : les préparatifs de dernière minute sont plus du domaine de la mariée ou de la mère de celle-ci.

À mon avis, Martin est plutôt en train d'arroser ses derniers instants de célibat dans le pub du coin. L'angoisse commence tranquillement à me submerger. Et s'il arrivait en retard et n'avait pas le temps de me parler avant la cérémonie ? Je n'aurai pas le courage de stopper le mariage, une fois celui-ci lancé. Voilà que je me mets à craindre de m'être trompée d'endroit ou de jour. Je plonge une main tremblante dans mon sac à la recherche de l'invitation, mais un groom vient à ma rescousse.

— Vous êtes là pour le mariage Kenwood-Paige ?

— On va dire ça, oui…

— Vous êtes en avance, mais au moins, vous aurez une bonne place ! C'est par ici. Il y a deux pièces de réservées. La salle d'apparat, où aura lieu la cérémonie, se trouve derrière les escaliers, après l'arche, et le repas se tiendra dans la salle de réception, sur la droite.

Étant donné que dans mon idéal, la salle de réception ne servira à rien, je décide d'aller y jeter un coup d'œil par simple curiosité. Après tout, j'ai travaillé pour un magazine spécialisé dans le mariage pendant des années. J'ai bien le droit de savoir si elle a choisi des nappes blanches ou colorées…

La salle de réception est absolument sublime. La fiancée de Martin a opté pour le thème traditionnel du blanc et argent. Le moindre détail a été réfléchi. De magnifiques vases remplis de roses trônent au milieu des innombrables tables rondes, les porte-noms sont de petites colombes blanches en bois (probablement faites main), les bougies juchées sur de scintillants candélabres ne sont pas encore allumées, mais quand elles le seront, la lumière se réfléchira partout dans la pièce grâce aux milliers de petits cristaux éparpillés sur les tables. Les dossiers de chaises sont enveloppés dans de l'organza donnant à la scène une allure de conte de fées.

Les murs sont recouverts de soie, les plafonds sont à caissons et les chandeliers de toute évidence en cristal véritable. On dirait même des chandeliers d'époque ; c'est en tout cas ce que prétendrait le designer des lieux, à coup sûr. Les immenses baies vitrées sont encadrées par d'épais rideaux crème dévoilant subtilement la terrasse privée où les futurs mariés pourront s'éclipser durant la réception. C'est simple, efficace et idéalement réfléchi. Le lieu parfait pour un jour parfait.

Pour une raison que j'ignore – ou que je préfère ignorer, du moins –, je sens mes yeux se remplir de larmes. Certes, je pleure toujours aux mariages. Les filles qui ont été neuf fois demoiselle d'honneur ont cette fâcheuse manie, mais en général, j'attends au moins que la mariée prononce ses vœux ou que l'orgue se mette à jouer avant de craquer. Je cligne des yeux comme une sauvage.

Le moment est mal choisi pour avoir des yeux de panda… Je balaie la pièce du regard. Je suis seule, en dehors de trois ou quatre serveurs qui vérifient la mise en place des tables. Je me demande où sont les autres. Les demoiselles d'honneur sont-elles en train de siroter du champagne avec la mariée, au milieu d'un nuage de laque ? Je serais curieuse de savoir si la fiancée de Martin a fêté son enterrement de vie de jeune fille ici. En préparation du grand jour, elle a sûrement écumé toutes les formules du centre de remise en forme et bénéficié de soins de la peau et d'un maquillage personnalisés.

Martin en a peut-être profité, quant à lui, pour tester le rasage à chaud et l'inhalation à l'eucalyptus... L'invitation précisait qu'il y aurait un retour, demain. Cet événement a de toute évidence été pensé dans les moindres détails afin que tout le monde passe un merveilleux moment.

Je saisis un menu, sur une table. Il est orné des noms de Martin et de sa fiancée. Gloria. Elle s'appelle Gloria. Évidemment, je le sais depuis que j'ai reçu l'invitation, mais j'ai tout simplement choisi d'oublier que cette femme avait un nom. Un visage. Un corps. Un cœur. Leurs noms sont liés par une chaîne de petits cœurs argentés.

Les deux noms sont en relief ; celui de Martin en mat, et celui de Gloria en brillant. Je suis les lettres du bout du doigt et m'autorise à songer, pour la première fois, à celle qui se cache derrière ce nom. Gloria. Ses parents lui ont choisi un prénom plein d'espoir. Elle a des parents, et de l'espoir. J'ai les jambes qui flageolent. À quoi ressemble-t-elle ? Je n'y ai jamais vraiment réfléchi. J'ai pris le temps de m'imaginer les petites amies de Dean, mais je n'ai jamais eu la même curiosité vis-à-vis de la fiancée de Martin. Chaque fois que je pense à lui, je le vois seul. Sur le terrain de foot. Couvert de boue, furieux et désespéré. Désespéré pour moi.

— Jo ? C'est toi, Jo ?

Comme s'il avait perçu mes pensées, Martin se matérialise devant moi, mais ce n'est pas le Martin de mes fantasmes. Il ne porte ni le costume que je m'étais imaginé – et qu'il aurait dû porter pour notre mariage – ni la tenue de foot qu'il arborait la dernière fois que je l'ai vu.

Il n'a même pas de cravate noire, comme il est coutume de porter dans les mariages, aux États-Unis. Il a revêtu un costume gris sombre, une chemise blanche et une cravate gris clair. Tout dans l'élégance et le raffinement. Il paraît même un peu plus sophistiqué que dans mes souvenirs. Il s'est fait couper les cheveux et, en effet, a sûrement bénéficié d'un rasage professionnel. Il a l'air confiant, heureux, et toujours aussi grand. Même plus confiant, plus heureux, et plus grand que je ne l'ai jamais vu auparavant. Il me semble entendre mon cœur se fêler.

— Super, tu as réussi à venir ! me dit-il en s'approchant, le visage barré d'un grand sourire.

— Je te l'avais dit.

Je me penche vers lui pour lui faire la bise. Ma bouche ne touche pas sa joue, et lorsque je change de côté, il semble se souvenir de ce qu'il est censé faire, et ses lèvres se posent rapidement sur la mienne. Elles sont sèches. J'attends le tilt, le frisson. Rien.

— Tu es superbe, dis-je dans un souffle.

— Merci, toi aussi.

Je lui rends son sourire et balance d'une jambe sur l'autre en tenant le bas de ma robe, comme une gamine de maternelle. C'est sûrement la nervosité qui me pousse à flirter aussi gauchement. Je me déteste, quand je suis comme ça. Par chance, Martin ne me regarde pas. Il observe quelque chose par-dessus mon épaule (certainement une composition florale) et ne se rend donc pas compte que je suis en train de me ridiculiser.

— Tu as vu ces fleurs ? Elles sont magnifiques ! s'exclame-t-il en tapant des mains avant de les frotter comme pour les réchauffer.

Je me souviens bien de ce geste. Il avait tendance à l'utiliser pour traduire son enthousiasme puéril, par exemple quand son équipe gagnait, ou quand il avait eu sa promotion.

C'est plus difficile que ce que je m'étais imaginé. Maintenant que Martin est devant moi, mon projet m'a tout l'air d'un mirage. Il faut à tout prix que je trouve un moyen de lui dire ce que je suis venue lui dire. Ce sera sans aucun doute la conversation la plus pénible de ma vie, plus encore que le jour où j'ai dû lui annoncer que j'annulais notre mariage. Je suis ici pour lui demander d'annuler le mariage de quelqu'un d'autre.

— Tu as le temps d'aller boire un verre ?

— Euh… je ne sais pas, répond-il en jetant un coup d'œil à sa montre. Gloria m'a demandé de ne pas boire avant la cérémonie. Ses parents sont contre, et même si Glo et moi, on ne crache pas dessus... nous ne voulons pas leur manquer de respect.

— Évidemment...

Le fait de l'inciter à venir boire ce verre est soudain vital. Si j'arrive à lui faire manquer sa parole pour ça, je me dis que j'ai une chance de la lui faire manquer pour... ce qui est censé se passer ensuite.

Leur vie entière.

Ça ne paraît pas très charitable, dit comme ça, mais chaque seconde compte.

— Allez, juste un petit verre... La tradition ne veut pas que le marié et son témoin boivent un coup avant la cérémonie ?

— Mais tu n'es pas mon témoin.

— Non, mais on peut quand même boire un coup avant la cérémonie.

Martin me dévisage, perplexe, et je sens le rouge monter à mes joues. Peut-être devrais-je me montrer moins insistante...

— Où est Harry, d'ailleurs ? je demande histoire de changer de sujet.

Harry est le meilleur ami de Martin depuis le lycée. Il devait être son témoin pour notre mariage. Je doute qu'un détail aussi insignifiant qu'un changement de mariée ait modifié quoi que ce soit.

— Ce n'est pas lui, mon témoin, mais le frère de Glo.

Ah ah ! Aurais-je affaire à une manipulatrice égocentrique, finalement ?

— Harry est parti vivre en Australie il y a deux ans. Il comptait venir au mariage, mais il s'est cassé la jambe la semaine dernière, et il ne peut pas prendre l'avion.

— D'accord...

Pas de mariée égocentrique, donc.

— Le frère de Glo devait placer les gens, mais il s'est proposé, par chance.

— J'imagine que Glo est ravie que son frère ait monté en grade...

— Tu parles… Ça fait des années qu'elle attend de rencontrer Harry.

— Oh…

— Elle a même proposé de repousser le mariage jusqu'à ce qu'il puisse venir.

Cherchait-elle à se défiler ? Quel genre de femme serait prête à repousser son mariage en étant follement amoureuse de son futur époux ?

— Vraiment ? je murmure.

— N'est-ce pas adorable de sa part, franchement ? Mais au final, nous avons convenu que ça contrarierait les plans de trop de monde. Et puis, après le coup de la dernière fois, je ne voulais pas que les gens…

Il hésite et regarde autour de lui d'un air gêné avant de reprendre :

— Je ne voulais pas que les gens croient que ma femme se défilait. Pas cette fois.

— Je suis sûre que personne n'aurait pensé une chose pareille, je marmonne d'un air coupable.

Je me déteste. Je me déteste pour lui avoir fait vivre un tel enfer la première fois et pour songer lui infliger cela une seconde fois. Je n'ai aucune envie que Gloria abandonne Martin. Je veux lui dire que j'ai fait une erreur.

Qu'il avait raison, au final, que nous étions faits l'un pour l'autre. Je cherche un moyen de me lancer, mais les mots ne me viennent décidément pas.

Martin semble mal à l'aise. De toute évidence, ça ne doit pas être agréable de repenser à notre non-mariage.

— Finalement, un verre ne me ferait pas de mal, avoue-t-il.

Nous nous installons au bar de l'hôtel et commandons deux sherries en nous amusant du fait que nous n'en soyons fans ni l'un ni l'autre tout en convenant que c'est pourtant la boisson idéale pour deux Britanniques se préparant à un mariage. Martin lance un « Santé » puis gobe son verre sans même trinquer. Cherche-t-il à éviter le sujet fatal ? Bon, cela dit, je ne comptais pas trinquer au bonheur des futurs mariés, mais toute autre suggestion aurait été mal vue, étant donné que c'est ce à quoi on s'attend. Ça et rien d'autre. Je n'ai pas l'habitude d'être malpolie. En temps normal, je m'efforce d'être l'incarnation de la bonté, et le simple fait de penser à quel point saboter un mariage est incorrect me rend malade.

J'avale mon dé à coudre de sherry, mais avant même qu'il ne parvienne jusqu'à mon estomac, je sais déjà que ça ne suffira pas. Martin doit penser la même chose car il fait signe au barman de nous en préparer deux autres. Cette fois, nous prenons le temps de le déguster.

Il nous est clairement impossible de nous cacher derrière des banalités. En plus d'être une véritable perte de temps, ce serait nous mentir l'un à l'autre. Martin doit se douter que je ne suis pas ici pour prendre de ses nouvelles ou parler météo.

Je saisis une cacahuète dans le petit bol en alu avant de me rappeler les édifiantes statistiques concernant les microbes qu'on y trouve ; je la repose aussitôt.

— Alors comme ça, tu es vraiment heureux…

Ça me paraît être un bon point de départ. S'il le veut, Martin peut prendre ma question pour une simple observation, mais il choisit de balayer notre passé commun en acceptant de répondre à ma question.

— Extrêmement.

— Comme jamais ?

Aïe… Je suis en train de lui demander de comparer ce qu'il ressent aujourd'hui à ce qu'il a pu ressentir pour moi. On ne peut pas faire plus maladroit, certes, mais n'est-ce pas la raison pour laquelle je me trouve ici à ce moment même ? Il faut tout mettre à plat pour repartir sur de bonnes bases. À l'époque, il me disait que je le rendais heureux, qu'il ne l'avait jamais autant été avant moi et, surtout, qu'il n'imaginait pas l'être plus un jour. Je dois absolument savoir s'il avait vu juste. Il me regarde à travers son verre de sherry.

— C'est un autre bonheur, Jo.

Comment ça ? Qu'est-ce que ça veut dire ? Ne pouvait-il pas simplement m'annoncer « Je n'ai jamais été aussi heureux » ? Certes, ça m'aurait achevée, mais ça aurait été plus clair. Mais il ne l'a pas dit. Ni qu'il était malheureux, d'ailleurs. Il a choisi d'être plus subtil, plus sincère. Je l'observe tout en préparant ma réponse. Il a changé. Il ne s'agit pas que de son costume et de sa coupe, non, c'est plus profond que ça. Et c'est captivant tout en étant aliénant. Je me demande soudain si je connais ce Martin-ci. L'homme. Finalement, j'étais fiancée au jeune homme.

Tout en subtilité, j'opte alors pour la technique infaillible du battement de cils avant de me lancer :

— Est-ce qu'il t'arrive parfois de te demander « Et si... » ?

Il a la gentillesse de ne pas faire comme s'il ne m'avait pas comprise. Mais je n'en attendais pas moins de lui. Il n'a jamais été du genre à faire semblant. N'est-ce pas pour ça que je suis ici ? J'en ai marre des types faux. Je cherche un homme de confiance, un homme fiable. Ce qui est dommage, au final, c'est que je ne l'ai pas reconnu avant.

— Non, plus maintenant, déclare-t-il platement.

— Mais ça a été le cas ? j'insiste.

— Un certain temps, oui.

Il plonge la main dans le bol de cacahuètes et en ramasse une énorme poignée qu'il glisse dans sa bouche, visiblement peu soucieux de la trace d'éventuels microbes. Ce geste anodin plaide la témérité, témérité dont je dois moi-même faire preuve. Pour être tout à fait honnête, ce n'est pas un attribut dont je l'aurais qualifié. Je l'ai toujours considéré comme quelqu'un de gentil, respectable et franc, mais surtout pas téméraire.

— Tu m'as brisé le cœur, Jo. Évidemment que ça m'a travaillé. J'ai passé beaucoup de temps à imaginer ce qu'on serait devenus, tous les deux.

— C'est vrai ? je m'exclame, incapable de dissimuler mon enthousiasme.

— Oui, mais beaucoup moins qu'à me demander ce qui avait bien pu te traverser l'esprit.

— Oh...

— J'ai eu beaucoup de mal à accepter que c'était fini, nous deux, vu la façon dont ça s'est passé.

Alors voilà le résultat, quand on devient téméraire, en plus d'être incapable de faire semblant... La franchise. À quoi d'autre m'attendais-je, au juste ? Je remue sur mon tabouret, gênée. Ce n'est pas agréable de l'imaginer peiné, et ce n'est pas vraiment la direction que je cherchais à prendre. Mieux vaut lui rappeler de jolis souvenirs, mais Martin m'en empêche.

— Pourquoi on parle de ça, d'abord ? C'est le jour de mon mariage, bon sang ! s'exclame-t-il avec un calme qui me noue la gorge et me dresse les poils – serait-ce de la honte ?

— J'imagine que c'est maintenant ou jamais, si on veut en parler, non ? je marmonne.

— Franchement, Jo, ça fait cinq ans. On aurait pu avoir cette conversation n'importe quand… Alors pourquoi aujourd'hui ?

Incapable de répondre à cette question pour le moment, je choisis alors de dévier le sujet sur ce qui m'intéresse vraiment.

— Pourquoi m'as-tu invitée ?

— Glo pensait que c'était une bonne idée.

— Quoi ?!

Si je m'attendais à ça…

— Pourquoi ?

Martin lâche un soupir.

— Elle s'est dit que ça mettrait fin une bonne fois pour toutes à cette histoire de mariage nul. Nos amis aiment bien me taquiner à ce sujet.

— C'est vrai ? Encore aujourd'hui ?

— Encore aujourd'hui, oui.

J'en ai la chair de poule. Si j'avais pris la peine d'y songer, j'aurais pu me douter qu'il serait victime de telles railleries.

— Eh oui, Jo. Ce n'est pas constant, je te rassure, mais ça peine Gloria qu'on puisse se moquer de moi. Elle voulait voir la fille qui m'a abandonné. Enfin, pour reprendre ses termes exacts : « La folle qui m'a laissé filer entre ses doigts. » C'est de la curiosité, c'est tout. Elle a voulu t'envoyer une invitation, alors je l'ai laissée faire. Je déteste lui refuser quoi que ce soit.

— Je vois.

— Pour être honnête, je ne pensais pas que tu viendrais.

— Et pourtant…

— Oui. Et maintenant que tu es là, j'espère que tu passeras un bon moment. Mais j'ai une faveur à te demander.

Après tout, je lui dois bien ça. Et puis c'est son mariage. Qui oserait refuser quoi que ce soit à quelqu'un le jour de son mariage ? Il doit bien s'en douter, et il a raison : je ne peux qu'accepter. Cette confiance toute nouvelle et cette franchise à toute épreuve ne peuvent que m'y obliger.

— Cette journée ne doit pas tourner autour de nous, Jo. D'accord ? C'est celle de Glo. Et la mienne.

Ses paroles planent autour de moi avant d'atterrir tout en douceur, sans trace de la douleur à laquelle je m'étais attendue. M'étais-je finalement préparée à une telle déclaration ? Croyais-je sincèrement qu'il m'avouerait être encore amoureux de moi ? Ai-je réellement osé penser que je finirais par trouver l'amour ? Au mariage d'une autre, par-dessus le marché ? Non, probablement pas. Je prends une grande inspiration et me lance.

— Je comprends, Martin, mais avant, j'aimerais que tu saches quelque chose. Je suis venue te dire que…

— Elle est accompagnée.

— Quoi ?

— Super ! s'exclame Martin en se tournant vers celui qui vient de m'interrompre.

Je me tourne à mon tour. Dean est juste derrière nous, vêtu d'un magnifique costume bleu sombre, rasé de frais et tout simplement splendide.

— Oui, elle m'a demandé de l'accompagner, déclare-t-il en tendant sa main à Martin, qui l'accepte de bon cœur.

Dean se penche alors vers moi et m'embrasse sur la joue. Son geste n'a rien de particulièrement sensuel ; il joue son rôle, point barre. La poignée de main chaleureuse, le grand sourire, le baiser chaste mais tendre… je vois très bien pour quel scénario il a opté. Le couple amoureux mais formé depuis trop longtemps pour faire étalage de son amour. Et pourtant, son baiser me brûle la joue lorsque je passe les doigts dessus.

— Alors ça, pour une nouvelle…

Martin semble ravi. Ravi et (je dois l'avouer) soulagé.

— Vous allez me prendre pour un fou, mais…

— Quoi ? demande Dean, prenant gentiment ma place étant donné que je suis encore sous le choc de son apparition.

— Non, non, rien, glousse Martin en secouant la tête.

— Mais si, voyons, dites-nous, insiste Dean.

— L'espace d'un instant, j'ai cru qu'elle était là pour... Non, laissez tomber.

— Vous pensiez qu'elle allait vous demander de la récupérer ? s'esclaffe Dean.

Martin se contente de rire à son tour sans pour autant le contredire.

— Ridicule, n'est-ce pas ?

Dean passe son bras sur mes épaules et pose un baiser sur mon crâne.

— Je ne vous le fais pas dire. Ne vous inquiétez pas, cette délicieuse femme est bien à moi.

Je m'extrais de ses bras, ce qui s'avère plus difficile que ce que j'aurais imaginé. Le deuxième baiser, celui qu'il a planté sur mon crâne, avait quelque chose de réconfortant. Ma chair de poule a disparu, et je me sens momentanément apaisée. Mais ma perplexité reprend aussitôt le dessus. Qu'est-ce qu'il fait là ? Je sais que je lui ai demandé de venir, mais il a refusé, n'est-ce pas ? Et puis, il était censé me servir de soutien, et non de petit ami factice. Sa présence ne m'aide en rien. Je m'apprêtais à me lancer, là. C'est moi qui suis censée surprendre, aujourd'hui, pas lui.

Les deux hommes se tournent vers moi. Martin rayonne littéralement de bonheur. Maintenant qu'il a la certitude que je ne suis pas venue saboter son mariage, il peut enfin se détendre. À tous les coups, il est en train de chercher comment me placer dans son discours.

Les gens adorent se mettre en avant en précisant que leurs invités ont été prêts à parcourir plusieurs milliers de kilomètres afin d'être présents. Dean, lui, semble beaucoup plus inquiet, derrière le masque. Je le fusille du regard. Mais qu'est-ce qu'il fait là, bon sang ? Tout se passait comme sur des roulettes ! Enfin, presque. Non ? Non...

Que m'apprêtais-je donc à dire à Martin ? Qu'est-ce que je ressens pour lui, exactement ? Maintenant que je le vois à côté de Dean, je n'en suis plus très sûre. La légèreté de Martin forme un contraste saisissant avec la morosité de Dean. Dean est un homme à femmes assumé. Il représente tout ce que je cherche à fuir : les infidèles et les phobiques de l'engagement.

Certes, je n'ai aucune raison de penser qu'il trompe ses conquêtes, mais je suis certaine qu'il les blesse d'une façon ou d'une autre. Combien de femmes ayant fini dans son lit ont quitté son domicile en larmes, à sa demande ? C'est tout à fait le genre d'hommes dont on tombe follement amoureuse en un coup d'œil. Il est bien connu que la beauté et la vulnérabilité forment un cocktail irrésistible. Martin est là, devant moi, et je suis *absolument certaine* que cet homme convenable, charmant et louable serait le mari idéal. Il serait fidèle et loyal, ce qui n'est pas rien, croyez-moi.

Et je suis absolument certaine que ce ne sera pas mon mari. C'est l'homme de Gloria.

Je m'éclaircis la gorge.

— Donc, comme je te disais avant que l'on nous interrompe, il y a quelque chose que j'aimerais te dire…

Je jette un rapide coup d'œil à Dean, qui semble sur le point de faire une attaque. Il commence à bredouiller quelque chose à propos du cocktail et de la musique prévue pour la cérémonie. S'il osait, je suis sûre qu'il me bâillonnerait sur-le-champ. Je me lance tout de même.

— Je suis venue te dire que Gloria a raison : j'ai été folle de te laisser filer, mais tant mieux pour elle, pas vrai ?

J'illustre ma déclaration d'un grand sourire afin de passer pour l'ex sympa et responsable que je suis censée être. L'expression de Martin oscille entre la confusion et le besoin de se justifier.

— Je suis vraiment navrée de t'avoir fait une chose pareille… Mais je suis heureuse que tu aies trouvé le bonheur. Je voulais simplement être là pour ce jour si important.

— *Cette fois-ci*, ne peut s'empêcher d'ajouter Dean, s'étant visiblement choisi le rôle du boute-en-train – peut-être s'est-il dit que c'était nécessaire, pour être crédible à mon bras.

J'enlace alors Martin d'un geste simplement affectueux. Je ne cherche pas à comprimer mes seins contre lui ou à lui chuchoter quelque chose à l'oreille, non. Inutile de compliquer encore les choses. Et tout en m'écartant, je m'efforce de ne pas penser aux paroles de Gloria. Je m'efforce de ne pas penser au fait que ma dernière chance de trouver le bonheur est en train de me filer entre les doigts.

33

Dean

— Alors, on reste ? lui demanda Dean dès l'instant où Martin les quitta pour partir en quête de ses placeurs.

Elle hocha la tête d'un air sombre.

— Très bonne idée. Si on part maintenant, il se posera des questions.

Il la guida vers un siège, dans la salle où la cérémonie était censée se dérouler. Les quelques personnes déjà arrivées échangeaient tout bas ou écoutaient les balades des années 50 jouées en fond sonore.

Dean se demanda si les voix suaves d'Ella Fitzgerald, des Platters et de Dean Martin contant des histoires d'amour de la belle époque rasséréneraient Jo ou ne feraient que l'enflammer davantage. Ils s'installèrent du côté du marié, plus ou moins vers le fond, et Jo fit aussitôt mine d'être absorbée par l'ordre de cérémonie. Mais Dean voyait bien qu'elle simulait : elle était démoralisée.

— Merci d'être venu, marmonna-t-elle, clairement gênée d'avoir été surprise à deux doigts de commettre un drame.

— Je ne voulais pas rater ça, répondit Dean d'un air nonchalant.

— J'ai plutôt l'impression que vous vouliez vous assurer qu'il n'y ait rien à rater...

Dean ne savait pas vraiment pourquoi il était venu. Il n'avait pas pu s'en empêcher, voilà tout.

— Vous avez fait ce qu'il fallait.

— Alors pourquoi est-ce que ça fait si mal ?

Jo se pencha en avant et plongea la tête entre ses mains. Ses cheveux tombèrent sur son visage, empêchant Dean de pouvoir lire son expression.

— Je suis un vrai cas désespéré. Je n'ai pas de boulot, pas de maison, pas d'avenir…, se lamenta-t-elle avant de s'exclamer : Mon Dieu, qu'est-ce que je vais dire à mes parents ?

— À vos parents ?

S'il y avait bien une chose que Dean n'avait jamais connue, c'était un quelconque sens d'obligation vis-à-vis de ses parents. Jusqu'ici, il n'avait jamais vu d'avantages à leur désastreuse débandade, mais il se rendait soudain compte qu'au moins, il n'avait jamais eu à culpabiliser vis-à-vis d'eux.

— Mes parents sont tellement… parfaits, tellement heureux. Ils ne comprendront jamais comment j'ai pu tomber si bas.

Dean n'était pas convaincu. Il doutait que le bonheur et la perfection existent vraiment, mais si c'était le cas, pourquoi seraient-ils déçus d'elle ? Ils auraient sûrement de la peine, c'est tout.

— J'aurais dû l'épouser il y a cinq ans, continua Jo. Mais qu'est-ce qui m'a pris ?

Elle observa la salle, embaumant le lys et l'amour. Ce mariage s'annonçait aussi merveilleux que l'avait espéré Gloria et l'avait craint Jo. Pas facile de tourner la page…

Sans y réfléchir, Dean vint chercher une mèche de ses cheveux et la glissa derrière son oreille afin de mieux la voir. Elle parut surprise de son geste.

— Ce n'est pas le bon, Jo. C'est tout.

— Vous ne croyez même pas à ce concept.

Certes, elle avait raison, mais son rôle consistait à lui changer les idées. Il n'aimait pas la voir comme ça. Après une hésitation, il lança :

— Je suis fier de vous.

— De moi ? Comment est-ce que vous pouvez être fier de moi ? s'étonna-t-elle, perplexe.

— Pour deux choses. D'abord, pour avoir annulé votre mariage il y a cinq ans.

— Mais c'était stupide ! gémit Jo.

— Moi, je trouve ça courageux. La plupart des gens n'auraient pas osé, mais vous, vous avez pris cette décision car vous croyez en l'âme sœur et vous saviez que ce n'était pas lui. Que vous soyez prête à l'admettre ou non aujourd'hui, vous vouliez plus, à ce moment-là.

— Mais j'avais tort.

— Pas nécessairement. Il y a peut-être plus autre part. Peut-être que c'est vous qui avez raison et moi qui ai tort.

Jo redressa imperceptiblement la tête. Elle n'avait jamais considéré son choix comme courageux. Elle en avait toujours eu honte, et hormis le moment où elle l'avait prise, elle n'avait jamais compris ce qui avait justifié une telle décision. Comment penser le contraire ?

C'était une véritable catastrophe, quand on regardait le résultat : elle avait coûté une fortune à ses parents, avait blessé Martin et n'avait plus connu que des déceptions amoureuses, à partir de là.

Et lorsqu'elle regardait autour d'elle, elle voyait une salle pleine de gens ravis de venir célébrer l'union de deux personnes possiblement (bon, fort probablement) mieux assorties l'une à l'autre que Martin et elle ne l'avaient jamais été. *Peut-être* avait-elle eu raison, finalement. Son visage s'illumina légèrement et elle se redressa encore un peu.

— Vous avez dit « Pour deux choses ».

— Vous n'avez pas saboté leur mariage. Vous vous êtes montrée raisonnable, et je vous en félicite. Je suis sûr que vous l'auriez fait, même sans moi.

— Peut-être, mais je suis très heureuse que vous soyez là, répondit Jo avec cette franchise à toute épreuve qui le fit sourire.

Elle lui prit alors la main et entremêla ses doigts aux siens.

— Qu'est-ce qui lui est arrivé ?

— Je l'ai enfoncée dans un mur.

— D'accord…

Elle souleva alors sa main enflée et y déposa un baiser. Ses lèvres chaudes et douces s'y attardèrent quelques instants. C'était certes une marque de gratitude, mais même si Dean ne pouvait en jurer, il avait le sentiment qu'il y avait quelque chose de plus fort, derrière. Elle se rendit compte qu'il était désarçonné.

— J'essaie de bien tenir mon rôle, lui expliqua-t-elle.

Pour la première fois depuis qu'ils s'étaient rencontrés, Dean ignorait si elle disait la vérité, mais il n'eut pas l'occasion de le lui demander car le téléphone de Jo se mit à sonner. Elle y jeta un œil et soupira.

— C'est ma sœur. Ça fait quatre fois qu'elle essaie de m'appeler, aujourd'hui.

— Vous ne voulez pas décrocher ?

— À quoi bon ? Je sais très bien à quoi m'attendre…

— Je parie qu'elle est contre le sabotage, c'est ça ?

— Sûrement. Je ne lui ai pas fait part de mon projet, même si j'imagine que maman s'en est chargée pour moi… Cela dit, je ne la vois pas penser autrement, en effet.

— Rappelez-la, histoire de la rassurer. Dites-lui que tout va bien. Elle se fait du souci pour vous, c'est tout.

— Je ne peux pas l'appeler d'ici.

Dean jeta un coup d'œil à sa montre.

— La cérémonie ne débute que dans un quart d'heure. Venez, vous serez plus tranquille à l'extérieur.

Dehors, ils tombèrent sur un troupeau de fumeurs savourant leur dose de nicotine avant que les choses sérieuses ne démarrent. Une jolie blonde tout en jambes lança un sourire radieux à Dean et un regard glacial à Jo.

Dean lui rendit son sourire, et Jo s'éloigna en levant les yeux au ciel. Cette belle plante ne devait pas connaître le sens du mot « écart »… Elle avait un visage anguleux et des seins étonnamment hauts qui jaillissaient d'un corps svelte ; Dean se demanda si derrière tout cela se cachait un soutien-gorge particulièrement efficace ou tout simplement une chirurgie plastique. En temps normal, il était capable de faire la différence, mais il ne l'avait pas regardée assez longtemps pour cela. Il ne pouvait pas lâcher Jo du regard, qui discutait au téléphone. Elle parut d'abord soulagée, presque enthousiaste, vu sa façon de gigoter, mais soudain, elle se tut net et resta bouche bée, livide. Dean baissa les yeux sur le trottoir, s'attendant presque à y voir sa vitalité s'écrouler. Elle s'était mise à trembler.

34

Jo

— Mais où est-ce que tu étais ?! Ça fait vingt-quatre heures que j'essaie de te joindre !

Le ton accusateur de Lisa traverse la ligne pour se déverser dans les rues de Chicago. Je dresse les yeux vers le ciel. Les nuages se dégagent légèrement, et j'aperçois un bout de ciel timide. Je prends une grande inspiration et me laisse aller à penser que la journée finira peut-être bien, malgré la colère évidente de ma sœur.

— Je suis à Chicago.

— Au mariage de Martin ? s'exclame-t-elle, incrédule.

— Oui.

— Ce n'est pas vrai ! Maman m'a dit que tu voulais y aller, mais de là à ce que tu le fasses…

— Maman m'y a encouragée.

— C'est vrai ?

— Oui.

— Elle voulait sûrement se débarrasser de toi.

Je ne saisis pas où elle veut en venir. J'ai conscience de ne pas être constamment conviée aux réunions de famille, mais de là à ce que mes parents veuillent se débarrasser de moi… Je décide de ne pas relever et choisis plutôt de la rassurer quant à l'avortement de mon projet.

— Bon, en tout cas, ne t'inquiète pas, je n'ai rien fait de stupide.

— Jo, je t'appelle parce que…

— Arrête, je te dis. Je sais pourquoi tu appelles. Je te le répète : je ne compte plus stopper ce mariage.

— Non, Jo, je…

— Je me suis un peu trop emballée, c'est tout. Ne le prends pas mal, mais parfois, ce n'est pas facile d'être au milieu de vous tous. Tu es tellement heureuse, Mark et Katie aussi, et maman et papa fêtent leur anniversaire ce week-end… Vous nagez tous dans le bonheur marital, et moi, je suis toute seule. J'ai échoué…

Je me mets à chercher Dean des yeux, m'attendant à le voir flirter avec la blonde plantureuse qui l'a dévoré du regard à notre arrivée, mais il est en train de m'observer, comme si j'avais quelque chose d'intéressant. Je lui souris, et il me sourit. L'espace d'un instant, je perds le fil de ce que j'étais en train de raconter à Lisa. De quoi s'agissait-il, au juste ? Ah oui, de ma solitude. Mais étonnamment, je ne me sens plus aussi seule, face à un sourire pareil. Je me pousse toutefois à reprendre mes esprits.

— Ça n'a rien à voir avec la cérémonie en elle-même, malgré ce qu'on peut bien penser. Bon, le fait de bosser pour un magazine spécialisé dans le mariage n'a pas arrangé mon obsession… Mais les gens pensent que c'est tout ce qui m'intéresse, alors que non.

— Jo…

— C'est plus que ça. Je crois que j'ai paniqué. J'étais triste, je me sentais seule…

— Jo…

— Pour faire court, j'ai envie de la même chose que vous.

— Tais-toi, Jo ! Je t'en prie, j'ai quelque chose à te dire. Maman a quitté papa.

— Quoi ?!

J'ai dû mal comprendre, ce n'est pas possible.

— Maman a quitté papa.

Le monde semble soudain s'arrêter de tourner. J'ai la désagréable sensation de perdre tout contrôle de mon corps ; mon ventre se tord et ma tête tourne. Ça n'est tout bonnement pas possible. J'entends ce qu'elle me dit, mais ces mots sont incompatibles. Je suis incapable de les comprendre.

— Impossible.

— Elle a eu une aventure.

— Quoi ?

— Il y a des années. Mais le type lui a écrit de son lit de mort, et ça a déclenché un véritable cataclysme.

— Elle a eu une aventure ?

— On s'en fiche. Ce que je suis en train de te dire, c'est que le type en question lui a écrit que le simple fait de se souvenir d'elle soulageait la douleur de son cancer. Elle se serait soudain rendu compte que papa ne l'avait jamais aimée comme ça, et que son amour ne suffisait pas.

— Pourquoi ? Qu'est-ce que ça veut dire, au juste ? Papa l'aime comme il faut ! bégaie-je.

— Eh bien, apparemment, non. Jo, il y a autre chose…

Quoi encore ? Qu'est-ce qui pourrait être pire ? J'entends Lisa prendre une longue inspiration malgré les milliers de kilomètres qui nous séparent. Ma grande sœur qui a du mal à dire quelque chose… Son monde aussi semble s'être arrêté de tourner.

— Papa est gay.

35

Clara

Clara retourna à l'hôpital. Le fait qu'il ait encore une telle emprise sur elle l'horrifiait autant que cela la fascinait, mais elle ne pouvait rien y faire. Ce matin, elle s'était habillée à la hâte et avait sauté dans un taxi pour se rendre à Londres au plus vite. Elle s'abreuvait littéralement de sa présence. Il n'avait plus rien de l'homme vigoureux qui lui avait fait perdre la tête. Son corps de rêve et sa santé avaient disparu, ainsi que tout espoir, même infime, d'avenir ensemble.

Ils ne pouvaient que s'attacher à leur passé, mais c'était plus fort qu'elle : elle *devait* être à ses côtés. Avant, c'était son corps qui était en demande. Elle en avait physiquement mal lorsque plusieurs jours se passaient sans qu'ils trouvent un moyen de se voir. Ses seins, son sexe la brûlaient. Eddie l'apaisait ; sa langue, ses lèvres, son corps, que ce soit à l'arrière d'une voiture, dans le bureau d'un inconnu ou dans une chambre d'hôtel.

Désormais, c'était son âme qui en voulait plus. Elle voulait comprendre cet homme qui avait façonné sa vie, parce qu'elle avait encore mal, aujourd'hui. La douleur n'était plus dans ses seins ni dans son sexe, mais dans sa tête et dans son cœur.

Tim l'avait appelée plusieurs fois depuis jeudi soir. Évidemment, elle avait chaque fois répondu. À quoi bon bouder comme des enfants ? Ils étaient des adultes raisonnables. Il avait voulu s'assurer qu'elle était bien installée. C'était plutôt spécial, d'informer son ex de ses projets lorsqu'on décidait de le quitter, mais Clara avait voulu faire preuve de bon sens ; après tout, c'était Tim qui lui offrait le séjour.

— C'est parfait, ne t'inquiète pas, l'avait-elle rassuré avant d'ajouter, pour briser le silence qui s'installait : comme d'habitude...

— Ça, ça m'étonnerait, avait-il rétorqué.

Clara s'en était aussitôt voulu de son manque de tact.

— Oui, tu as raison, ça n'a rien à voir. Je voulais parler des chambres...

Il lui avait suggéré de prendre un bon repas et de se reposer. De toute évidence, il la pensait en pleine dépression nerveuse. Comme la dernière fois. Mais ce n'était pas le cas.

Elle n'avait jamais été aussi sereine. Lorsqu'elle avait essayé de le lui dire, Tim n'avait que paniqué davantage, alors elle avait décidé de le laisser croire ce qu'il voulait. Il avait de nouveau appelé vendredi matin pour savoir si elle avait bien dormi. Ils avaient parlé des œufs brouillés qu'elle avait pris au petit-déjeuner et elle lui avait confié les avoir trouvés pas assez cuits à son goût – lui aurait adoré, en revanche.

— Je viendrai peut-être avec toi, la prochaine fois, alors, avait-il lancé. Si tu penses que je m'y plairais... On devrait faire plus souvent ce genre de choses ensemble. C'est peut-être ça, la source du problème.

Clara pensait effectivement que pratiquer des activités communes ne pouvait que renforcer un couple, mais elle ne voyait pas en quoi partager une manucure leur ferait oublier la situation. Bien au contraire.

Tim l'avait rappelée alors qu'elle était au chevet d'Eddie. Elle avait préféré lui mentir. Elle avait d'abord envisagé de prétendre faire les boutiques, mais craignant d'être trahie par les bruits ambiants, elle lui avait dit qu'elle était venue voir son docteur afin qu'il lui conseille un bon thérapeute. Non seulement l'avait-il crue, mais il s'était enthousiasmé à cette idée.

— Je peux venir aussi, chérie, si c'est nécessaire.

— On verra.

Elle avait alors écourté la conversation et lui avait promis de le rappeler plus tard.

— Comme au bon vieux temps, avait crachoté Eddie avec son sourire entendu.

— Comment ça ? avait demandé Clara en éteignant son téléphone avant de le fourrer dans son sac, hors de vue et hors de pensée.

— Tu mens à ton mari pour moi…

Clara s'était alors souvenue de la culpabilité et de la honte qui n'avaient cessé de la ronger.

— Pas tout à fait. Déjà, nous n'étions pas dépendants des portables, avait-elle rétorqué avec un sourire.

— Ouais, on pouvait plus facilement faire ce qu'on voulait, à l'époque.

— Aujourd'hui, on te suit à la trace, avec ces trucs. J'ignore comment font les gens qui ont une liaison.

Clara avait fait mine de se révolter au nom des adultères, mais ce n'était qu'une façade. Elle aimait à se voir comme une adultère accidentelle. Elle n'avait pas cherché à faire du mal à qui que ce soit et n'avait tiré aucun plaisir à mentir. En vérité, cette situation avait failli la tuer.

— J'y suis bien arrivé, avait soufflé Eddie.

Il y avait donc eu d'autres femmes, après elle. Avant elle. Et probablement en même temps qu'elle. D'autres femmes que son épouse. Elle avait encore du mal à le supporter, même si la douleur n'avait rien à voir avec l'agonie qu'elle avait connu alors.

— Tu n'es donc pas retourné avec ta femme ?

Clara s'était souvent posé la question.

— Non.

— Et tes enfants ?

— Je me suis remarié, et j'ai eu deux autres filles.

— Oh, ça va, alors ! avait craché Clara sans pouvoir dissimuler son sarcasme.

Un silence sourd s'était abattu sur eux. Il n'y avait rien d'autre à faire qu'écouter les bruits de l'hôpital : les gens qui discutaient de la météo ou du télécrochet du lendemain, les sons des machines qui gardaient tous ces patients en vie, et le souffle pénible d'Eddie. C'est lui qui avait fini par briser ce silence.

— Je t'en prie, Clara… Je sais que les choses pourraient être mille fois mieux, mais c'est ainsi, que veux-tu ?

— Où est ta seconde femme ? avait lancé Clara en fouillant les lieux des yeux, comme si la femme en question allait se matérialiser derrière un rideau ou sous un lit.

— Elle m'a quitté.

— Ah oui ? Je ne te demande pas pourquoi…

Clara s'en voulait terriblement d'être un nom parmi tant d'autres, sur sa liste de conquêtes. Elle imaginait toutes ces femmes traverser la pièce en petite culotte, comme elles avaient traversé la vie d'Eddie Taylor : des femmes rondes, minces, jeunes, mûres, saines, folles, noires, blanches et mates de peau. D'un autre côté, elle s'en voulait autant d'être jalouse à son âge.

— Et non, il n'y avait pas d'autre femme, cette fois. C'était une question d'argent, et de divergence de point de vue.

Eddie avait montré la carafe d'eau du doigt, et Clara s'était empressée de remplir un verre, qu'elle lui avait tendu avant de se rendre compte qu'il ne pouvait pas le lui prendre. Cet homme ne pouvait plus rien faire.

Elle s'était assise sur le lit, avait doucement soulevé son menton et l'avait fait boire. Sa peau était tellement chaude que ses doigts la brûlaient. Elle l'avait alors aidé à se rallonger, avait reposé le verre sur la table de chevet mais était restée sur le lit. Eddie pouvait enfin terminer sa phrase.

— Je n'en avais pas, et elle, elle en voulait. Elle a vite compris que je ne deviendrais jamais un grand scénariste. Il faut dire que j'ai vite déchanté…

— Je suis désolée…

Clara ne l'était pas, en vérité. Ce divorce semblait bien moins indigne que le premier, et elle devait s'avouer rassurée d'apprendre que la liste des femmes qui étaient tombées dans ses filets n'était finalement pas si longue que ça.

— Tu vois toujours tes enfants ?

— Non.

— Aucun ?

— Non.

— Oh…

— Enfin, le garçon…

Eddie avait paru désorienté, l'espace d'un instant. Avait-il vraiment oublié le prénom de son fils ? Était-ce le résultat de sa maladie, ou de son indifférence ?

— Dean, était-elle venue à son secours – elle se souvenait de tout.

— Il m'a rendu visite.

— C'est bien !

— Non, je ne dirais pas ça. Il est venu me cracher sa colère à la figure. Il est complètement paumé.

Il avait tellement de mal à parler que Clara n'était pas sûre d'avoir compris qui, de Dean ou d'Eddie, était paumé. Mais finalement, ça revenait un peu au même.

— Il est plus cynique que moi, tu imagines ? Et *seul*. Et toi, comment vont tes enfants ?

Clara avait senti son nez la picoter ; il lui avait fallu un moment pour réaliser qu'elle s'efforçait de ne pas pleurer. Elle détestait les effusions de sentiments, et elle était devenue maîtresse en retenue, mais c'était la première fois qu'Eddie Taylor lui parlait de ses enfants ou se souciait de son bien-être.

— Oh, ils vont très bien, merci.

— Des adultes, maintenant, pas vrai ?

— Eh oui…

— La fac et tout le bazar ? avait-il demandé avec un geste vague de la main.

— Oui. Mon aînée a été à Cambridge, ma cadette à Leeds et mon fils à Bristol.

— Impressionnant.

— Deux d'entre eux sont mariés.

— Et l'autre ?

— Oh, non… C'est une romantique.

Clara et Eddie avaient échangé un regard complice. À l'époque, ils aimaient à se persuader que le mariage tuait la passion, que celle-ci n'était possible qu'en dehors des limites de l'union sacrée. En y réfléchissant bien, c'était plutôt triste, comme théorie.

— Pour être honnête, j'ai bien peur de l'avoir surprotégée.

Au final, elle est incapable d'avoir la tête sur les épaules, quand il s'agit de sentiments, avait confié Clara, dont Jo était une grosse source d'inquiétude, à l'heure actuelle.

Il lui avait alors décoché un nouveau regard entendu. En effet, Eddie Taylor n'était pas non plus un exemple à suivre. Son cynisme et son indifférence ne l'avaient pas immunisé ; sa souffrance était similaire à celle de sa fille, bien que provenant d'une source différente. Jo était trop romantique, croyait en la perfection et s'imaginait pouvoir la trouver en chacun. Elle s'abandonnait alors totalement aux autres, ce dont elle ne ressortait jamais indemne. Eddie n'attendait rien de bon des autres et ne comptait rien donner en échange. Contrairement à eux, Clara s'estimait simplement réaliste. C'était la reine des compromis.

— Je suis content pour toi, avait dit Eddie, et il était probablement sincère.

— Oui, tout va bien pour eux… En revanche, mon mari est gay, avait-elle ajouté.

— Quoi ? Depuis quand ?

— Eh bien… depuis toujours, j'imagine. Mais il ne me l'a avoué qu'après la naissance de Mark.

— Nom de Dieu…

— Eh oui.

— Je suis désolé.

— Oui…

— Mais tu es restée ?

— Oui.

Clara avait été à deux doigts d'éclater de rire. L'Eddie de ses souvenirs avait soudain resurgi de ce vieux corps chétif. Il paraissait outré et presque amusé à la fois.

— Clara ?

— Oui ?

— Pourquoi tu n'as pas cherché à me retrouver ?

— Eddie, tu n'as jamais voulu de tes propres enfants. Comment aurais-je pu espérer que tu acceptes d'élever les miens ?

— J'aurais pu, si tu me l'avais demandé.

36

Dean

— J'ai besoin de boire quelque chose, déclara Jo.

Même si Dean ne buvait pas, il comprenait toutefois ce besoin chez les autres, et ce n'était pas une barre chocolatée qui aurait pu faire l'affaire. Il était évidemment hors de question de retourner à la cérémonie, désormais. Avant ce coup de fil, le mariage représentait tout ce en quoi Jo croyait mais qu'elle n'avait pas. Toutefois, son monde venait de s'écrouler. Elle ne croyait plus en rien, ce qui se révélait bien plus difficile ; Dean pouvait en témoigner.

Il l'emmena au premier café du coin, un sous-sol miteux qui n'avait jamais reçu ne serait-ce qu'un coup de peinture fraîche. Les sièges étaient usés et le sol collant, mais Dean était prêt à passer outre tant que leurs milk-shakes étaient bons.

Il avait su d'instinct ce dont Jo avait besoin, et ce n'était clairement pas d'un petit restaurant chic. Non, Jo avait besoin d'hiberner, de se cacher de la lumière du jour et de manger quelque chose qui tienne au corps.

Elle lui fit un bref résumé de la situation : une mère adultère, un père gay. Pas vraiment le conte de fées auquel elle s'était toujours raccrochée, finalement. Certes, cette femme avait besoin qu'on lui ouvre les yeux, mais peut-être pas aussi brutalement ; sa santé mentale risquait gros. Elle demanda un verre de vin rouge, ce qu'il lui commanda tout en insistant pour qu'elle boive un milk-shake à la banane d'abord. Il lui fallait du sucre pour tenir le coup. Elle obtempéra sans un mot – il était rare qu'elle proteste, mais elle était en plus trop déprimée pour cela. Jo avait besoin de soutien. Elle comptait sur lui, à cet instant, et Dean, assis à ses côtés dans ce silence sinistre, s'assura qu'il allait la soutenir. Il posa sa main valide sur la sienne et la serra. Le silence s'étira sur dix, vingt, trente minutes. En général, les silences convenaient très bien à Dean, mais le fait que Jo n'ouvre pas la bouche aussi longtemps le rendait nerveux. La veille, il avait dû avoir à peu près trente secondes de répit. Il s'inquiétait pour elle.

Il avait commandé un saumon poché accompagné de frites et d'une salade de tomates car elle lui avait dit que c'était son plat préféré. Lorsqu'on le lui posa sous le nez, elle remercia Dean et la serveuse mais ne toucha pas à sa fourchette.

— Allez, Jo, il faut que vous mangiez quelque chose.

Elle regarda son assiette et sembla surprise d'y découvrir ce que Dean lui avait commandé. Il se demandait où son esprit l'avait emmenée ; il aurait aimé qu'elle revienne à lui. Il prit la fourchette, y glissa un morceau de poisson et le porta à la bouche de Jo. Elle ouvrit les lèvres en silence et le laissa faire. Au bout de quelques fourchettes, elle s'exprima enfin.

— Je déteste mes parents.

— Ne dites pas ça.

Elle récupéra sa fourchette, s'empara de son couteau et se mit à manger à contrecœur. Dean reporta son attention sur son burger, mais il réalisa alors que lui non plus n'avait pas faim, contaminé par la contrariété de Jo.

— Mais comment ont-ils pu ?

— Comment ont-ils pu quoi ?

Comment sa mère avait-elle pu quitter son mari homosexuel ? La réponse était dans la question, non ? Ce qu'il se demandait, lui, c'était comment ils avaient pu vivre dans le mensonge toutes ces années. Et pourquoi ? Cependant, il ne pouvait pas se permettre de brusquer Jo.

— Comment ont-ils pu être si différents de ce que je m'étais imaginé ? lança-t-elle avec un énorme soupir.

— C'est simple : ils sont humains, c'est tout.

— Ils se tenaient la main en public. C'était du cinéma, vous pensez ?

— Non, pas forcément.

— Et leur chambre…, poursuivit-elle, désemparée. Ce lit gigantesque… Je l'ai toujours vu comme l'horrible représentation de leur vie sexuelle débordante, mais en fait, ils s'étaient sûrement acheté un lit aussi grand pour ne pas avoir à se toucher. Quelle imbécile… Je n'ai plus rien, désormais. Plus rien. Plus de travail, plus de maison, plus de mari potentiel, et plus de passé, visiblement. En tout cas, pas de passé authentique. J'ai fondé ma personnalité, ma vie entière sur ce qu'ils étaient, et au final, je découvre qu'ils n'ont jamais été rien de tout ça.

Jo paraissait terrifiée.

— Vous avez raison, Dean : le véritable amour, l'âme sœur, les contes de fées… Tout ça n'existe pas.

Deux grosses larmes coulèrent sur son visage et vinrent tomber sur son saumon.

— Ne dites pas ça, Jo…

— Quoi ? J'ai tort parce que je suis d'accord avec vous, maintenant ?

Elle se tourna vers lui, et pour la première fois, il vit un éclair de colère traverser son visage. Il connaissait bien tout cela : la frustration menait à la colère, puis à l'amertume. Ça avait été son lot quotidien, et ce depuis toujours. N'avait-il pas cherché à la prévenir, d'ailleurs ? Cela dit, même lui n'aurait jamais imaginé que ses désillusions surgiraient sous cette forme. Il s'était attendu à ce qu'elle se fasse repousser par ce grand type insipide dont elle était soi-disant amoureuse. La douleur aurait été suffisante. C'était pour cela qu'il était venu : pour lui offrir son épaule en cas de besoin. Elle se serait rendu compte que Martin n'était pas fait pour elle, elle aurait fait son deuil puis se serait ressaisie avant de tomber de nouveau amoureuse de quelqu'un d'autre. C'était en tout cas ce qu'il avait espéré pour elle.

Étrangement, bien qu'il n'ait pas prévu que le monde de Jo s'effondre si brutalement à cause de ses parents, il avait pressenti que cette femme si singulière qui vivait dans un rêve se réveillerait en plein cauchemar ; mais à cet instant précis, c'était bien la dernière chose à laquelle il avait envie d'assister. L'agonie de Jo était insoutenable. La gorge serrée, Dean se rendit soudain compte que tout ce temps-là, il avait espéré avoir tort. Au plus profond de lui, au-delà de la peine qu'on lui avait infligé toute sa vie, il avait voulu qu'on lui montre qu'il avait tort. C'était pour cela qu'il était si heureux que sa sœur soit mariée. Il avait toujours fait mine d'avoir ses réserves et l'avait toujours taquinée à ce sujet, mais secrètement – si secrètement que lui-même ne s'en était pas aperçu –, le fait que Zoe ait été capable de transformer une once d'espoir en quelque chose de si beau le transportait de bonheur.

Jo était à l'extrême opposé. Elle croyait en un monde meilleur si inondé de paillettes que Dean en avait été aveuglé. Il l'avait raillée mais, quelque part, cette idée l'avait séduit. Ça lui brisait le cœur de voir son monde pailleté se désintégrer. Mais comment pouvait-il en être autrement, étant donné qu'elle n'y croyait plus ? Seule elle pouvait le préserver. Dean fit alors le parallèle avec l'histoire de Peter Pan : chaque fois qu'un enfant disait ne pas croire aux fées, l'une d'elles mourait. Si Jo ne croyait plus au véritable amour, alors personne ne le pourrait.

Ce n'était sûrement pas lui qui reprendrait le flambeau, en tout cas. Cette responsabilité ne pouvait revenir qu'à ceux qui avaient la foi. Et lui en avait toujours été privé. Les larmes de Jo coulaient librement, désormais, venant former une mare au milieu des arêtes et des bouts de peau argentés dans son assiette. Son mascara, qui l'avait rendue si séduisante un peu plus tôt, s'étalait pitoyablement sur ses joues. Elle ne semblait pas s'en rendre compte, ou alors, elle s'en fichait.

Tout à coup, Dean se sentit accablé par la peine de Jo. Sans qu'il puisse se l'expliquer, sa douleur était devenue la sienne. Il se faisait du souci pour cette femme qu'il avait d'abord prise pour une illuminée. La veille au soir, il avait reconnu la trouver intéressante, mais seulement de par son originalité, comme une espèce rare dans un zoo. Il avait décidé de la rejoindre pour voir ce qu'elle comptait faire. Mais *aujourd'hui*, il voulait lui venir en aide. Il voulait la ranimer. Le but n'était pas qu'elle replonge corps et âme dans son monde ingénu, mais il fallait qu'elle garde en elle une part de foi, une part d'optimisme, même si tout cela était totalement étranger à Dean. Il avait besoin de ça. Il ne parvenait pas à comprendre pourquoi il y tenait à ce point, mais c'était ainsi. Il s'imagina se baisser pour ramasser le flambeau et le redresser avec courage.

— Vous auriez préféré qu'ils continuent de vivre dans le mensonge ?

— J'aurais préféré qu'ils n'aient pas à mentir, rétorqua Jo.

— Votre père est gay, Jo. Je doute qu'il ait vraiment le choix... Les choses sont ce qu'elles sont, il va falloir s'y faire. Vous auriez voulu qu'ils vous le cachent ? Qu'ils vous traitent comme un bébé ? C'est ça ?

Jo le fusilla du regard, car en vérité, elle ignorait ce qu'elle aurait préféré. Vivre dans le mensonge n'avait pas été si mal, en tout cas pour Mark, Lisa et elle. Mais elle devait forcément se rendre compte que ses parents avaient dû mal le vivre...

Le café était pratiquement désert. L'unique autre cliente était une femme maigre et recouverte de tatouages au nez plongé dans son café. Elle se leva soudain pour aller glisser quelques pièces dans le juke-box, qui se mit à déverser une mélodie que Dean ne connaissait pas. Il s'agissait d'une chanson d'amour impossible – autant dire que le moment était plutôt mal choisi. Il lui jeta un regard noir, mais la femme l'ignora, probablement trop préoccupée par ses propres soucis. Pourquoi les choses avaient-elles pris cette tournure ? C'était injuste. Il aurait voulu que tout s'arrange, non pas à sa manière – il avait l'habitude pour cela de compenser par le sport, le travail ou l'achat compulsif de tout un tas de choses inutiles –, mais à la manière de Jo. Frustré, il s'efforça de l'apaiser.

— Ce que je veux dire, c'est que si vous n'aviez pas appris tout cela au sujet de vos parents, les aimeriez-vous toujours autant qu'hier ?

— Évidemment, mais je *suis* au courant, maintenant...

— Jo, ce n'est pas parce que vous en savez plus sur eux en tant qu'adultes qu'ils en sont moins vos parents. C'est toujours la même femme qui vous prenait la main quand vous pleuriez ou dans ses bras quand vous tombiez, qui faisait votre lit, vous nourrissait, vous soignait, prenait votre défense devant les autres mamans…

Dean s'interrompit et attendit une réaction de la part de Jo, en vain.

— Vous ne pouvez pas lui en vouloir. Et votre père est toujours celui qui s'est tué au travail pour pouvoir vous payer des écoles privées et des cours de tennis, celui qui vous lisait une histoire tous les soirs, qui vous servait de taxi dès qu'il y avait une fête et qui méprisait tous les jeunes boutonneux qui vous ont brisé le cœur. Tout ce que vous m'avez raconté sur votre enfance – les fruits couleur rubis, le plaid qui vous grattait… Tout ça a bien eu lieu, Jo.

— Je suis donc censée leur pardonner.

— Il n'y a rien à pardonner. Ce n'est pas vous qui êtes concernée.

— Vous détestez votre père, cracha Jo comme du venin. Et vous ne parlez jamais de votre mère. En quoi suis-je moins en droit de détester que vous ?

— Ça n'a rien à voir, répliqua Dean en détournant le regard.

Il s'empara alors du menu aux photos passées de coupes glacées et de gaufres recouvertes de tourbillons factices de crème fouettée.

— Ah oui ? Et pourquoi ça ? lança Jo, furieuse.

Elle en avait assez de cet échange unilatéral. Elle avait apprécié son écoute, jusqu'ici, mais désormais, elle avait la désagréable impression d'être jugée.

— Je n'aime pas particulièrement en parler, répondit Dean d'une voix calme.

— Ça, j'ai compris, le railla Jo en avalant une gorgée de vin.

Dean lui arracha brutalement le verre des mains et le posa avec une telle violence qu'il en renversa sur ses doigts. Après les avoir léchés, il fourragea dans sa poche et sortit de son portefeuille tout un tas de billets qu'il laissa sur la table. Jo avait beau ne pas avoir les idées claires, elle voyait bien qu'il avait mis plus de deux fois la somme.

— Sortons d'ici. Un peu d'air frais ne nous fera pas de mal.

37

Jo

Dean m'attrape le bras et me tire brusquement à l'extérieur. Dans le café, il me tenait la main, ce que je trouvais rassurant et même légèrement érotique, si vous voulez tout savoir.

Malgré mon état de choc, un frisson de plaisir m'a traversée lorsqu'il a doucement pressé ma main en me caressant du bout du pouce.

En tout cas, ce n'est plus vraiment d'actualité. Il traverse la rue à grandes enjambées en me serrant à m'en faire mal. De mon côté, j'essaie de tenir le rythme sur mes talons hauts, ma robe moulante m'empêchant de coller à son pas.

Il fonce à travers les rues bondées, indifférent aux graffitis aveuglants de couleurs et aux autres piétons tout aussi pressés, sans même entendre les klaxons et les crissements de pneus sur notre passage. Totalement inconscient du tumulte dont il est responsable, rien ne semble pouvoir le détourner de sa mission. Je me contente de le suivre, trop abattue pour me soucier de notre espérance de vie. Il s'élance dans Millennium Park, insensible aux couples d'amoureux qui se bécotent sur l'herbe devant le soleil couchant, aux gamins qui manquent de nous percuter avec leurs patins et leurs skates une bonne dizaine de fois et aux jeunes parents lessivés qui s'efforcent de retenir leur progéniture ne cessant de surgir dans nos pattes. Il ne ralentit l'allure que lorsque nous gagnons une portion du parc dénommée Lurie Garden.

Contrairement au reste du parc, avec ses pelouses impeccables qui jouxtent des sculptures contemporaines laissant à la fois admiratif et pantois, le Lurie Garden est une véritable jungle. Son oasis de couleurs me procure aussitôt un sentiment de soulagement, à l'abri du tumulte de la ville.

Les graminées et les heuchères pourpres grouillent de papillons et d'oiseaux, et des effluves de menthe et de lavande viennent doucement nous chatouiller les narines. Ce jardin est une véritable œuvre d'art vivante. Je me sens tout de suite un peu mieux. Je me tourne vers Dean ; ça n'a pas l'air d'être son cas, bien au contraire. Il paraît agité, déchiré, bouleversé.

— Vous voulez connaître mon histoire, donc ?

Je m'installe sur un banc ; Dean continue à faire les cent pas devant moi.

— Oui.

— Très bien, princesse, vous l'aurez voulu.

C'est la première fois qu'il m'appelle autrement que par mon prénom, mais quelque chose me dit que ce surnom n'a absolument rien d'affectif, à cet instant précis.

— Par où commencer... ?

Il semble bel et bien paumé, mais j'ignore comment réagir, étant donné qu'il a toujours paru tout contrôler jusqu'ici. Il a besoin de mon aide, de toute évidence.

— Dites-moi d'où vous venez, par exemple. Lorsque nous parlions de nos rêves, vous m'avez confié avoir voulu être footballeur, pompier ou cow-boy, mais que votre plus grande ambition était de devenir riche et de fuir. Mais fuir quoi ?

— Tous ces endroits où l'on m'abandonnait.

— Qui ça ? je souffle.

— Les travailleurs sociaux. J'ai passé beaucoup de temps en foyer. Par « foyer », n'allez surtout pas vous imaginer une famille d'accueil chaleureuse et aimante..., crache-t-il.

Il s'est immobilisé mais me tourne le dos.

— Je suis désolée...

C'est vrai, je le suis profondément et sincèrement. Je ne sais pas quoi dire d'autre. Les mots paraissent toujours superficiels, dans ce genre de situation. Et celui-ci en particulier a tellement été utilisé à mauvais escient qu'il a perdu toute sa valeur. J'aurais aimé avoir quelque chose de plus fort à lui dire.

— Mon père est donc parti. Ça, vous l'aviez compris…

— Oui, vous étiez encore tout jeune.

— J'avais cinq ans. Il a mis les voiles sans jamais plus donner signe de vie. Jamais.

Je n'avais jamais entendu ce mot revêtir un tel impact jusqu'ici.

— Dans un premier temps, on s'en est sortis. Ce n'était pas la panacée, mais ça allait.

Dean vient enfin s'asseoir à côté de moi mais il évite obstinément mon regard, les yeux plongés dans le vide.

— Parfois, ma mère parvenait à assumer son rôle. Il arrivait qu'elle s'occupe de notre linge et pense même à nous faire à manger plusieurs semaines de suite. Mais nous n'étions pas heureux. Nous ne le pouvions pas, car nous savions que ça ne durait jamais longtemps…

Il a du mal à terminer sa phrase. Je sens à quel point c'est difficile pour lui de se confier. Ce n'est pas une question de fierté, non, mais de conflit intérieur.

— Il y avait toujours un élément déclencheur, poursuit-il. Une de ses amies se mariait ou avait un nouvel enfant, son mec la plaquait ou alors elle vieillissait d'un an, et on avait droit à une nouvelle crise. Elle se rappelait soudain que sa vie était loin d'être celle qu'elle avait rêvée, et elle noyait son chagrin dans l'alcool.

Il hausse légèrement les épaules, comme pour signifier qu'il a fini par s'y faire, même si son existence a été façonnée par cela.

— On essayait de réparer les pots cassés. On a appris à laver notre linge et à l'étendre. Le mardi, on l'accompagnait à la poste chercher ses allocations, quel que soit l'état dans lequel elle se trouvait. Souvent, elle en profitait pour acheter une bouteille ou deux avant de rentrer. Le mardi soir, pendant qu'elle vidait ses bouteilles, j'allais fouiller dans son sac et je récupérais ce qu'il restait. Cet argent était le nôtre, je ne volais rien du tout !

J'aimerais le rassurer, lui dire que je comprends, mais je n'ose pas l'interrompre. Je crains de le couper définitivement, si j'interviens.

— La première fois qu'on est partis faire les courses, Zoe et moi, on a acheté tout un tas de cochonneries. Des sodas, des bonbons, des chips, si je me souviens bien...

De toute évidence, il se souvient très bien. Ce souvenir parvient même à lui arracher un petit sourire.

— On s'est rendus malades, évidemment, alors la semaine d'après, on a acheté du poisson pané et des gâteaux. Ce n'était pas plus diététique, mais c'était toujours mieux. Au fil du temps, l'épicier s'est mis à nous mettre de côté des produits pas chers et sains. Il nous faisait des remises sur ce qui approchait la date de péremption. Les gens voyaient ce qu'il se passait mais ils préféraient fermer les yeux. C'était comme ça, à l'époque, mais ça nous allait parfaitement.

Je me penche vers lui, désireuse de lui prendre la main comme il l'a fait dans le café, mais il sent aussitôt ce que je m'apprête à faire et croise les bras sur sa poitrine. Je me fige sur place.

— Évidemment, il y a pire que d'aller à l'école avec des vêtements froissés...

Il marque une courte pause.

— Elle n'était jamais présente, que ce soit pour les spectacles de fin d'année ou les réunions parents-professeurs. Mais tout le monde s'en fichait, à part Zoe et moi. Parfois, un professeur un minimum consciencieux nous faisait remarquer que nos autorisations de sortie n'étaient pas signées, mais après qu'une peau de vache a fait manquer à Zoe une sortie au zoo, nous avons vite appris à imiter la signature de notre mère, quand elle était trop alcoolisée pour le faire à notre place.

Dean soupire. J'ignore si c'est en réaction à ce qu'il vient de me dire ou en préparation de ce qu'il s'apprête à me révéler.

— C'est devenu plus compliqué lorsqu'en plus de ne pas s'occuper de nous, elle est devenue violente.

— Elle vous frappait ?

Une boule de la taille d'une balle de tennis vient se loger dans ma gorge. Je lutte contre les larmes. Je n'ai pas le droit de pleurer. Il est tellement... impassible.

— Non, pas nous, mais elle détruisait tout sur son passage. Ça a commencé avec les affaires de mon père. Elle déchirait les livres et les vêtements qu'il avait laissés, même si c'était futile, étant donné qu'il avait emporté tout ce à quoi il tenait. S'il avait laissé des vêtements, c'est qu'ils étaient trop passés de mode pour être portés, commente Dean avec ce qui s'apparente à du cynisme. Il s'en est débarrassé comme il s'est débarrassé de nous... Elle a détruit ses photos, et quand il n'est plus rien resté de ses affaires, elle s'est mise à détruire les nôtres, les siennes, à se détruire elle-même. Elle piquait des crises à vous glacer le sang. Le lendemain matin, nous descendions la boule au ventre, sans jamais savoir ce qui nous attendait. Parfois, on la retrouvait endormie au milieu des débris de plastique, de verre et de vaisselle, des entailles sur le corps. D'autres fois, elle parvenait jusqu'à sa chambre ou la salle de bains, où elle se vidait. Elle n'y arrivait pas toujours à temps, cela dit. Je devais alors nettoyer son vomi sur le carrelage, sur ses draps ou dans les escaliers. Le jour où elle s'est fait dessus, il était hors de question que je la touche. Pareil pour Zoe. Je l'ai laissée dans sa merde et je suis parti à l'école. Là, j'en ai parlé à mon professeur, et le soir même, on venait nous chercher.

J'imagine ce petit garçon, trop jeune pour être un homme – et encore moins un héros –, s'efforcer de protéger sa sœur au point d'en venir à dénoncer sa mère.

Dean est tellement immobile qu'un papillon jaune vient se poser sur son épaule. Je suis incapable de le quitter des yeux ; le monde semble se réduire à nous trois, à cet instant précis. Je repense à toutes ces fois où petite, j'ai essayé d'attraper des papillons dans mon filet. Avec mes parents, Mark, Lisa et moi courions à travers champs, faisant bien trop de bruit pour avoir ne serait-ce qu'une chance de réussite, ce qui, à bien y réfléchir, était sûrement volontaire de la part de mes parents. Les rayons du soleil viennent s'épancher sur mes souvenirs, sur la pataugeoire de mon enfance, sur le glaçage de nos gâteaux d'anniversaire, où scintille une autre lumière : celle de nos bougies. Six, sept, huit, neuf, dix, trente-cinq... Oui, même l'année dernière, ma mère m'a préparé un gâteau et mon père a allumé les bougies. Mon enfance est un recueil de chansons, de rires et d'amour. J'ose à peine respirer.

— Ça a été un véritable désastre. Il faut dire que je n'y mettais pas du mien, continue Dean en se rongeant les ongles. Moi aussi, j'étais devenu violent. Si je ne cassais pas quelque chose, je lui mettais le feu ; j'écrivais des obscénités sur les portes de chambre des filles... Tout pour me décharger d'un peu de...

— De douleur ?

Dean hausse une nouvelle fois les épaules.

— De colère.

Bien qu'il ait décidé de se livrer à moi, il est incapable d'admettre une quelconque faiblesse, même ancienne.

— Vous avez essayé de fuir ? je lui demande.

— Non. J'aurais pu, mais je ne pouvais pas laisser Zoe. Elle était persuadée que les choses s'arrangeraient. Et au final, elle avait raison, non ?

Il se tourne vers moi et me regarde enfin dans les yeux. Je me rends alors compte qu'il a changé. Plus aucune trace du charmeur capable de ne promettre qu'une seule chose aux femmes – ne jamais les rappeler. J'ai sous les yeux ce petit garçon qu'on a laissé tomber et qui a dû se débrouiller tout seul pour survivre, au point d'en devenir froid et fermé. Mais au-delà de ça, je vois cet homme qui veut m'aider à m'accrocher à mes rêves, qui m'a volontairement confié son passé douloureux afin que je ne perde pas de vue mon enfance dorée.

— Oui, Zoe avait raison, je confirme, ayant conscience que c'est ce qu'il a besoin d'entendre.

À l'évidence, les choses se sont améliorées, mais cela suffit-il, après tout ce qu'ils ont subi ? Dean arrêtera-t-il un jour de souffrir de ce terrible manque d'amour ? Il n'a toujours pas changé de position, mais je prends son bras et le glisse sur mon épaule avant de le serrer contre moi. Une demi-heure plus tôt, j'avais le sentiment que mon monde s'effondrait.

Je pensais ne jamais m'en remettre ; j'avais terriblement pitié de moi. Mais désormais, je sais que je m'en remettrai. Je pourrais même devenir quelqu'un de meilleur, comme Dean l'a fait. Quoi qu'il en soit, c'est sur lui que je dois me focaliser, pour le moment. J'ai soudain l'impression de grandir d'un coup, comme Alice lorsqu'elle croque dans le fameux biscuit.

— La journée a été rude... Il n'y a qu'une seule chose à faire, désormais.

— Quoi ?

Dean me regarde comme si je disposais de toutes les réponses. Et c'est exactement ce que je ressens, à cet instant précis.

— Emmenez-moi danser.

38

Jo

Dean jette un œil à sa montre ; il est tout juste dix-neuf heures. Un peu tôt pour aller danser, mais je sais qu'il trouvera quelque chose. Après tout, il s'est défait de son enfance sordide afin de pouvoir sauter du haut de la tour d'Alta Villa ; il peut bien nous dégoter une piste de danse en plein Chicago…

Comme prévu, il semble soudain avoir une idée.

— Je sais ! Et si on allait mettre vos cours de salsa en pratique ?

— Hein ?

— Allez, suivez-moi.

Ce n'est pas le moment de perdre confiance. Je m'arrache un sourire et hoche exagérément la tête.

Le club de salsa est tout ce que j'aurais pu imaginer. Le parquet ciré est terne et usé et de lourds rideaux de velours rouge dont pendent des pompons dorés barrent la lumière du jour. Cela ne gâche en rien l'atmosphère sulfureuse des lieux, avec sa profusion de jolies jambes bronzées perchées sur des talons vertigineux. Des femmes sublimes aux fesses rebondies et aux robes à fleurs tourbillonnent à travers la pièce avec ferveur et grâce ; des types tout ce qu'il y a d'ordinaire se transforment en dieux sous mes yeux dès l'instant où ils s'élancent dans une danse endiablée au bras de leurs partenaires. Cet endroit respire la vie.

— Dites donc, il y a du niveau…

— Oui ! confirme Dean, visiblement beaucoup moins inquiet que moi.

— Vous avez vu comme ils bougent… ?

De toute évidence, la discrétion n'a pas sa place ici. Les hommes sont imposants et les femmes voluptueuses. Tous ces gens mènent une vie tape-à-l'œil.

Je ne sais ni quoi faire ni qui être. Suis-je toujours cette femme désespérément romantique ? Je sais que Dean souhaite que je garde la foi. Après avoir passé vingt-quatre heures à railler ma vision de l'amour, il semble soudain vouloir à tout prix croire en un monde meilleur que celui dans lequel nous nous trouvons, ou du moins que j'y croie moi. Avec ce qu'il vient de me confier, comment ne pas céder ? Mais y crois-je encore ? Cela me semble peu probable, voire impossible, avec ce que je viens d'apprendre sur mes parents et le fait que Martin (ma dernière chance) soit désormais marié. Cependant…

Je lève les yeux. Sans surprise, Dean est déjà sur la piste. Cet homme n'est pas du style à tergiverser. Il s'est débarrassé de sa cravate et de sa veste, qu'il a sûrement balancées sous une table ou sur une chaise quelque part. La chemise légèrement déboutonnée, il est déjà au centre d'une ribambelle de danseuses tentant de lui expliquer le balsero. Il est *sublime*.

La boule qui s'était logée dans ma gorge n'a pas disparu. Au contraire, elle enfle encore. Mais ce n'est plus une boule de chagrin. Je suis submergée par l'admiration et, autant me l'avouer, un ardent désir. Mon ventre se serre, mais ça n'a rien de désagréable. Je laisse cette vague de plaisir prendre possession de tout mon être. Soudain, et peut-être même pour la première fois, je sais qui je suis.

Je suis Jo la romantique.

C'est étrange, mais un père homosexuel et une mère adultère n'ont fait qu'exacerber cette conviction. Lorsque je rentrerai, j'en discuterai avec eux et j'essaierai de comprendre leurs choix et d'être là pour eux car, si étrange que la situation puisse paraître, je suis sûre qu'ils ont cru faire ce qu'il y avait de mieux. Pour nous et pour eux. C'est ça, l'amour. C'est imprévisible. Même l'histoire de Dean n'est pas parvenue à entamer ma foi. Comment serait-ce possible alors que j'ai devant moi l'homme le plus déterminé, le plus intelligent et le plus beau que j'aie jamais rencontré ? Et même s'il ne croit pas en son âme sœur, moi j'y crois. Plus que jamais.

La piste de danse me fait de l'œil. Malgré le fait que je prenne des cours de salsa, je ne me suis jamais rendue dans un club. Je sais, c'est idiot, mais personne ne me l'a jamais proposé, et je n'ai jamais envisagé d'y aller seule. Je danse rarement, désormais, en dehors des mariages.

Et encore, je suis la plupart du temps trop alcoolisée pour faire autre chose que de piétiner mon amour-propre en compagnie de deux ou trois autres copines célibataires. Je ne boirai pas un verre de plus ce soir, pas après ce que Dean m'a confié. Et puis, quand je bois, j'ai tendance à oublier, et quelque chose me dit que je voudrai me souvenir de cette soirée pendant longtemps. Dean croise mon regard, et je m'élance vers lui sans une seconde de plus d'hésitation.

Nous tourbillonnons sur la piste dans une danse enflammée. Je laisse la musique m'envahir et prendre le contrôle de mon corps, balayant toute notion de gêne vis-à-vis de la précision de mes pas ou de l'état de ma tenue. Je me contente de danser ; il n'y a rien d'autre.

Dans cette chaleur étouffante, je me sens rajeunir de plusieurs années. Je danserai jusqu'à ne plus avoir de forces, jusqu'à ce que mes cheveux collent à ma nuque et mon maquillage coule sur mes joues. Je sens une ampoule prendre possession de mon orteil, mais je ne m'arrête pas pour autant. Je balance mes chaussures sur le côté. J'ai envie de ressentir cet état de plénitude que seul l'épuisement peut procurer.

Dean est doué. Même s'il ne connaît pas tous les pas, il se déhanche de manière si sensuelle que bientôt, il est cerné par un essaim de femmes cherchant à partager une danse avec lui. Mais il ne comble aucune d'elles, hermétique à leurs jolies mèches brunes qui leur tombent dans le dos et à leurs jambes fermes qui glissent sur la piste. Il ne semble pas remarquer leurs décolletés plongeants, leurs poitrines plantureuses et leurs sourires éclatants. Il ne voit que moi. Il ne me quitte pas des yeux. J'essaie de détourner le regard, mais j'en suis incapable. Je me repais de son corps dans les moindres détails : de ses muscles qui se contractent à chaque mouvement aux pores de sa peau. Je le sens respirer. Je le sens vivre. Et sous son regard, je me sens pousser des ailes. J'atteins un état que je n'ai rarement connu en dehors de mes rêves. Je remue la tête et les épaules comme quelqu'un qui est tout simplement heureux, quelqu'un qui a de l'espoir, qui a un avenir. Je déborde de confiance, je suis plus grande et plus mince, et mes cheveux brillent sûrement d'un nouvel éclat. Les gens dansent autour de nous, et je suis l'une d'entre eux. Je ne suis plus une simple spectatrice.

La soirée continue ainsi, sans que je ne cesse d'être au centre de la piste et de son attention. Nous nous arrêtons de temps à autre pour aller boire un verre d'eau, mais aussitôt réhydratés, nous nous relançons. Nous n'échangeons que très peu, nous contentant d'une plaisanterie par-ci par-là – nous avons eu notre dose de sérieux pour la journée.

— Allez, bouge ton corps ! crie Dean.

J'éclate de rire. Ça pourrait paraître complètement déplacé, mais venant de lui, c'est simplement drôle.

— J'ai l'impression d'être shootée à la musique !

— Attention à ne pas perdre le contrôle, me taquine Dean avec un sourire espiègle.

— Je pourrais bien le prendre, au contraire ! je réponds en riant.

— Chiche…

Sans réfléchir, je saisis alors son visage entre mes mains, je l'attire vers moi et l'embrasse. Ça n'a rien d'un baiser langoureux et sensuel ; ça pourrait être un simple baiser entre amis. Entre amis très heureux. C'est un baiser ferme et chaud. Je me recule avant qu'il ne décide de me repousser, puis je me remets à danser.

— C'est top ! crie un type qui danse à côté de nous.

Je les ai vus discuter, Dean et lui, plus tôt dans la soirée. Je crois que Dean lui a apporté quelque chose à boire. Il est immense et tout à fait charmant. Sa peau couleur ébène brille et ses muscles saillent sous ses vêtements. Il me prend la main et me fait tourner comme une poupée.

— Vous dansez sacrément bien ! lance-t-il.

— Oh, merci, je crois que je vous aime ! je rétorque en riant.

Il n'interprète pas ma phrase de travers, par chance. Ce soir, la couguar est aux abonnés absents. Mon nouvel ami désigne alors Dean du menton.

— Il est malade, votre homme, signifiant qu'il l'admire, non que Dean a besoin d'assistance médicale, bien sûr. Il déchire, et il est vachement marrant.

— Oui, il est marrant, mais ce n'est pas mon homme. C'est juste un ami, je lui explique.

— Bah voyons, on ne me la fait pas, à moi. C'est votre homme, ça saute aux yeux…

Je le dévisage, consternée, craignant qu'il vienne de mettre des mots sur ce que je m'étais refusé d'admettre jusqu'ici. Oui, Dean est mon homme. Ou du moins, il devrait l'être. Je n'ai cessé de repousser toutes sortes de fantasmes avec lui, pendant que je cherchais un moyen de saboter le mariage de Martin. Mais il est dangereux, et je ne suis que trop souvent tombée dans le piège. Il est trop beau pour rester ; c'est malheureux mais c'est souvent comme ça.

Soudain, Dean est à mes côtés. Je perçois sa présence avant même de me tourner vers lui. Ce soir, en dehors du fait que je me sois perdue dans la danse, j'ai toujours su où il était. S'il était assis, debout, s'il dansait… S'il buvait, riait ou se contentait d'observer. De m'observer moi. Ce qu'il a énormément fait.

— Jo, je vais y aller.

Il a jeté sa veste par-dessus son épaule, et sa cravate, enfouie dans sa poche, en pend négligemment.

— Le manque de sommeil commence à faire effet, ajoute-t-il.

Par chance, la musique est tellement forte que personne ne peut entendre mon cœur se comprimer dans ma poitrine.

— Je devrais y aller aussi. Il faut que je voie s'ils ont une chambre pour moi à l'hôtel. Je n'avais réservé que pour une seule nuit. Je croyais… Enfin, vous savez très bien ce que je croyais. J'ai laissé mes valises à la conciergerie.

Dean me jette un regard interrogateur.

— On passe les prendre et tu viens chez moi, déclare-t-il.

Mon cœur s'emballe aussitôt, comme celui d'une adolescente. J'adore cet homme.

39

Dean

Dean regrettait de ne rien avoir à lui proposer. Jo n'avait pas touché à une goutte d'alcool depuis qu'il lui avait parlé de sa mère, ce qui était extrêmement délicat de sa part, mais maintenant qu'ils étaient chez lui, il aurait aimé lui donner quelque chose à boire. Non pas parce qu'il voulait la soûler, mais parce que c'était la seule forme d'hospitalité à laquelle il pouvait songer. Ils n'avaient pas terminé leur assiette, au café.

En vérité, leur chemin était constellé de restes de nourriture, depuis la veille. Il tamisa les lumières et alluma son poêle ultra-moderne encastré dans le mur, qui se mit aussitôt à ronronner. Cette pièce était exactement telle qu'il l'avait souhaitée – un appât à filles –, mais il doutait que c'était vraiment ce qu'il désirait, ce soir.

— On peut commander quelque chose à manger, proposa-t-il.

— Je n'ai pas si faim que ça, répondit Jo en se laissant tomber dans son énorme canapé d'angle gris.

Elle se débarrassa de ses chaussures dans une grimace de soulagement et se lova plus confortablement. À sa grande surprise, Dean la trouvait aussi séduisante en train d'inspecter ses ampoules qu'en talons hauts.

— J'ai du lait et des gâteaux, je crois.

— Ce sera parfait, déclara-t-elle en lui décochant son plus beau sourire.

Il partit dans la cuisine. En temps normal, il entretenait le flirt en lançant quelques lignes irrésistibles dont il avait le secret, mais ce soir, il n'en avait ni l'énergie ni le besoin. Il prépara donc un plateau en silence et vint s'asseoir à côté d'elle. Devait-il se rapprocher ? Allaient-ils coucher ensemble ? Logiquement, il ne s'embarrassait pas de ce genre de questions, mais il avait conscience que Jo ne serait pas l'histoire d'une nuit. Était-il prêt pour davantage ? En était-il capable ? Dans l'un de ses sourcils impeccables, il repéra un poil gris rebelle qui se détachait des autres. Ce poil était le symbole de sa vulnérabilité : elle n'était pas aussi jeune qu'elle l'aurait souhaité, ni aussi parfaite. Et il aimait ça, comme il aimait le petit grain de beauté sur son oreille. Il leur avait déniché un gros paquet de M&Ms et un autre d'Oreos ; Jo l'accueillit comme s'il la gratifiait d'un repas digne d'un cinq étoiles.

— Ça va, tu n'es pas trop déprimée ? se lança-t-il.

Jo se tourna vers lui, déconcertée.

— Par rapport au mariage de Martin…

— Oh là, non, souffla-t-elle en balayant cette idée de la main comme s'il s'agissait d'histoire ancienne – ce qui était quelque part le cas, même si le mariage avait eu lieu quelques heures plus tôt seulement. Que Gloria profite de son grand jour…

Elle jeta un œil à sa montre.

— Tu sais quoi ? Je n'avais même pas pensé à leur nuit de noces, jusqu'ici.

— Hein ?

— Au sexe, murmura-t-elle dans son oreille en gloussant comme une gamine. À mon avis, à l'heure actuelle, ils sont en train de batifoler dans les magnifiques draps de soie de leur lit king size…

— Ou alors, ils ouvrent leurs cadeaux de mariage…

— Effectivement. Dans tous les cas, ça m'est égal.

Elle hésita avant de poursuivre.

— J'aurais peut-être dû y penser avant de mettre toutes mes économies dans un billet d'avion. Je ne suis même pas jalouse d'elle, pour te dire. Ce n'est pas logique…

Dean acquiesça. Non, ce n'était pas logique. Mais s'il devait être honnête avec lui-même, il ne regrettait pas que Joanna Russell ait dépensé toutes ses économies dans ce billet qui leur avait permis de se rencontrer.

— Voilà qui fait plaisir à entendre ! Alors tu crois de nouveau à ces histoires de chimie sexuelle et de décharge dans l'entrejambe, si je ne m'abuse ?

Elle lui décocha un petit coup de coude, consciente qu'il la taquinait.

— Aux regards qui s'accrochent dans une pièce bondée...

Dean remarqua alors que Jo n'osait justement pas lever les yeux vers lui, même s'ils ne se trouvaient qu'à quelques centimètres l'un de l'autre et que la pièce était vide.

— La chimie ne suffit pas, murmura-t-elle.

— Tu as une moustache.

— Impossible, je m'épile ! s'écria Jo, horrifiée, en plaquant aussitôt la main sur son visage.

— Une moustache de lait, précisa Dean avant qu'elle ne lui en révèle davantage sur ses techniques d'épilation.

— Oh...

Elle s'essuya la bouche. Après un tel échange, elle risquait encore moins de le regarder dans les yeux...

Ils se mirent à observer les flammes danser en silence. Dean songea à allumer la télé, mais il craignait de briser la magie du moment. Ce serait comme convier d'autres gens à la soirée, et il ne voulait pas gâcher cette intimité. Il pensa alors mettre de la musique, mais cela risquait d'avoir l'effet inverse.

Avec de la musique douce en fond sonore, ils ne pourraient plus faire comme s'il ne s'agissait que d'une soirée entre amis. Il ne savait pas vraiment ce qu'il voulait. Jamais il ne s'était retrouvé dans une telle situation, à vrai dire.

— Nous deux, on a cette chimie, lâcha soudain Jo.

Elle se tourna vers lui et planta son regard dans le sien.

— Tu l'as sentie aussi, n'est-ce pas ? Dans l'avion, et hier soir, au restaurant, chaque fois qu'on se touchait... Aujourd'hui, quand tu m'as embrassée devant Martin, et quand je t'ai embrassé au club.

— Oui, c'est vrai, souffla-t-il. Jo, il faut que tu saches qu'en temps normal, je te sauterais dessus, là.

Elle sourit.

— En temps normal, je me laisserais faire.

— Mais nous sommes amis. Ce n'est pas bien.

— Oui, des amis, confirma-t-elle.

— Juste des amis.

— Enfin, des amis qui se disent tout et qui se serrent les coudes, mais…

Dean ignorait ce qu'elle comptait dire ensuite ; il ne lui en laissa pas l'occasion. Il vint plaquer ses lèvres sur les siennes et la gratifia d'un baiser tout sauf purement amical. Leurs bouches chaudes et pulpeuses semblaient faites l'une pour l'autre.

Jo lui caressa la joue, et Dean se sentit perdre tout contrôle, à cet instant. Il passa la main derrière sa nuque et la colla contre lui sans cesser de s'abreuver de ce baiser fougueux et parfait. Il en avait embrassé, des femmes. Beaucoup, même. Et il s'efforçait de repousser ce sentiment inédit qui le rongeait, comme si ce baiser revêtait une importance toute particulière par rapport aux autres. Il ne voulait pas tomber dans ce genre de cogitation ; c'était bon pour les femmes comme Jo. Cela dit, il devait admettre que ce baiser était aussi excitant que son tout premier, tout en étant plus sensuel que tous ceux qu'il avait connus jusqu'ici.

Il se mit à parcourir son corps d'une main experte. Il savait comment toucher et satisfaire les femmes, et il était décidé à sortir le grand jeu ce soir. Il avait l'impression de se fondre à sa peau. Il n'existait plus rien d'autre que ce désir et ce besoin communs. Jamais il n'avait été aussi sûr de quelque chose auparavant ; il avait envie qu'ils ne fassent plus qu'un. Il comprit que c'était réciproque lorsqu'elle se leva et lança :

— Où est ta chambre ?

Il se demanda si cette romantique invétérée avait besoin de draps propres et de bougies pour se sentir à l'aise. Les draps étaient encore en boule suite à son agitation de la nuit dernière, mais les rideaux n'étaient pas tirés et les lumières de Chicago illuminaient la pièce comme des étoiles un ciel d'encre. Il la poussa sur le lit. Sa robe remonta et laissa apparaître sa petite culotte en dentelle, qu'elle s'empressa de retirer. Il ouvrit sa braguette d'une main nerveuse et plongea aussitôt en elle. Son corps l'accueillit comme si elle l'avait attendu toute sa vie. Peut-être était-ce le cas. Ils échangèrent un long regard, conscients de ce qu'ils faisaient et avec qui ils le faisaient. C'était merveilleux.

C'était vrai.

Ils firent l'amour dans un concert de gémissements et de frissons, leurs corps si profondément fondus l'un à l'autre que Dean ne parvenait plus à les dissocier.

La douleur se fondait elle aussi au plaisir, et brusquement, ce terrible sentiment de solitude disparut.

*Dimanche
24 avril 2005*

40

Clara

Clara arriva à l'hôpital à neuf heures. Une jeune infirmière grassouillette aux joues roses l'informa que les visites ne commençaient pas avant onze heures.

Clara posa les yeux sur la bague de fiançailles bon marché que la jeune femme arborait : un amas de minuscules saphirs coincé entre les plis de sa peau, mais Clara sentait que ce bijou avait de l'importance.

— Je suis sa femme, mentit-elle.

— Oh, je suis désolée, s'exclama l'infirmière, dont les joues prirent une nuance de rose plus marquée qui descendit jusqu'à sa nuque. On ne vous avait pas vue avant ce week-end, et vous n'apparaissiez nulle part sur les papiers.

— Nous ne sommes plus ensemble, mais…

Clara s'interrompit en espérant avoir donné l'impression que c'était trop difficile pour elle d'en parler. Ce qu'elle faisait était peut-être immoral, voire illégal, mais elle s'en fichait.

— Il nous reste si peu de temps, ajouta-t-elle.

Même si Clara détenait la palme des bonnes manières, elle avait cette froideur dans la voix qui lui donnait toujours gain de cause, que ce soit dans les transports en commun, au théâtre ou dans les magasins. Les gens s'en trouvaient intimidés, et l'infirmière ne fit pas figure d'exception. Ayant sûrement survolé ses cours d'histoire, plus jeune, elle ne pouvait imaginer qu'une femme aussi distinguée puisse causer le moindre souci, et encore moins mentir. Clara fut donc autorisée à gagner le chevet d'Eddie.

Cela ne changea pas grand-chose pour lui, étant donné qu'il était inconscient. Clara eut beau répéter son nom, lui secouer doucement le bras et poser un baiser sur son front, il ne se réveilla pas. Elle décida tout de même de rester. Elle ne voulait pas qu'il soit seul, s'il se réveillait. Elle lui devait bien ça, non ? Elle ignorait pourquoi elle pensait une chose pareille, mais les gens avaient tendance à se sentir responsables du sort d'Eddie Taylor. Cet homme parvenait à s'arracher leur loyauté malgré tout ce qu'il avait fait. Elle était incapable de le laisser seul, et pourtant, ses visites ne lui faisaient aucun bien. Il l'avait profondément déçue, une fois de plus, et elle ne pourrait jamais le lui pardonner. Physiquement, ce n'était plus le même, mais moralement, il n'avait pas changé d'un pouce.

Eddie Taylor restait l'homme du mauvais choix.

C'était toujours celui qui ne la méritait pas, qui ne la rendrait pas heureuse et qui ne serait jamais là pour elle. Clara était dévastée. Au final, ça aurait été pire s'il avait changé, car elle n'aurait pu s'empêcher de songer que si elle l'avait choisi, des années plus tôt, il aurait pu être le bon.

Ils auraient pu être heureux, ensemble. Mais il était toujours aussi égoïste. Elle n'avait d'autre choix que d'accepter qu'elle avait façonné sa vie autour d'un homme qui ne la méritait pas, qui ne la rendrait jamais heureuse et qui ne prendrait même pas la peine d'essayer. Elle avait eu tout faux.

Hier, il lui avait parlé de ses enfants. Les deux plus jeunes se contentaient de lui envoyer une carte pour Noël et pour son anniversaire, quand elles y pensaient. Eddie semblait faire preuve du même intérêt à leur égard, sauf quand il parlait de leurs jeunes années, lorsqu'elles montaient à cheval, apprenaient à lacer leurs chaussures ou à se tresser les cheveux. Il s'était impliqué, à un moment donné, mais ce qu'il ressentait s'apparentait davantage à de la possession qu'à un véritable sens des responsabilités.

Il y avait toujours des limites, avec Eddie Taylor. D'après lui, ses deux dernières étaient épanouies. Elles avaient une mère qui avait eu le bon sens de le quitter lorsque sa frustration avait atteint un point de non-retour. Elle s'était remariée. Eddie prétendait que le type en question était sympa, même s'il ne devait pas avoir grand-chose dans le caleçon, pour reprendre ses termes exacts.

Mais l'histoire n'était pas la même pour les deux autres, Dean et Zoe.

Clara n'avait pu réprimer un frisson lorsqu'Eddie lui avait parlé de la visite de son fils, un homme frustré et plein de rancune, d'après lui. Sûrement borné, par-dessus le marché. Mais Clara avait compris qu'il s'agissait simplement d'un enfant meurtri à jamais.

— Il a souffert, Eddie, lui avait-elle dit.

— Oui, mais ça fait longtemps…

Cela semblait l'embarrasser d'admettre que ses enfants avaient été placés en foyer.

— Je ne comprends pas que personne ne m'ait prévenu.

Il avait cligné des yeux, deux fois, puis avait fini par les fermer.

Clara se sentait terriblement coupable du sort de ces pauvres enfants. Cela la pesait tellement qu'elle avait été incapable d'avaler quoi que ce soit ce matin. Elle ne les connaissait pas, ne les avait jamais rencontrés et n'avait jamais vu leur photo – Eddie n'avait jamais été du style à exhiber sa famille sur son bureau –, mais elle se sentait responsable, quelque part. Clara était le genre de femme qui disposait de suffisamment de temps pour faire preuve de charité, mais au final, s'agissait-il vraiment de cela ?

Tous les ans, elle organisait un bal sur Mayfair – bal pour lequel ses amies dépensaient des fortunes en robes et coiffures extravagantes avant de donner un peu plus de leur argent aux Africains qui mouraient de faim – ainsi que des concours de pâtisseries où les nantis en manque de divertissement payaient une somme astronomique pour se donner en spectacle.

Les fonds obtenus permettaient d'acheter des sous-vêtements pour les enfants vivant dans des pays en guerre et dont les affaires avaient disparu en même temps que leur maison.

Elle s'adonnait avec ferveur à cette cause et avait été conviée par deux fois à la Chambre des Lords où, aux côtés d'autres âmes charitables, on l'avait remerciée de combattre les injustices de ce monde. Elle aimerait que sa prochaine collecte de fonds soit liée à son pays ; peut-être un nouveau foyer pour les enfants dépourvus de toit, ou une campagne de sensibilisation à l'accueil des enfants en difficulté. Elle soupira, consciente de ne rien pouvoir faire pour Dean et Zoe. C'était trop tard.

41

Jo

— Je meurs de faim ! Ce coup-ci, il n'y a pas le choix, il va falloir sortir acheter quelque chose, lance Dean.

— S'il reste des gâteaux, ça me va très bien. Je peux me permettre, avec les calories que j'ai dû brûler..., je reponds en gloussant.

Les images de cette nuit défilent dans ma tête ; je me sens intérieurement rougir de plaisir.

— Tu veux parler de la salsa... ?

Dean se niche dans mon cou et me mordille l'oreille. Une décharge électrique s'empare de mon entrejambe.

— Oui, j'ai adoré, dis-je en riant, même si nous savons très bien tous les deux que ce n'était pas ce que j'avais en tête.

Nous avons fait l'amour trois fois. Trois fois ! Après nos premiers ébats passionnés, nous avons décidé de reprendre en douceur, et la troisième fois s'est révélée encore plus lente, mais j'imagine que la biologie y était pour quelque chose. Dean est d'une tendresse incroyable. Sa façon de me toucher m'a à la fois rassurée et déchaînée avec une passion dont je ne me serais jamais crue capable. Les draps dégagent les effluves de nos corps brûlants et je sens son souffle sur mon front. Je suis pelotonnée sous son bras. C'est pur, intime et merveilleux. Différent. Je *sais* que j'ai commis beaucoup d'erreurs, par le passé. Je suis réputée pour mon manque de discernement maladif, mais je ne peux m'empêcher de me dire que cette fois, c'est vraiment différent. Pas seulement à cause de ce qu'il me fait ressentir, mais aussi de ce que je lui fais ressentir, moi. Je suis convaincue que pour une fois, je compte pour quelqu'un. Et ce quelqu'un est un homme excitant, sexy, hors de portée et meurtri.

— Alors, ce club de salsa, par rapport à ce que tu connais sur Londres ?

— Je n'ai jamais mis les pieds dans un club, à Londres.

— Tu m'as dit que tu prenais des cours…

— Oui, mais je n'ai jamais fait un seul pas de salsa en dehors de la salle des fêtes poussiéreuse où ont lieu mes cours.

Dean se recule légèrement et me dévisage, stupéfait. Je me force à soutenir son regard. Sans avoir à le lui expliquer, je sais qu'il comprend pourquoi je n'ai eu ni la confiance ni l'occasion de me lancer.

— Jo, il va falloir que tu apprennes à vivre comme tu en as envie…, murmure-t-il.

Nous savons tous les deux que par là, il entend une vie où je ne choisis pas mes activités en fonction du pourcentage d'hommes potentiellement bons à marier et où je ne suis pas incapable de faire quoi que ce soit seule.

— J'en ai conscience. J'essaie, tu sais.

Dean n'a pas l'air convaincu, et pourtant, c'est la vérité. Après tout, j'ai pris cet avion qui m'a emmenée loin de chez moi. Bon, ma motivation n'avait peut-être rien d'admirable, mais voyez le résultat… Je sais que j'ai consacré une trop grande partie de mon temps à chercher l'amour, mais là, recroquevillée sous le bras puissant de Dean, j'ai du mal à m'en vouloir.

— Ton bonheur ne peut pas dépendre des autres, Jo, ajoute-t-il.

Je me fige imperceptiblement. Cette phrase a comme un terrible goût d'avertissement… J'en ai suffisamment entendu dans ma vie pour les reconnaître, quelle que soit la forme revêtue. Les répliques déchirantes du lendemain matin, je ne connais que trop bien. « J'ai une semaine de fou, je ne peux rien te promettre », « Je me donne trop corps et âme à mon boulot pour m'impliquer dans une relation sérieuse », ou la pire de toutes, celle où il prend votre numéro sans vous donner le sien et annonce : « Je t'appelle », ce qui est évidemment pur mensonge.

Je n'ai pas le numéro de Dean.

Et il ne m'a pas demandé le mien. Je me raidis. J'ai entendu des dizaines et des dizaines d'excuses de la part de mes ex-conquêtes, mais étonnamment, c'est la première fois que j'appréhende vraiment. La révélation de mes parents m'a peut-être ouvert les yeux, finalement.

Je regarde Dean à la dérobée. Il m'observe avec un sourire béat. Toutes mes craintes s'évanouissent alors. Sa réserve est concevable, après tout. Cet homme a passé sa vie à prendre des distances afin de ne pas être de nouveau poignardé dans le dos. Il ne cherche pas à m'éloigner parce que c'est un salaud, mais simplement parce qu'il est conditionné pour se protéger, parce qu'il a peur. Par ailleurs, derrière cette réserve, je ne peux que reconnaître qu'il s'est ouvert et confié à moi. Et ça, ça veut forcément dire quelque chose.

Je peux le faire changer, j'en suis persuadée. J'ai suffisamment d'optimisme pour deux. Ne vous méprenez pas, je ne compte pas le conquérir en faisant fi de ses sentiments, comme j'ai pu le faire par le passé. Non, je suis prête à accepter ses craintes et ses doutes. Il n'a jamais rien attendu de l'amour, mais je peux faire en sorte que ça change.

— J'imagine que la plus grosse erreur de ta mère a été de dépendre de ton père…

— On pourrait dire ça, oui.

Je préfère laisser le silence s'installer, au cas où Dean veuille expliciter, ce qu'il finit par faire.

— Il y avait un tel fossé entre la vie qu'elle menait et celle qu'elle aurait imaginé mener que ça a fini par la détruire… Écoute, tout ce que je cherche à dire, c'est qu'on devrait tous être responsables de notre bonheur. Je n'arrive pas à saisir pourquoi tu prends des cours de danse s'il ne te vient pas à l'idée d'aller danser toute seule. Ne le prends pas mal, mais ça me fait mal au cœur pour toi.

Je dépose sur ses lèvres un doux baiser (sans oublier de plaquer ma poitrine nue contre son torse, histoire de remettre les choses dans leur contexte). Ça lui fait mal au cœur ! Il est rempli de doutes, mais il vient d'avouer qu'il tenait à moi.

C'est tout ce qui compte pour l'instant. Je suis plus réaliste et lui plus expansif ; il y a peut-être un moyen de se retrouver à mi-chemin, non ? Je sens qu'il aimerait changer de sujet ; inutile de brûler les étapes. Chaque chose en son temps, comme aime à dire mon père.

— Merci, je murmure lorsque je me décide enfin à me décoller de lui.

Je peux comprendre pourquoi Dean est inquiet à mon sujet. Mes parents viennent de se séparer, mon père fait son coming out, je suis sans domicile fixe, sans emploi, à deux doigts d'aller faire le pied de grue à la soupe populaire, et mon facteur m'a posté un si grand nombre d'invitations à des mariages qu'il risque de m'envoyer sa note de chiropracteur.

C'est moi qui devrais me faire du souci. Mais ce matin, je ne peux m'empêcher de penser que ma vie est peut-être sur le point de changer. Quelque chose chez Dean me laisse croire que tout pourrait enfin s'améliorer. Il est la preuve incontestable que notre avenir ne dépend que de nous.

— Très bien, faisons une liste, je m'exclame.

— Une liste de courses ? Facile : on a besoin d'un peu de tout. Des œufs, du jus d'orange, du bacon…

— Non, une liste des choses que je dois faire avant de mourir.

Un grand sourire s'étire sur ses lèvres, malgré son air surpris.

— Bonne idée.

Il se penche au-dessus de moi (sans oublier de m'embrasser) et farfouille dans sa table de chevet, où il parvient à mettre la main sur un crayon, au milieu d'un amas de monnaie, de boutons de manchette et de préservatifs.

— J'ai besoin de quelque chose sur quoi écrire.

De toute évidence, il n'a aucune envie de sortir du lit, ce qui me va parfaitement : j'adore être lovée contre lui et j'adore l'idée qu'il partage ce sentiment.

— Je vais écrire sur la notice des préservatifs, lance-t-il.

— Il y a assez de place ?

— J'écrirai en petit dans la marge.

Nous nous allongeons sur le côté, face à face, la notice entre nous. Dean se tient prêt à noter. Nos pieds sont encore entrelacés.

— Je t'écoute, déclare-t-il avec un air attentif.

Je n'ai pas envie de le décevoir, mais c'est exactement ce qu'il risque de se passer si je ne trouve pas quelque chose très vite. Qu'est-ce que j'aime, au juste ? Qu'aimerais-je faire de ma vie ces quarante prochaines années ?

— Tu as des idées ? je lui demande en le suppliant du regard.

— Ça te plairait, d'apprendre à skier ?

Je remue la tête.

— Ou alors de faire du wakeboard, du zorbing ? C'est génial, je te jure !

— Il faut vraiment que ce soit ce genre de choses ? je lance, m'étonnant moi-même de ne faire aucun effort pour prétendre aimer ses hobbies.

— Non, évidemment, si ce n'est pas ton truc...

Mon cerveau tourne à cent à l'heure ; je m'exclame soudain :

— Je sais ! J'aimerais passer une journée entière au lit à manger des cochonneries !

— C'est plutôt étrange, comme ambition, mais pourquoi pas, rétorque Dean, médusé.

Il note « Liste de Jo » dans la marge de la notice, juste à côté des informations concernant la date d'expiration des préservatifs, et ajoute : « 1. Rester au lit toute la journée à manger des cochonneries. »

— J'aimerais goûter à la gelée d'anguille, un jour. Enfin, ce n'est pas vraiment un désir, mais un devoir. J'ai toujours entendu dire que c'était un pur délice. En tant que Londonienne, il faudrait quand même que je connaisse ça.

— OK, pas de souci.

— J'aimerais boire un milk shake à la cerise.

— Tous tes rêves tournent autour de la nourriture ?

— C'est possible, oui.

— Alors il va falloir être plus précise. Et si tu allais chez

Fosselman, du côté d'Alhambra ? Leurs milk shakes sont à tomber.

— Comment tu sais ça, toi ?

— C'est mon job, de savoir ce genre de trucs. S'il y a bien deux choses qui valent tout l'or du monde, c'est déguster un milk shake deux chocolats chez Fosselman et des macarons Ladurée, à Paris.

— Quoi ? Où ?

— Tu ne connais pas ? En 1862, Monsieur Ladurée a ouvert une pâtisserie rue Royale. Plus tard, son petit-fils a eu l'idée d'assembler des macarons – des sortes de petites meringues – deux par deux en les garnissant d'une ganache crémeuse, explique Dean en salivant rien que d'en parler.

— Mmm… Ça a l'air délicieux ! Tu peux l'ajouter à ma liste.

— Pas question.

— Quoi ?

— Tu dois réfléchir par toi-même, Jo. Inutile d'essayer de me faire plaisir.

Vexée, je dois tout de même admettre qu'il a raison. Je dois avoir mes propres ambitions, mes propres désirs. Et si possible, des désirs pas nécessairement liés à la nourriture.

Après ce qu'il me semble durer une éternité, je trouve enfin quelque chose.

— Je sais ! J'aimerais faire de la figuration dans un film. Un vrai film, hein ! Un Scorcese ou un Spielberg, tu vois le genre…

— Parfait, commente Dean en notant.

— J'aimerais planter un arbre.

— Quoi, comme arbre ?

— Un cerisier.

— Où ça ?

— Dans mon jardin.

— Donc, tu aimerais avoir un jardin ?

— Oui, j'adorerais. Une maison rien qu'à moi…

Dean continue d'écrire.

— Tu vois, ça vient, m'encourage-t-il.

« Ça vient »… Je m'efforce de balayer l'image que j'ai en tête. Je peux avoir les idées très tordues, parfois.

— Où ça ?

— De quoi, où ça ?

— Tu aimerais une maison où ?

Dean n'a pas lâché la notice des yeux. Même si je fais de mon mieux pour ne pas être l'ancienne Jo, celle qui réfléchissait au prénom de son second enfant avant même qu'elle n'ait partagé un petit-déjeuner avec le père potentiel, je ne peux m'empêcher de penser que sa question n'est pas innocente.

— Je ne sais pas. En ville. J'aime Londres, mais je pourrais partir ailleurs, j'imagine. Sydney, New York, peut-être ici, j'ajoute en revoyant tous ces trains sillonnant la ville, transportant sans fin ces passagers pressés de gagner tous ces lieux excitants et importants.

Avec le panorama que m'offre la baie vitrée de sa chambre, je m'imagine très bien vivre ici. À mes yeux, Chicago est un véritable bain de lumières et de bonheur.

— Qu'est-ce qui te plaît, ici ? me demande Dean en toussotant.

Lui. Mais pas seulement.

— Cette ville semble déborder d'énergie. Et j'adore le fait qu'elle bénéficie de kilomètres de plage, avec le lac Michigan, tout en étant ultramoderne. Puis, tout le monde parle anglais. Ne t'inquiète pas, je ne compte pas te parler emménagement ! Enfin, pas tout de suite… Je plaisante. En tout cas, c'est une ville qui me conviendrait. C'est amusant qu'elle te convienne à toi aussi.

Je lui jette un regard timide afin d'assister à sa terreur, mais son visage ne laisse absolument rien trahir.

— J'aimerais traire une vache, j'ajoute.

Dean se contente de hocher la tête et de noter.

— J'aimerais aller dans ce fameux hôtel de glace suédois. Tout est en glace, tu imagines ? Les murs, les lits, la vaisselle, les toilettes ! Tu en as entendu parler ?

Dean acquiesce.

— Tu y as déjà été ?

Après une seconde d'hésitation, il décide de ne pas me mentir et acquiesce de nouveau. Je vois bien qu'il craint de me braquer, mais je suis juste impressionnée.

— Dis donc, tu en as fait, des choses...

— Je te l'ai dit : j'ai commencé tard, mais je me suis rattrapé, depuis.

— J'aimerais faire du cheval sur la plage, ce qui risque d'être dur, étant donné que je ne sais pas monter et que j'ai peur de l'eau...

Dean éclate de rire.

— C'est parfait, dans ce cas !

— Je devrais peut-être me spécialiser dans le tourisme. J'en ai ma claque, des pièces montées et des compositions florales.

Cela nous prend encore deux bonnes heures, mais ma liste affiche quarante et un points lorsque nous nous mettons à griffonner autour de la note de bas de page annonçant que chaque lot de latex est testé et certifié sur la plantation. Dean, obsédé par les chiffres ronds, aurait aimé que l'on tire jusqu'à cinquante, et il doute que peler une pomme en une seule fois puisse réellement faire partie d'une telle liste, mais dans l'ensemble, il paraît plutôt satisfait de mes choix, et moi aussi. Le simple fait de les avoir couchés sur papier me rend extatique ; il me tarde de m'y mettre, même si, je dois l'avouer, j'ai également beaucoup aimé faire ça parce que Dean n'a pas cessé de me tripoter pendant ce temps-là.

— Et toi, tu as une liste ? je lui demande.

— Pas besoin.

Il plie la feuille et me la tend.

— Tu ne peux pas avoir tout fait, si ? je rétorque, même si je me rappelle son goût prononcé pour le snowboard, le VTT, la luge sur herbe, le ski nautique, le parachutisme, le saut à l'élastique, le rafting et la plongée au milieu des requins, ce qui me paraît dans l'ensemble assez complet.

— Non, évidemment... Il y a peut-être une ou deux choses que je pourrais noter, mais je fais toujours en sorte de saisir une occasion, lorsque celle-ci se présente. Je dirais même que je les provoque ; je n'ai donc pas besoin de liste. Par exemple, là, j'ai l'occasion de faire l'amour à une femme magnifique, et je pense que nous devrions tout de suite nous y mettre, au lieu de parler.

Le sourire aux lèvres, il s'enfouit sous la couette et parcourt mon corps en y déposant des baisers brûlants. Il m'est impossible de le contredire, et ça n'a rien à voir avec le fait que je sois incapable de penser par moi-même. Non, cette idée est tout simplement géniale.

42

Dean

Dean avait l'impression d'être l'acteur principal d'un film à l'eau de rose, ce qu'il connaissait bien étant donné que c'était le genre de prédilection de la plupart des femmes qu'il côtoyait.

Ils avaient décidé de mettre aussitôt la liste en pratique. Jo avait exprimé son désir de « faire quelque chose en rapport avec les bateaux ». Dean l'avait imaginé obtenir son diplôme de skipper, louer une embarcation et partir explorer l'océan Indien, mais il s'avéra que son rêve consistait seulement à monter sur la proue d'un bateau, ouvrir les bras en grand et chanter *My Heart Will Go On*. Ils avaient donc fini au Navy Pier, où ils avaient passé plus d'une heure sur le Tall Ship Windy, un immense voilier historique.

Le guide, de bonne composition, l'avait laissée chanter tous les couplets dont elle se souvenait et avait même encouragé les autres passagers à se joindre à elle pour le refrain. Ils avaient également pu profiter d'une vue spectaculaire sur la ville, avaient hissé les voiles et appris le vocabulaire marin, même si Dean doutait fortement que Jo ait retenu quoi que ce soit des histoires qu'on leur avait racontées. En effet, elle semblait plus que jamais déterminée à l'analyser lui.

— Je n'ai pas tout de suite compris comment tu pouvais à la fois multiplier les conquêtes et croire en la fidélité, mais c'est à cause de ton père, c'est ça ? Tu enchaînes peut-être les femmes, mais jamais deux en même temps. Ce n'est pas la fidélité, ton problème, mais l'engagement, avait-elle déclaré tandis que le pauvre guide tentait d'effrayer les touristes avec des histoires grotesques de navires hantés – même si Dean était persuadé que les autres passagers étaient beaucoup plus intéressés par la conversation de Jo.

— Peut-être.

Si le fait qu'il enchaîne les conquêtes la dérangeait, elle n'en avait rien dit. Il avait donc préféré ne pas élaborer, ce qui l'arrangeait, étant donné qu'il ne savait pas vraiment quoi dire. Vingt-neuf années de méfiance ne peuvent pas disparaître en un claquement de doigts, et Dean ignorait s'il pouvait réellement changer. Il avait décidé de chasser cette idée et de se contenter de profiter de l'instant.

Plus tard, alors qu'ils dévoraient leur barbe à papa sur la grande roue, elle s'était soudain écriée :

— Le film, dans l'avion ! La scène de la manche t'a touché non pas à cause de ce qu'un père est capable de faire pour son fils mais...

— Parce qu'ils n'avaient plus d'électricité, tout à fait, l'avait-il coupée en retirant délicatement la barbe à papa qui s'était collée à ses cheveux.

Lorsqu'il avait effectué une petite danse après avoir réalisé cinq trous en un consécutifs au golf miniature, elle l'avait gratifié d'un sourire indulgent. Il savait qu'elle comprenait son besoin permanent de gagner. C'était un survivant, un guerrier, un vainqueur. Il avait craint que Jo ne prenne pitié de lui, après ce qu'il lui avait confié de son enfance, mais de toute évidence, il s'était trompé. Ce qu'elle ressentait pour lui n'avait rien à voir avec de la pitié. Ses yeux brillaient d'admiration ; elle comprenait sa force et sa détermination et elle acceptait son cynisme, peut-être même le lui pardonnait-elle. L'intérêt profond qu'elle lui portait n'avait rien d'agaçant. Bien au contraire, il avait l'impression d'être quelqu'un d'important. Évidemment, de nombreuses femmes avaient essayé de gratter la surface à s'en faire saigner les doigts et le cœur, mais aucune n'y était parvenue ne serait-ce qu'un peu. Jamais il ne leur avait confié la clef de son énigme. Son enfance misérable était restée secrète entre Zoe et lui, jusqu'à hier. Il avait montré à Jo la fange que dissimulait sa carapace étincelante, mais elle était toujours là.

Non seulement Dean avait-il été surpris de se retrouver en plein milieu de ce cliché romantique, mais il s'était en plus rendu compte qu'il aimait ça. Avec Jo, en tout cas.

Elle était drôle. Sa naïveté s'était envolée pour laisser la place à un enthousiasme enfantin qui n'était pas pour lui déplaire. La vie brillait tellement à ses yeux qu'il était impossible de ne pas être aveuglé en sa présence. Il ne pouvait que remettre en question ce qu'il pensait depuis toujours : que le monde n'était peuplé que d'égoïstes et qu'on ne pouvait faire confiance à personne. Cette femme était d'une honnêteté à toute épreuve. Lorsqu'ils avaient abordé le sujet inévitable de leurs anciennes relations, elle lui avait fait part de ses nombreux désastres avec une telle ironie qu'il n'avait pu qu'en rire.

Et elle était intelligente, par-dessus le marché ; beaucoup plus qu'elle voulait bien laisser croire. L'éducation dont elle avait pu bénéficier avait fait d'elle quelqu'un d'instruit et de curieux. Il avait toujours pensé que ce genre de femmes privilégiées ne valaient pas grand-chose, à l'extérieur d'un court de tennis, mais Jo était particulièrement calée sur la guerre d'indépendance, et lorsqu'elle avait mentionné Tissot, elle parlait bien de l'artiste, et non des montres.

C'était le genre de femmes à rendre une visite au musée intéressante, et les musées n'étaient pourtant pas son truc. Ce qu'il préférait chez elle, c'était son naturel. Elle semblait physiquement incapable de la jouer farouche – pas un seul instant elle ne s'était décollée de lui, au point qu'il avait craint qu'elle ne le suive jusqu'aux toilettes, dans le cinéma IMAX. Mais elle avait dû se contenter de l'attendre à l'extérieur et s'était pratiquement jetée dans ses bras quand il était réapparu.

— Et si on rentrait faire l'amour ? avait-elle suggéré.

Comment une femme pareille pouvait-elle être seule depuis si longtemps ?

— Tu sais, il y a un moment où on va devoir faire les trucs ordinaires...

— Comme ?

— Il faut que je défasse mes valises, que je lave mon linge, que je fasse les courses…

— C'est vrai ?

— Non, je préfère largement ton idée.

Après tout, il restait un homme…

Il adorait coucher avec elle. Il avait certes connu des ébats plus sportifs avec des femmes mieux galbées, ou s'était adonné à des jeux un peu plus pervers, mais il s'était également retrouvé au lit avec des femmes beaucoup moins enflammées et beaucoup moins jolies qu'il lui était arrivé de regretter après coup. Dans tous les cas, malgré sa grande expérience en la matière, il n'avait jamais connu une chose pareille.

C'était différent, avec Jo, même si ça le tuait de devoir l'admettre. C'était *davantage*. Davantage que du sexe. Il n'en était pas sûr à cent pour cent, mais il y avait de fortes chances pour qu'il ait réellement fait l'amour pour la première fois de sa vie. Il avait toujours considéré cette expression comme un doux euphémisme réservé aux gens mariés cherchant à se persuader qu'ils partageaient quelque chose d'unique, ou aux vieilles filles qui refusaient d'admettre leur statut de coup d'un soir. Mais désormais, il comprenait. Ce que Jo et lui étaient parvenus à créer relevait de l'affection. De l'amour.

Attention, il ne prétendait pas être amoureux. Cet homme pouvait sauter d'un avion avec un bout de nylon comme seule sécurité ou plonger du haut d'une cascade uniquement maintenu par les pieds par un élastique lui évitant une mort certaine, mais tout ça n'était rien à côté de ce que signifiait « tomber amoureux ».

Et pourtant…

Il ne parvenait pas à penser à autre chose qu'à ses lèvres. Enfin, jusqu'à ce qu'elle se débarrasse de ses vêtements ; là, il pensait à son corps. Elle n'avait pas à avoir honte de sa poitrine plantureuse (sur laquelle il s'était allé à fantasmer dans l'avion), de son petit ventre et de ses cuisses bien rondes. Mais tout cela, il l'avait deviné avant même de la voir nue. Il aimait ses formes ultra-féminines. Elle avait un tout petit peu de cellulite. Dès l'instant où il l'avait repérée, il savait qu'il ne le lui avouerait jamais. Même si elle devait lui poser la question, il lui répondrait qu'elle avait une véritable peau de pêche. Qui aurait cru qu'une carcasse enveloppée de chair pouvait être aussi attirante ?

Après qu'ils eurent fait l'amour, il se surprit à vouloir se confier davantage. Maintenant qu'il avait ouvert les vannes, plus rien ne pouvait l'arrêter, bien que ça n'ait pas été son intention. Jusqu'ici, il avait toujours admiré l'intimité que Zoe et son mari partageaient ; mais aujourd'hui, il la comprenait.

Il avait passé sa vie à faire barrage aux atrocités de son enfance, mais désormais, il était prêt à leur ouvrir la porte en grand. Et il prenait un plaisir pervers à observer son expression outrée. Ça lui faisait un bien fou de tout vider, même si oui, ce qu'il racontait était horrible. Il aimait l'écouter lui raconter sa vie, elle aussi, et même si elle devait forcément remettre certaines choses en question maintenant que la vérité au sujet de ses parents avait éclaté, elle ne pouvait renier son enfance dorée. Il savait qu'il l'avait aidée à préserver ces doux souvenirs intacts, et il en était fier.

— Comment s'est passée ta visite à l'hôpital ? lui demanda-t-elle.

Elle était roulée en boule sur le côté, face à lui. Dean pouvait presque entendre les rouages de son cerveau tourner à plein allure. Il soupira et se tourna vers elle.

— Mal. Je pensais qu'il avait réclamé ma présence pour pouvoir s'expliquer, voire s'innocenter – même si c'est complètement ridicule –, mais il ne s'est rien passé de tel. Pour tout te dire, ce n'est même pas lui qui a réclamé ma présence…

Il glissa la main sous la couverture et alla la poser sur les fesses de Jo. Elles étaient douces et chaudes ; il ne se lassait pas de les caresser. Admettre l'indifférence immuable de son père était difficile, même à Jo. Il ressentait toujours cette même honte et cette même douleur insupportable. Il poussa un soupir si profond qu'il était étonné qu'il lui reste encore de l'air dans les poumons.

— Je ne m'attendais pas à trouver un vieillard mourant aussi plein de colère. Je m'étais imaginé qu'il serait calme et résigné, qu'il me procurerait enfin des réponses. J'avais envie de lui hurler : « Ce n'est pas à toi d'être en colère ! » Je lui ai même proposé de lui imprimer une photo des enfants de Zoe, mais il a refusé. Ses propres petits-enfants...

Il chercha son soutien du regard, un masque de dégoût au visage.

— Combien de temps ça t'aurait pris ? demanda Jo, songeuse.

— De quoi ?

— C'était peut-être plus une question de temps que d'indifférence, au final, tu ne crois pas ? Il aurait fallu que tu quittes l'hôpital pour faire imprimer la photo. Il ne voulait peut-être pas perdre davantage de temps...

Dean prit un instant pour y réfléchir. C'était peu probable, mais éventuellement possible, il devait l'admettre.

— Tu crois que tu pourrais m'apprendre ton truc ? lança-t-il en lui souriant.

— Quel truc ?

— Celui qui te permet de ne voir que le bon côté chez les autres.

— On peut toujours essayer.

Dean laissa cette idée mûrir tranquillement dans son esprit. Il ne s'était jusqu'ici jamais permis d'envisager quoi que ce soit d'un peu plus positif que ce dont il s'était persuadé. Tiendrait-il le cap ?

— J'ai aussi appris un sacré truc, là-bas.

— Quoi ?

— J'ai deux autres sœurs.

— C'est vrai ?

Dean avait conscience que Jo ne savait pas comment réagir. Il appréciait le fait qu'elle se doute qu'il ne considérait pas cela comme une merveilleuse nouvelle, même si de son côté, elle devait se réjouir pour lui. Au moins avait-elle la délicatesse de respecter sa prudence.

— Tu comptes prendre contact avec elles ?

— Peut-être, même si je doute qu'on ait grand-chose en commun.

Dean préférait ne pas se faire d'illusions.

— Elles sont jeunes, tu sais. Une est encore étudiante et l'autre a la vingtaine.

— Quel âge a ton père ?

— Moins de soixante, c'est tout ce que je sais.

— Ça fait jeune pour partir... Tu crois qu'il se sent prêt ?

— Non, je ne pense pas. Ça doit bien être la première fois qu'il a envie de rester quelque part...

Il se tut aussitôt et s'efforça de prendre le dessus ; il ne voulait pas se laisser envahir par ses émotions.

— Je ne suis même plus sûr que ça ait une quelconque importance, maintenant. Il aurait pu me dire quoi que ce soit, ça n'aurait rien changé. M'expliquer son abandon ne m'aurait pas pour autant permis de retrouver un foyer tout ce qu'il y a de plus normal. Ça n'aurait pas fait de moi quelqu'un de différent.

— Dieu merci ! Je n'ai aucune envie que tu sois différent ! s'exclama Jo.

Tant mieux, alors...

— Tout ça n'a vraiment servi à rien, souffla-t-il.

— Non, c'est faux. Ça n'a pas servi à rien.

Dean saisit aussitôt ce que son regard pénétrant signifiait.

— Nous nous sommes rencontrés.

— Exactement. C'est le destin. Et ne me dis pas que tu n'y crois pas !

— Je n'ai rien dit ! répliqua Dean en l'embrassant.

Il ne croyait pas au destin, mais il avait toujours accordé de l'importance aux perches que vous tendait la vie. Cela le soulageait que Jo ne cherche pas à le rassurer à tout prix en prétendant que son père devait forcément l'aimer, au fond. Elle ne s'imaginait tout simplement pas en savoir plus que lui sur la situation.

Elle se contentait de l'écouter en lui accordant toute son attention. Il décida de mettre fin à la discussion quand son envie de l'embrasser devint incontrôlable.

Tandis qu'il faisait courir ses mains sur sa taille, ses hanches, ses cuisses, il se demanda s'il serait capable de faire le grand saut. Il savait que s'il devait lui-même dresser une liste, une liste nécessitant de sa part un effort certain pour qu'il affronte ses peurs et ajoute une nouvelle dimension à sa vie certes solitaire mais riche en expériences, il n'y noterait que deux choses :

1. Parler de ma mère à quelqu'un
2. Tomber amoureux

C'étaient les deux seules choses qu'il n'avait jamais tenté de faire, dans sa vie.

Il la regarda s'extraire du lit et chercher quelque chose à se mettre afin d'aller leur prendre à boire dans la cuisine. Elle opta pour son vieux pantalon de survêtement et un tee-shirt beaucoup trop grand pour elle, sa jolie robe rouge faisant depuis longtemps déjà partie de l'amas de linge qui trônait au pied du lit. La pièce était plongée dans le noir, en dehors de la lumière du couloir et celles de la ville. Dean avait perdu la notion du temps. Un coup d'œil au réveil lui révéla qu'il n'était pas loin de minuit. La journée avait filé à une telle allure… Il profita de ces quelques minutes de répit pour la savourer une nouvelle fois, puis Jo réapparut avec deux mugs.

— J'ai trouvé des sachets de thé au fond d'un placard, mais ce sera sans lait, déclara-t-elle en lui tendant un mug. Attention, c'est bouillant. Je n'ai pas envie que tu te brûles la langue, ajouta-t-elle avec un sourire à la fois inquiet et coquin – cocktail irrésistible s'il en est.

Elle se percha alors au bord du lit. Dean commençait à la connaître suffisamment pour savoir qu'elle cherchait ses mots.

— Je rentre déjà demain soir…, lâcha-t-elle.

— Eh oui…

— Tu auras enfin le temps d'aller faire des courses.

Dean ne savait pas quoi répondre. Il n'avait pas vraiment songé au lendemain, ni aux jours qui suivraient ; ce n'était pas dans son habitude. Mais peut-être allait-il devoir en faire son habitude, s'il voulait poursuivre sa relation avec une femme qui vivait sur un autre continent. Le désirait-il ? Il pensait bien que oui. En tout cas, c'était clairement ce que Jo désirait, elle – les femmes avaient coutume de toujours vouloir vivre une relation avec lui, et Jo n'avait pas une seule fois cherché à dissimuler son envie. Il y aurait forcément des inconvénients. Il allait devoir se renseigner sur ce fameux Skype, et ses factures de téléphone allaient sûrement atteindre des sommets. Avait-il des voyages d'affaires prévus en Europe, ces jours-ci ? Peu importe, il pouvait se permettre d'acheter un billet d'avion, et puis, il avait des tonnes de miles. Ce serait toujours ça.

Il sentait qu'ils devaient parler de tout ça.

— Je me disais que...

Il toussota, ne sachant pas vraiment comment le formuler.

— Je me disais qu'on pourrait s'échanger nos numéros...

Conscient du ridicule de la situation, il observa Jo, craignant qu'elle ne le prenne pour un demeuré. Il n'avait pas l'habitude de se sentir aussi nerveux face à une femme.

— Absolument ! Je viens justement d'ajouter mon numéro dans tes contacts, même si on risque de me réclamer mon téléphone, étant donné que c'est celui de la société... Il va également falloir que je me crée un nouveau compte mail. Et comme les gens perdent constamment leur téléphone, j'ai mis les différents numéros de ma sœur sur le bloc-notes, à côté du frigo. Et aussi son adresse, au cas où tu veuilles m'envoyer une lettre, ou, hmm, des fleurs..., ajouta-t-elle avec un petit sourire gêné. Je t'ai également noté le numéro et l'adresse de mes parents, même si la maison a de fortes chances d'être désertée. Je veux que tu puisses me joindre à tout moment ; ce serait trop facile de perdre le contact, vu que je n'ai pas de chez-moi.

Dean éclata d'un rire joyeux qui se mit à résonner dans la pièce. Il adorait l'honnêteté de cette femme. Qui d'autre pouvait se mettre à nu de cette façon, encore plus facilement qu'au sens littéral du terme ? Elle s'était volontairement mise à sa merci, et tout cela parce qu'elle avait confiance en lui. Jo lui décocha un sourire qui s'étira sur ses joues empourprées – elle aussi avait conscience qu'elle venait de se mettre à nu. Dean secoua la tête, émerveillé. Même si garder contact allait s'avérer être un véritable cauchemar logistique, il était certain que cette femme en valait la peine. Il lui fit un nouveau baiser, long et passionné.

— Alors, qu'est-ce que tu aimerais faire, demain ? demanda-t-il.

— Tu ne travailles pas le lundi ?

— Je dirai que je ne me sens pas bien.

— Tu ne risques rien ? Et si quelqu'un apprenait la vérité ?

— Je poserai un congé, dans ce cas.

— Tu gâcherais un jour de congé pour aller faire du lèche-vitrines avec ta nouvelle petite amie ?

— Alors comme ça, tu es ma petite amie ?

Jo hésita.

— Ta liaison, disons.

— Ma « liaison »…, la railla Dean. Mais où est-ce que tu vas trouver tout ça ?

— Tu sais que tu peux être désagréable, quand tu veux ? Comment tu me vois, alors ?

— Les deux me vont, avoua-t-il. C'est cette histoire de lèche-vitrines qui m'inquiète, pour être tout à fait honnête.

Le visage barré d'un grand sourire, Jo se débarrassa de ses vêtements et vint se reglisser sous la couette. Dean comprit alors qu'elle avait eu besoin de ce thé et de ces vêtements pour avoir la force de lancer cette discussion ; désormais, elle pouvait se relaxer dans ses bras. Ils demeurèrent ainsi quelques minutes, silencieux, sa main caressant tendrement ses cheveux soyeux.

— Tu sais à quoi je pensais ? dit-elle.

— Non.

— À ta mère.

— Ah…

— Je comprends que ce soit mort avec ton père…

— C'est le moins qu'on puisse dire.

— Oh, excuse-moi, je n'avais pas réfléchi.

Jo semblait ne pas savoir si elle devait rire ou pleurer de son manque de tact.

— Mais ta mère, dans tout ça ? s'empressa-t-elle de poursuivre.

— C'est trop tard pour construire quoi que ce soit avec elle.

— Ne dis pas ça. Et si tu me parlais d'elle ?

Jo tourna vers lui son visage baigné par le soleil – ou par le vent, si l'on se devait d'être exact. Elle paraissait vivante, tout simplement, débordant d'une vivacité qu'il ne lui avait encore jamais vue. Un tel enthousiasme ne pouvait que venir avec l'expérience, l'expérience qu'elle avait de la vie, et il n'y avait rien de mieux au monde – Dean pouvait en être témoin, lui qui courait après l'adrénaline. Lui aussi avait envie de connaître cet enthousiasme tout particulier. Bercé par la douceur de la chambre dans laquelle planait une odeur de sexe, il se laissa guider par son éclat.

— Elle avait dû être très belle, à une époque. Il le fallait, pour réussir à appâter Eddie Taylor, qui, même elle devait l'admettre, était un vrai tombeur. Mes souvenirs ne remontent pas assez loin pour que je sache si elle était aussi belle à l'intérieur. C'est fort possible, il y a longtemps… Je ne sais pas. Dans tous les cas, il a tout détruit. Lorsqu'il a fermé la porte derrière lui, il nous a laissés dans les ténèbres. Mais il est également possible qu'ils aient été aussi mauvais l'un que l'autre, et que c'est ce qui les a attirés. J'ai du mal à savoir ce qui serait le pire, au final.

— Pourquoi personne n'est intervenu, à ce moment-là ? Vous n'aviez pas de famille ? Quelqu'un qui puisse vous prendre en charge ou au moins vous soutenir avant que les choses ne prennent une telle tournure ?

— Ma mère était fille unique, et elle a perdu ses parents peu de temps après son mariage avec Eddie. Même si ça me fait mal de l'admettre, j'imagine que ça a dû être dur pour elle, quand il est parti. C'est sûrement pour ça qu'elle a choisi de noyer sa solitude dans l'alcool. Je sais qu'il y a eu une grand-tante, à un moment, mais j'ignore totalement ce qui s'est passé. Elle est peut-être morte, ou alors ma mère l'a repoussée, comme elle le faisait avec tout le monde.

— Et tes grands-parents paternels ?

— Ils nous ont tourné le dos, eux aussi. Je ne sais pas s'ils avaient honte de l'attitude de leur fils ou s'ils le soutenaient, au contraire. Peut-être qu'ils n'aimaient pas ma mère, voilà tout. Ou s'occuper de deux enfants en bas âge représentait trop de travail à leurs yeux, je ne sais pas. Notre relation s'est alors cantonnée à deux colis annuels : un pour Noël et un pour nos anniversaires, jusqu'à ce que l'on soit pris en charge. Ils sont venus visiter le foyer le premier soir (à la demande des services sociaux), mais on ne les a jamais revus ensuite.

— Ta mère n'a pas eu beaucoup de soutien, on dirait...

— Non. Eddie devait très bien le savoir, quand il nous a abandonnés pour sa pétasse friquée – une femme tellement folle de son mari et de ses enfants qu'elle n'a même pas voulu de mon père, cracha-t-il.

— Quand as-tu vu ta mère pour la dernière fois ?

— Il y a des années.

— Quand exactement ?

— J'avais quatorze ans.

— Mon Dieu, Dean... Tu devrais l'appeler ! s'enflamma-t-elle, irradiant d'une ardeur dont seuls les jeunes amoureux sont capables.

Elle était persuadée que rien n'était insurmontable, qu'aucun mal n'était impardonnable, qu'aucune blessure n'était irréparable.

— Je ne peux pas, répondit-il.

— Mais si, voyons ! Ne sois pas si borné. Je suis sûre qu'elle n'attend que ça !

— Non.

— Allez, je t'en prie...

Jo s'empara de son téléphone fixe et le lui tendit. Il y avait peu de chances pour qu'il connaisse le numéro de sa mère par cœur, mais elle était trop euphorique pour songer à ce genre de détails.

— Rien n'est impossible, Dean. Repense à la dernière fois que tu l'as vue. Était-ce si horrible que ça ?

— Je m'en souviens très bien.

Il revoyait avec une netteté terrible l'intérieur de la petite Toyota rouge de l'assistante sociale. C'était une vieille voiture mais elle en prenait soin ; elle sentait le pin, et il y avait toujours des pastilles de menthe dans la boîte à gants. Elle leur en proposait chaque fois, et chaque fois, Zoe acceptait et Dean refusait. Il ne voulait rien de la part des services sociaux, pas même une pauvre pastille de menthe, et il était hors de question qu'il coopère en la laissant croire qu'elle pouvait apaiser ne serait-ce que légèrement sa peine. Comme si une pastille avait ce pouvoir, de toute façon... Lors de leurs très rares visites chez leur mère, il ne lâchait pas la poignée de la portière de tout le trajet. Dès que la voiture s'immobilisait devant le tout petit appartement, il s'empressait d'ouvrir et bondissait du véhicule.

Sa mère avait déménagé à Epping, dans un immeuble miteux. Elle avait dépensé en bouteilles jusqu'au dernier centime de la vente de la maison. Par chance, son nouvel appartement disposait d'un minuscule bout de terrain, mais personne n'aurait osé donner à une telle friche la dénomination de jardin. Elle avait bénéficié de cet avantage sous prétexte de rendre l'endroit le plus accueillant possible pour ses enfants, mais il en aurait fallu un peu plus que trois buissons et un bout d'herbe cramée pour qu'ils se sentent à l'aise.

Lors de cette fameuse visite, il avait noté que l'extérieur avait été cimenté – plus personne n'avait donc d'espoir pour eux... Ici et là, les mauvaises herbes avaient perforé le ciment ; Dean avait admiré leur ténacité. Un appentis à l'abandon jouxtait l'appartement, vaine tentative d'agrandissement laissée par un ancien locataire. Les plaques ondulées en PVC, sur le toit, avaient fini par jaunir.

À l'intérieur, les cartons et les magazines s'amassaient dans un bazar de bric et de broc. Dean se souvenait qu'il y avait également une luge en plastique cassée, adossée à l'arrière de l'appentis. Il s'était toujours demandé à qui elle appartenait – pas à lui, en tout cas.

Et puis il y avait l'incontournable caddie de supermarché. Il s'était dit qu'au moins, sa mère mangeait, mais la seconde d'après, il avait réalisé que le caddie pouvait tout aussi bien servir à ramener de la boisson.

Un sapin roussi trônait au fond du jardin. Nous étions en mai. Il avait dû appartenir à l'un des voisins, car cela faisait des années que sa mère n'avait pas fêté Noël.

Il avait descendu l'allée avant même que Zoe n'ait eu le temps de détacher sa ceinture. L'assistante sociale était persuadée de son empressement de retrouver sa mère, mais il n'en était rien. Il voulait juste s'assurer de son état ainsi que de celui de l'appartement avant que Zoe n'arrive. Il ne lui fallait que très peu de temps pour voir si Diane était ivre ou sobre, ou si les lieux s'apparentaient juste à une porcherie et non à une zone hautement dangereuse.

Il détestait ouvrir cette porte. Sa mère n'était pas du genre à beaucoup recevoir ; c'était une évidence, lorsqu'on la découvrait avec son éternel gilet crasseux, son visage dénué de toute trace de maquillage et son air gêné. L'appartement sentait toujours le renfermé, la sueur et la cigarette.

— Elle est morte, Jo.

Silence absolu.

— Elle s'est suicidée. Le cocktail fatal : somnifères, vodka, et son propre vomi. Certains se demandent si c'était vraiment intentionnel, mais est-ce que ça importe vraiment ? C'est moi qui l'ai trouvée, lors de cette fameuse visite.

Elle oubliait souvent de verrouiller la porte de derrière, trop avinée pour s'en tracasser et trop pauvre pour craindre qu'on ne vienne lui voler quoi que ce soit. Il avait poussé la porte avec la fougue d'un gamin de quatorze ans. Elle était venue percuter la tête de sa mère, étalée sur le sol. Il avait aussitôt senti cette odeur de vomi et de mort.

— Mon Dieu…

Jo lui prit la main et la porta à ses lèvres. Elle lui embrassa tendrement les doigts tandis qu'il s'efforçait de repousser le souvenir de son corps trop frêle tentant à tout prix de bloquer la vue à Zoe. Mais il n'avait pas été assez grand.

— Au début, elle m'a presque manqué, malgré ce qu'elle était devenue. *Presque*, avoua Dean, gêné. Puis je lui en ai énormément voulu, un moment, avant de finir par reconnaître qu'elle était simplement désespérée et terriblement seule. J'en voulais beaucoup plus à mon père, au final. Lui, je le *détestais*. Mais voilà que lui aussi est sur le point de mourir…

— C'est fini, maintenant, alors…, souffla Jo.

Dean était-il libre d'aimer qui il voulait, maintenant qu'il n'avait plus personne à haïr ?

— Ça aurait pu l'être, jusqu'à ce qu'il me parle de cette pétasse pour qui il nous a abandonnés. Maintenant, c'est elle que je déteste. Je suis adulte, et malgré tout, je suis encore capable d'une telle haine. Je déteste quelqu'un que je n'ai jamais rencontré, tu imagines ? Quelqu'un dont j'ignorais l'existence jusqu'à la semaine dernière. Ce n'est pas humain. Ce n'est...

Il s'interrompit, incapable de prononcer les mots « Ce n'est pas juste » sans passer pour un gamin capricieux. Il laissa Jo l'embrasser tout doucement sur l'épaule, la nuque et la joue tandis qu'il essayait de barricader les cris hystériques de Zoe alors qu'il l'éloignait de la porte ; sa façon de se débattre comme une furie, étouffée par les sanglots. Il laissa Jo poursuivre ses baisers tendres sur son torse, son ventre, puis son sexe. Il la laissa grimper sur lui et lui faire l'amour tandis qu'il essayait de chasser l'image de cette mouche posée sur les lèvres bleues et maculées de vomi de sa mère.

Et il la laissa le voir pleurer.

Ensuite, ils s'allongèrent, les yeux vissés au plafond, main dans la main, trop moites de sueur pour se coller l'un à l'autre. Les paupières lourdes, Dean s'abandonna à un sommeil de plomb bien mérité. Ses souvenirs et ses émotions l'avaient épuisé, mais il avait l'impression de se sentir plus léger, plus pur, plus libre que jamais.

Jo, elle, était tout sauf fatiguée. Son cerveau bouillonnait. Plus elle en apprenait sur l'enfance de Dean, plus elle le respectait et l'admirait, et plus elle était reconnaissante d'avoir eu la vie si facile, enfant. Elle était bien sûr toujours abattue par les révélations de ses parents, mais elle avait décidé de mettre cela de côté, pour l'instant. L'effondrement de leur conte de fées n'était en aucun point comparable au cauchemar qu'avait enduré Dean ni à la relation qu'ils étaient en train de forger, elle et lui. Elle commençait à comprendre que ce qui comptait, ce n'était pas le passé, mais l'avenir.

— Tes livres préférés parlent tous d'orphelins qui cherchent à faire le bien, murmura-t-elle alors dans la pénombre. Kim, Pip, Harry...

— Oui..., souffla-t-il.

— Dean ? J'avais raison, finalement.

— Hmm...

Elle sentait qu'il était à deux doigts de sombrer.

— Tout est une question de moments forts, de cœurs qui s'accélèrent, puis de petites culottes et de raison qu'on envoie valser. Je pensais que l'amour, c'était comme dans les poèmes, les chansons et les films, et c'est le cas. C'est ça et plus encore… Dean, je crois que je suis en train de tomber amoureuse de toi. Non, j'en suis sûre. Je t'aime, Dean Taylor.

Elle attendit une réaction, mais elle n'eut droit qu'à un silence suivi, quelques minutes plus tard, de ronflements. Jo ignorait s'il l'avait entendue et décidé de ne pas répondre ou s'il s'était déjà endormi. Mais ce n'était pas grave, elle aurait tout un tas d'occasions de le lui dire, parce que ce qu'ils partageaient était sincère. Ce qu'ils partageaient avait un avenir.

43

Eddie

Finalement, mourir est bien plus intéressant que ce que je m'étais imaginé. Évidemment, la douleur est insupportable, et dès que ça va mieux à un endroit, ça me lance autre part. Mais plus maintenant. Les derniers antidouleur qu'ils m'ont donnés sont incroyables. Tout va bien, désormais. Je me sens partir, tout doucement.

Au moins, j'ai eu de quoi m'occuper. Mes souvenirs m'ont tenu compagnie. Les gens, aussi. Le fiston. Pas si mauvais que ça, au fond. Clara. Patiente. Elle se souvenait de moi. Je représentais donc quelque chose, pour elle. C'est rassurant. Je crois bien que ça fait des jours qu'elle vient me voir. Discrète. Élégante. Elle me parle tout bas. Même si je ne peux plus lui répondre. Elle m'a demandé si je me rappelais ce fameux week-end, à Manchester. Le seul véritable moment de répit que nous avions pu nous octroyer.

Oui, je m'en souviens très bien. Le train, ce vendredi après-midi. Plein de Nordistes bruyants qui rentraient chez eux après avoir passé la semaine à travailler sur Londres, dépensant une partie de leur salaire en alcool avant de devoir partager le reste. Ils nous avaient proposé de nous joindre à eux, et nous avions fait tourner leurs bouteilles dissimulées dans des sacs en papier. Original... La gare grouillait de gens. Nous avions marché jusqu'à l'hôtel. Le soleil tapait fort et illuminait ses jambes. Je portais son sac. Plus tard, nous avions pris un apéritif. J'avais trouvé ça fort, je n'étais pas habitué. Mais elle, si. Elle s'y connaissait en apéritifs, en vins, en cuisine française et j'en passe et des meilleures. J'aimais bien la taquiner. Elle avait de la classe, et j'aimais ça. Je *voulais* ça. J'étais monté à Manchester pour le travail. Des recherches à propos d'un documentaire que je préparais. Elle avait dit à son mari qu'elle partait en week-end shopping avec des amies. Je devais écrire sur la crise industrielle qui touchait le nord-ouest de l'Angleterre. Les gens désertaient la ville. Le chômage était partout. À chaque coin de rue, on trouvait des maisons abandonnées. Pareil pour les usines. Nous n'en avons jamais parlé, mais je pense qu'elle aurait préféré Paris.

Elle avait voulu la totale, alors je nous avais pris une suite au Palace. Sur note de frais, évidemment. J'avais réservé dans un italien. Le… Arrr, je ne m'en souviens pas. Enfin bref, un vrai italien. Nous avions tellement bu que nous n'avons même pas pu terminer nos assiettes.

C'était si grisant, de pouvoir être ensemble sans avoir constamment la crainte de se faire prendre. On était tellement pressés que nous n'avons même pas tenu jusqu'à l'hôtel. Je l'ai prise dans une ruelle ; les villes n'étaient pas truffées de caméras, à l'époque. Heureusement pour nous.

Au final le week-end s'était transformé en une nuit. Ses enfants lui manquaient trop. Elle se sentait trop coupable. Le samedi matin, elle était complètement différente, ailleurs. Au petit-déjeuner, elle avait prétendu que le café n'était pas bon et avait insisté pour que nous rentrions plus tôt. J'aurais dû comprendre, à ce moment-là.

Mais c'est quand même gentil de sa part d'être venue me voir. D'avoir troqué quelques instants ces draps froids d'hôpital par ceux, chauds et en boule, de cette chambre d'hôtel.

Lundi

25 avril 2005

44

Clara

Clara savait qu'elle devait appeler Joanna. Elle avait parlé à ses autres enfants, et leur réaction avait été prévisible : ils avaient été choqués et blessés. Lisa avait évidemment partagé l'avis de son père et suggéré à Clara qu'elle devait faire une dépression nerveuse. Elle avait fait allusion au danger du stress avant d'ajouter qu'elle ne voyait pas en quoi sa mère pouvait être stressée, comme si elle n'avait pas intégré l'homosexualité de son père. Clara ignorait si sa fille l'avait compris depuis longtemps ou si elle se refusait tout simplement à accepter cette idée. Et le cas échéant, comment pourrait-elle lui en vouloir alors que c'était ce qu'elle-même avait fait toutes ces années ? Lisa n'avait cessé de lui demander ce qu'elle comptait faire puis lui avait expliqué qu'avec ses trois enfants, son travail et sa sœur qui dormait sur son canapé, elle ne pourrait pas lui être d'une grande aide. Clara n'avait pu s'empêcher de trouver cela égoïste, même si c'était vrai. Le pragmatisme de Lisa n'avait pas de bornes.

Mark avait fait preuve d'encore moins de compassion. Il avait déclaré trouver la situation extrêmement gênante et exigé que les choses reprennent leur cours normal dès que possible. Il s'était rassuré en répétant à Clara qu'elle finirait par changer d'avis, évitant ainsi à son père et à toute la famille « tout un tas de soucis inutiles ». Clara avait fait preuve d'un tel courage pour partir qu'elle n'aurait jamais la force de faire marche arrière, mais elle s'était abstenue de le contredire. Malgré leur froideur, elle pouvait comprendre la réaction de ses enfants ; ils étaient submergés par la frustration et la peur.

Ils aimaient leurs parents et ne souhaitaient que leur bonheur, mais ils n'avaient pas été élevés dans l'idée que leur propre bonheur puisse être remis en cause par le fait que leurs parents aient besoin de s'épanouir. N'était-ce pas ce qu'elle avait recherché, toutes ces années ? Elle avait conscience que sa quête du bonheur, ou du moins d'indépendance, leur mettait des bâtons dans les roues. Peut-être aurait-elle dû se comporter différemment avec eux, enfants.

Voilà pourquoi elle craignait la réaction de Joanna. Lisa l'avait appelée pour la prévenir, même si Clara l'avait suppliée de ne pas le faire. Elle aurait préféré que Joanna profite pleinement de son voyage à Chicago, et à son retour, elle lui aurait tout expliqué. Elle était trop idéaliste et trop romantique ; Clara avait peur que sa fille ne soit pas capable de gérer une telle information, seule dans une ville étrangère. Lisa lui avait dit que Joanna était dévastée.

Ce mot avait brisé le cœur de Clara, exactement comme Lisa l'avait souhaité. Clara savait que ce n'était pas la méchanceté qui avait motivé son appel. Lisa considérait simplement que sa sœur avait le droit de savoir ce qui se passait, qu'elle *devait* le savoir. Son aînée n'avait jamais adhéré au cocon dont Clara avait toujours enveloppé Joanna.

Clara devait donc l'appeler, désormais. Elle quitta le chevet d'Eddie et se rendit dans la salle commune, ouverte aux visiteurs ainsi qu'aux patients suffisamment en forme pour se déplacer. La pièce affichait des murs beiges d'un autre temps et les chaises en bois étaient usées et recouvertes de coussins ultra-fins verdâtres de toute évidence inconfortables. Mais Clara ne comptait pas s'y asseoir. Combien de malades étaient passés avant elle ? Une chaise pouvait-elle transmettre un virus ? Même s'il était inconcevable que qui que ce soit ait pu fumer dans un hôpital depuis au moins vingt ans, l'endroit empestait le tabac froid. Elle voyait très bien tous ces gens enchaîner les cigarettes par désespoir, par ennui ou tout simplement par peur.

La télé était toujours allumée, le volume monté au maximum pour les patients les plus âgés. Clara détestait cet endroit. Elle décida alors d'aller passer son coup de fil dans la rue bondée.

Elle composa le numéro, et Joanna décrocha au bout de trois sonneries à peine. Clara était soulagée ; elle avait craint que sa fille ne veuille même plus lui parler.

— Bonjour, ma chérie. Comment vas-tu ? s'empressa-t-elle aussitôt de lui demander.

— Bien, répondit Joanna.

Même si elle murmurait, Clara avait cru déceler un sourire, dans sa voix. C'était bien la dernière chose à laquelle elle s'était attendue.

— Ne quitte pas, je vais dans la cuisine, ce sera mieux.

Clara patienta tout en se demandant de quelle cuisine elle pouvait bien parler. Elle s'était imaginé qu'elle séjournerait à l'hôtel. Elle n'avait pas d'autre ami que Martin à Chicago, et la nouvelle épouse de celui-ci pouvait être la bonté incarnée, Clara doutait fortement qu'elle soit prête à laisser sa maison à l'ex de son mari pendant leur lune de miel.

— Où es-tu ? s'enquit-elle dans un mélange de panique et de curiosité.

Même si sa fille était majeure et vaccinée et qu'elle l'avait appelée pour lui parler de son propre cas, elle avait le sentiment que Joanna s'était de nouveau embarquée dans une situation impossible. Elle prit sur elle, prête à essuyer les pleurs.

— Dans la cuisine d'un ami.

— *Un* ami ?

— Oui, maman. Je suis dans la cuisine d'un homme, répondit-elle en riant devant le ton indigné de sa mère. Mais tu n'as rien à craindre, il est très propre. La cuisine est impeccable.

— Est-ce qu'il y a des couteaux ? Des revolvers ? Qui est-ce, Joanna ? s'emballa Clara, de plus en plus inquiète. Tu ne peux pas t'attacher à un type que tu ne connais pas ! Un Américain, par-dessus le marché.

— Il est anglais, si ça peut te rassurer, bien que je ne voie pas ce que sa nationalité vient faire là-dedans.

— Tu n'as pas lu *American Psycho* ?

— Non, mais toi oui, j'imagine...

— En effet, et c'est horrible. C'est l'histoire d'un golden boy new-yorkais qui est en vérité un schizophrène doublé d'un psychopathe. Tout ce que je peux te dire, c'est que beaucoup de femmes meurent, dans cette histoire.

— Eh bien, mon homme est tout ce qu'il y a de charmant, nous sommes à Chicago et non à New York, il travaille dans la pub et non dans la bourse, et je ne pense pas qu'il me cache quoi que ce soit.

Clara décela encore ce sourire, dans la voix de sa fille.

— Et on est dans la vraie vie, là, maman.

La vraie vie ? Voilà qui ne collait pas à la Joanna qu'elle connaissait...

— Sois prudente, chérie, c'est tout.

Clara vivait dans la peur que l'une des amourettes de sa fille finisse un jour de façon plus dramatique qu'un pauvre cœur brisé.

— Tout va bien, maman, je t'assure. On s'est rencontrés dans l'avion. Heureusement qu'il était là : grâce à lui, je ne me suis pas ridiculisée au mariage de Martin.

— Pour ton information, je n'ai jamais cherché à ce que tu sabotes ce mariage. Tu ne devais pas écouter, Joanna. Je voulais simplement que tu tournes la page.

— Eh bien c'est le cas, grâce à mon nouvel ami.

— Ne me dis pas que tu es de nouveau amoureuse ? ne put s'empêcher de s'inquiéter Clara.

— Je n'ai jamais été aussi heureuse, maman. C'est l'homme le plus intéressant et le plus courageux que j'aie jamais rencontré. On s'amuse beaucoup, ensemble.

Clara était soufflée. Elle s'était attendue au mieux à trouver Joanna faible et anéantie, au pire furieuse et accusatrice, mais elle semblait déborder d'une confiance et d'une satisfaction toutes particulières. S'était-elle droguée ? C'était une possibilité ; dans tous les cas, elle n'était pas elle-même. Clara n'avait jamais entendu sa fille louer un homme autrement que pour ses attributs physiques. Elle ne voyait qu'une seule explication à une telle jubilation.

— Ma chérie, ne me dis pas que tu as fait la bêtise de te marier… Tu n'es pas à Vegas, rassure-moi ?

— Non, je ne suis pas à Vegas, s'amusa Joanna. Je n'y avais pas pensé, tiens !

Le fait que sa fille n'ait pas encore songé au mariage quarante-huit heures après avoir rencontré son homme la poussa à poser une autre question.

— Il ressemble à Quasimodo ?

— Non, il est tout à fait…

Clara ne pouvait pas voir que sa fille avait les yeux posés sur une photo de Dean accrochée au frigo. À bord d'un bateau, il offrait son plus beau sourire à l'objectif, aux côtés de deux amis qu'il tenait par l'épaule. La raison de leur gaieté était évidente : l'un des garçons tenait un poisson aussi gros qu'un sac de pommes de terre. Clara ne pouvait savoir ce que Jo ressentait en caressant la joue de Dean, sur l'image.

— Il est tout à fait charmant.

Le choix de cet adjectif lui mit aussitôt la puce à l'oreille.

— Il est vieux, c'est ça ?

— Non, pas du tout. Il est plus jeune que moi, d'ailleurs !

— Il est majeur, au moins ? s'emballa Clara, au bord de l'attaque.

— Maman, il a juste un an de moins que moi…

— Il est marié ?

— Maman ! Il est beau, majeur et célibataire, d'accord ? Il est parfait. Tout simplement parfait…

Après ces trois jours passés au chevet d'Eddie Taylor, Clara doutait qu'un tel homme puisse exister. Non, il ne restait que trois explications au fait que Joanna n'ait pas déjà entamé sa liste de mariage. Un, elle savait que cet homme était trop bien pour elle et avait décidé de simplement profiter de ce week-end hédoniste. Deux, il était gay, chose qu'elles pouvaient facilement envisager, désormais. Trois, la séparation de ses parents lui avait fait un tel choc qu'elle avait perdu la tête. Ne préférant mettre sur le tapis aucune de ces suggestions, Clara se contenta de dire :

— C'est génial, alors.

— Oui ! s'écria Joanna en riant avant de prendre une grande inspiration. Enfin, j'imagine que ce n'est pas pour discuter de ma vie amoureuse que tu m'as appelée...

— Non, en effet...

Elle marqua une pause.

— Je sais que Lisa t'a expliqué dans les grandes lignes.

— Oui.

Le silence venait de s'établir là où quelques instants plus tôt, la mère et la fille partageaient un véritable moment d'intimité. Elle aurait aimé continuer de parler de l'homme parfait, de Martin ou encore du vol de Joanna, mais elle savait qu'elle ne le pouvait pas.

— Je suis sincèrement désolée, chérie. J'imagine que ça ne doit pas être facile, pour toi...

— Pas plus que pour toi.

Clara resta bouche bée, à la fois surprise et soulagée. Joanna était la première à prendre en compte sa peine, son sacrifice – un sacrifice de plusieurs longues années –, et la difficulté de faire un tel choix de vie aussi tard.

— Je pensais que tu serais en colère.

— Je suis plus triste, à vrai dire.

— Moi aussi, avoua Clara.

Elle avait soufflé ces mots sans oser leur donner plus de volume que nécessaire ; ils étaient bien assez forts comme ça. Elle doutait même que Joanna l'ait entendue, avec le bruit du trafic derrière elle. Mais sa fille semblait non seulement avoir entendu, mais également compris.

— Tu en es certaine ?

— De quoi ? Que ton père est gay ? Oui, oui.

— Non, d'être plus heureuse toute seule.

— Je ne sais pas, Joanna..., dut-elle admettre. J'imagine que j'y arriverai.

Elle avait conscience de ne pas être convaincante, étant donné qu'elle-même n'était pas convaincue.

— Je séjourne au Bluecolt Spa, pour le moment, même si j'y suis très peu, finalement. Je passe beaucoup de temps à Londres.

Joanna ne lui demanda pas ce qu'elle faisait à Londres, et Clara se retrouva incapable d'avouer à sa fille qu'elle se trouvait au chevet de son ancien amant, même si celle-ci se montrait étonnamment compréhensive.

— Ça fait tout drôle, d'être ici sans mes copines et sans suivre de régime particulier. J'ai réservé pour une semaine, mais je ne suis même pas sûre de tenir jusque-là. Pour tout te dire, je n'ai pas vraiment réfléchi à la suite des opérations. J'ai besoin de temps, c'est tout.

— Et papa, qu'est-ce qu'il pense de tout ça ? Vous vous parlez toujours ?

— Oui, on s'appelle beaucoup. Hier soir, il m'a dit que je devrais revenir à la maison. Il prétend que nous sommes de bons amis, ce qui est vrai, au final. D'après lui, c'est suffisant, en particulier à notre âge.

— Mais tu ne penses pas la même chose, n'est-ce pas ?

— Ça suffisait, jusqu'ici. Enfin, pendant un certain temps, c'est ce que j'ai cru, en tout cas. Tout le monde sait qu'il n'existe pas de mariage parfait… Mais j'ai reçu cette lettre…

— De ton ancien amant ?

S'il était difficile pour Jo de dire ce mot à sa mère, il était tout aussi difficile pour Clara de l'entendre. Elle serra son téléphone si fort que ses doigts perdirent toute couleur, et elle ferma les paupières. Après toutes ces années, elle essayait encore de faire barrage à la honte et à la peine mais aussi de retenir la magnificence de leur liaison. Elle ne savait plus quoi penser. Se racontait-elle des histoires ? Était-ce démesuré ? Était-ce trop tard ?

— Tu l'aimais ? demanda Joanna.

Clara n'avait jamais su quoi répondre à cette question, et elle l'ignorait encore.

— Je ne pouvais pas vous abandonner, Lisa et toi, répondit-elle – c'était l'explication la plus honnête dont elle était capable.

— Tu espères vivre quelque chose avec lui, après tout ce temps ? lança Joanna d'un ton qui ne parvenait pas à masquer son scepticisme.

Étrangement, les rôles venaient de s'inverser, entre la mère et la fille. C'était désormais au tour de Joanna de s'assurer que sa mère garde les pieds sur terre. Si les circonstances avaient été moins affligeantes, Clara aurait pu en rire.

— Lisa m'a dit qu'il allait mourir, maman. Tu ne penses pas qu'il est trop tard ?

Clara songea au vieillard pâlot à qui il ne restait que quelques jours, quelques heures, même, peut-être.

— Non, je n'espère plus rien. Ce n'est pas vraiment lui, mais l'effet que j'ai eu sur lui, qui m'a poussée à agir. Dans sa lettre, il me disait que je soulageais sa douleur, que le fait de penser à moi l'apaisait. Tu imagines, Joanna ?

— Oui...

— C'est tellement bon de savoir qu'on a réussi à marquer quelqu'un...

— Mais tu nous as marqués, nous aussi, maman. Mark, Lisa et moi.

— Ce n'est pas pareil, souffla Clara, touchée par la gentillesse de sa fille. Tu sais de quoi je parle, Joanna. J'en veux à la vie d'avoir filé sans que j'aie pu connaître un tel bonheur depuis lui.

Clara ignorait comment elle avait pu se perdre dans ce monde qui ne semblait basé que sur les sensations pures et dures. Toute sa vie, elle s'était concentrée sur ce qu'on attendait d'elle. Elle était complètement perdue.

— Papa t'aime.

— Je le sais, chérie, mais pas comme j'en ai besoin. Et pour répondre à ta question, je n'ai aucune intention de démarrer quoi que ce soit avec Eddie Taylor. Mais je ne veux pas non plus passer le restant de ma vie à me mentir.

— Eddie Taylor ? C'est ça, que tu viens de dire ? s'écria soudain Joanna.

— Oui...

— Il était marié ?

— Quoi ?

— Est-ce que l'homme avec qui tu as eu cette liaison ridicule était marié ?

Clara ne parvenait pas à comprendre le changement de ton soudain de sa fille. Joanna s'était montrée extrêmement douce et compatissante, jusqu'ici, mais elle semblait brusquement folle de rage.

— Eh bien… oui, avoua-t-elle, honteuse.

— Est-ce qu'il a quitté sa femme pour toi ?

— Il a perdu les pédales… Il m'a proposé de…

— Et ses enfants ?

— Oui, il y avait des enfants.

Clara était embarrassée à l'idée d'admettre une telle chose, même maintenant, *particulièrement* maintenant.

— Putain de merde…, lança Joanna, habituellement si douce et affable.

Soudain, la communication s'interrompit et Clara se retrouva plongée dans la confusion la plus totale.

45

Dean

Lorsqu'il se réveilla, Dean tendit automatiquement le bras vers Jo. Son premier instinct avait été de la serrer contre lui, mais il se retrouva confronté à un océan de draps froids. Il se frotta les yeux et s'étira. Il se sentait bien.

Un coup d'œil au réveil lui signala qu'il était onze heures passées. Son corps avait clairement eu besoin de repos après une journée aussi épuisante, sur le plan physique comme émotionnel, mais il s'en voulait.

Il se redressa d'un coup ; il n'avait pas spécialement voulu faire la grasse matinée. Il avait envie de profiter de chaque moment qu'il lui restait avec Jo. Il repoussa la couverture et bondit hors du lit tout en l'appelant.

Sans perdre de temps à chercher un peignoir, il partit, nu et débordant de confiance, à sa recherche dans l'appartement. Elle n'était ni dans la cuisine ni dans le salon ; aucun signe d'elle sous la douche non plus. Il frappa à la porte des toilettes.

— Jo ?

Silence total. Bon, elle était sûrement partie leur acheter de quoi manger. À cet instant précis, elle hésitait probablement entre yaourts coco-passion ou fraise, et optait pour croissants *et* pains au chocolat, incapable de se décider. Ça lui ressemblait tellement, ce genre d'attentions... Il espérait qu'elle se dépêcherait ; non pas qu'il mourût de faim, mais il avait surtout hâte de se blottir contre elle. Il renifla sous son bras et s'écarta aussitôt ; il s'était dépensé, cette nuit. Il décida d'aller prendre une douche afin d'être propre pour son retour.

Il passa beaucoup de temps sous la douche. Il ne l'avait pas prévu, mais l'eau chaude qui lui martelait les épaules lui faisait un bien fou. Il se surprit même à chantonner une chanson pop insipide qui passait bien trop souvent à la radio à son goût. Il prit le temps de se raser, songeant que cela plairait à Jo, puis il se lava les dents, les passa au fil dentaire et se coupa même les ongles de pied.

Lorsqu'il émergea enfin de la salle de bains et entra dans la chambre, pieds nus et moites, pour récupérer un caleçon propre, il jeta un nouveau coup d'œil au réveil. Presque midi. Ce n'est qu'à partir de ce moment qu'il commença à angoisser. Cela prenait-il autant de temps d'acheter un croissant et un journal ? Pouvait-elle s'être perdue ? Il l'appela mais tomba directement sur sa messagerie.

Ne voulant pas trahir son stress, il lui demanda tout simplement de ramener son joli petit cul au plus vite. Il raccrocha et attendit dix minutes supplémentaires, mais l'angoisse commençait à lui comprimer la poitrine. S'était-elle fait renverser, agresser ? Se trouvait-elle à l'hôpital, laissée à l'abandon sur un brancard tandis qu'on s'efforçait de savoir qui elle était et si elle disposait d'une assurance santé – chose qui l'aurait étonné ? Avait-elle pensé à prendre son passeport avec elle afin qu'on puisse l'identifier en cas d'accident ? Il aurait dû le lui dire. Dean était fou d'inquiétude, désormais. Peut-être même était-elle déjà morte ? Il s'efforça de repousser cette idée sinistre à souhait ; il ne devait pas se montrer aussi pessimiste, mais il avait du mal à ignorer cette terrible éventualité. Jo n'était dans sa vie que depuis quelques jours, mais tout en balayant son appartement vide des yeux, il ne parvenait pas à l'imaginer la quitter.

Il se mit à fouiller toutes les pièces, ne sachant pas vraiment ce qu'il cherchait. Un mot ? Son sac ? Où avait-elle mis ses valises ? Le temps pressait, il ne lui restait que deux heures avant de partir prendre son avion. Aurait-elle décidé de faire les boutiques seule, finalement, et perdu la notion du temps ?

C'était possible, mais elle semblait tout excitée à l'idée de sortir avec lui, et de toute évidence, elle désirait autant que lui profiter de chaque instant à ses côtés. Pourquoi ne l'avait-elle pas réveillé ? Et puis, elle n'avait pas beaucoup d'argent sur elle ; il y avait donc peu de chances qu'elle se soit lancée dans une virée shopping sans lui. La veille au soir, elle lui avait demandé si elle pouvait lui emprunter un peu d'argent afin de ramener quelques souvenirs à sa famille.

Elle lui laisserait un chèque postdaté – ils avaient plaisanté quant à la date qu'elle y noterait. Elle avait suggéré le 25 décembre 2050. Un cadeau de Noël sur le long terme, en quelque sorte, en espérant qu'il ne se retrouve pas sans provision. Dean se précipita alors sur son portefeuille, enfoui dans la poche de sa veste, qu'il avait laissée sur un tabouret de la cuisine. Dès qu'il entra dans la pièce, il repéra son portefeuille ouvert, sur le comptoir. Pourquoi ne l'avait-il pas vu plus tôt ? Sûrement parce qu'il ne s'y était pas attendu.

Il était vide. Juste à côté, un chèque de 140 dollars, la somme exacte de ce qu'il avait contenu. La date ne faisait référence à aucun Noël futur ; elle correspondait à la semaine suivante. Jo devait sûrement avoir prévu de renflouer son compte d'ici là. Mais qu'est-ce que ça voulait dire, au juste ? Était-elle partie faire les boutiques seule, au final ? Pourquoi lui avait-elle donné le chèque tout de suite, plutôt qu'à son retour ? Ce bout de papier insignifiant avait un goût amer, comme s'il marquait la fin de quelque chose.

Ce n'est qu'après avoir observé sa signature pendant quelques minutes qu'il remarqua le troisième objet qui trônait sur le comptoir : l'alliance de son père.

Oh non, non, non ! Dean se frappa violemment le front, pantois. *Noooooooon !* Il comprit aussitôt ce qui s'était passé. Il ne le voyait que trop clairement. Jo avait dû partir en quête de son portefeuille pour aller leur acheter de quoi manger, comme il l'avait d'abord pensé. Mais elle était alors tombée sur l'alliance et s'était imaginé que Dean était un de ces salauds qui avait glissé la bague de son doigt avant d'aller se glisser sous les draps avec elle. C'était horrible. Il sentit son corps puissant se liquéfier, ses os s'émietter et ses organes se consumer. Son cœur ne se remettrait jamais d'un autre abandon. Cet homme en général plein de ressources était décontenancé, déchiré par la situation qui ne lui paraissait que trop évidente. Elle ne lui avait pas fait confiance, finalement. Son salaud de père avait encore tout gâché.

Il l'appela de nouveau et lui laissa un autre message, lui demandant simplement de le rappeler.

Puis il joignit Zoe.

Dean ne savait pas par quoi commencer. Il devait encore lui annoncer qu'il avait abandonné leur père à son sort, qu'il n'était pas resté jusqu'au bout parce qu'elle avait eu raison : il n'y avait rien à attendre d'Edward Taylor. Devait-il lui dire qu'ils venaient de gagner deux sœurs ? Il ignorait totalement comment réagirait Zoe.

Mais au final, il voulait surtout lui parler de la femme qu'il avait rencontrée dans l'avion, la femme à qui il avait réussi à confier leur terrible passé, la femme qui venait de déserter son appartement sans lui laisser le temps de s'expliquer, la femme qui venait de laisser un grand vide dans sa vie.

Ne parvenant pas à se lancer, il demanda des nouvelles des enfants, s'émerveillant de leurs derniers exploits en date, puis de Zoe, de son mari et du chien, mais elle n'était pas dupe.

— Bon, pourquoi tu appelles, au juste ? Il est mort ?

— Peut-être. Je ne sais pas, répondit-il, déstabilisé par sa franchise – peu surprenante, toutefois.

— Tu n'es pas resté ?

— Non.

— Je te préviens, je ne mettrai pas les pieds à son putain d'enterrement, si c'est ce que tu comptes me demander.

— Non, ne t'inquiète pas. Tu avais raison : rien ne changera jamais. Nous ne partagerons jamais rien avec notre père.

— Oui. Je suis désolée.

Il aurait eu envie de la serrer dans ses bras.

— Moi aussi.

Ils savaient tous les deux qu'ils étaient désolés de s'être disputés, mais aussi que la fin de l'histoire ait été si prévisible.

— Ce n'est pas pour ça que je t'appelle.

— Pourquoi, alors ?

— C'est… compliqué. Tu as du temps ?

— Pour toi ? Toujours.

Dean ne cacha rien à sa sœur. Il lui parla de leur rencontre, lui expliqua qu'elle lui avait d'abord tapé sur les nerfs, avec son histoire de sabotage pathétique.

Il lui parla de leur virée shopping impromptue, du hot-dog qu'ils avaient partagé au Millennium Park, du jazz-band qui jouait en fond sonore et de cette douce chaleur de fin de soirée qui l'avait apaisé et qui semblait avoir existé rien que pour eux. Il lui confia alors qu'il n'avait pas pu laisser Jo se ridiculiser au mariage.

— Ça aurait été une terrible erreur…, ajouta-t-il.

— Je vois.

— Alors, je l'ai rejointe à l'hôtel en me faisant passer pour son petit ami. Mais au final, elle s'était ravisée. Elle avait compris que ce n'était pas la bonne chose à faire. C'est quelqu'un de très moral, de très gentil.

— Je vois, répéta Zoe.

Il lui parla alors de la mère adultère, du père homosexuel et de la soirée salsa.

— Je ne t'aurais jamais imaginé en danseur de salsa, commenta Zoe sans chercher à cacher son sarcasme.

— Tu me connais, je suis prêt à tout essayer. Ensuite, nous avons…

Il s'interrompit. Comment l'expliquer ?

— Couché ensemble ?

— Oui, plusieurs fois.

— Mais il y a autre chose, pas vrai ?

— Oui, des histoires de grande roue, de barbe à papa et de minigolf…

— Je rêve ou cette fille te plaît ? s'écria-t-elle d'un ton à la fois incrédule et ravi.

— Ne t'emballe pas tout de suite, Zoe.

Dean lui confia qu'il avait révélé à Jo les détails concernant la mort de leur mère. Zoe n'en croyait pas ses oreilles.

— Attends, Dean, non seulement elle te plaît, mais on dirait bien que tu es tombé amoureux d'elle !

Sans chercher à la contredire, il se contenta de répliquer :

— Elle est partie.

— Pardon ?

Il lui narra alors les événements tout frais. Zoe était perplexe.

— Tu crois qu'elle s'est servie de toi ?

Dean songea à toutes ces fois où il s'était éclipsé de chez une femme avant le petit-déjeuner, simplement parce qu'il n'avait pas envie d'aller plus loin. La culpabilité le hanta un instant, mais il avait du mal à imaginer qu'il s'agissait de mauvais karma.

— Non, je ne pense pas. Sans vouloir me vanter, j'avais vraiment l'impression qu'elle tenait à moi.

— C'est peut-être à cause de ce que tu lui as dit sur maman. Les gens prennent facilement peur, quand on leur parle d'alcoolisme et de suicide, suggéra Zoe, qui parlait d'expérience.

— Elle n'avait pas l'air d'avoir spécialement peur, au contraire. Elle était très à l'écoute, sans tomber dans la pitié.

Ils avaient tous les deux horreur de la pitié – il n'y avait pas pire condamnation, à leurs yeux.

— Je n'ai jamais vu quelqu'un d'aussi sincère...

— Mais elle n'a pas laissé de mot ?

— Non, il n'y avait que...

Dean hésita.

— Eddie Taylor m'a donné son alliance.

Il ne savait pas comment appeler cet homme autrement devant Zoe.

— Son alliance ?

— De son mariage avec notre mère. Il l'avait gardée pendant tout ce temps. Elle était dans la poche de ma veste, et elle l'a trouvée.

— Elle a fait tes poches ?

— Oui, elle cherchait du liquide.

— Hein ? Tu es sûr que tu n'as pas eu affaire à une voleuse, toi ?

— Non, je t'assure. Je te l'ai dit, elle est extrêmement gentille. Et sincère.

Dean imaginait les doigts fins de Jo parcourir son portefeuille. Il aimait ses ongles courts et leur vernis discret.

— Il n'y a pas plus moral. C'est une indécrottable romantique – dans le bon sens du terme, bien sûr. Tu sais, le genre à croire au Prince Charmant... Elle était un peu perdue. Je pensais l'avoir trouvée... Elle ne me volait pas ; j'imagine qu'elle s'apprêtait à aller nous acheter quelque chose à manger, mais elle est tombée sur la bague, et maintenant, elle pense que je suis marié. Est-ce que tu y crois, toi ? Eddie Taylor a même réussi à foutre ses sales pattes dans cette histoire ! Ce type a détruit ma vie.

— Je suis bien la dernière personne sur Terre à vouloir le défendre, mais si tu veux mon avis, ce n'est pas vraiment sa faute, ce coup-ci. Pourquoi est-ce qu'elle ne t'a pas réveillé pour t'en parler ? C'est elle qui s'est emballée.

— Oui, mais on parle d'une Londonienne célibataire de trente-cinq ans, là. Elle est programmée pour penser que les hommes sont tous infidèles.

— Peut-être... Je ne sais pas, Dean, ça ne tient pas debout, tout ça.

— Il y a autre chose.

— Quoi ?

— Hier soir, elle m'a dit qu'elle m'aimait.

— Qu'est-ce que tu lui as répondu ?

— J'ai fait semblant d'être endormi.

— Waouh, je suis si fière de toi, grand frère...

Dean imaginait très bien sa sœur en train de lever les yeux au ciel, exaspérée, comme elle le faisait souvent quand ils parlaient de sa vie sentimentale.

— Ça va trop vite.

— Plus maintenant...

— Ça me blesse, qu'elle ait pu penser ça de moi.

— Mets-toi à sa place, Dean. Cette pauvre femme se retrouve dans le lit d'un phobique de l'engagement qui ignore sa déclaration d'amour et lui cache une alliance !

— C'est sûr que dit comme ça... Qu'est-ce que je dois faire ?

— Tu le sais très bien. Retrouve-la. Explique-lui que tu n'es pas marié, si c'est ce qu'elle pense. Il faut que tu arranges tout ça, décréta Zoe avec son pragmatisme habituel.

C'était cet état d'esprit qui lui permettait d'être à la fois une comptable brillante, une épouse fidèle et aimante et une mère dévouée et fiable.

— Mais si je traverse l'Atlantique pour la retrouver, elle comprendra que je tiens à elle, non ? Je serai obligé de m'engager...

— Vu tout ce que tu viens de me dire, je pensais que tu étais déjà engagé...

Dean se tut et Zoe poussa un soupir. Un lourd soupir qui sembla combler les milliers de kilomètres qui séparaient sa petite cuisine pleine de linge, de dessins et de cris de son appartement propre et chic, certes, mais vide.

— C'est à toi de décider : est-ce que tu l'aimes ou pas ?

Dean garda le silence, même s'il pouvait deviner que sa sœur espérait une réponse ferme et définitive.

— Tu sais, au début, je n'ai pas supporté l'idée que tu ailles à son chevet, mais au final, je me suis dit que tu avais au moins appris quelque chose.

— Et de quoi s'agit-il ?

— Que tu es capable d'aimer, et que tu le mérites.

46

Jo

Le vol de retour ne pouvait pas être plus différent que celui de l'aller. Cette fois, je n'ai droit ni à une place en classe affaires ni à une charmante compagnie – ce qui est bien pire. L'espoir et l'excitation qui m'animaient quelques jours plus tôt sont désormais remplacés par un terrible sentiment de vide. Comment se peut-il qu'en un week-end, je découvre ce qu'est le véritable amour et rencontre quelqu'un capable de m'aimer en retour avant que l'on ne me souffle ce rêve sous le nez ? Ma poitrine semble s'écraser sous le poids de cette injustice ; je peux à peine respirer. Je me sens brisée, anéantie. Comprimée. Parce que je suis persuadée que sans Dean, je ne suis qu'une version réduite de moi-même.

Je crois sincèrement qu'il commençait à ressentir quelque chose pour moi. Quelque chose de grand, de vrai. Je suis certaine de ne pas me faire des idées, cette fois. Pourquoi m'aurait-il confié son enfance misérable et la terrible perte de sa mère, sinon ? On avait une chance d'y arriver, tous les deux. Plus que ça, même : il y avait de l'espoir. Mais ça n'a plus d'importance, désormais.

Ce qu'il a pu ou aurait pu ressentir pour moi ne compte plus car la femme qu'il déteste le plus au monde – la femme qui est indirectement mais clairement responsable de la mort de sa mère et de son abandon – est ma propre mère.

Il ne s'en remettrait jamais s'il l'apprenait.

Fuir Dean est la chose la plus dure que j'aie jamais eue à faire. J'ai l'impression de payer pour chaque instant de mon enfance dorée. Lorsque j'ai réalisé que ma mère était la maîtresse d'Eddie Taylor, j'ai cherché à tout prix une solution pour ne pas en arriver là. Je suis retournée dans la chambre et ai contemplé Dean en souhaitant de toutes mes forces que ce ne soit qu'un mauvais rêve. Qu'Eddie Taylor et ma mère ne se soient jamais rencontrés. Qu'Eddie n'ait pas décidé de quitter sa femme.

Que la mère de Dean n'ait pas été alcoolique. N'importe laquelle de ces choses aurait évité à Dean de subir le terrible fléau de la solitude. Et dans le cas contraire, j'aurais au moins souhaité ne pas avoir appris une chose pareille. Oui, je dois l'admettre, j'aurais été prête à ce que Dean et ma mère se côtoient pour toute leur vie, tant qu'ils ignoraient la vérité.

J'ai songé quelques instants à ne pas lui en parler. Je suis certaine que ma mère ne sera pas particulièrement pressée d'ajouter ce détail au tableau de son histoire déjà sordide, lorsqu'elle en parlera aux autres, et mon père est de toute évidence capable de garder un secret. Mais moi, non. Je ne peux pas trahir Dean, je le respecte trop pour ça. Il s'est toujours montré honnête avec moi, et il attend la même chose en retour. Si je lui cachais la vérité, il finirait bien par la découvrir, quand nous serions encore plus proches. Je ne peux pas le trahir de cette façon.

J'ai eu envie de le réveiller et de lui révéler qui était ma mère, qui j'étais, mais je n'en ai pas eu le courage. Je ne supportais pas l'idée de voir l'image qu'il se faisait de moi se désintégrer sous mes yeux.

Ces derniers jours, son regard a débordé d'un amour véritable. Je suis plus que jamais convaincue que c'est *ça*. Ce dont j'ai toujours entendu les autres parler. Lorsque tout est une question d'apaisement, de confiance et de désir partagés. Lorsque les poils sur ses bras vous fascinent presque autant que ses histoires, ses espoirs et ses craintes. J'aime Dean Taylor, et il m'aime. J'étais prête à regarder la passion du début se transformer en amour plus prosaïque – n'est-ce pas ainsi que les sentiments évoluent ? Mais je ne pouvais pas regarder l'amour dans ses yeux se transformer en haine. Et il m'aurait assurément détestée.

Comment croire en un avenir si chaque histoire de mon enfance le torture ? Chaque fois que je parlerais de mes pique-niques, des abeilles qui venaient bourdonner dans mes oreilles, il songerait à la mouche posée sur les lèvres bleuâtres du cadavre de sa mère.

Si je lui parlais de mes sorties en famille, quand avec mes frères et sœur, nous faisions la course pour rejoindre les ruines d'un château, il penserait à Zoe, tellement terrorisée par le monde extérieur qu'elle a fait pipi au lit très tard et est encore aujourd'hui incapable de dormir sans lumière. Et quant au tablier de ma mère sur lequel j'aimais venir essuyer mes lèvres recouvertes de fruits, il reverrait ce jour où il avait choisi de ne plus essuyer les dégâts de sa propre mère, le jour où on les a emmenés pour la première fois.

C'est trop déséquilibré.

Et c'est impardonnable. Je ne peux pas me permettre de constamment lui rappeler son passé alors qu'il a fait preuve d'une volonté et d'une force incroyables pour en arriver là. Je refuse de tout gâcher.

J'ai donc laissé cet homme sublime dormir tout en convenant que c'était ça, le véritable amour. J'avais donc raison. On avait bien pu se moquer de moi, mais j'avais raison.

Avec Dean, j'ai eu le cœur qui s'accélère, les papillons dans le ventre, les jambes flageolantes, mais aussi le sens du devoir, de la loyauté, de la décence et de l'amitié. J'ignorais seulement que le sacrifice pouvait faire partie du lot. Je le sais, désormais, et mon cœur saigne.

Dès mon arrivée, j'appelle Lisa, qui m'annonce que maman a préféré quitter le spa. Elle se sentait trop seule parmi toutes ces femmes dont elle avait si longtemps fait partie. Elle vit chez Lisa, pour le moment.

— Elle dort sur mon canapé ? je lui demande.

— Euh, techniquement, c'est le mien, me répond Lisa sans masquer son agacement. Mais non, on lui a laissé le lit de Charlie, qui dort avec nous. Bien qu'on ne puisse pas vraiment parler de dormir… On est tous un peu perturbés par cette histoire.

— Ne m'en parle pas…

— Bon, et toi ?

— Ça va, je mens.

Je décide de ne pas rentrer dans les détails. Je me suis beaucoup trop étalée sur mes problèmes d'ordre sentimental par le passé, mais cette fois, je suis incapable de trouver les mots justes. C'est trop dur.

Lisa a dû percevoir mon abattement dans ma voix car je vois qu'elle s'efforce de masquer sa réticence lorsqu'elle me suggère de revenir vivre chez eux. Mais l'idée d'habiter sous le même toit que ma mère pour le moment est trop difficile. Je n'ai aucune envie de m'expliquer.

— Je vais rejoindre papa ; il doit se sentir un peu seul, tu ne penses pas ?

— Bonne idée, lance Lisa sans parvenir à cacher son enthousiasme. Après tout, ce ne sont pas les lits qui manquent, là-bas.

J'ai hâte de quitter cet endroit. Je déteste les aéroports, c'est décidé. Je méprise l'exaltation de tous ces gens qui foncent avec entrain vers des vacances ou des séminaires pleins de promesses, et maintenant que je suis au centre de mon propre drame, je ne trouve aucun charme à ces épanchements de sentiments. Je remarque à peine les boutiques, et le nombre d'événements clés qui se jouent à cet instant précis m'est bien égal. Le bruit de mon cœur qui se brise couvre toutes les déclarations d'amour.

47

Eddie

Je vais fermer les yeux, désormais. J'en ai vu assez.

Mardi
26 avril 2005

48

Dean

Dean décida de louer une voiture. Islington n'était pas la porte à côté, et cela lui aurait coûté moins de temps et d'argent de prendre le métro, mais il n'avait pas l'énergie de descendre sous terre et de dénicher la maison de la sœur de Jo à pied. Il ne connaissait pas ce coin de Londres, et par-dessus le marché, ses trois vols en six jours commençaient à avoir sérieusement raison de lui. Il avait prétexté une urgence familiale, au bureau, ce qui n'était pas tout à fait faux.

Il ignorait totalement le fuseau horaire dans lequel il se trouvait, et il ne savait pas si la douleur qui l'élançait dans tout le corps était le résultat de la fatigue, de la faim ou du désespoir – ce qu'il soupçonnait fortement.

C'était un désespoir mêlé de rage, comme il l'avait si souvent ressenti. Il en voulait à Jo de s'être bornée à ce qu'elle pensait savoir. Elle aurait dû faire preuve de plus de foi, si ce n'est de raison. Si seulement elle l'avait réveillé... Comment avait-elle pu le croire marié ? Après tout ce dont ils avaient discuté, après tout ce qu'ils avaient fait... Des images lui revinrent justement en tête, comme une gifle. Il revit son sourire splendide et ses ongles, sa peau de pêche et son optimisme. Il se revit l'embrasser, la lécher, la caresser et la pénétrer. Il se sentait complètement perdu. Elle aurait dû lui faire confiance, mais il allait tout arranger. Il lui expliquerait la situation, et ils finiraient par en rire... Dean ne pouvait tout simplement pas croire qu'elle avait arrêté de l'aimer. Les femmes ne lui faisaient jamais ça, et Jo ne le ferait jamais à qui que ce soit.

Si Dean avait pris le temps d'imaginer à quoi ressemblait la maison de sa sœur, il aurait eu tout bon. Il s'agissait d'une grande bâtisse victorienne de trois étages à la pierre grise que les années avaient usée mais qui rendait les lieux bien plus accueillants ainsi. Il grimpa trois marches et saisit l'énorme heurtoir en argent qui vint cogner contre le bleu marine brillant de la porte.

Il s'était attendu à trouver Jo seule, pensant que sa sœur et son beau-frère étaient partis travailler et les enfants à l'école ou à la crèche. Il fut donc surpris lorsqu'une femme d'une bonne cinquantaine d'années vint lui ouvrir. Son expression d'abord pleine d'espoir fut balayée par la déception, mais elle se reprit aussitôt et adopta un air aimable.

C'est là qu'il comprit qu'il avait affaire à la mère de Jo. Il en savait suffisamment sur elle pour en déduire qu'elle était capable d'adopter une expression sereine si nécessaire. Il sourit, et pour la première fois de sa vie, son sourire n'eut pas l'effet escompté. Au lieu de succomber à son charme évident, Mrs Russell se mit à pâlir, soudain nerveuse.

— Bonjour. Je peux vous aider ? dit-elle d'un air méfiant.

— Oui, je cherche Jo Russell.

— Joanna Russell ne vit pas ici, bégaya-t-elle.

— Oui, c'est la maison de sa sœur, n'est-ce pas ? Lisa, si je me souviens bien. Mais je croyais qu'elle vivait ici, pour l'instant.

La mère de Jo demeurait méfiante, mais Dean avait conscience que les gens des grandes villes n'aimaient pas particulièrement les visites surprises. Il fit donc en sorte de les mettre tous les deux plus à l'aise en déployant ses meilleures manières.

— Vous devez être Mrs Russell… Enchanté de faire votre connaissance, lança-t-il en lui tendant la main. Je suis l'ami de Jo, de Chicago.

Il prit soin d'exhiber son sourire le plus convaincant, cette fois.

— Dean Taylor, ajouta-t-il.

Mrs Russell avait commencé à lui tendre la main, mais lorsqu'il lui dit son nom, elle la posa brusquement sur son cœur, choquée. Dean songea alors que Jo lui avait tout raconté et que sa mère le prenait elle aussi pour un salaud.

— Je ne suis pas marié, Mrs Russell. Je vous en prie, laissez-moi vous expliquer.

— Vous vous appelez Dean Taylor ?

— Oui. Mais je peux vous expliquer, pour l'alliance…

Dean posa le pied sur le seuil afin qu'elle ne lui claque pas la porte au nez, ce qu'elle semblait prête à faire.

— Elle n'est pas à moi, mais à mon père.

Cela ne fit que rendre Mrs Russell plus perplexe.

— Je sais que Jo a pris la fuite parce qu'elle me croit marié, mais ce n'est pas le cas. Laissez-moi vous expliquer. J'ai fait tout ce chemin pour ça.

Mrs Russell était devenue si pâle qu'on voyait presque les veines sous sa peau. Il était convaincu qu'elle allait lui claquer la porte au nez, mais elle n'en fit rien. Elle l'ouvrit en grand et marmonna, avec un soupir :

— Vous feriez mieux d'entrer.

49

Clara

Clara fit du thé. Une Anglaise en pleine crise identitaire se devait de faire du thé. Ayant besoin de temps pour assimiler ce qui se passait, elle avait laissé le charmant jeune homme dans le salon de Lisa. Il s'était perché sur le bord d'un fauteuil, pressé de pouvoir s'expliquer. Clara savait que c'était elle qui allait devoir s'expliquer, et elle était beaucoup moins pressée.

Elle faisait les cent pas dans la cuisine tout en attendant que l'eau boue, se glissant de temps à autre dans le couloir afin d'aller jeter un coup d'œil par la porte ouverte du salon. Dean Taylor était d'une beauté toute particulière. Elle retrouvait davantage de son Eddie en lui que chez le vieillard mourant qu'elle avait été voir ces derniers jours.

Il avait les mêmes yeux ; des yeux qui pouvaient vous mettre à nu en quelques secondes à peine. Un regard excessivement profond qui brillait de promesses. Il avait le même air ténébreux que son père à l'époque. Il était grand, musclé et athlétique. Et pourtant, ce n'était pas tout à fait Eddie. Il ressortait de Dean une confiance évidente, mais aucune arrogance.

La fragilité et la méfiance qu'il dégageait n'avaient jamais effleuré son père. Elle ne lisait ni insouciance ni désir dans son regard, seulement de l'espoir et de l'angoisse. Elle n'y aurait jamais cru, mais elle avait devant elle un homme plus séduisant encore qu'Eddie Taylor. Elle ne pouvait que comprendre pourquoi sa fille était tombée amoureuse de lui.

Clara aurait préféré sortir un service à thé plutôt que des mugs, mais Lisa n'en avait pas. Les mugs instauraient une intimité que Clara n'était pas encore prête à partager avec ce jeune homme. Elle fit de son mieux pour donner une certaine solennité à la situation, même s'il n'était qu'une question de minutes avant que le drame n'éclate.

Elle prépara donc le thé dans une théière, avec des feuilles, plutôt que des sachets directement glissés dans les mugs. Puis elle posa un pot de lait et un bol de sucre sur le plateau, aux côtés des petites cuillères (les gens semblaient constamment oublier que deux étaient nécessaires : une pour servir, et l'autre pour remuer). Elle dénicha dans les placards un paquet de biscuits au chocolat et en versa une demi-douzaine sur une assiette avant d'en rajouter deux autres, de peur de passer pour une pingre. Elle aurait su, elle aurait préparé quelque chose. Lisa ne faisait jamais de pâtisserie, mais Clara n'aimait pas proposer à ses invités des produits industriels.

Elle emporta le plateau dans le salon, consciente de ses tremblements qui le secouaient terriblement. Dean Taylor, songeant probablement que le plateau était trop lourd pour elle, bondit sur ses pieds et lui proposa de l'aider.

— Ça va, je peux me débrouiller, lança-t-elle d'un ton beaucoup plus sec qu'elle ne l'aurait souhaité – c'était son stress qui la rendait ainsi, alors qu'elle ne voulait simplement pas le déranger.

Ils s'assirent face à face sans oser se regarder.

— Du thé ?

— Avec plaisir.

— Du lait ?

— Oui, s'il vous plaît.

— Du sucre ?

— Non merci, dit-il timidement.

Clara l'observa à la dérobée. Cet homme était décidément délicieux.

— Un biscuit ?

— Non merci.

Silence.

— En fait, je veux bien. À bien y réfléchir, j'ai un peu faim.

Il s'empara d'un biscuit mais Clara remarqua qu'il ne mordit pas dedans. Elle se demanda s'il l'avait accepté par politesse ou parce que lui aussi était tendu et que le fait d'avoir un biscuit dans la main lui permettait de se donner une contenance. Clara ne grignotait jamais entre les repas, mais elle en prit un.

Elle ignorait par où commencer.

— C'est donc vous, le jeune homme que ma fille a rencontré à Chicago ?

Cela lui semblait être un bon début.

— Oui, nous avons fait connaissance dans l'avion.

— Et vous êtes devenus amants ?

Dean, qui était en train de boire, en recracha son thé, décontenancé par le franc-parler de Clara. Elle n'avait pas voulu le choquer, bien sûr ; elle voulait simplement les faits.

Dean, quant à lui, n'était pas prêt à se confier à ce point.

— Nous sommes devenus proches, très proches. Mais lundi matin, elle a trouvé une alliance dans ma poche.

Il plongea la main dans ladite poche et en sortit une grosse bague en or qu'il examina comme s'il s'agissait d'un objet insolite avant de la laisser tomber entre eux, sur la table basse, devant une Clara pétrifiée. La bague tourna sur elle-même quelques instants avant de s'immobiliser dans la lumière. Ni l'un ni l'autre ne pouvait détacher les yeux de cet objet maudit. Clara avait toujours trouvé l'alliance d'Eddie horriblement captivante. Dean poursuivit.

— Elle a dû penser que c'était la mienne, mais c'est faux. Elle appartient à mon père ; c'est lui qui me l'a donnée. Il est mourant, et il m'a laissé son alliance.

Clara ferma les yeux, mais c'était trop tard. Elle ne pouvait pas nier l'évidence. Ses traits, cette alliance, le père mourant ; il n'y avait plus aucun doute, désormais. Elle aurait aimé qu'il ne s'agisse que d'une coïncidence, même le nom, mais ce n'était pas le cas.

Elle sentait les larmes poindre sous ses paupières. Elle se rappela alors sa conversation téléphonique avec Jo et la façon brutale dont elle s'était terminée. Jo s'était étonnamment braquée, lorsque Clara lui avait révélé le nom de son amant. Ces larmes étaient pour Jo et Dean. Qu'avait-elle donc fait ? Elle renifla bruyamment, sans chercher à faire appel aux bonnes manières, cette fois.

— Je suis navrée, pour votre père, dit-elle.

— Nous n'étions pas proches, rétorqua Dean en dressant légèrement le menton, signifiant clairement qu'il ne voulait pas de la pitié des gens.

Il posa son mug, ramassa une petite voiture qui traînait par terre et se mit à jouer avec les roues, le regard dans le vide.

— En vérité, je l'ai toujours détesté, jusqu'à récemment, lâcha-t-il.

— Ah…

Les pépites de chocolat avaient fondu dans la poigne de Clara. Elle reposa délicatement le biscuit, toujours intact.

— Vous ne le détestez plus ? se risqua-t-elle à demander.

— Je ne sais pas. J'ai l'impression que c'est impossible de détester un mourant. Je parlerais plus d'indifférence, aujourd'hui.

— C'est toujours mieux…

Pour Dean, voulait-elle dire ; elle n'avait aucune envie qu'il soit rongé par la haine. Elle espérait qu'il ne la prendrait pas pour une vieille femme suffisante qui se permettait de lui faire la morale. Mais de toute évidence, il avait compris.

— Pas vraiment, admit-il d'un air triste. Je n'ai fait que transférer ma haine sur quelqu'un d'autre.

— Sa maîtresse ? suggéra-t-elle.

Dean dressa la tête et lui jeta un regard admiratif, surpris par sa perspicacité – ou son don de voyance. Comment aurait-elle pu deviner cela autrement ?

— Je suis sa maîtresse, déclara-t-elle alors.

Son regard d'admiration se mua brutalement en peur.

— Quoi ?

— Je suis la femme pour qui votre père vous a quittés, du moins je le pense. Votre père est bien Eddie Taylor ?

— Oui.

— Et il vous a quittés il y a vingt-neuf ans ?

Cette fois, Dean était incapable de parler. Il se contenta de hocher la tête. Il n'y avait plus aucun doute, ni aucun espoir.

— Je suis tellement désolée…, souffla Clara.

Évidemment, cela ne suffirait pas, et elle en avait conscience. Le regard vidé de toute trace de peur, désormais, Dean semblait lutter contre l'envie de la gifler, mais l'homme qu'il s'était efforcé de devenir ne ferait jamais une chose pareille. Il la dévisageait, les yeux débordant de rage et, pire encore, d'une douleur qu'elle ne pouvait supporter. Les muscles de ses joues tremblaient sous la colère.

— Jo a dû le comprendre, et j'imagine que c'est pour cela qu'elle vous a quitté. Elle ne pense pas que vous êtes marié, j'en suis sûre. Elle a dû se dire que vous n'auriez aucun avenir, ensemble, alors elle est partie.

— À cause de vous.

— J'imagine, oui, répondit Clara d'un haussement d'épaules qui n'exprimait non pas son indifférence, mais son désespoir.

Comment avait-elle pu faire ça ? Elle avait passé sa vie à faire en sorte de ne pas blesser ses enfants, et voilà qu'elle venait de briser le cœur de sa fille et de ce pauvre garçon. Clara se sentait submergée par une nouvelle vague de honte et de tristesse. Quand tout cela cesserait-il donc ? Quand ses actions finiraient-elles par ne plus avoir de conséquences ? La honte et la rage enflaient en elle, proches du tsunami, désormais, prêtes à tous les détruire.

— À cause de vous, ma mère s'est suicidée, et ma sœur et moi avons été élevés en foyer, cracha Dean.

— Je le sais, oui. Du moins, pour votre sœur et vous.

— Comment ça, vous le savez ?! s'enflamma-t-il.

— Je suis allée voir votre père. Nous avons parlé de vous.

De grosses larmes coulaient sur ses joues, désormais.

— Pourquoi ? Pourquoi a-t-il fallu que vous alliez le voir ?

Clara ne savait pas si Dean voulait parler d'aujourd'hui, ou de l'époque où leur liaison avait débuté. Mais quelle que soit la question, elle n'avait pas la réponse. Elle se l'était posée de nombreuses fois déjà. Elle plongea courageusement les yeux dans ceux de Dean.

— Je suis sincèrement et profondément désolée pour toute la peine que je vous ai causée, déclara-t-elle en mettant de l'intention dans chacun de ses mots – elle les avait répétés toute sa vie, mais maintenant qu'elle pouvait les dire, ils ne lui semblaient pas adéquats.

De toute évidence, Dean était incapable de répondre quoi que ce soit. Il hocha froidement la tête, mais Clara ne se permit pas de croire qu'il lui pardonnait. Elle le regarda rassembler le puzzle, comme elle l'avait fait quelques instants plus tôt.

— Vous ressemblez beaucoup à votre père.

Dean la gratifia d'un regard haineux.

— Ce que je veux dire, se reprit-elle aussitôt, c'est que dès que je vous ai vu, j'ai fait le lien, même si j'aurais préféré me tromper. Mais quand vous m'avez donné votre nom, j'ai compris qu'il n'y avait plus aucun doute.

— Ce qui est sûr, c'est que ce voyage n'a servi à rien, cracha Dean. Parce que Jo avait raison, au final : nous n'avons aucun avenir, tous les deux.

Clara était atterrée. Désespérée. Toute trace de beauté fut brutalement remplacée par l'immonde haine qu'elle ressentait vis-à-vis d'elle-même.

— Pourquoi ? À cause de mon passé ?

— Exactement.

— Mais c'est injuste, Dean. Les choses n'ont pas à prendre cette tournure…

— Si. Je ne pourrai jamais vous regarder sans penser à lui. Vous imaginez les repas de famille, à Noël ou à Pâques ? Comment pourrais-je épouser la femme dont la mère a détruit ma vie afin de conserver son petit confort ? tonna-t-il dans un mélange de confusion et de rage.

Clara était surprise qu'il ait parlé de mariage, même si ça avait été pour le rayer du tableau. Cet homme tenait donc à sa fille. Clara n'avait parlé qu'une seule fois avec elle depuis son retour de Chicago. Elle l'avait eue au téléphone la veille au soir, et Jo s'était montrée étonnamment réservée, pensive ; tout sauf elle-même. C'était comme si elle avait laissé la jeune fille en Amérique et était revenue femme.

Sauf que la jeune fille pleine d'espoir s'était muée en femme désespérée. Clara l'avait tout de suite senti, mais elle avait attribué le sérieux et le silence de sa fille au fait que Martin se soit finalement marié. Certes, Jo avait qualifié son nouvel ami de « parfait », mais ce n'était pas la première fois qu'elle attribuait cette qualité à ses conquêtes, et ce n'était qu'ensuite qu'elle découvrait leur véritable nature – types croulant sous les dettes, coureurs de jupons, travestis... Clara ne s'était pas imaginé que Jo faisait le deuil de l'homme parfait qu'elle avait laissé à Chicago, mais elle comprenait, désormais.

Elle savait à quel point il était difficile de s'éloigner volontairement d'un Taylor. Ces hommes splendides, sombres, imposants et captivants, ces hommes que vous ne pouviez qu'avoir dans la peau. Elle se rappela alors ce que lui avait dit Jo : Dean était l'homme le plus intéressant et le plus courageux qu'il lui avait été donné de rencontrer.

Clara ne l'avait jamais entendue parler de qui que ce soit de cette façon. Il y avait quelque chose de différent, cette fois. Peut-être cette romance sans importance était-elle finalement bien plus sérieuse qu'elle n'avait bien voulu le croire ? Peut-être pouvait-elle vraiment compter dans la vie de Jo ? Après tout, Dean avait fait tout le chemin de Chicago pour elle, et Jo avait préféré partir quand elle avait compris que rester causerait à cet homme plus de douleur que de plaisir. Voilà qui ressemblait fortement à de l'amour.

Clara n'en pouvait plus de tous ces drames. Il fallait à tout prix qu'elle trouve un moyen d'arranger ça. En serait-elle capable ? Elle fixa le mur, d'un rouge tristement criard qui faisait écho au sang qui tambourinait dans sa tête. Elle aurait préféré que Lisa opte pour un vert pâle et apaisant. Clara faisait toujours en sorte de bien réfléchir à ce qu'elle disait. Et cette fois, elle fit preuve d'encore plus de vigilance.

— Je comprends que vous m'en veuilliez terriblement pour ce que j'ai fait. Je n'aurais jamais dû avoir de liaison avec votre père. J'en suis désolée. Mais il faut que vous sachiez que je ne lui ai jamais demandé de quitter sa femme pour moi. Ce n'est pas ce que je voulais.

— Exactement. Pour vous, ce n'était qu'un divertissement sans conséquence. Mais pour moi, ça a été décisif.

— Je n'ai jamais pensé qu'il n'y aurait pas de conséquences.

Elle savait qu'elle n'était pas en droit de se justifier ou de se trouver des excuses.

— Mais je ne pouvais tout simplement pas quitter Tim, expliqua-t-elle.

— C'est pourtant ce que vous venez de faire.

— En effet.

— Pourquoi maintenant, alors ?

— Parce qu'à l'époque, je ne pouvais pas abandonner mes filles.

Les mots grésillèrent dans la pièce comme une pluie d'été. Dean se contenta de hocher la tête. Il ne pouvait que respecter une telle décision. Clara sut qu'elle avait son attention.

— Vous savez aussi bien que moi que les choses n'auraient pas été différentes si j'avais quitté Tim à ce moment-là. Il n'y aurait eu que plus de drames, c'est tout. J'ignore si ça changera quoi que ce soit à votre façon de voir les choses, mais sachez que j'aurais vraiment aimé partir. Votre père était tout pour moi, mais pas plus que mes filles. Et je suis désolée qu'il vous ait abandonnés. Je ne cherche pas à ce que vous me pardonniez, mais je veux que vous sachiez que j'ai payé ma part de responsabilités. Chaque jour de ma vie, parce que c'était *lui* que je voulais.

Dean demeura muet ; Clara espérait qu'il réfléchissait à ce qu'elle venait de lui dire. Les bruits de la maison comblaient le vide : le tic-tac de l'horloge, les ronronnements du réfrigérateur...

— Vous avez fait le bon choix, déclara-t-il enfin.

— Je ne voulais pas détruire ma famille.

Durant tout le week-end, Jo l'avait bombardé d'anecdotes heureuses sur son enfance, et il avait pensé comprendre, il avait pensé pouvoir imaginer ce que cela représentait. Mais ce n'était que maintenant qu'il commençait à réellement comprendre. Jo avait vraiment tout eu, oui : les cours de musique, les stages de tennis, les vacances à l'étranger et les repas faits maison.

Mais au-delà de ça, elle avait eu une mère qui faisait passer ses enfants d'abord. Son expression changea presque impercepti-blement, comme si la colère était moins forte.

Commençait-il à voir les choses autrement ? Elle espérait qu'il comprendrait qu'avoir Clara dans sa vie n'était pas syno-nyme de haine. Peut-être pourrait-il lui aussi succomber à sa chaleur ? Ses (potentiels) beaux-parents l'aimeraient, le proté-geraient et l'estimeraient. Il aurait enfin les parents qu'il méri-tait et qu'il désirait depuis si longtemps. Et ses enfants auraient des grands-parents complètement gâteux ! C'était tellement agréable, d'imaginer tout cela… Évidemment, tout dépendait de sa capacité à faire fi de sa colère. L'amour de Jo suffisait-il ? Sa foi en leur couple était-elle infaillible ?

— J'ai passé beaucoup de temps à me demander si ça avait été une bonne chose, de rencontrer votre père, admit Clara.

— Et qu'en avez-vous déduit ?

— Je l'ignore encore. Je ne suis pas certaine que les choses soient noires ou blanches, Dean.

Elle espérait sincèrement qu'il pouvait voir qu'elle n'avait rien de machiavélique. Ce n'était qu'une vieille femme qui voulait réparer ses erreurs. Eddie Taylor avait façonné sa vie, à elle aussi. On ne pouvait nier sa force.

Dean poussa un soupir las.

— De quoi avez-vous parlé, lorsque vous êtes allée le voir ? Il vous a donné ce que vous espériez ?

— Il n'y a pas eu de déclaration d'amour, si c'est ce que vous voulez dire, répondit Clara.

— C'est vraiment ce que vous espériez ?

— Je ne sais pas. Et vous ?

— Non, cracha Dean, incapable de dissimuler sa rage.

Clara aurait aimé plus que tout lui dire qu'Eddie avait déclaré être fier de son fils, qu'il regrettait profondément de l'avoir abandonné et que chaque minute loin de lui avait été un enfer, mais elle respectait trop Dean pour lui mentir. Elle ne pouvait pas le secourir de cette façon.

— Mon père m'a dit qu'il avait besoin de plus que ce qu'il avait avec ma mère.

Il soupira, s'enfonça dans son fauteuil et fixa le plafond.

— Il vous voulait vous, ajouta-t-il.

Clara réalisa que Dean lui faisait cadeau de cette révélation ; elle pouvait en faire ce qu'elle voulait. Peut-être pensait-il qu'elle s'en trouverait rassurée, mais elle connaissait trop bien Eddie Taylor pour que ce soit le cas.

— Vous savez, il y aurait eu de fortes chances qu'il finisse par se lasser de moi aussi, tôt au tard, si je l'avais suivi.

— Sûrement.

Clara décida de tenter le tout pour le tout. Elle avait le sentiment qu'ils étaient sur la même longueur d'onde, même si elle ne pouvait en être certaine. Elle ignorait tout de ce qui se devait d'être pardonné et oublié, mais son amour pour Jo et son extrême sympathie pour cet homme lui donnèrent le courage de se lancer.

— Et vous, est-ce Jo que vous voulez ?

Dean semblait sur ses gardes.

— J'ai peur que tout ça aille trop vite. Peut-être ne sommes-nous pas faits l'un pour l'autre. Après tout, nous nous sommes rencontrés il y a quelques jours à peine, et seulement parce qu'elle partait conquérir le cœur d'un autre homme.

— Mais elle ne l'a pas fait. Elle est tombée amoureuse de vous.

— Je sais, elle me l'a dit. Je ne savais pas quoi répondre, alors j'ai fait semblant de dormir...

— Vous ne pouvez plus faire ça.

— Nos vies diffèrent tellement... Elle voit l'amour d'un œil totalement différent.

— C'est vrai, mais ça ne veut pas dire que vous ne pouvez pas trouver un terrain d'entente. Tout dépend de vous, Dean.

— Comment êtes-vous sûre que je ne finirais pas par me lasser d'elle, moi aussi ? s'enflamma-t-il, paniqué. Que je ne lui briserais pas le cœur ? Comment puis-je moi-même en être sûr ? Comment pouvez-vous me faire confiance ? Moi, je n'y arrive pas. Et si j'étais comme lui ?

— Vous valez mieux que ça, Dean. C'est peut-être votre père, mais ce n'est pas vous.

Dean enfouit son visage entre ses mains, et Clara, par pur instinct maternel, se leva d'un bond pour aller s'asseoir sur l'accoudoir et posa une main délicate sur son épaule. Elle aurait eu envie de le serrer dans ses bras, mais elle avait conscience de ne pas en avoir le droit. Elle était soudain convaincue de vouloir gagner ce droit, que cet homme fasse partie de sa vie, aime sa fille, soit là pour les repas de famille. Elle voulait se rattraper, même de façon minime. Rassurée, elle ne vit pas Dean la repousser.

— J'ai entrepris ce voyage pour découvrir pourquoi mon père m'avait abandonné.

— Et vous avez trouvé des réponses ?

— Pas de sa part.

— Mais vous en avez ?

— Je ne comprends que maintenant que ça n'avait rien à voir avec moi. Ce n'était pas ma faute.

— Certes...

Dean dressa la tête et se tourna vers elle.

— Je ne pense pas non plus que ce soit la vôtre... C'est juste... pas de chance, soupira-t-il.

Cet homme était décidément très brave. Réduire sa vie à un manque de chance afin que Clara puisse se défaire de cette culpabilité lancinante était plus que généreux.

— Avant tout ça, dit-elle, la lettre, le départ de Jo et ma séparation, je voulais à tout prix savoir si j'étais vieille.

Une vague de choc passa brièvement sur l'expression si polie du jeune homme. Il fit de son mieux pour la dissimuler, mais c'était trop tard. Clara ne put qu'en sourire.

— Vous connaissez la réponse, évidemment : je *suis* vieille. Vous vous demandez sûrement pourquoi je me pose ce genre de questions, lança-t-elle avec sarcasme. Mais voyez-vous, je ne me sens pas toujours vieille. Parfois, j'ai l'impression d'être encore cette femme enceinte, ou cette jeune fille qui rencontre son futur mari. Mais d'autres fois, je me sens très vieille. Le temps passe vite, Dean, sans que l'on ne s'en rende forcément compte. Ne le gâchez pas, il est précieux.

— Vous allez retourner auprès de votre mari ?

Dean avait vu ce que ses propres enfants n'avaient pas encore eu l'occasion de découvrir : sa faillibilité et son bon sens.

— Il y a de fortes chances, oui.

— Bien.

Il esquissa un sourire rapide, qu'elle eut tout de même le temps d'apprécier.

— Je n'ai pas envie que mon père soit à l'origine d'un nouveau drame…

— Oui, c'est bien. Au final, nous étions heureux ensemble, à notre façon. Et puis, il est trop tard pour commencer une nouvelle vie. Je me suis punie chaque jour de ma vie, Dean. Je ne me suis jamais pardonnée ni n'ai jamais vécu l'existence que je désirais. Votre père était l'extrême inverse. Jamais il ne se souciait de qui que ce soit. Il était du genre à zapper les gens dès qu'ils ne l'intéressaient plus. Il faut un juste milieu. Vous devriez commencer à vivre la vie que vous méritez. Aujourd'hui. Maintenant. Faites-vous confiance. Je peux m'effacer, si vous voulez. Vous donner de l'espace. Je suis prête à ne plus voir ma fille, si cela est nécessaire au fait qu'elle soit heureuse avec vous. Vous vous méritez l'un l'autre comme jamais votre père et moi ne nous sommes mérités. Et vous pouvez vous avoir l'un l'autre. Rien ne vous en empêche, hormis votre peur.

Clara n'avait jamais tenu de discours aussi long et aussi sérieux. Elle s'interrompit alors pour voir s'il avait eu l'effet escompté.

50

Dean

Dean avait observé Clara Russell en silence durant tout son discours. Elle prétendait que seule sa peur pouvait l'arrêter. Il savait qu'elle cherchait à l'encourager, mais il ne pouvait chasser ce sentiment de méfiance qui s'était emparé de lui. Cela durerait-il ? Que savait-elle de sa peur ? Peut-être savait-elle et comprenait-elle plus que ce qu'il voulait bien le croire. Peut-être cherchait-elle à le provoquer parce qu'elle avait saisi qu'il n'était jamais du genre à refuser un défi.

Mais cette fois, c'était différent. Il n'avait jamais été aussi loin, sentimentalement parlant. Il avait fait ses premiers pas sur le chemin périlleux de l'amour et de la confiance, mais tout s'était aussitôt effondré sous ses pieds. Sans qu'elle en soit responsable de quelque façon que ce soit, le fait de tomber amoureux de Jo avait mené à cette haine terrible. Aimer était un risque. Il était terrifié à l'idée de ne pas être capable de l'aimer suffisamment.

L'amour s'autoalimentait, mais il n'avait pas son expérience en la matière. Ni celle de Clara Russell. Il n'y avait pas eu assez d'amour dans sa vie. Clara n'était pas la garce qu'il s'était imaginé, au final. Il devait admettre qu'elle n'était pas responsable de tout ce qui lui était arrivé, mais serait-il un jour capable de lui pardonner sa part ? D'oublier ?

Il était tout à fait possible et légitime, qu'il en vienne à mépriser la mère de Jo, mépris qui finirait tôt ou tard par se transformer en haine. Dans un tel cas, combien de temps lui faudrait-il avant de se mettre à détester Jo ? Il les imagina mariés, parfaitement heureux avec leurs trois enfants, puis un jour, Clara passerait faire un cadeau aux petits, comme ça, juste par plaisir.

Elle arriverait par la porte de derrière en criant « Youhou ! ». Mais Dean n'entendrait pas « Youhou ! », il n'entendrait que le bruit de la porte qui vient se cogner contre le cadavre de sa mère. Il eut soudain un haut-le-cœur.

Il songea alors à Jo, à son optimisme, sa gentillesse, son intelligence, son savoir-faire indéniable au lit, et il se sentit moins seul. Moins perdu.

Presque apaisé. Presque sûr de lui.

Serait-il possible que ça marche, entre eux ? Était-il en train de vivre l'un de ces fameux moments ? Le moment précédant le grand saut d'une falaise ou d'un avion était toujours terrifiant, mais il savait aussi qu'il précédait un sentiment d'adrénaline ultime et une délicieuse sensation de triomphe.

Il avait demandé à Clara où il pouvait trouver Jo. Elle lui avait décoché un grand sourire, songeant qu'il avait pris sa décision.

— Elle est chez nous, à Wimbledon. Vous avez l'adresse ?

— Oui.

— Vous allez la rejoindre ?

— OK.

— OK ?

— OK !

Dean percevait soudain la nature de cet instant. Il ne devait pas laisser passer cette chance. Alors sans un regard en arrière, il s'élança vers la porte et quitta la maison.

Le trafic était insupportablement lent ; Dean parcourait les rues de Londres pare-chocs contre pare-chocs. Il baissa sa vitre et réfléchit à un quelconque raccourci qu'il connaîtrait. Passer Clerkenwell, Waterloo puis Clapham lui prendrait une petite heure. Il voulait la rejoindre au plus vite, tant qu'il était sûr de lui. Il fallait à tout prix qu'il fasse barrage au moindre doute durant l'heure qui suivrait. Qu'il oublie leurs différences et se concentre plutôt sur leurs points communs. Il imaginait son expression lorsqu'elle lui ouvrirait la porte.

Il alluma la radio histoire de se sentir moins seul. Comme chaque fois qu'il louait une voiture, celle-ci était réglée sur une station locale qui jouait de vieux morceaux pour les ménagères et les retraités.

Dean détestait ce genre de musique. Il préférait écouter les morceaux du moment ou les informations, selon son humeur. Il se mit à trifouiller les boutons pour changer de station ; *There Must Be an Angel* surgit alors des haut-parleurs. L'espace d'une seconde, il songea, le sourire aux lèvres, que personne au monde ne devait ressentir ce qu'il ressentait, à cet instant précis. Il laissa alors le morceau et pour la première fois, pensa comprendre les paroles.

Ça avait été le tube de l'été 1985, et quelques accords avaient suffi à lui faire revivre ces moments. C'était un été typiquement anglais, avec des mois de mai et juin pluvieux et quelques semaines de soleil bien méritées en juillet.

C'était à cette époque que l'univers avait découvert Kelly LeBrock, la femme parfaite créée de toutes pièces par les deux geeks du film *Une créature de rêve*. Si *There Must Be an Angel* était la chanson de l'été 1985, Kelly LeBrock en était la femme. C'était la pin-up qui faisait fondre la glace en un instant, la déesse que toutes les filles désiraient être et que tous les garçons désiraient tout court.

Elle figurait dans tous les fantasmes pubères de Dean ; il se souvenait avoir placardé un poster d'elle sur le mur de sa chambre, mais un abruti l'avait volé, avait éjaculé dessus puis l'avait replacé sous son oreiller. Ce jour-là, l'image de Kelly LeBrock avait été anéantie à tout jamais aux yeux de ce pauvre adolescent de quatorze ans.

C'était aussi à cette époque que certains s'étaient mis à porter des pantalons moulants, des chemises à volants, des coupes de cheveux asymétriques et de l'eye-liner. Mais Dean n'avait pas suivi le courant – mieux valait éviter ce genre d'expérience, lorsqu'on était en foyer. Un jour, un type avait fait l'erreur de passer une cassette de Culture Club dans la salle commune. En dehors du fait qu'il n'avait plus jamais pu se doucher en paix, il avait hérité du surnom de « pédale ».

C'était en juillet 1985 que le Live Aid avait fait gagner une fortune aux petits Africains et *Retour vers le futur* aux producteurs américains. C'était ce même mois que sa mère avait avalé une boîte de somnifères avant de vider deux bouteilles de vodka. Ce qui n'aidait pas particulièrement à croire aux anges...

51

Clara

Clara monta refaire sa valise. Elle l'avait faite pour quitter Tim, l'avait défaite au spa, puis refaite et de nouveau défaite chez Lisa. Mais cette fois, c'était la dernière ; elle le savait. Elle rentrait à la maison. Son mariage n'était certes pas conventionnel, ce n'était pas celui qu'elle s'était imaginé vivre, enfant, mais il était solide. Ils avaient trois enfants et trois petits-enfants (et elle en espérait plus encore, si Mark et Katie, et Jo et Dean se mettaient au travail – si Dean faisait partie du tableau, évidemment). Tim et elle partageaient une histoire, et elle voulait aller le retrouver. Mais elle ne pouvait pas y aller maintenant ; Jo et Dean avaient besoin de temps.

Elle resterait chez Lisa et préparerait quelque chose pour le retour de la famille. Ils dîneraient ensemble, et Clara leur annoncerait qu'elle avait réfléchi et que les choses allaient reprendre leur cours normal. Elle rentrerait vers vingt et une heures. Il y aurait du champagne au frigidaire – il y en avait toujours –, et Tim et elle pourraient fêter leur anniversaire de mariage tandis que Dean et Jo fêteraient leur nouvelle vie.

Elle dut prendre sur elle pour ne pas appeler Jo. Elle voulait tellement mettre un terme à l'angoisse de sa fille, mais la prévenir ne ferait que gâcher la surprise. Elle passa donc l'après-midi à s'imaginer leur réconciliation romantique et à préparer un bon plat de lasagnes bio. Elle appela également Tim pour l'avertir de son retour.

— C'est merveilleux ! Tu m'en vois ravi…

Elle appréciait la gentillesse de Tim. La gentillesse et les bonnes manières faisaient toujours bon ménage, dans un mariage.

Le dîner fut particulièrement agréable. Lisa et Henry se montrèrent très généreux, sachant que leur invitée s'apprêtait à les quitter. Ils furent également ravis d'apprendre que Jo avait fini par trouver l'amour et pressèrent Clara de questions au sujet de Dean.

Elle leur révéla que c'était un homme respectable, sincère et magnifique. Elle ne leur avoua pas que c'était le fils de l'homme avec qui elle avait eu une liaison. Elle le ferait, mais il y avait un temps pour tout, et ça ne l'était pas, ce soir, tandis que le bonheur rayonnait autour de la grande table en bois.

Lorsque son taxi s'arrêta devant la maison de Wimbledon, Clara inspira profondément afin de s'enivrer du parfum des bourgeons et de l'herbe humide.

Comment avait-elle pu envisager partir ? Elle ne fut pas surprise de ne voir aucune lumière au rez-de-chaussée. Le bureau de Tim se trouvait à l'arrière de la maison, et il y avait de fortes chances qu'il s'y soit rendu en l'attendant. Jo et Dean étaient sûrement partis dîner quelque part.

Elle poussa la porte d'entrée et laissa les lieux reprendre leur droit sur elle. Ça faisait du bien d'être chez soi. Elle poussa un petit soupir satisfait, retira ses chaussures et alluma le vestibule.

— Mon Dieu, Joanna, tu m'as fait peur !

Jo était assise sur la dernière marche des escaliers, dans le noir.

— Désolée, maman. Ça fait des heures que je suis là. Le soleil a dû se coucher sans que je m'en sois rendu compte.

Clara ne parvenait à comprendre ni l'obscurité des lieux ni la morosité évidente de sa fille.

— Où est Dean ? demanda-t-elle.

— Dean ? répéta Jo, perplexe. Aux États-Unis, pourquoi ?

— Non, il était là. Chez Lisa.

— Quand ?

— Cette après-midi. Il est en Angleterre, il est venu te voir ! s'enflamma Clara, ravie d'être porteuse de si bonnes nouvelles.

— Tu l'as vu ? demanda Jo sans adhérer à la jovialité de sa mère.

— Oui, et il est adorable.

— Donc j'imagine que tu sais qui c'est…, répliqua Jo, abattue.

— Oui.

Clara n'était pas encore tout à fait à l'aise avec cette idée ; cela demanderait du temps.

— Et il sait qui je suis, mais tout va bien, la rassura-t-elle.

Elle s'assit auprès de sa fille et songea à la serrer dans ses bras pour la féliciter, mais elle n'en fit rien.

— Il t'aime.

— Il te l'a dit ?

— Eh bien, pas exactement, mais il voulait venir te le dire.

— Il n'est jamais venu, maman.

Clara jeta un regard déconcerté autour d'elle, comme si elle s'attendait à voir Dean se matérialiser soudain.

— Il ne peut pas être heureux avec moi, avec ce qu'il sait.

— Mais nous en avons parlé, et il est prêt à l'accepter.

Jo balaya à son tour le vestibule vide du regard.

— Manifestement pas, lâcha-t-elle.

2013

Épilogue

Jo pensa d'abord qu'elle avait rêvé, mais Dean n'étant pas un prénom commun, il n'avait pu que l'interpeller. La femme assise à côté d'elle sur le banc appelait son fils.

— Attention, Dean, tu te balances trop haut, tu vas te faire mal !

Jo suivit son regard et tomba sur un petit garçon de cinq ou six ans qui se balançait dangereusement haut tout en laissant éclater sa joie. Elle sourit à cette coïncidence et se tourna vers la pauvre mère paniquée.

— Mon fils s'appelle Dean aussi.

— Ah bon ?

Son expression angoissée céda aussitôt la place à un grand sourire.

— C'est lequel ? demanda-t-elle.

Jo désigna son petit bout de deux ans recouvert de boucles blondes qui jouait tranquillement dans le bac à sable. Elle avait conscience que ledit bac servait sûrement de litière à tous les chats du quartier, mais elle n'avait pas la force de s'attaquer à ce problème. Elle caressa son ventre tendu.

— Il a l'air moins difficile que le mien, commenta l'autre mère avec un petit sourire.

— Oh, ne vous inquiétez pas, il n'est pas toujours calme, s'amusa Jo. Mais dans l'ensemble, je n'ai pas à me plaindre.

— C'est pour bientôt ? s'enquit la femme avec un coup de menton en direction du ventre de Jo.

— Je peux accoucher d'un instant à l'autre.

Jo ne put qu'assister, amusée, au retour de la panique chez sa voisine.

— Rassurez-vous, je n'ai pas encore de contractions. C'est prévu pour dans la semaine.

— Vous avez trouvé le prénom ?

— C'est une fille. On hésite encore entre Eva et Frances.

— Les deux sont très jolis.

— Merci. Je crois qu'on attendra son arrivée pour se décider.

Jo songea que la conversation se terminerait sûrement ainsi. C'était un échange sympathique mais quelconque, similaire à des dizaines d'autres qu'elle avait eus dans des parcs, des cafés et des aires de jeux depuis qu'elle affichait un ventre rond. Les femmes aimaient parler dates et prénoms.

Dans un silence paisible, elles écoutèrent les enfants rirent et se battre à chaque nouvel élément de jeu. Le bruit des baskets et des sandales sur le goudron et le caoutchouc créait un rythme agréable.

— Comment avez-vous choisi Dean ? Vous hésitiez entre deux prénoms aussi ? demanda alors la femme.

— Non, j'étais sûre de moi. Je voulais rendre hommage à un vieil ami.

— Moi, à mon frère.

Jo ignorait ce qui la poussa à se livrer. Peut-être était-ce le fait de tomber sur cette femme qui avait nommé son fils comme elle et dont la gentillesse évidente invitait à la confidence.

Peut-être était-ce parce que son expression vaguement familière la mettait à l'aise. Peut-être étaient-ce ses hormones qui lui jouaient des tours. Dans tous les cas, elle s'entendit soudain dire :

— En fait, ce n'était pas un vieil ami, mais l'amour de ma vie.

Elle accompagna sa révélation d'un grand sourire, comme pour atténuer la portée de ce qu'elle venait de dire.

— Bon, évidemment, mon mari n'est pas au courant, ricana-t-elle.

La femme esquissa un doux sourire compatissant.

— Qu'est-il arrivé à l'amour de votre vie ?

— Rien de bien original. Il m'a plaquée. C'était compliqué. Nous avions un passé trop lourd, ça ne pouvait pas marcher. En vérité, ça n'a duré que le temps d'un week-end.

Jo avait conscience que déclarer que Dean était l'amour de sa vie n'était pas loyal, vis-à-vis d'Andy. Après tout, elle n'avait côtoyé Dean que quatre jours, et cela faisait quatre ans qu'elle était mariée à Andy. Mais c'était pourtant ce qu'elle ressentait. Encore aujourd'hui. C'était l'amour de sa vie.

— Ça fait quatre ans que mon mari et moi sommes ensemble, et je vous rassure, nous sommes très amoureux. Mais de temps à autre, il m'arrive de repenser à Dean… Je sais qu'il était fait pour moi.

Elle n'avait pu que donner à son fils le nom de l'homme qui lui avait appris à aimer. L'homme qui l'avait aidée à survivre au week-end le plus dur et le plus gênant de sa vie. L'homme qu'elle avait pleuré des mois durant. Celui qu'elle avait attendu des années.

La femme fouilla dans son sac à main et en sortit des pastilles de menthe. Elle en proposa une à Jo, qui accepta. À huit mois et demi de grossesse, Jo était prête à manger n'importe quoi, même une vieille pastille de menthe tout droit sortie du sac d'une inconnue.

— Et puis, si je n'avais pas rencontré Dean, je n'aurais jamais connu Andy. Comme quoi, tout est lié.— C'étaient des amis ?

— Non, pas du tout. Dean était du genre aventureux ; il avait tout essayé. Trouvant que je manquais cruellement d'intérêts, il m'avait fait rédiger une liste des choses que j'aimerais faire une fois dans ma vie. J'ai rencontré Andy sur un plateau.

— Un plateau ?

— C'est un acteur. J'étais figurante. Dean est donc indirectement responsable de notre rencontre. Grâce à lui, j'ai énormément gagné en confiance. La liste ne m'a jamais quittée. J'ai pratiquement fait tout ce que nous avions noté, et j'ai même ajouté de nouvelles choses.

— Regarde, maman !

Les deux femmes levèrent la tête juste à temps pour voir le plus grand des deux Dean lâcher la balançoire en plein vol et atterrir gracieusement sur ses pieds dans un rire hystérique, débordant d'adrénaline et de fierté.

— Son oncle tout craché...

— Je m'appelle Jo, au fait.

— Zoe.

La femme esquissa un petit salut de la main, même si Jo était assise juste à côté d'elle. Cela aurait paru étrange de se serrer la main dans un parc. Fatiguée par la grossesse, Jo mit un petit moment à faire le lien. Mais quand ce fut le cas, elle était incapable d'y croire.

— Votre frère ne vivait pas à Chicago, par hasard ?

— Si ! s'exclama Zoe, perplexe.

— Mon Dieu, je n'y crois pas. Il s'agit bien de Dean Taylor ?

— Oui...

— C'est votre frère, l'amour de ma vie ! rayonna-t-elle.

Sa joie parvenait presque à camoufler sa gêne de dire une chose pareille des années plus tard. Elle était si heureuse de l'avoir retrouvé, même indirectement.

— Comment va-t-il ? Est-ce qu'il est marié ? Excusez-moi, je ne devrais pas demander ça..., se reprit-elle. Mais si vous saviez à quel point j'aimais cet homme... Je pensais ne jamais pouvoir l'oublier. Ne lui dites pas ça, je vous en prie...

Elle s'interrompit aussitôt. Elle avait conscience de s'être emballée parce qu'elle n'était pas prête à entendre l'inévitable. Il avait dû épouser un mannequin américain, devait être père de quatre enfants désormais et ne se souvenait sûrement plus d'elle. « Jo ? Jo qui ? », lancerait-il à sa sœur lorsqu'elle lui parlerait de cette rencontre.

Pire encore, elle ne voulait pas entendre qu'il ne s'était pas marié, incapable de se défaire de cette haine destructrice. Ce serait pire que tout.

Lorsque sa mère lui avait annoncé avoir rencontré Dean et qu'il était venu jusqu'en Angleterre pour la retrouver, elle s'était laissée aller à espérer. L'espace d'une bonne semaine, elle s'était attendue à le voir apparaître devant chez eux afin de lui expliquer qu'il avait eu besoin de temps mais qu'il était désormais prêt à partager sa vie avec elle.

Mais il n'était pas venu.

Elle l'avait appelé des dizaines de fois, mais elle était toujours tombée sur sa messagerie. Au début, ses messages étaient calmes et enjoués, mais ils étaient vite devenus de terribles appels au secours. Quoi qu'il en soit, il ne l'avait jamais rappelée. Il lui avait fallu des mois pour accepter qu'il ne le ferait pas. Et des années pour oublier sa douleur.

Elle avait surpris tout le monde en gardant la tête haute. Déterminée à mettre à profit sa rencontre avec Dean, elle avait répondu à tout un tas d'offres journalistiques. Au bout de quelques mois, elle avait obtenu un poste dans une revue spécialisée dans le tourisme.

Depuis, elle n'avait cessé de voyager : Afrique du Sud, Australie, Canada, Inde, Bali, Cuba et la plupart des pays européens. Elle avait nourri des bébés guépards, joué du didgeridoo, avait été patiner sur un lac gelé, s'était fait peindre le visage au henné, avait passé la nuit sur une plage, dans un hamac, et visité la plus grande partie des galeries et des musées d'Europe. Elle avait appris à relever des défis et à saisir les occasions.

Elle avait d'abord agi ainsi en s'imaginant raconter ses aventures à Dean, un jour ou l'autre, mais au fil du temps, ce mode de vie était tout simplement devenu une habitude. Elle avait laissé son désir pour lui s'étioler tout en conservant les leçons qu'il lui avait apprises : profiter de chaque opportunité et de chaque expérience de la vie.

Tomber amoureuse d'Andy, un faux jumeau au salaire instable mais au sens de l'humour inégalable, avait été l'une de ces opportunités, et devenir mère la plus belle expérience de sa vie. Jo n'aurait jamais espéré mieux, et elle aimait le fait d'avoir un poste flexible qui lui permettait de mener une carrière tout en profitant de sa famille.

L'année précédente, elle avait planté un cerisier dans son petit jardin, elle pelait régulièrement des pommes en une seule fois, elle avait visité le fameux hôtel de glace et avait mangé des macarons chez Ladurée, même si Dean ne lui avait jamais permis de rajouter cela à sa liste.

Elle lui devait beaucoup, au final. Ils n'avaient pas réussi à rester ensemble, mais quelque part, il était toujours à ses côtés. Elle se prépara donc à entendre à quel point sa vie était palpitante, se demandant si sa femme était brune ou blonde.

— Alors, comment va-t-il ?

— Il est mort, Jo, souffla Zoe en venant poser sa main sur le bras de sa nouvelle amie. Seriez-vous... Seriez-vous Jo Russell ?!

Jo était incapable de prononcer un seul mot. Le monde venait de s'arrêter, incapable de tenir en orbite sans lui. Elle avait cessé de respirer, ne pouvant trouver de l'oxygène maintenant qu'elle savait que Dean ne le faisait plus. Son cœur martelait ses côtes, créant une secousse insupportable dans tout son corps.

Elle le sentait sous ses yeux, dans ses oreilles, dans son nez. Entre ses jambes, bien profond, où elle avait toujours senti Dean et le sentirait toujours. Elle avait un goût de métal dans la bouche. Elle ne savait plus où elle était.

Elle avait entendu les paroles de Zoe, les avait comprises, mais ne pouvait pas y croire. C'était impossible. Dean était la personne la plus vivante qu'elle ait jamais connue. C'est lui qui lui avait appris à vivre. Il ne pouvait pas être mort. Il était immortel. C'était juste impossible. Les paroles de Zoe planaient autour de sa tête comme des mouches qu'elle ne pouvait ni chasser ni saisir afin de les regarder clairement. Elles évitaient la partie de son cerveau censée les assimiler, mais elle savait toutefois qu'elles seraient gravées à jamais sur son cœur.

— Seriez-vous Jo Russell ? répéta Zoe.

Jo confirma d'un signe de tête.

— Oui. Enfin, c'est Jo Doyle, maintenant. Pas pour le travail, mais pour le reste...

Elle s'interrompit, incapable de savoir comment sa bouche pouvait exprimer des choses aussi plates.

— Mon Dieu, Jo... Il venait vous voir. Il a eu un accident. Il a évité un petit qui courait après son ballon...

Zoe ne put terminer sa phrase. Elle avait beau avoir raconté cette histoire des centaines de fois, elle ne la supportait toujours pas. Jo ne voulait pas en entendre davantage. Pourquoi était-elle venue dans ce parc, aujourd'hui ? Et pourquoi s'étaient-elles retrouvées sur le même banc ? Si Zoe avait choisi un autre parc, Jo n'aurait jamais appris le drame. Si Zoe s'était assise plus loin, ou si le petit Dean ne s'était pas balancé si haut, jamais elle ne l'aurait appelé, et jamais elles ne se seraient mises à discuter. Jo ne voulait pas l'entendre.

C'était déjà pénible pour Zoe, mais elle savait que ce serait pire encore pour elle. Elle voulait lui dire de se taire, plaquer ses mains sur ses oreilles ou encore la bâillonner. Malgré le fait qu'elle soit assise, elle se sentit partir.

Les lèvres de Zoe remuaient. Jo les voyait, sans saisir qu'elle lui demandait si ça allait, si elle voulait un peu d'eau. Zoe fouilla dans son sac une seconde fois et en sortit une bouteille d'eau minérale. Jo la lui prit, mais elle ne savait plus comment l'ouvrir. Comment boire. La bouteille tomba sur ses genoux puis sur le sol poussiéreux. Zoe semblait profondément inquiète.

— Sa voiture a fini dans un réverbère. Apparemment, il avait passé des heures dans les bouchons et avait décidé de prendre un autre chemin. Il roulait un peu trop vite, comme d'habitude... Il est mort sur le coup, d'après ce qu'on nous a dit, soupira Zoe avec un air sceptique.

Jo se demanda combien de nuits cette femme avait passées à retourner la mort de son frère dans sa tête. Avait-ce vraiment été rapide, ou avait-il souffert ? Non, tout sauf ça...

Jo sentit sa tête imploser, au point qu'elle en eut mal dans tout le corps. Elle était en droit de disparaître, vu qu'il en avait fait de même.

Même si cela faisait des années que Dean et elle ne s'étaient pas parlé, elle avait toujours profité de la vie en disant qu'il était quelque part sur cette planète, à partager le même ciel, le même soleil et la même lune qu'elle. Elle n'était plus rien, désormais.

— Je suis vraiment navrée, Jo. Nous ne savions pas où vous trouver, murmura Zoe d'une voix calme.

Jo détestait cette voix pour ce qu'elle lui révélait, mais elle l'adorait aussi car Dean l'avait écoutée de nombreuses fois. Aux côtés de Zoe, elle se sentait plus proche de lui, même s'il s'agissait d'un adieu.

— Nous avons appelé tous les contacts de son téléphone, mais ça nous a pris des jours, et lorsque nous avons essayé de vous joindre, le numéro n'était pas attribué.

— C'était le téléphone de ma société.

Jo se souvenait de ce détail. En rendant le téléphone à *Loving Bride !,* elle s'était dit qu'ils perdraient sûrement tout contact, définitivement. Et c'était la pire chose qui puisse arriver. Elle ignorait encore que le pire était déjà arrivé.

— J'avais noté les adresses de ma famille sur un bloc-notes, dans sa cuisine, dit-elle d'un ton piteux.

C'était un élément qui l'avait à la fois torturée et rassurée, durant tous ces mois de silence.

— Ce n'est pas moi qui ai nettoyé son appartement ; je n'ai pas pu. Des amis à lui s'en sont chargés. Ils ont sûrement cru...

Jo la coupa, préférant le dire elle-même.

— Que j'étais une fille parmi tant d'autres, parmi toutes celles avec qui il n'avait aucune envie de rester en contact. Que je n'étais qu'un flirt sans intérêt.

— Sauf que vous étiez tout sauf ça.

Zoe pressa la main de Jo, qui lui jeta un regard plein d'espoir.

— C'est vrai ?

— Oui.

— Qu'est-ce que j'étais, alors ?

Elle pensait le savoir. Elle s'était toujours efforcée d'y croire, mais il fallait qu'elle l'entende de vive voix.

— Il m'a parlé de vous, une fois. J'ai tout de suite compris que vous étiez différente des autres. Vous étiez parvenue à apaiser sa colère. Vous êtes la femme qui lui a appris à faire confiance et à pardonner. Vous lui avez appris qu'il méritait d'être aimé.

Zoe glissa son bras sur les épaules de cette femme au ventre rond, et Jo passa le sien autour de sa taille.

— Je vous assure, Jo : vous étiez l'amour de sa vie.

Remerciements

Un énorme merci à ma fantastique éditrice, Jane Morpeth, mais également à toute l'équipe d'Headline. Vous êtes, sans exception, impressionnants, dévoués et juste adorables ! Désolée de vous avoir fait pleurer avec ce livre... J'embrasse tout particulièrement les fabuleuses Georgina Moore, Vicky Palmer, Barbara Ronan et Kate Byrne qui ont travaillé corps et âme pour moi. Je dois également une fière chandelle au merveilleux Jamie Hodder-Williams.

Merci à Jonny Geller pour cette nouvelle année de génie... ainsi qu'à toute l'équipe de Curtis Brown pour la promotion exceptionnelle de mon travail, nationale comme étrangère.

J'aimerais une fois de plus remercier mes lecteurs ; j'espère pouvoir encore et encore vous surprendre. Merci à ma famille et à mes amis, à mes confrères auteurs, aux libraires, aux organisateurs de salons, aux critiques, aux rédacteurs de magazines, aux producteurs et présentateurs télé, à The Reading Agency et aux bibliothécaires qui continuent de me soutenir, contre vents et marées.

Merci à vous, Jimmy et Conrad – il n'y aurait rien de tout ça, sans vous.

Deux maris
sinon rien !

Il y a dix ans, Bella s'est secrètement mariée avec Steve, son amour d'enfance, avant de le quitter. La jeune femme a toujours gardé ce mariage secret et, lorsqu'elle rencontre Philippe, un homme charmant, attentionné et drôle, elle ne peut pas résister. « Oubliant » qu'elle est encore mariée (en tout cas techniquement…), elle passe devant Monsieur le maire sans jamais révéler son secret à son nouveau mari. Après tout, il y a des années qu'elle n'a pas vu Steve et elle ne le reverra probablement jamais !

Tout va pour le mieux dans le meilleur des mondes, jusqu'au jour où… la meilleure amie de Bella tombe amoureuse de… Steve ! Les choses pourraient-elles être encore plus compliquées pour Bella ?

**Une comédie sentimentale best-seller en
Grande-Bretagne par un auteur traduit dans 14 pays.**

ISBN : 978-2-915320-65-9

Du même auteur

Amours
et tentations !

A l'université, ils formaient une bande d'amis inséparables, profitant de l'insouciance de leur jeunesse. D'amours pétillantes en amitiés éternelles, de folles soirées en examens, ils étaient promis à un avenir radieux... Douze ans plus tard, ils mènent une vie aisée et sereine. Et ils ont une occasion unique de se retrouver comme au bon vieux temps lors du mariage de Rich et Tash.

Le programme s'annonce idyllique : une semaine de ski à Avoriaz et des journées entières entre amis... Mais est-ce que l'on peut s'amuser de la même manière à trente ans qu'à vingt ? Qu'est-ce qui change lorsqu'on se frotte à la réalité de la vie ? Et que se passerait-il si votre amour de jeunesse refaisait irruption ?

Beaucoup de choses peuvent changer en dix ans. Mais encore plus de choses peuvent se produire en sept jours...

**Une comédie sur l'insouciance d'avoir 20 ans
et le bonheur d'en avoir 30 !**

ISBN :978-2-35288-043-2

Du même auteur

Pour le meilleur
et même le pire

Lucy (qui obtient toujours ce qu'elle veut) a piqué Peter, le mari de Rose, sa meilleure copine. Grave erreur. Rose était la femme idéale pour Peter et Lucy en était la maîtresse parfaite. Connie, la meilleur amie de Lucy et de Rose, est prise entre deux feux.

D'un côté, elle écoute les récriminations de Lucy sur le fait d'être mariée et doit aussi prêter une oreille attentive aux plaintes de Rose sur le fait d'être une mère célibataire plaquée par son mari. Mais Connie a, elle aussi, ses problèmes.

Elle essaye de ranimer la flamme dans son couple quand un amour de jeunesse ressurgit…

Pour ces trois femmes, toutes de jeunes épouses, il semble bien que le mariage ne soit pas (toujours) un long fleuve tranquille !

Une comédie féminine hilarante sur le mariage, les imbroglios du cœur et de l'amour qui triomphe toujours !

ISBN : 978-2-35288-162-9

http://www.city-editions.c

ROSEMONT
Déc. 2014

ROM TRA

PAR

GONDOLé
2015 | 08 S.L.
p47 et +